子規庵の庭に立つ碧梧桐

旅装の碧梧桐（栃木県庚申山にて。明治三十六年七月八日）

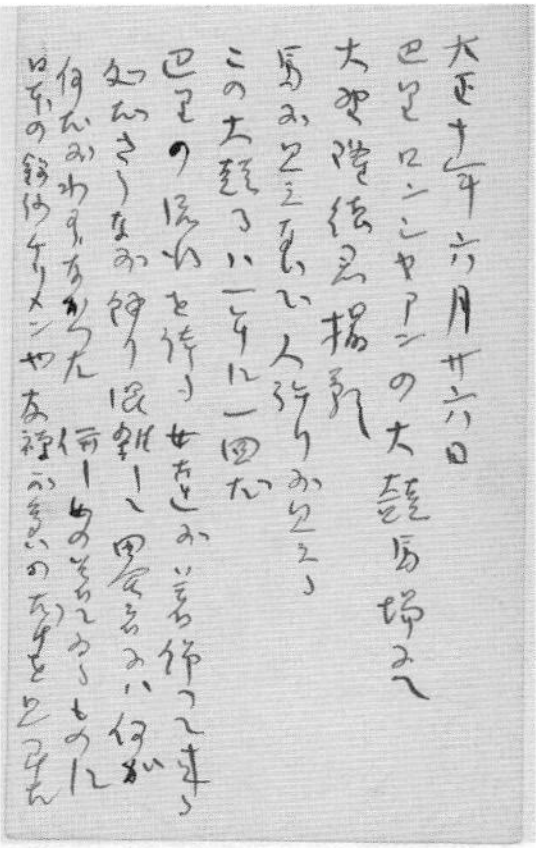
大正十年六月廿六日
巴里ロンシャアンの大競馬場にて

パリから出した葉書

パリ、ロンシャン競馬場にて
（大正十年六月二十六日）

正岡子規三十三回忌法事（昭和九年九月十九日）
前列　右端は香取秀真（鋳金家）、その隣が碧梧桐、左から二人目が小沢碧童。
二列目　右から五人目が正岡律（子規の妹）、一人おいて右から順に中村不折、佐藤紅緑、寒川鼠骨。
最後列　右端が高浜虚子。

還暦記念（昭和八年二月二十六日）。隣は繁栄（茂枝）夫人

文春学藝ライブラリー

河東碧梧桐

—表現の永続革命

石川九楊

文藝春秋

河東碧梧桐――表現の永続革命　目次

河東碧梧桐——表現の永続革命

第一章　俳句第二芸術論——赤い椿白い椿と落ちにけり

■俳句への疑念

一九四六年九月、雑誌『世界』で、のちの京都大学教授・桑原武夫は「第二芸術——現代俳句について」なる題で現代の俳句についての批評を展開した。いわゆる「俳句第二芸術論」である。

1. 芽ぐむかと大きな幹を撫でながら
2. 初蝶の吾を廻りていづこにか
3. 咳《しはぶ》くとポクリッとベートヴェンひゞく朝（傍点部分はヒポクリットの誤植）
4. 粥腹のおぼつかなしや花の山
5. 夕浪の刻みそめたる夕涼し
6. 鯛敷やうねりの上の淡路島
7. 爰《こゝ》に寝てゐましたといふ山吹生けてあるに泊り

8. 麦踏むやつめたき風の日のつゞく
9. 終戦の夜のあけしらむ天の川
10. 椅子に在り冬日は燃えて近づき来
11. 腰立てし焦土の麦に南風《はえ》荒き
12. 囀や風少しある峠道
13. 防風のこゝ迄砂に埋もれしと
14. 大揖斐の川面を打ちて氷雨かな
15. 柿干して今日の独り居雲もなし

右の十五句をよく読んだ上で、一. 優劣の順位をつけ、二. 優劣にかかわらず、どれが名家の誰の作品であるか推測をこころみ、三. 専門家の十句と普通人の五句との区別がつけられるかと問うた。いざこのように問いをつきつけられると、なかなかの難問である。

敗戦の翌年、一九四六年は、知識・文化人が、無謀な戦争、無惨な敗戦の意味とその誤謬とを文化の問題として解き明かそうと試行錯誤していた。

小説家・志賀直哉は、「国語問題」と題して、いわゆる「国語フランス語化論」を展開した。この論は、まともに検証されることなく、今では高等遊民の冗談のようにしか取り扱われていないが、実際には日本近代のいわゆる「国字、国語改革」論の中ではほとんど唯一といってもいい正鵠を射た主張であった。他の大多数の改革論は、日本語の桎梏を漢字、ひらがな、カタカナという三種類の文字を使用するという煩雑さの問題、とりわけ難儀（と考えた）な漢字学習問題へと矮小化し、その廃止や制限を主張したにすぎなかった。だが、小説を書くことを通して、漢字語＝漢語・漢文脈とひらがな語＝和語・和文脈の分裂と統一のなかでどのように表現するかにたえず直面し、苦悶していた志賀直哉は、日本語が日本語でありつづける以上、漢字語とひらがな語の分裂をとうてい超えられないことを知悉していた。がゆえに、「此際、日本は思ひ切つて世界中で一番いい言語、一番美しい言語をとつて、その儘、国語に採用してはどうかと考へてゐる。それにはフランス語が最もいいのではないか」と、日本語を突き詰めないでいる人々には、唖然とするような提案をしたのである。フランス語が志賀が提案するように、いい言語かどうかは知らない。だが、日本語の厄介な構造については、十分に知り尽していたのである。

当時の心ある学者や小説家は、朝鮮、台湾、満洲の植民地化、そして日中戦争、太平洋戦争の敗戦をそれぞれの専門の文化の領域の問題として問い詰め、国民的性格、文化的特質、つまりは日本語の中に、日本近代の大きな誤謬の因が根差しているのではないかと考えたのである。

志賀直哉は気宇壮大に、日本語そのものを疑問符の中に投げこんだ。そして俳句第二芸術論を唱えた桑原武夫は、俳句という表現に「かかるものは、他に職業を有する老人や病人が余技とし、消閑の具とするにふさわしい。しかし、かかる慰戯を現代人が心魂を打ちこむべき芸術と考えうるだろうか」と考えたのである。もう少し桑原の論に耳を傾けよう。

「しかし、菊作りを芸術ということは躊躇される。『芸』というがよい。しいて芸術の名を要求するならば、私は現代俳句を『第二芸術』と呼んで、他と区別するがよいと思う。――中略――恐らく日本ほど素人芸術家の多い国はないであろう。」

「近代芸術は全人格をかけての、つまり一つの作品をつくることが、その作者を成長させるか、堕落させるか、いずれかとなるごとき、厳しい仕事であるという観念のないところに、芸術的な何ものも生れない。また、俳句を若干つくることによって創作体験ありと考えるような芸術に対する安易な態度の存するかぎり、ヨーロッパの偉大な近代芸術のごときは、何時になっても正しく理解されぬであろう。」

アランの「芸術論集」やスタンダールの「赤と黒」の翻訳で知られるように、近代フランス文学に通じた桑原は、フランス文学、その詩や小説や随筆を第一級の芸術と考えていた。

むろん俳句より短歌の方が芸術性が高く、短歌よりも近代詩、またそれよりも小説の方が芸術性が高いなんてことは言えはしない。だが俳句とはどういう芸術かと問題提起した意味は大きい。

さて、桑原の提言に煽られて、俳句に嗜みのあるわけではない私も、俳人とアマチュアの句の峻別を試みてみた。8の「麦踏むやつめたき風の日のつゞく」と12「囀や風少しある峠道」は表現がありきたり。これほど単純な作はプロは作ることはないだろうと判断したが、その通りであった。

1の「芽ぐむかと大きな幹を撫でながら」の句では、十二音の「大きな幹を撫でながら」の表現がわずか十七音の中であまりに冗長かと思ったが、これは阿波野青畝《せいほ》作であった。2の「初蝶の吾を廻りていづこにか」と14の「大揖斐の川面を打ちて氷雨かな」は、いささか現実味を欠き、幻想的というよりつくりもの的表現に過ぎると思ったが、やはりアマチュアの作であった。5の「夕浪の刻みそめたる夕涼し」は、「夕」をあえて重ねることもないと思ったが、これは富安風生の句。6の「鯛敷やうねりの上の淡路島」はうまく意味がとれず、あやしいと思ったが、これはアマチュアの作であった。ちなみに、各句の作者は1から順に次の通りであった。1阿波野青畝、2素人、3中村草田男、4日野草城、5富安風生、6素人、7荻原井泉水、8素人、9飯田蛇笏、10松本たかし、11臼田亞《あ》浪《ろう》、12素人、13高浜虚子、14素人、15水原秋桜子。

阿波野青畝と富安風生の句は間違ったが、四句ほどはアマチュアの作と見当がついた。しかしこれは私の素人判断。俳句に通じた人なら、プロとアマの区別はもとより、句の中の優劣、またその句の表現スタイルから作者までも理由を添えて言い当てることができるにちがいない。その意味で、桑原武夫が問いかけた、一、優劣の順位、二、誰の作品であるか、また三、プロとアマの区別、いずれも鍛えあげられたプロであれば、解ける。その点では、桑原の主張は、大雑把にすぎる。しかし、果して、日本の俳句がすぐれた世界大の詩歌の類であろうかという問いは、現在もなお、十分な検討を要する有効性を宿しているといえよう。

「俳句は世界大の芸術であるか」という問いは現在もなお有効である。そしてこの課題を抱きつつ、実作者としてこの課題に生涯挑みつづけた男が、ここでとりあげる河東碧梧桐《へきごとう》である。そして俳句とは何かの問いは、世界の中の日本語、日本文化、日本人とは何かを問うことでもあった。

■俳句とは何か

五・七・五と季題——一般的に、俳句という表現は、五・七・五の音数律つまり定型と季題＝季語を有する短詩と考えられている。

「降る雪や明治は遠くなりにけり」という人口に膾炙する名句の作者・中村草田男も『俳句入門』の中で次のように述べている。

「俳句の形式」ならば、日本人の誰でもが熟知している事柄です。俳句は全体が十七音から成り立っている。そして、それが、調子の上で、五音・七音・五音の三つの部分に区切れている。——中略——以上のように十七音形式を用いて作れというのが、形式の上での俳句の規則でした。次には内容についての規則があります。〈あわせて、俳句の二大基本規則ということができます。〉それは——俳句においては一句の中に、〈季題というものを必ず一つは詠みこまなければならない〉——ということです。——中略——ですから、全体が五音・七音・五音に区切れていて、十七音形式で表現してあっても、もしその中に季題というものが全然含まれていなかったとしたら、それは、たとえ、いかように美しい感じをともなっていて、深い意味を内蔵していても、俳句と認めることはできず、俳句として適用させることはできないのです。

入門書だから単純化したということもあろうが、五・七・五と季題を俳句に必須、不可欠と明示している。

それでは、なにゆえ季題が必須の条件であるか。これについて次のように書いている。

（連句の―筆者註）その発句には必ず「季題」が含まれていなければなりませんでした。――中略――季題のはたらきによって（暗示、連想のはたらきによって）、りっぱに「二重性の世界」をかたちづくりえて、背後に無形の作者の内容世界を備え得て、全体として奥行きのある、立体的な世界になっている

季語を宿す和歌から分岐して生れたこと、また連句の発句に季題は必須であり、その季題は次句、裏面の意味を重ねる効果があった。短い俳句にはこの「二重性の世界」の組立が必要であること、また、季題の有無で川柳との違いにも言及する。俳句を「五・七・五」と「季題」を必須とする詩と割り切るのである。現在の若い俳人達は、この定義を滑稽なくらい信じて疑わない。

「五・七・五」の音数律は、「五・七・五・七・七」の和歌の発句のそれを引き継いだものであり、季題は、『古今和歌集』によって明示された四季と恋愛の和歌の伝統を習慣化し、規則化したものである。近代短歌も「五・七・五・七・七」の音数律は手放していないようだが、四季と恋愛のいわば季題については、俳句のようには強く拘泥していない。ひらがな語の歌である和歌に発する近代の短歌と俳句という二つの近親の断片詩が両立するなかで、俳句の側が、「五・七・五」と「季題」を必須とすると言挙げし、その限定によって逆に限定の中での自由を謳歌し、伸び伸びと解放された表現を積み重ねていることは理解できる。しかしながら、俳句は規則に従って成立するスポーツやゲームではなく、人間の意識の表現であるから、「俳句とは何か」「俳句に何が表現できるか」「俳句にとって音数律、季題とは何か」という疑念が沸きあがるはずである。この問いを、実作を通して解きつづけてみせたのが、ここでとりあげる河東碧梧桐である。

> 和歌俳句の定型律も、万葉以来既に約千年、人為を窮極して、正さに何らかの転換期に瀕してゐる。否、既に幾世紀か前に転換してゐねばならなかつた運命である。
>
> 今日定型律を踏襲しながらも、其の惰性と因襲化に明らかな悩みを感じてゐない大衆がどれほどあらうか。芸術に無智で、時代に盲聾者でなければ、晏然としてこの大勢移動の雰囲気に無関心ではをれない。
>
> 単に我々個人の問題ではない。嘗ては我が祖先に生活を味はしめ、霊感を賦与し、心

的浄化の機縁となつた和歌俳句の生命問題である。在り来つた人為化が、今日の、現代の、又た今日以後の後代の人心に、何程の権威と親しみを持つと言ひ得るであらうか。この際、原始還元を説く本書の出現も、強ちに徒爾ではないと信ずる。

（河東碧梧桐『新興俳句への道』昭和四年）

五・七・五の定型をひきつぎながら、その惰性と因襲化に悩んでいない人がどれほどあろうかと河東は書いている。皮肉をいえば、今では、「五・七・五の定型、その惰性と因襲化に悩みを感じている俳人、大衆がどれほどあろうか」という有様だが、この俳句の存立基盤に関わる問題に河東碧梧桐は鋭く切りこんで見せたのである。

■河東碧梧桐との出会い

赤い椿白い椿と落ちにけり

この句は、子規が「印象明瞭」と評したことから、碧梧桐の代表作として広く知られることになった。

赤と白が対になり、花まるごとの落花を描き出していることもあろうが、きわめて鮮明で印象深く、しかも一字余りとはいえ自由律とは言えない句を例示して、作者は河東碧梧桐、無季自由律の起点となった俳人――というような解説が我々の時代の中学国語の教科書にあった。「五・七・五」の音数律と「季題」を必須とする一種の詩と信じこんでいた田舎の中学生にとって目を見はるような知識であり、「無季自由律」俳句という表現に強い興味を覚えた。だが、種田山頭火や尾崎放哉もいまだ広くは知られていない時代のこと、河東に限らず、自由律俳句の具体例に出会うこともなかった。それでも「河東《かわとう》」ではなく、「河東《かわひがし》」というそれまで出会うこともなかった姓とともに中学生の胸に深く刻みこまれた。

次に出会ったのは、本格的に書にとりくみ始めた大学時代である。その頃京都の大学に通っていた私は、京都寺町通の書を専門とする古書店・文苑堂にしばしば足を運んでいた。そこで書のグラフ雑誌『墨美《ぼくび》』の「龍眠会」特集号が目にとびこんできた。いずれ詳しく触れることになるが、「龍眠会」とは、洋画家の中村不折と河東碧梧桐等が明治四十五年に結成した書の団体である。

そこには中村不折、河東碧梧桐をはじめ、東京三ノ輪の梅林寺の住職・喜谷六花《きたにりっか》、魚問屋の子小沢碧童《へきどう》、名古屋の料亭近直の子伊藤観魚、山口の兼崎地橙孫《かねざきちとうそん》、東京九段の筆匠・岡田平安堂等、今ではその名を知る人も少ない俳人達の書が掲げられていた。

その群をなす書を見て驚いた。それまでの私の書の歴史経験の中では見かけたことのない、——おかしな言いまわしだが——見事に歪《ひず》んだ構成からなる目を疑うような書を目撃して、このような表現がありうるのかと驚愕したのである。とりわけ凄味のある中村不折の書には驚いた。

私は大学に入学して、それまで見かけたこともない、森田子龍等の戦後前衛書に出会っちなみに森田はこの雑誌『墨美』の編集発行人でもあった。幅二メートル×長さ数メートルの紙に大きく一字を書くのである。こういう書き方もあるのだとは思ったものの、初めて目にしたにもかかわらず、既視感もあり、魅力的にも思えず、また試してみる気にもならなかった。ところが戦後前衛書を目にした時とは次元を超えた表現に、「このよな書はありうるのか」「この書は何なのだろうか」とがぜん解剖心がかきたてられていった。

まず第一に洋画家・中村不折の書について、ついで、河東碧梧桐の書に興味が募り、そのうち写真図版では飽き足らず、実物の書を数多く目にするようになった。

ところで、他人《ひと》は何を契機に歴史上の人物に興味をもつようになるのだろうか。書き残した言葉の場合もあれば、業績、さらには伝記的エピソード等さまざまだろう。私が人物に興味を抱くのは、まず書に魅かれるところから。書に魅力がなければ、その人物の業績にも作品にも関心が湧くことはほとんどない。「書は人なり」とはいささか怠惰な言説だが、まるっきり的を外しているわけでもない。書は言葉の書きぶりである。文字を書き進む触覚と刻蝕を本質とする書きぶりは、その文体《スタイル》のありかたを如実に指し示す。つまり書に魅かれるというのは、その書体＝文体に魅了されるということである。ときに書から読み解いた人物像は、通説と大きく乖離することがある。だが、書は文体の直截的な表現であるから、書からの解読が精確であればその方が通説よりも実像に近いと考えていい。

書は、点画の書きぶりである筆蝕と、文字の書き進めぶりである構成からなる表現であ

中村不折「心太逆耳銀河三千尺」（大正七年八月）

河東碧梧桐「相逢不下馬各自走前程」（大正七年十一月）

る。中村不折や河東碧梧桐らの書は、これまで目にしてきたどのような書とも水準を違えていた。

第一に構成が、これほどまでもと思えるほど大胆に歪んでいる。そしてそれ以上に、点画の書きぶりである筆蝕が、見馴れてきた近代の書道家達のそれとは次元を違えていた。近代の書道界的な狭い価値観からいえば、必ずしも強靱な筆蝕ではないが、多彩、多様な筆蝕の複合体とでもいうべき姿を見せる書は、にわかには可か不可かを決めかねた。その当時においては、私もまた多くの人々と同じく、書は専門家たる書道家に担われ、書道家によって生み出されるものであると考えていたからである。中学時代に自由律の祖である俳人として知っていた河東碧梧桐が、自由で愉快な書を残していることに驚き、かつ不思議な思いにとらわれた。書は書道家がつくるという既成の観念に大きな疑問符がついた。その後、書の歴史を学んでいくにつれて、江戸時代までは僧や学者、公家、政治家達によって担われて来た書が、近代になって書道家によって担われるようになったという通念そのものが逆転した錯覚であることを知るに至った。そして、日本近代に抜群の表現の書を書き残した河東碧梧桐がもっとも力を注いだ俳句、それは当然並のものではなく圧倒的な表現の俳句に違いないという予想もまた芽生えたのである。

中学時代の国語の教科書と、書道のグラフ雑誌——時間もジャンルも遠く離れた二冊の本、とりわけ書の作品図版によって私は、河東碧梧桐の人と表現とその思想に本格的に出会ったのである。

この『墨美』龍眠会特集号、ひきつづいて出版された『墨美』河東碧梧桐特集号との出会いを契機に河東碧梧桐の表現について調べ、考え始めることになった。そして、調べれば調べるほどその興味は深まっていった。

■近代の短歌と俳句──問題の出発点

仰《おほせ》の如く近来和歌は一向に振ひ不申候。正直に申し候へば万葉以来実朝以来一向に振ひ不申候。

（正岡子規「歌よみに与ふる書」）

貫之は下手な歌よみにて古今集はくだらぬ集に有之《これあり》候。その貫之や古今集を崇拝するは誠に気の知れぬことなどと申すものの実は斯く申す生も数年前迄は古今集崇拝の一人にて候ひしかば今日世人が古今集を崇拝する気味合は能く存申候。崇拝して居る間は誠に歌といふものは優美にて古今集は殊にその粋を抜きたる者とのみ存候ひしも三年の恋一朝にさめて見ればあんな意気地の無い女に今迄ばかされて居つた事かとくやしくも腹立たしく相成候。先づ古今集といふ書を取りて第一枚を開くと直ちに「去年とやいはん今年とやいはん」といふ歌が出て来る実に呆れ返つた無趣味の歌に有之候。

（正岡子規「再び歌よみに与ふる書」）

近代日本文学の要人《かなめびと》となった正岡子規は、「歌よみに与ふる書」で、平安時代中期に誕生した『古今和歌集』を悪罵し、奈良時代の『万葉集』を再評価することによって、いうならば「万葉文芸復興（万葉ルネサンス）」を提唱、実践し、近代の日本文学の出発点の位置に立ったことはよく知られている。

ここでの「近代化」とは、「西欧化」、近代西欧の政治制度、科学、技術、文化の導入と流入を指す。とはいえ漠然と考えられているように「西欧」は直接そのまま日本に入りこんできたわけではなかった。翻訳することによって日本語化し、受容される必要があったのである。

日本語は単一言語ではなく、漢字語とひらがな語とこれに不十分ながらもカタカナ語を加えた三文字語の混合体、多重言語である。漢字語とひらがな語の混合体を日本語とよんでいると言い換えてもいい。

「春《シュン》」と「雨《ウ》」の二字から、「春雨《シュンウ》」「雨春《ウシュン》」の語が生れるように、一字が一語である漢字語は、二字が連合（連語化）し、第三、第四の意味をもつ熟語を生む。この作用によって、旺盛な造語力をもつ漢字語は、厖大な語彙の宇宙をつくり上げている。これまで知ることのなかった西欧語も、漢字語の厖大な語彙の宇宙の網目にかかり、また網目にかからぬ語は、近似の意味をもつ漢字を組合わせることによって、やすやすと新しくつくり出すことができる。この日本語の構造から、西欧語、すなわち西欧近代文明は、漢字語に翻訳、吸収された。もしも日本語が漢字語とはかかわりなく、整然としたかな文字の単一言語であったなら、「Civilization」も「Culture」も「Democracy」も的確に意訳、吸収することは

ていたことはまちがいない。もしも漢字語がなかったなら、言語の植民地化、直接的西欧化つまり西欧の植民地と化し同時に生起していた。「漢字語」を媒介とすることなくして「西欧化」はありえなかった。日本における「近代化」は「西欧化」に尽きるのではなく、中国の再発見＝「中国化」も

日本語は、このような機構で漢字語を媒介として西欧語、西欧文明を吸収した。つまり、無謀にも、朝鮮、満洲、台湾を実質的な植民地と化し、かつ大陸に侵攻したのである。東アジアでは先駆的に近代化を遂げ、西欧列強をまねた東アジア唯一の帝国主義国として表記が可能であるカタカナ語をもつという特色によって、西欧語をいち早く翻訳、吸収し、宗教、哲学だけではなく、四季と恋愛についてきめ細かな表現を準備し、最低限でも表音あたかもその語を日本語に翻訳、吸収したかのようにふるまうことができる。また、政治、音記号のごときカタカナ語をもつ日本語では、とりあえずカタカナ表記化するだけでも、その点、生活に身近な四季と恋愛の語彙と表現に富んだひらがな語をもち、さらには、表語彙を並べる漢字語だけでは少々不器用で、翻訳、吸収の歩みはのろく、時間がかかる。に進展するはずだという反論があろう。だが、政治、宗教、哲学の表現力に富むとはいえ、においては、漢字語を掌中にする中国語、すなわち中国において、西欧化がアジアで一番先ているがゆえに、南米のような植民地語化は避けられた。だがもしそうなら、東アジアにたことだろう。日本語の半分以上が政治、宗教、哲学の表現を得手とする漢字語からできできず、「シビリゼーション」「カルチュア」「デモクラシイ」など植民地言語と化してい

近代の時空、世界中で西欧の植民地とならなかったのは、中国、朝鮮、日本だけだと言ってもよい。中国東北部、台湾、そして朝鮮は西欧をまねた日本の植民地となりはしたが、漢字語の圧倒的な造語力が西欧語を翻訳理解する十分な力を有していたからである。ちなみに解決、経験、権威、希望、交通、侵害、処刑、宗教、法律、文化、文明など、現在、中国をはじめ東アジアに通行している近代語の多くが、日本で作られた漢字語である。

正岡子規の「歌よみに与ふる書」の激しい古今和歌集批判は、正確に言えば、日本語がどのような言語であるかという構造を読み間違えた誤謬の論である。

たとえば正岡が箸にも棒にもかからぬくだらぬ歌とした、古今冒頭歌「としのうちにはるはきにけりひととせをこぞとやいはんことしとやいはん」(旧い年のうちに立春が来てしまった。これは去年と言うべきか、今年と言うべきか)は、正岡が指摘するように、駄歌と言っていい。だが、ひらがな(女手)で書くことによってそのようなくだらぬ事象まで歌としてふるまえるようになったところに、『古今和歌集』の意味はある。正岡子規は、古今和歌も万葉歌も、同じ和歌と考えて、その作風の違いから、万葉歌に軍配を上げた。

だが、万葉歌と古今和歌の違いは、素朴でおおらかな奈良万葉人と、神経質でもっぱら優美な平安人の差にあるのではない。「万葉仮名」とよぶ、漢字の宛字でつくられ、それゆえいくぶんかは漢字的、漢字語的表現がしのびこまざるをえない歌と、九世紀末から十世紀初頭に成立した、完全に漢字との臍緒《ほぞのお》を断ち、それゆえに、まったくくだらぬこと、ほんのささいなことまで歌にすることができるようになったひらがな歌（女手歌）すなわち和歌の違いに生じている。「万葉仮名」という名の漢字の歌と新生ひらがな歌の違いこそが、万葉と古今、両者の違いを演出している。奈良・万葉人と平安人の歌風の差なるものは、日本語の違いに生じているのだ。

たとえば「石ばしる　垂水の上の　さ蕨の　萌え出づる春に　なりにけるかも」と鑑賞されている万葉歌と、「年の内に春はきにけり　ひととせをこぞとやいはん　ことしとやいはん」と漢字かな交りで鑑賞されている古今和歌はこのような歌であったわけではない。一目瞭然、

石激垂見之上乃左和良妣乃毛要出春尓成来鴨

としのうちにはるはきにけりひととせをこそとやいはんことしとやいはん

という漢字歌とひらがな歌という、次元を違えた二種類の歌であった。前記の歌では「激」（石にせき止められて水が激しく流れる）の漢字がこの歌の表現の鍵を握り（したがって枕詞と考えてすませることはできない）、また後者のひらがな語の「はる」は、「春」にとどまらず、「張《はる》・膨《はる》・腫《はる》・晴《はる》・霽《はる》」を広く含意している。その点では正岡の説は十分ではない。だが、万葉歌を評価したところには、日本近代初頭における漢字語の再評価、漢字語の力量の向上による西欧語の受容の必要を意識的にか、あるいは意識せずとも感受

していた点において、論理的には破綻していても、実践的な総合判断としては、それ以外に日本語における歌の近代化と革新はなかったのである。

■近代化は中国化であった

このように、日本の近代化はたんなる西欧化ではなく、そこには中国化という隠れた巨大な文化革新運動があった。

この主張に間違いないと私が断言できるのは、書＝書字の歴史から教わったからである。繰り返すことになるが、日本語というのは、漢字語とひらがな語の混合言語である。江戸時代の歌川国芳の「幼童席書会」の図を見ると、漢字の書では、いわゆるひらがな化した漢字である和様＝御家流にとどまらず、中国の顔真卿、柳公権風の本格的な漢字のスタイルも学ばれていたことがわかる。

事実、明治維新期になると、日本の書道家の多くは、漢字の本国・中国へ留学したり、あるいは中国から書家や書学者を招いたりして、当時の最尖端の書学の成果をとり入れた。西欧列強による植民地化の策動の中で、西欧への対抗として、清朝中国は、長い歴史をもつ高度な文明文化国家であるという自意識に導かれて、楷書体成立以前の六朝時代の石刻の書の再評価が「碑学（石碑の学）」という名目でなされていた。

日本の外交官・副島種臣、書家・中林梧竹、明治政府の書記官・日下部鳴鶴、同・巌谷一六（巌谷小波の父）、僧・北方心泉、松田雪柯、宮島詠士（政治家・宮島誠一郎の子息）

等はこの新しい中国の文芸、文芸復興運動に学んだ。これによって、日本の書は、いわば、古今和歌風つまりひらがな化した漢字である和臭、和様から、本格的な中国六朝風の漢字（第一次六朝書）へと大変貌をとげた。この新生、真正漢字語化によって西欧語を翻訳する力量をもったのである。

そしてまた逆に漢字となじみ合ってうねうねと曲りくねり、優美さを失って重苦しくなったひらがなの書である流儀書＝御家流は、古今和歌集成立期の繊細にして美麗、軽妙な「上代様」のかなへとこれまた文芸復古したのである。

書＝書字の動向から見れば、近代初頭に、日本語の中の漢字語は、その原初的な活力水準を取り戻し、ひらがな語もまた、同様にもっとも輝いていた姿を取り戻すことになった。そしてそれは、江戸時代までの和様流儀書の、漢字語とひらがな語のなじみ合った姿ではなく、両者が互いに違いを際立てて自立し、混じり合った姿をさらすようになったのである。短歌界の万葉＝漢字歌復古は、書においては楷書成立以前の漢字の書法の獲得と復古と重なっていたのである。

■近代日本の詩

この書＝書字の水準は、近代詩、近代文学の出生に呼応したものであった。

漢字語とひらがな語からなる日本語では、近世には一つの詩＝漢詩と、和歌と俳諧という二つの「歌」、都合三つの詩をもっていた。しかし、近代になると西欧詩にならった第四の、「近代詩」が新しく誕生することになった。新生の近代詩は、和歌の長歌と、漢詩との合流によって生まれた。

たとえば、北村透谷の「髑髏舞」。

うたゝねのかりのふしどにうまひして
　としつき経ぬる暗の中。
枕辺に立ちける石の重さをも
　物の数とも思はじな。
月なきもまた花なきも何かあらん、
　この墓《おくつき》の安らかさ。
たもとには落つるしづくを払ねば
　この耳も溶くるしづくなり。

行頭を上げ下げする書法からしても、これは長歌、あるいは和歌の集合詩とでも言うべきものである。

他方、島崎藤村の「千曲川旅情の歌」は、

小諸なる古城のほとり

雲白く遊子悲しむ
緑なすはこべは萌えず
若草もしくによし無し
しろがねの衾の岡辺
日に溶けて淡雪流る

音数律は五七の繰り返し。散文のように、ずらずらと文字を書きついでいく、語彙と詩体は、漢詩の訓読体に依拠している。

石川啄木の「ココアのひと匙」にもなると、

われは知る、テロリストの
かなしき心を―
言葉とおこなひとを分ちがたき
ただひとつの心を、
奪はれたる言葉のかはりに
おこなひをもて語らむとする心を
われとわがからだを敵に擲げつくる心を―
しかして、そは真面目にして熱心なる人の常に有つ
かなしみなり。

欧風の横書き、蟹行から推量されるように、西欧詩をモデルにひらがな歌の五七、七五調を脱け、漢語、漢文訓読体も脱して、「近代詩」へと歩みを進めている。石川啄木の詩からは、漢詩、漢文体はすっかり姿を消しているが、それらをくぐりぬけることによって「近代詩」は誕生した。長歌だけではなく、「近代詩」の成立には漢詩が深く関与していたのである。

このように、日本の近代化を「西欧化」だけで見るのでは不十分で、繰り返すが同時に「中国化」でもあったことを忘れることはできない。

いささか回り道をした。桑原武夫が提起した「俳句とはいかなる表現か」という問いは、五七五の音数律と三句体、これに加えて、季題・季語からなる俳句とはどういう表現かという問いでもあった。これを突きつめることは、今では当然のこととして人口に膾炙している俳句の定義がどのような過程で近代に成立したか、そこにはどのような問いがあり、苦心があったか、そして俳句とは何かにひとつの解答を導き出すことになろう。

「根岸の里の侘びずまい」句というものがある。

行く春や根岸の里の侘びずまい
夕立や根岸の里の侘びずまい
秋深し根岸の里の侘びずまい

降る雪や根岸の里の侘びずまい

あるいは、「名月やああ名月や名月や」でもよい。

音数律と季題・季語に依存して、いずれも、それらしい表現のような姿をまとう俳句という、世界にもまかふしぎな短詩。それと全力で格闘し、力を尽くし、近代随一と言っていい書を残した男・河東碧梧桐。そして近代俳句史から敬遠され、のみならず消しゴムで消されるように抹消されてしまった男・河東碧梧桐について書きとめることにしよう。

第二章　子規と碧梧桐——師を追うて霧晴るゝ大河渡らばや

日露戦争開戦前の明治三十五年九月十九日午前一時、正岡子規は東京上根岸八十二番地で息を引き取った。現在の山手線鶯谷駅から数分のところにある子規庵。台東区立書道博物館の向いである。その前日、絶筆は記された。河東碧梧桐の眼と手はその様子を刻明に写生する。

軈《やが》て例の画板に唐紙の貼付けてあるのを妹君が取つて病人に渡されるから、何かこの場合に書けるのであらうと不審しながらも、予はいつも病人の使ひなれた軸も穂も細長い筆に十分墨を含ませて右手へ渡すと、病人は左手で板の左下側を持ち添へ、上は妹君に持たせて、いきなり中央へ

　糸瓜咲て

とすら〳〵と書きつけた。併し「咲て」の二字はかすれて少し書きにくさうにあつたのでこゝで墨をついで又た筆を渡すと、こんどは糸瓜咲てより少し下げて

　痰のつまりし

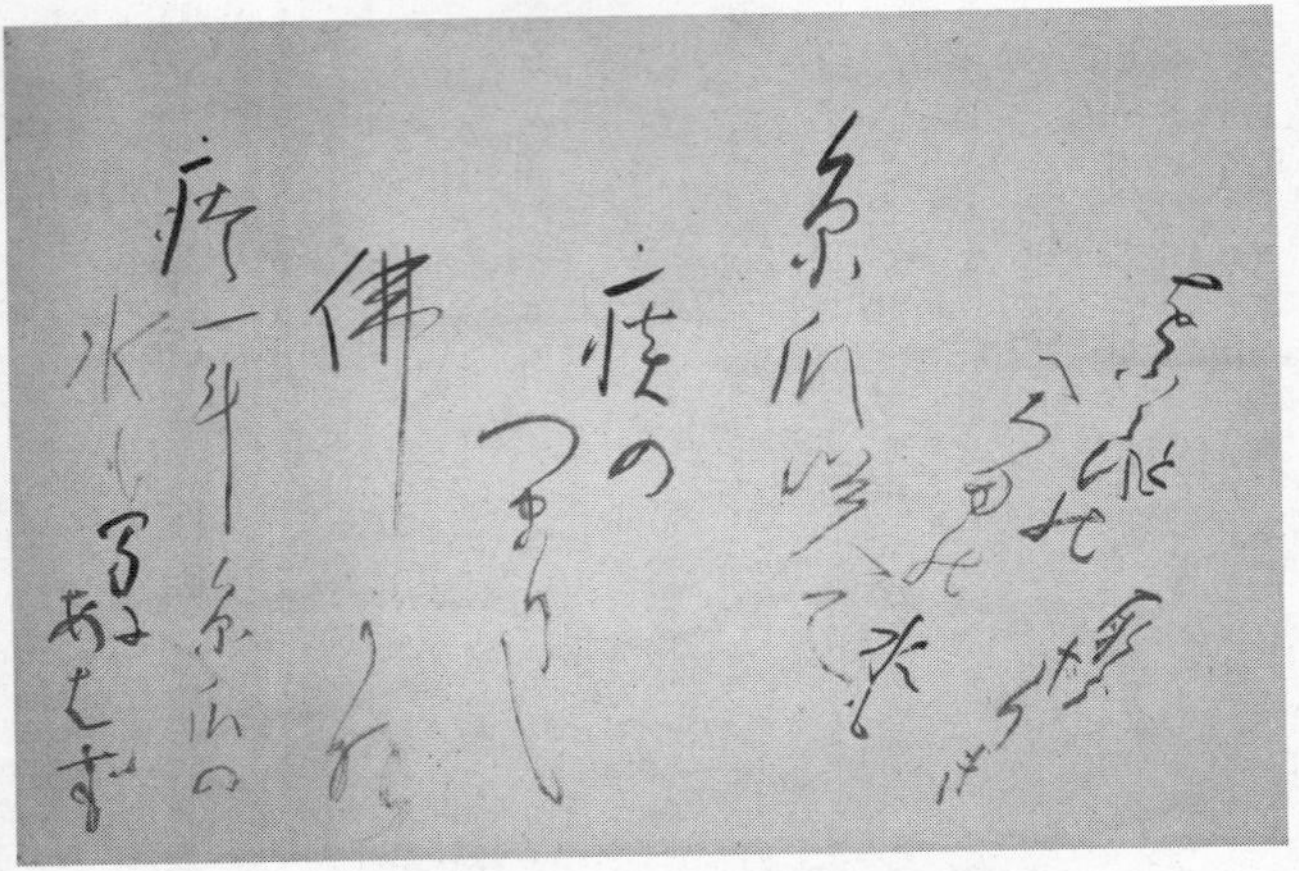

子規絶筆三句（国立国会図書館蔵）

まで又た一息に書けた。字がかすれたので又た墨をつぎながら、次は何と出るかと、暗に好奇心に駆られて板面を注視して居ると、同じ位の高さに

　仏かな

と書かれたので、予は覚えず胸を刺されるやうに感じた。書き終つて投げるやうに筆を捨てながら、横を向いて咳を二三度つゞけざまにして痰が切れんので如何にも苦しさうに見えた。妹君は板を横へ片付けながら側に坐つて居られたが、病人は何とも言はないで無言である。又た咳が出る。今度は切れたらしく反故で其痰を拭きとりながら妹君に渡す。痰はこれ迄どんなに苦痛の劇しい時でも必ず設けてある痰壷を自分で取つて吐き込む例であつたのに、けふはもう其痰壷をとる勇気もないと

見える。其間四五分間たつたと思ふと、無言に前の画板をとりよせる。予も無言で墨をつける。今度は左手を画板に持添へる元気もなかつたのか、妹君に持たせた儘《まゝ》前句「仏かな」と書いた其横へ

　痰一斗糸瓜の水も

と「水も」を別行に認めた。こゝで墨をつぐ。すぐ次へ

　間にあはず

と書いて、矢張投捨てるやうに筆を置いた。咳は二三度出る。如何にもせつなさうなので、予は以前に増して動悸が打つて胸がわく／＼して堪らぬ。又た四五分も経てから、無言で板を持たせたので、予も無言で筆を渡す。今度は板の持ちかたが少し工合がわるさうであつたが、其儘少し筋違に

　をとゝひのへちまの

と「へちま」のは行をかへて書く。予は墨をこゝでつぎながら、「をとゝ」の字の上の方が「ふ」の字のやうに、其下の方が「ら」の字の略したものゝやうに見えるので「をふらひのへちまの」とは何の事であらうと聊《いさゝ》か怪みながら見て居ると、次を書く前に自分で「ひ」の上へ「と」と書いて、それが「ひ」の上へはひるものゝやうなしるしをした。それで始めて「をとゝひの」であると合点した。其あとはすぐに「へちまの」の下へ

　水も

と書いて

取らざりき

は其右側へ書き流して、例の通り筆を投げすてたが、丁度穂の方が先きに落ちたので、白い寝床の上へ少し許り墨の痕をつけた。余は筆を片付ける。妹君は板を障子にもたせかけられる。

（河東碧梧桐「絶筆」『子規言行録』）

いわゆる絶筆三句が生れ出た凄絶な光景である。

禅僧に、死に際に弟子等が囲む中で最後の詩を書き残す「遺偈」という行がある。それがあまりに残酷であるということで、次第に前もって書き置いておくようになったほどだ。ところが、死の当日に子規の妹、陸羯南《くがかつなん》夫人・てつ子の前で、正岡子規はまさに懸命にその絶筆の行を行ったのである。

この後午後六時、『ホトトギス』の校正を了えるため碧梧桐は一旦子規宅を出る。午後八時に子規が目ざめ、「牛乳を飲もうか」とゴム管を通してコップ一杯の牛乳をのみ「誰が来ているか」と聞いた後また昏睡。

十九日午前一時、手はすでに冷たく、わずかの微温が額に残るだけ、臨終である。十七日の月、立待ち月は、「一点の翳も無く恐ろしき許りに」明るく輝いていたと高浜虚子は「終焉」（前掲書）に記している。

子規逝くや十七日の月明に　虚子

碧梧桐は戻ってきたが、すでに遅かった。四、五日は大丈夫という医師の話を信じたことを碧梧桐は後悔した。

兄事した子規、しかもたんなる兄事ではなく父・静渓の漢学の教え子であったというねじれた関係の中で、碧梧桐は、子規とともに俳句の革新運動に邁進した。しかし子規がいなくなったことによって、子規なくして、俳句の世界を背負いその革新に進まざるをえない事態に否応なく追いこまれて行った。その役割を引き受け、一切のごま化しなく誠実につきつめた、それが河東碧梧桐の一生であった。もっと言えば、「子規宗」の一人の信者がその生涯であった。

碧梧桐は、小沢碧童との思い出で書いている。

明治三十五年子規が歿してから約一ヶ月夢のやうに過してゐる中に、重い役目が私の頭上に落ちてきた。新聞「日本」の俳句欄の選をすることがそれであつた。今でもはつきり想ひ出すことの出来る二つの問題が、私の目の前に横はつてゐた。一つは、子規の開拓した歴史のある俳句欄を担当することの可否、言ひかへれば、荷が勝ち過ぎはしないかといふこと、今一つは、それと反対に、病気のせゐもあつたであらうが、この一年間位の子規の選は、正直に言へばダレてゐた。それをどう振興すべきであるか、といふ二つであつた。

（「思ひ出話」『碧童句集』）

■カワウソの眼光

生涯を共に生きることになった正岡子規に初めて出会った時の印象を碧梧桐は次のように書いている。

私はこれまでいく度も耳にしてゐた、升《のぼ》さんがこの人だと直覚した。横に切れた眼が私を射つた。への字なりに曲つた口もいかつい威厳を示してゐた。私を射つた眼が大きくくり〳〵左右に動いた。――中略――

横に切れた、ギロッと光る眼は、其後も同じやうに光つてゐた。病床に釘づけになつて、寝返りも容易に出来なくなつた後には、こちらへ視線を向ける為めに上ワ眼を使つたり、横眼で睨んだりする、一層鋭い光りと威厳とを投げるのだつた。――中略――

併し、子規の眼の位置位、鼻梁を挟んだ距離の多い例は、私も嘗て経験した事がない。二つの眼が対立してゐるといふよりも、個々の眼が孤立してゐる、と言つた方が適切な位離れ〳〵だつた。――中略――

広く豊かな額、反歯を包むやうにした――其実反歯では無かつた――上唇の膨れ上つたへの字なりに結んだ口と相待つて、燃ゆる情熱と、透徹した判断力と、狃《な》れ難い厳格さとを漲らしてゐた。――中略――

私はショート・サイトで其の眼光に打たれてから、約二十年間其の光りの下に昂奮もし、屈服もし、反抗もし、暖くも冷たくも、美しくも醜くもさまようてゐたのだ。

（河東碧梧桐『子規を語る』）

顔の輪郭辺にまで遠く離れた眼、「きれ長き三白眼」（若尾瀾水）。その特徴もあって名づけられたであろうカワウソ・獺。二つを同時に睨む複眼の思想の投影か、右眼左眼が孤立しているとまで碧梧桐が感じたその二つの眼光とともに、碧梧桐は生きた、生きつづけた。

子規の書斎・獺祭《だっさい》書屋の名は、一義的にはカワウソが魚を並べるように書物を散らかし並べた室という意味での獺祭書屋であろうが、子規の貌そのものがカワウソであった。画家・中村不折が描いた、病床の布団から顔を出す子規はカワウソの姿そのもの。ゴルゴ13のように鼻梁近くに寄った眼の持主が美男子であると考えていた碧梧桐が、奈良美智のイラストや当世風のマンガが描く、遠く離れた二つの眼、そのカワウソの複眼の眼光とともに生きた。しかし九月十九日、もはやその眼光を直に感じることはできなくなった。佳句とも思えぬがそう呟くしかなかったのだろう、碧梧桐は後に、

師を追うて霧晴るゝ大河渡らばや
天下の句見まもりおはす忌日かな

と詠んだ。

■野球《のぼる》が繋いだ子規と碧梧桐

ところで、そこが何とも俳諧味溢れるのだが、碧梧桐と子規の出会いは、俳句を通じてのものではなかった。伝統的な芸能でもなく、アメリカ発の訳語さえ定まらぬ、それはまだ目新しい遊戯であった。

東京に出てゐた兄から、ベースボールといふ面白い遊びを、帰省した正岡にきけ、球とバットを依托したから、と言つて来た。子規と私とを親しく結びつけたものは、偶然にも詩でも文学でもない野球であつたのだ。——中略——球が高く来た時にはかうする、低く来た時にはかうする、と物理学見たやうな野球初歩の第一リーズンの説明をされたのが、恐らく子規と私とが、話らしい応対をした最初であつたであらう。——中略——

この初対面の延長で、私はすぐ表の通りへ引張り出されて、今まで教つた球のうけ方の実地練習をやる事になつた。私は一生懸命にうけるといふより球を摑《つか》んだ。掌の裏へ突き抜けるやうな痛さを辛棒して、成るべく平気な顔をしてゐた。頭の上へ高く来たのは、飛びあがるやうにして、両手を出しさへすれば、大抵はうけられる、一寸投げて御覧、と言はれて、其の投げ方が丁度いゝ具合に往かない。二三度繰り返して、やつと思ひきつて投げた球を、一尺も飛び上つてうけたお手本に驚くよりも、半ば忘れかゝつてゐた眼つきの鋭さが私を喚《よ》び覚した。（河東碧梧桐『子規を語る』）

現在、東京神田錦町の学士会館の敷地内に「日本野球発祥の地」なるモニュメントが建っている。明治五年、第一大学区第一番中学→開成学校（東大の前身）の教師ホーレス・ウィルソンが日本に初めて野球を伝えた、その地であると記すのだ。

野球に関連して碧梧桐は『子規の回想』の中で、

「ベースボール」を訳して「野球」と書いたのは子規が嚆矢であつた。が、それは本名の「升《のぼる》」をもぢつた「野球《ノボール》」の意味であつた。

「野球」という訳は正岡子規の本名「升」を洒落たものであったと書いている。そう断言できる材料はもたないが、少くとも子規周辺の人々にはそのように信じられていたようで、柳原極堂も同じように書いている。

それにしても鋭かったのであろう、キャッチボールをしていても碧梧桐は、兄達とは違うカワウソの眼光にはっと気づくのであった。

気にしないではいられなかった子規の眼光は、人格的な力量からのそれであっただろう。だが、表現論としては一に俳句をめぐっての明治二十五年の「獺祭書屋俳話」、そして二に歌をめぐっての明治三十一年の「歌よみに与ふる書」の眼光であった。

俳句に字余りの多きものは延宝天和の間を尤甚《もっともはなはだ》しとす。十八九音の句は云ふに及ばず時として二十五音に至るものありて却つて片歌よりも猶長し。今日にありて之れを見れば奇怪の観なきに非ざれども俳風変遷の楷梯としては是非とも免るべからざるものならんか。

「字余りの俳句」という題名でこのように書き、その例として

夏衣いまだ虱をとりつくさず　芭蕉
ところてんさかしまに銀河三千丈　蕪村
流るゝ年の哀世につくも髪さへ漱捨つ　其角

十七音であっても五七五の音数律から外れた例として、

海くれて鴨の声ほのかに白し　芭蕉

などの句を挙げている。むろん、五七五の十七音の音数律が基準である。それは押えて

おいても、それが俳句に絶対的な必要条件であるとは考えておらず、むしろ「字余り」の必要について積極的に触れている。

「明治二十九年の俳句界」はさらにこれを徹底する。

　俳句の定義如何と問はゞ、俳句は文学の一種なりといふことの外に、他の文学と区別すべき特色は五七五的の調子に在りと答へざるべからず。五七五的の調子は実に俳句の最大要素なり。然れども五七五とは其最も普通なる調子をいふものにして俳句は此調にのみ限られたるにはあらず。之を古句に求むるも十六字句あり、十八字句乃至二十五字句あり、十七字句にても七五五又は其他の異調あり。十八字句は十七字句に続いて最も多し。何時の代の俳家も多少之を作りたり。十八字句に続いて多きは十九字句なるべし。此外は皆極めて少し。

　俳句はどう定義づけられるかという問いに、明治二十九年の正岡子規は、現在の俳人のように五七五の音数律の韻文などと野暮な解答はしていない。五七五は基準、目安であって、これに限られるものではない。過去の俳句史を総括した上で、十六音も十七、十八、十九さらには二十五音もあり、五七五のみならず七五五の音数律もあると明確に書いている。

　中村草田男が書くように、五・七・五の十七音と、並んで季題・季語が俳句には必須のものと一般には信じられている。だが、正岡子規においてはそうではなかった。

一俳句には多く四季の題目を詠ず四季の題目無きものを雑と言ふ
一俳句に於ける四季の題目は和歌より出で丶更に其区域を広くしたり和歌に在りては題目の数僅々一百に上らず俳句に在りては数百の多きに及べり

（正岡子規『俳諧大要』）

俳句は季題をもつものが多い。しかし季題のないものもある。それを雑句とよぶ。季題を絶対的な必要条件などとは言わない。

一雑の句は四季の聯想無きを以て其意味浅薄にして吟誦に堪へざる者多し只雄壮高大なる者に至りては必ずしも四季の変化を待たず故に間々此種の雑の句を見る古来作る所の雑の句極めて少きが中に過半は富士を詠じたる者なり而して其吟誦すべき者亦富士の句なり

（同前）

雑の句は季題をもたないがゆえに、意味が浅薄になり、語呂もわるくなることが多い。しかし、少しばかりだが、季題から自由であってとても雄壮な句となる例が、富士山を題にした場合に見られる。

正岡子規にとっては、五七五の音数律や季題は俳句にとって絶対的に必要不可欠のものではなかった。

これから少しずつ見ていくことになるが、河東碧梧桐の俳句の表現の拡張、それに伴う音数、音数律、そして季題・季語の変革は正岡子規の俳論の中にすでに準備されていた。子規の死後、「カワウソの眼光」が実際の眼光ではなく脳裡に浮かぶ幻の眼光となってからも俳句はさらに激しい変貌を遂げたけれども、それは兄事した師たる子規の意向に反してのものではなく、子規の思想の枠内に準備され、それを拡張したものであった。『新傾向句集』の大正四年の巻頭序文に子規との関係を次のように率直に記している。

子規といふ大人物の感化は、殆んど予をして無意識に句作せしめてゐた。殆んど我・自己を見なかつた。子規の見たる、子規の推奨する我に満足してゐた。一旦子規を亡うて、又た我を見て呉れる者がなくなつた。子規を通して出来てをつた我は泯《ほろ》びた。已むなく我が我を見ねばならなくなつた。新たに自己の見たる自己を作らねばならなかつた。

――中略――

我を作るに覚醒したというても、それは子規の感化を擺脱《はいだつ》し得た新たなる我を作る意味ではない。子規の見てゐた如く、我が我を見るの謂ひである。子規の鞭韃《ママ》した如く我を鞭韃するの謂ひである。子規を信ずる事に於て、予の信念は未だ嘗て動揺せぬのである。

何という直截な子規への信仰告白であろう。このように堂々と書ける碧梧桐には羨望すら覚えるほどだ。

■短歌の革新

俳句においては、蕪村を高く評価してみせたが、短歌については、もっと明解な革新の戦略があった。

貫之は下手な歌よみにて古今集はくだらぬ集に有之候。——中略——先づ古今集といふ書を取りて第一枚を開くと直ちに「去年とやいはん今年とやいはん」といふ歌が出て来る実に呆れ返つた無趣味の歌に有之候。日本人と外国人との合の子を日本人とや申さん外国人とや申さんとしやれたると同じ事にてしやれにもならぬつまらぬ歌に候。此外の歌とても大同小異にて駄洒落か理窟ッぽい者のみに有之候。それでも強ひて古今集をほめて言はゞつまらぬ歌ながら万葉以外に一風を成したる処は取得にて如何なる者にても始めての者は珍しく覚え申候。

（正岡子規「再び歌よみに与ふる書」）

この「歌よみに与ふる書」で、子規は古今和歌を悪罵、否定し、これに替えて万葉歌を再評価し、いわば「万葉文芸復興（万葉ルネサンス）」を提唱、実践した。この近代日本の文芸復興運動の提唱者として、正岡子規は、近代日本文学の要に立つことはよく知られている。

万葉歌と古今和歌との違いは純朴、重厚な飛鳥・奈良人の歌と、技巧的でいささか軽浮な平安宮人の表現の違いと考えられがちだが、その差は、万葉歌は漢字（万葉仮名）を使ってつくられ、記された歌であり、古今和歌は新しく誕生したひらがなでつくられた歌であるという、文字＝言語の構造的な違いから来る。

「としのうちにはるはきにけりひととせをこそとやいはんことしとやいはん」――年の内に立春が来てしまった、この事態は去年といったらよいのか今年といったらよいのやらという、子規の言うつまらぬ事態をすらすら、さらさらと歌に出来るようになったのは、ひらがなという、一字では意味をもたない音声記号的な文字を発明し、音だけを書きとどめることが可能になったからである。ひらがなの誕生――意味からはまったく自由な文字からなるひらがな語が文語体として登場した。万葉仮名という名の漢字を工夫しながら並べてつくられることによって漢語との複線性を脱しきれない万葉歌と、声＝音を連ねることによって語、歌とする古今和歌とは構造を異にする。ひらがなの歌であるか漢字で記述される歌であるかの違いが、古今和歌と万葉歌との基本的な違いを形づくっている。かな文字誕生以来、約一千年間にわたるひらがな歌のお気軽な単線的撩乱、放縦、爛熟、秘儀化を否定して、漢字歌の複線的重厚さの恢復を主張したのが「歌よみに与ふる書」であった。たとえて言えば、「こひ（恋）」の古今和歌よりも「孤悲《こひ》」の万葉歌の深みを讃えたのである。

ひらがな歌は四季、花鳥風月と恋愛の表現を得手とする。それを批判して、漢字で表記されるところに生れた複線性の万葉歌の再評価が生じた。歌における漢字つまり漢字語の復権によって、和歌の近代化＝近代短歌は生れたのである。

むろん、日本語は単一の言語ではなく、漢字語とひらがな語とカタカナ語の三語の混合体である。だが、その日本語の本質については、近代初頭において、気づかれることはなかった。

アルファベットの西欧語には、文字が内在的である言語が存在することは、夢想だにできなかった。漢字語を共通語として文字で連なる東アジア漢字文明圏の、中国、朝鮮、越南、日本の言語の実態とはまるでかけ離れた、「言葉は声でできている」という西欧的綱領に従った言語論を無批判に受け入れたことによって、近代の日本語の理解と教育はあられもない方向へと大きくねじ曲ることになった。

近代郵便制度の創始者として知られる前島密が、最後の将軍・徳川慶喜に建白した「漢字御廃止之議」は、近代の時空において、日本語を語る場に、絶えず影響を与えつづけた。近代日本の言語学や日本語学は前島密の掌の中にあった、否今なおあると言っていい。その論からかな書き論やローマ字書き論も生れた。しかし、実際に漢字が廃止されることはなかった。今後もないことだろう。それは、漠然と信じられているように、日本語が整合性のとれた声からなる単一言語ではなく、漢字語とひらがな語とカタカナ語の三語の混合体であるからである。この構造で出来上っている日本語において、漢字を廃することは漢字語を廃することを意味する。政治・宗教・哲学の表現を担う漢字語を廃することは日本語における政治・宗教・哲学表現の崩壊を意味する。それゆえ、当然に漢字の廃止は出来なかったのである。不幸にも朝鮮、韓国と越南は漢字を廃したが、それは、日本やフランスの植民地化による民族の存立の圧殺下において、言語や文化を犠牲にしてでも政治的独立を選びとったからである。

前島密は、漢字語を教育する時間をむだだと断じたが、「漢字廃止論」をめぐる日本近代における「国字・国語論争」こそはなくもがなの、まったくむだで不毛な論争であった。漢字＝漢字語なくして日本語はありえないのであるから、漢字を廃することなどできはしないのだ。

「歌よみに与ふる書」の漢字表記歌である万葉歌の再評価は、西欧語を翻訳する上での漢字語の高度化の必要を背景として生れた必然的な運動であった。

その意味で、正岡子規が主張する万葉ルネサンスは運動論としては近代の文芸に強力な意味をもち影響を与えるものではあった。だが、歌論として正しいものではない。自ら「それでも強ひて古今集をほめて言はゞつまらぬ歌ながら万葉以外に一風を成したる処は取得にて如何なる者にても始めての者は珍しく覚え申候」と書いているが、「つまらぬ歌」をすらすら、さらさらと書ける、作れるところに古今和歌＝ひらがな歌の達成があった。――この一事は忘れることはできない。漢字（万葉仮名）を媒介としなければ書けない、つくれない歌が、そのような厄介な漢字の選択、選別という手続をふむことなく、それゆえこれまで歌になることなどなかった事象までが歌になるようになったという点に古今和歌の達成はあるのだ。

河東碧梧桐は、俳句の革新と短歌の万葉ルネサンスという子規の眼光、つまりは「カワウソの眼光」の盟友であった。「カワウソ」亡き後も碧梧桐はその運動を前に進めた。それは、俳句や短歌の命数をめぐる子規の次のような苦い覚醒をも引き連れながらのものであった。

> 数学を修めたる今時の学者は云ふ。日本の和歌俳句の如きは一首の字音僅に二三十に過ぎざれば之を錯列法《パーミュテーション》に由て算するも其数に限りあるを知るべきなり。語を換へて之をいはゞ和歌（重に短歌をいふ）俳句は早晩其限りに達して最早此上に一首の新しきものだに作り得べからざるに至るべしと。世の数理を解せぬ人はいと之をいぶかしき説に思ひ何でうさる事のあるべきや。和歌といひ俳句といふもと無数にしていつまでも尽くることなかるべし。古より今に至るまで幾千万の和歌俳句ありとも皆其趣を異にするを見ても知り得べき筈なるに抔《など》云ふなり。然れども後説はもと推理に疎き我邦在来の文人の誤謬にして敢て取るに足らず。其実和歌も俳句も正に其死期に近づきつゝある者なり。
>
> （正岡子規「俳句の前途」『獺祭書屋俳話』）

人問ふて云ふ。さらば和歌俳句の運命は何れの時にか窮まると。対へて云ふ。其窮り尽すの時は固より之を知るべからずといへども概言すれば俳句は已に尽きたりと思ふなり。よし未だ尽きずとするも明治年間に尽きんこと期して待つべきなり。和歌は其字数俳句よりも更に多きを以て数理上より算出したる定数も亦遥かに俳句の上にありといへども実際和歌に用ふる所の言語は雅言のみにして其数甚だ少なき故に其区域も俳句に比して更に狭隘なり。故に和歌は明治已前に於て略ぼ尽きたらんかと思惟するなり。

（同前）

字数の少ない俳句は、明治時代で限界に達するだろう。和歌は字数は多いけれども、詩的雅語頼りだから俳句よりもさらに短く、すでに命数はほぼ尽きているだろうと正岡子規は書いている。

超高速コンピュータを使えば五・七・五の十七文字の組み合わせはすべて打ち出すことができるかもしれない。とはいえ、それでは無意味な句ばかりになろうから、既存の語彙を手がかりにふるいにかける。そうすれば、実際の俳句に近い表現が相当数ひろえるだろう。むろん子規が言う限界は、そのような機械的な意味だけではなく、時代の表現は俳句により可能という意味がそこには加わっていよう。

命数は尽きた、命数は尽きつつあるというこの子規の発言を知らないはずはない。その虚無を抱え込みながら碧梧桐は、さらなる俳句の表現の可能性を模索するところに、俳句界の「萎靡《いび》」を感じ、俳句の「才気の発奮」を試みんとしたのである。

漢字廃止論を筆頭とするまったくもって不毛な「国字・国語問題」について碧梧桐は「三千里」の旅程中、青森浅虫温泉で、明治四十年二月十六日、十七日の二日間にわたって次のように書いている（『三千里』）。

漢字全廃とか又は羅馬《ローマ》字論などには従来一二の疑問がある。

若し今日漢字全廃論者や羅馬字論者などの主張する様に、日本の仮名及漢字といふものが、左程に不便で左程に頭の感覚を疲労するもので、左程に新知識の輸入と相反撥するもので、左程に幼者少年に害のあるものであるとすれば、六つや七つの頑是ない頃から、大学朱熹章句学而第一などゝ素読をせしめた頃に、日本は已に支那や朝鮮のやうになつて居るのではないかと思ふ。

おそらくは日露戦勝を指すのであろう。漢字をもつ日本語であっても、日本は事実上、世界の大国になった、それが、漢字廃止論の誤りの何より証拠だと碧梧桐は云う。

若し漢字が全廃されるとか、国字が羅馬字に改められた場合を想像して見る。「ジンムテンワウ」とは読めても「神武天皇」が読めなくなる。「カシハバラ《ママ》ノミヤ」とは解しても「橿原宮」が解されぬ。「クスノキマサシゲ」は忠臣と知つて「楠正《ママ》成」は何の事だかわからぬ。之をひきくるめていふと、日本建国の精神を祖述した今日迄の歴史といふものが全く廃物になつてしまふ。

日本の過去の書物はすべて空文になってしまうのだが、それでさしつかえないのかと問うのだ。

窃かに聞く所によると、明治三十八年の日本海の大海戦の我大捷も、欧洲の新兵学よりも、却って孫呉の兵法に依る処が多いとの事である。漢字全廃論者や羅馬字論者抔の夢想だも思ひ及ばぬ所であらうと思ふ。それでも孫呉の兵法などは旧式で読むに足らぬと言ひ得るであらうか。否、孫呉の兵法を記した漢字などは、芥同様捨てゝも惜しうはないであらうか。

ここで注目すべきは、碧梧桐が漢字を文字にとどめることなく、漢字語＝漢字文＝漢文にまで広げて考えていることである。一字が一語である漢字によって形成された中国、朝鮮、越南、日本の東アジア漢字文明圏においては、文字はそのまま言語。孫子や呉子の兵法を漢字語からなる兵法書、漢字によって書かれることから生れた兵法であると正しく考えているのである。それだけでなく加えて、碧梧桐は、文化を国家の一大事と考えていた。

要するに国字改良といふことは、国家事業の重大なる事件である。之に比すれば三十七八年の大戦争の如きも一些事に過ぎぬと思ふ。そのやうな大事業を、目前の便不便とか、一時の利不利とかいふやうな事でチヤホヤ騒がれては困ることではないかと思ふ。

日露戦争の勝ち負けなどよりも、国字改良の方がはるかに大問題なのだと書く。

漢字とはいふもの丶、已に訓のついた字は日本字である。二千年来用ひ馴れた字は、よし他国から輸入したものでも、之を日本字といふに差支はない。之を外国字のやうに思うて居るのが抑《そもそ》も根本の誤りではあるまいか。固より日本には仮名と本字との区別があるのである。二様の文字があるのである。二様の文字のある国が世界にないというて、それがどれ程の恥辱であらうか。二様の文字の負担に堪へないで、日本が朝鮮や支那の様になつてしまふといふ事実が現に存在して、一様語の国とは何をしても勝つことは出来ぬ、といふ事が判明された後ならば、始めて羅馬字論の価値も認められよう。日本が今日の進歩をなしたのは、却つて二様語のお蔭ではなかつたかと反問することは出来ぬであらうか。

碧梧桐は訓よみをもつ漢字はもはや中国の文字ではなく日本の文字＝日本字、日本語の文字であるという構造を理解していた。さらには、日本語が漢字語とひらがな語の「二様言語」であることもはっきり指摘し、その「二様言語」であること自体が不利なことではなく、逆に日本の近代化をもたらしたと考えられるではないかと、漢字廃止論やローマ字論者に反撃を加えている。日本語が二種類の文字を使うというのにとどまらず、二種類の言語、「二様言語」であるとの指摘は、その構造の解析は不充分であるとは言え、日本語が「二重複線言語」であることにまっすぐ繋がる重要な説である。さらに、

漢字何々会といふのが出来て、漢字の制限をして用字の数を一定せうなどゝいふ説が、漢字擁護者の中にもある。これは漢字全廃説の気焔の高さに呑まれたやり方で、これも稍《やゝ》腰の抜けた為体《ていたらく》である。

戦後の当用漢字、常用漢字に繋がる屈折した漢字制限論が、ローマ字化論等に押し込まれたところから生れてくることを明治四十年段階で看破していて、拍手をしたい気分になる。さらに続ける。

人の読めないやうなむづかしい字で文章を綴るものが、今日天下に何人あるであらう。若しさういふ人があれば、之を文字の擁護者として歓迎する位の度量はあつてもよい。漢字を制限する手間で、漢字を普及する方に勧める方が早道ではあるまいか。

他人が読めないようなむづかしい漢字をつかう者がいて迷惑だ、進歩を妨げる等という

議論があったのだろう。これを批判して、むづかしい漢字をつかう者は、逆に文字＝文化の擁護者と考えればよい。漢字を制限するくらいならその手間を漢字学習のために割けばよいと至極もっともなことを言う。

もしもこの明治四十年段階においてでも、碧梧桐の主張に学者や官僚が耳を傾けておれば、それこそ、日本の近代現代を貫く、まったくもって不毛な「国字・国語問題」の研究や議論に厖大なエネルギーを費すことはなかったであろう。

日本語、国語学上の近年の最大の謎は、二〇〇〇年頃を境に、近代を貫いてさも大問題でもあるかのようにふるまい、あれほど論争された「国字・国語問題」論争がまったく消え去ったことである。ワープロ＝パソコンの登場で漢字学習が重荷でなくなったからとでも言うのなら、ちょっとした機械の開発で片付くような問題を、なぜ、日本語の構造的欠陥のように大袈裟に主張しつづけてきたのかを国語学者は恥じ、猛省すべきであろう。

むろんワープロ＝パソコンが「国字・国語問題」を葬り去ったのではない。「漢字の桎梏」など幻影にすぎなかったがゆえに、漢字を日本語に必須のものとしてワープロ＝パソコンは開発されたのである。間違ってはいけない。漢字とともにある漢字語とひらがなとともにあるひらがな語が存在するのであって、前もって存在する声の日本語を漢字で書いたり、ひらがなで書いたりするのではない。声の西欧言語学に眩惑されて、この構造に気づかなかったために、「国字・国語問題」なる無駄な議論が捏造されたのである。

日本の国語学者の過半は、前島密の「漢字御廃止之議」＝漢字廃止論の幻影の掌中にとどまることによって、日本語の理解とその教育政策を誤まりつづけ、漢字語の軽視による日本語のはなはだしい劣悪化という現在の事態を招いている。国語学者のひとりくらいは日本近代における「国字・国語問題」をていねいに総括し、国民に謝罪すべきであろう。これだけ騒がせつづけたのだから。

こういうことである。単一の日本語などというものはない。漢字語とひらがな語とこれに加えて不十分なカタカナ語の混合語が日本語の実体である。漢字語は主として政治・宗教・哲学の表現を得意とし、ひらがな語は四季と恋愛の表現を得手とする。したがって日本語において漢字を廃止すれば、政治・宗教・哲学の表現は崩壊し、これを制限すれば、政治・宗教・哲学の表現は制限され、これを軽視すれば、日本語の片方は疎かになる。現在、日本語が直面しているのは、漢字語軽視によるこの政治・宗教・哲学分野の表現のおそるべき劣化、「片言化《かたこと》」である。虚言とその糊塗が政治の場で常態化し、民衆の側もまたその浴に漬り切っているのもこの日本語の現状から来る。

■カワウソ明月に死す

野球の手ほどきを受けている最中でも、感じないではおられなかった「カワウソの眼光」。明治三十五年九月十九日、正岡子規の瞼が閉じられるまで碧梧桐はその眼光と共に生きつづけた。

子規が没した年の一月に河東碧梧桐は、獺祭書屋の目と鼻の先、上根岸七十四番地に引越したが、これは子規を看病するための家移りであった。
明治三十二年、獺祭書屋での蕪村忌で集まった俳人達との記念写真撮影の光景を俳人にして碧梧桐の妻の兄である青木月斗は「碧梧桐の思ひ出」として次のように綴る。

いよいよよしとなつて、子規居士を碧梧桐が背負うて来る。なかなか六ヶしい仕事だ。身体のいづくに触れても痛むのである。子規居士は、顔をしかめて痛さを堪へられるのである。やうやく中央の座に下して、脇息に凭《もたれ》て横にぢりに坐らせた。この間、一同は声を呑んで、眉をよせて心配の気配にうち眺めるのであつた。この子規居士を、おんぶして椎の木の下に並んだ三十幾人の中央正面に坐らせるのは碧梧桐でなければ出来ぬ大役であつた。

いくぶんか義兄の贔屓眼《ひいきめ》なしとはいえずとも、子規の周りをとり囲んだ錚々たる文学、芸術家の中で、子規の痛みを知り、その痛みに「さわらぬ」ように背負うのは河東碧梧桐しか居なかったと証言する。子規の痛みを知り、痛みにさわらぬという箇所は深読みしたいところだ。

晩年の昭和九年になっても「子規と私」と題して碧梧桐は執拗に次のように書く。

子規の死んだやうに死にたくはないが、子規の生きたやうには生きたい。子規の信念と力は持ち得ないまでも、私の信念と力のありたけを尽して、子規の後塵を拝するに甘んずるのである。

（昭和九年六月十三日「読売新聞」）

河東碧梧桐は、生涯にわたって「カワウソの眼光」とともに生きたのである。

第三章　三千里の旅へ——鳥渡る博物館の林かな

■長征資金、月九十五円

御留守費　三十五円也
御旅費　六十円也
計　九十五円也

あなたの旅中の生計費としては、百円以上は必要だとは思うけれども、上記の資金を来月からでも用立てましょう——とは、四十〜五十円を援助して欲しいという河東碧梧桐の要請に対する、俳号句仏、のちに浄土真宗東本願寺第二十三世法主を継いだ大谷光演からの回答である。

この支援を得て、明治三十九年、河東碧梧桐は、子規亡き後の俳壇の状況を突破し、俳句革新の更なる展開を期して、全国行脚、いわゆる「三千里」の旅へと出発した。新興俳句の大長征の始まりである。

貴兄は贅沢と仰せられ候へ共春宵一刻に万金を捨つる社会の害虫も有之《これあり》候天下之偉人の子規先生が業を万世に残さんとするに月々百金足らずの金を費す決して贅沢とは不申《まをさず》と愚考 仕《つかまつり》 候碧梧桐貴兄個人の利益の為には無之《これなく》俳句界の利益の為に御坐候依而《よりて》小衲は九十五円といふ予算を相立て第一期の旅行経過を御覧に相成候方可然《しかるべく》やに存候。

（「句仏上人」『なつかしき人々――碧梧桐随筆集』瀧井孝作編）

と続けている。

大谷句仏は、子規亡き後、高浜虚子主導の下で、俳句以上に小説へと傾斜した『ホトトギス』に不満で、俳壇の現状を打破することを期待して、碧梧桐の全国行脚のパトロンとして名乗りをあげたのである。

当時の米価は一キログラム十二銭程度、大卒官庁役人の初任給が五十円、現在はそれぞれ米は五百円、役人の初任給は二十万円くらいだから、当時の九十五円は現在の生活でいえば、一ヶ月四十万円弱の資金に相当する。その規模の資金を碧梧桐の「三千里」の旅の達成のために、大谷句仏は準備したのである。

日露戦後の明治三十九年は、日本にとっても、文化・文芸にとっても、また俳句や書にとっても一大転換期であった。

大戦の一とせ過ぎぬ梅の花

明治三十八年の碧梧桐の句である。前年には「制海権吾に帰す」と題する

龍宮の朱門に春の日ざしかな

の句。また、

第一に殉国の士や梅の花

は「旅順海戦の戦死者山中少佐は同郷の人なり予又た一面識あり拙詠数句其英魂を弔ふ」と題した手向けの句の一である。また広瀬武夫中佐を悼んだ、

いくさ神になる人ひとり花曇

なる句も作っている。いずれも佳句とも思えぬ平凡な作である。

むろん日露戦争といったところで、先の戦争のように、大空襲や敵兵上陸、原爆投下が

あったわけではなく、海の外での戦さ。戦争や戦時を題材にした句はほんの少ししか見かけられない。それどころか、「従軍行五句」と題する句とて、

杏桃の盛りや胡地を占領す
金州や子規子も行きし春の山

というように、戦地に子規を想い出す程度の句に終始している。碧梧桐が関心を抱き、写生する眼は、ほとんど生活身辺に向けられている。それは、「ひらがな歌」つまり和歌から派生した俳句自体の宿命というだけではなく、——碧梧桐が、政治や軍事といった大状況を表現しようと思えば、当然のごとくその表現方法の開発を試みたに違いない——俳句の表現では絶えず生活の身辺へと注意を向けつづけていたからである。

とはいえ、大状況——大きな時代の気分は、個人の意識を包囲し尽くし、本人がそれと気づかぬままに、物の考え方や行動を規定する。

日本の近代には三つの大きな状況の変化があった。第一に第二次世界大戦（日中戦争、太平洋戦争）の敗北、第二は明治維新。そして第三が日露戦後。帝国主義日本の完成期である。半欧州・半アジアの大国、帝国ロシア戦——実際には、朝鮮、中国東北部（満洲）の支配戦争——での勝利は、それまでとはまったく違った次元で日本国民に大国の意識と自信とを、植えつけることになった。

人間は、時代を呼吸し、時代とともに、時代の中を生きる。子規は、日清戦争を体験したが、さらにそれよりも大がかりな日露戦勝という時代を経験することはなかった。この日露戦後の大変革の力が、河東碧梧桐を次なる大きな行動、俳句とともなる大長征へと誘うことになった。

子規が息をひきとった明治三十五年九月「日本」俳句欄の選者を引継いだ碧梧桐はその頃、

から松は淋しき木なり赤蜻蛉

の句を詠んでいる。はたして偶然の一致か、この句が誘ったか、北原白秋は

からまつの林を過ぎて
からまつをしみじみと見き
からまつはさびしかりけり
たびゆくはさびしかりけり

の「落葉松」と題する詩をつくっている。

からまつが子規で赤蜻蛉が碧梧桐か、あるいはその逆かなどと野暮なことは言うまい。

ただ言えることは、ここでの「淋しき」は子規を亡くした喪失感にあることは間違いない。それでも時代は少しずつ進んでいく。淋しんでばかりはいられない。

糸瓜にも昔ある世となりにけり

である。この「糸瓜」はむろん子規庵、獺祭書屋の「糸瓜」、絶筆に登場したそれである。

天下の句見まもりおはす忌日かな

も同じ頃の句である。

子規存命中から俳句革新への方向の違いが少しずつ明らかになってきた虚子との対立もいっそう顕在化してきた。ここをしのぐためには、俳句の表現をさらに時代と切り結ぶものに高めなければならない。自らのそして俳句の水準もさらに旺盛、活発なものへと高めて行かねばならない。

ここで始まったのが、過激な作句修行、先鋭的な俳句会である「俳三昧」であった。明治三十八年、碧梧桐は全力で「俳三昧」に入った。

「俳三昧」とは何か。これについて、碧梧桐は明治四十年十月発行の『新俳句研究談』の中で「俳三昧に就て」（明治三十八年十月十日）と題して次のように書いている。

〇予はこの年の秋に入つて毎日のやうに俳三昧を修した。それも俗用の多端な為め、多くは一日の勤めを終つた夜間に限られて居た。一日の休暇を得て、朝から夜更くるまで句作をしたといふことなどは一月の間に二日とは無つた。極力俳三昧を修する以上は、せめて十日なり二十日なり他の用を抛つて句作の境に入浸りしてをりたいやうに思ふこと屢々《しばしば》であつた。

〇俳三昧を修するといふのも、別に変つたことをするのではない。句作に熱心な二三人が打寄つて題を課しながら十句程度に句作するのである。早く十句に満ちた者があればそれを限りに其題をやめて一応出来栄を略評してすぐ次の題に移るのである。かくの如くして時間の許す限り題を進める。朝から昼迄に三題、昼から夕方迄に三題、夕飯後夜半迄に四題、都合十題百句の句作を今日迄の多作の限度として居る。一題の句作時間三十分乃至一時間、句作に熱中する時は殆ど雑談の遑《いとま》もないのであつた。

朝三題、昼三題、夜四題で都合十題。一題につき十句、百句を作る。これが限度。一題の句作に要する時間は三十分から一時間、都合五時間〜十時間の真剣勝負。磨き力においても志においても熱においても大きな差の見られない者同士の削り合い、磨き合い、文字通り切磋琢磨の作句行《ぎょう》である。

この「俳三昧」は碧梧桐が考案したもので、句会とは異なり、句の向上を目指す真の同志二、三人の少数精鋭で日数を定め連日連夜句作に専念する。

「から松は……」の句も「糸瓜にも……」も直接子規を詠った「天下の句……」も、東京日本橋の魚問屋の次男で、家伝の目薬を製造していた小沢碧童、東京帝大国文科の大須賀乙字、東京三ノ輪の梅林寺の住職・喜谷六花等碧梧桐門下の面々との「俳三昧」から生れた。

句を作って作って、作りぬく、限界まで多作する。大袈裟にいえば血を吐くまでに作りぬく、のである。碧梧桐は書く。

○多作といふことに伴なふ弊は乱作といふことである。ただ多きを貪つて一句々々の穿鑿を踈《そ》漏《ろう》にするやうでは、必ずしも多作とは言へぬ。多作佳句を多く作るといふ意味であることを常に忘れぬやうにしたい。佳句を作らうとして而して尚且つ句の多からんこと《こと》を欲する。よし時を経て後に見れば其句作の全体が一顧を値せぬものであつても、其当時の自己の満足を買ふ程度に於て苦心経営すべきである。感興の乗つた時でも句作の容易でないことを切実に感ずる。俳三昧を修すといふもこの所以である。（前掲書）

場所を定め、日時、期間を決めてそこに集ったプロフェッショナルな俳人による作句会、闘句会。俳三昧ではその場所に芸術的な雰囲気を漲らせると書いている。

俳三昧を限られた場処で修することは、それはやがて我々の亢奮情態が、そこに或る芸術的雰囲気を漲らしめるものと言つてもよいのである。我々が真剣になつて句境を探ぐる、口を噤み眼を瞑つてゐても、亢奮した頭には説明のし難い波瀾が湧起する。時には楚々たる風に動く漣のやうでもあり、時には澎湃たる波濤の洶湧揺盪《きようゆうえうたう》する場合もある。

（「俳三昧より」『碧梧桐は斯う云ふ』）

明治三十七年の秋に始まった碧梧桐の俳三昧は苛烈を極めた。三十八年になるとたびたび開かれ、八月十四日から三十一日まで小沢碧童の骨立舎で二百八十七句、九月十日から十一月四日まで百四十四句、喜谷六花、そして大須賀乙字、小沢碧童と十二月から三十九年の二月までは連日連夜の俳三昧を行い、六月と七月の根岸の自宅＝海紅堂では佳境に入った。

乙字、六花、碧童のいわゆる碧門三羽烏との苛烈な俳三昧は、碧梧桐の全国行脚、いわば俳句長征のための旅支度であった。

変革を指向する大状況の下、碧梧桐は俳壇を背負って意気ごんでみたものの、子規歿後三年、子規の「日本」への投句者は減り、また同志と恃んだ虚子は平淡に居直り、俳句革新から遠ざかり始めた。

■虚子周辺、雑談、句なし

碧梧桐の「俳三昧」に対して虚子は「俳諧散心」なる句会を催していた。原石鼎《せきてい》に師事し、のち口語俳句を実践した市川一男は、当時の虚子周辺の動向を次のように伝えている。

その年（明治三十九年―筆者註）の11月26日の会は、虚子のほか東洋城、浅茅、松浜が集っただけで「雑談、句なし」、次の12月10日は東洋城と二人だけでこれも「雑談、句なし」、明治40年1月23日の虚子庵での催しには、三允が来ただけという始末で、その俳句活動はきわめて振わない。しかし、小説の創作については異常な熱情を示し……

（『俳句百年（稿本）』）

と記している。片や碧梧桐の周辺では句作に次ぐ句作、片や虚子周辺では、俳句も作らずに雑談三昧。大谷句仏が虚子の『ホトトギス』を憂い、碧梧桐の俳句長征に期待した事情が目に見えるようだ。

明治三十六年十月からの碧梧桐との「温泉百句」論争を経て、連日連夜のプロフェッショナルな行、俳三昧から生れてくる苦心の作を次々と載せている「日本」つまりは碧梧桐等の試行を冷笑するかのように、三十八年九月、虚子は『ホトトギス』に「俳諧スボタ経」という戯作風の一文を書いている。

汝等疑ふあること勿れ。俳句の功徳は無量無数劫ぞよ。俳句は大文学でもよい、小文学でもよい、大小の論は末ぢや〳〵――中略――上手とか下手とかいふのは差別の側ぢや。平等の側に立て――中略――汝等少々俳句が下手ぢやてゝさうくよ〳〵思ふでは無いぞよ。わかつたかある。

河東碧梧桐が、俳句をどこまでも文学的表現ととらえ、前へ進めようと試みているのに対して、高浜虚子は、俳句を大衆の文学的高等遊戯でこと足りると限界を定めていた節がある。

■旅への思案

碧梧桐は「三千里」の旅を前に、旅中にも命を落とすかもしれないという危惧をも抱いて、大きな計画を描いていた。

馬独り忽《こつ》と戻りぬ飛ぶ蛍（明治三十九年六月）

「忽と戻りぬ」――戻るべき時でもない時に、馬だけが戻ってきた。不安であり、不吉である。しかも「飛ぶ蛍」。夜、十分に暗い夜である。そして蛍。碧梧桐が作るのだから、事実蛍が飛んでいたのであろう。だが、海の夜光虫とともに、暗闇の中で光を発する蛍は単なる昆虫ではない。紺紙金泥経のように、暗闇の中で光を放つ仏教虫。彼岸からの使いである。

空《くう》をはさむ蟹死にをるや雲の峰　（明治三十九年六月）

大空をはさむかのように小さな蟹がはさみを大きく開いて死んでいる。その大空には真っ白な入道雲がむくむくと姿を見せている。
この二つの句には、意識的にか潜在意識的にか留守宅に届く訃報と「三千里」の行中の自らの客死の姿とが暗喩されているように思われる。子規はわずか三十四歳で亡くなっている。日本中を歩きつづけようと決意した碧梧桐は三十三歳。当然それは生を賭し死を覚悟してのものであった。

海楼の涼しさ終ひの別れかな　（明治三十九年八月）

三千里の旅立ちの句である。碧梧桐を見送った大須賀乙字、喜谷六花、名古屋の料亭「近直」の次男・伊藤観魚、小沢碧童の四人の送別句の中では碧童の次の句がいい。

水筒に清水みてたる別れかな

「終ひの別れ」と壮大に気負う碧梧桐に対して、碧童は、再び帰らぬかも知れぬ出征兵を意識しつつも、子供の遠足を見送るがごとくに、水筒を満たして持たせたとおそらくはあえて卑小に表現している。

碧梧桐は悲壮な覚悟をもって、俳句の新しい可能性を求めて、三千里の旅に出た。

■大長征へ、三千里の旅

明治三十九年八月六日、東京を発ち、安房、常磐、東北、北海道、そして越後長岡を経て、翌四十年十二月十三日の日暮里帰着まで一年と四ヶ月間の第一次の旅。第二次は明治四十二年四月二十四日に甲斐昇仙峡を発って、明治四十四年七月十三日まで二年と三ヶ月の間、北陸、山陰、九州、沖縄、四国、山陽、近畿、東海、と日本全国を旅している。いわゆる「三千里」の旅である。

松尾芭蕉の「おくのほそ道」の旅が、一六八九（元禄二）年三月二十七日から九月六日の長島まで六ヶ月足らず、北は平泉、象潟、西は北陸敦賀気比の行程であることと比較すれば、時代が異なるとはいえ、壮大な規模であり、それだけでも一大偉業であった。

戦後の詩人・吉本隆明は、未知なるものを現前化せんとする創作の秘密を、書きたいから書く、書くべきことがあるから書くのではなく、「書くことなどなにもないから書くのさ」と表現した。

高浜虚子が当時「句作なし」つまり俳句をつくることができなくなったことは何らとがめられるべきことではない。俳人といえどもそれが常態であるからだ。

しかしながら、俳句自体は、自らの歴史を貫徹すべく存在している。自らの姿をさらに前に進める担い手（俳人）をたえず待ち望んでいる。俳人がつくった句が俳句ではない。俳句の表現を前に進めた担い手を俳人と呼ぶのだ。

俳句は人間がつくるものではあるが、あくまでもその主語は俳句である。俳句の表現は、あたかもひとつの生命体であるかのように展開する。その表現の展開に呼び集められ寄与した者が俳人と呼ばれるだけなのだ。

碧梧桐の「俳三昧」は、俳句の歴史を前に進め、自らを俳人にせんとする行であった。さらなる行、それが「三千里」という名の俳句長征であった。

俳句大長征の旅に出て間もない一と月半後の九月二十日、下野足尾での日記（「一日一信」として、『日本及日本人』に連載。のちに『三千里』『続三千里』として単行本化された）に不思議な一文を記している。


書に於ける六朝は、歌に於ける万葉によく似て居る。万葉は創始時代で、又た最も振作した時である。六朝も殆ど書の体を創成した時代で、又た多くの大家が輩出して居る。歌は古今集となつて醇成したのと同時に月並に落ちた。書は唐に入つて大成すると等しく俗趣を交へた。歌を月並にしたのは、貫之の徒である。書の俗化の親方は顔真卿等であらう。万葉以後久しく歌は無かつた。六朝以後書は殆ど無いと言うてもよい。古今集あつて、歌の法則といふものが制定された。唐以後書法に拘泥することが流行した。——中略——要するに、天真爛熳、思ふ処に懐をやり筆を走せて、少しの技巧を弄せぬ、一点の塵気を交へぬ、殆ど形をなさぬ愚拙の中に雅味の津々たる、有名な大家の作よりも、無名の小家の筆の欽慕すべきもの丶あることなど、万葉趣味と六朝趣味の相通じ相類するもの丶あるを快とするのである。

静かに手習をしながら、以上のやうなことを考へた。

小にしては自己の書、大にしては明治時代の書といふものに、改革といふよりも一革命を来すべき時期でないかとも思ふ。（『三千里』）

正岡子規は、古今伝授を含めた『古今和歌集』以来の歌学、歌作を「くだらぬ」と一言で否定して、万葉集、万葉歌に依拠した歌の復興《ルネサンス》を説いた。子規に兄事した碧梧桐はその改革の思想を血肉化していた。

碧梧桐のこの文には二つの謎がある。

ひとつは、俳句がもっとも重大な関心事であろうに、書が俳句と同等、あるいはそれを凌ぐほどまで大きな関心事となるのはなぜだろうという謎。

他のひとつは、書における「六朝」が歌における「万葉」と同じような特質をもつ表現という考えは成り立つのだろうかという謎である。

まず第一の謎。河東碧梧桐は、洋画家・中村不折とともにその美を発見した「六朝書」の世界に、もしも子規が触れていたら、子規の文学観も書観ももっと違ったものになっていただろうともらしたが、さて、そうだろうか。正岡子規は碧梧桐を「書の好きな人」という程度に考えている。碧梧桐は、最晩年、亡くなる約十ヶ月前の日記に次のようにも記している。

句作感激の杜絶して俳句より見捨てられし予を自覚して句界を退けり　頃来自らの書を見るに未だ嘗て知らざりし俗臭に堕するものあり　多年漢魏の書風に迫るものを書んことを理想せし鼻を挫くもの幾許　書神又た予を捨つかと歎ず　如是の状予の迂鈍遂に救ふべからず　書も亦之を放棄せんか――中略――むしろ総ての文筆を揚棄して塩煎餅を焼く一商人とならんか

（『海紅堂昭和日記』昭和十一年二月二十九日）

書というと一般に、日本では主婦層の参加によって支えられている書道展や子供達の習字コンクールを想い出し、これを書だと捉え、書と文学とは別物であると考えている。同じように正岡子規や高浜虚子は、碧梧桐は「書の好きな人」だと考えていた。

むろん、夏目漱石や森鷗外等近代の文筆家はよく書の筆を執った。とくに、若山牧水や吉井勇、会津八一、吉野秀雄等歌人達は能書家でもあった。ところが、河東碧梧桐と詩人にして彫刻家である高村光太郎は、能書家と呼ぶだけでは済まない次元で書に関わっていた。

この日記文のように碧梧桐は、俳句と書とを「文筆」として一連のものと考えていた。この事実を現実感をもって納得することはなかなか容易ではないが、書と、俳句なりの詩歌は表現の上ではひとつらなりのものである。書は文字を書く場に成立する美術ではなくて、それ自体が文筆＝文学である。なぜなら書も文学も「文字を書く」つまり筆蝕する場に成立する表現だからである。

韻律とともにある詩であって、かつもっとも短いがゆえに、日本の文学においては、もっとも声への依存度の高い俳句ではあるが、それとて書＝書くことによって誕生し、生れた俳句は書＝書かれた姿に支えられ、それとともに存在しつづける。わずかに十七音程度の表現であるから、声だけで出来上がってよさそうなものであるが、東アジア漢字文明圏の日本語においては、たとえ、書きつけて固定する以前の句であっても、純粋の声の詩ではありえない。漢字か、ひらがなか、はたまたカタカナであるか、その文字の姿を選択し、まとうという過程を必要とする。日本語では声といえども、文字とともに存在しつづける。純粋に声で出来上がる俳句というものはない。

京に居て京なつかしや時鳥《ほととぎす》　　芭蕉
ほととぎす啼や五尺のあやめ草　　芭蕉

子規《ほととぎす》大竹藪をもる月夜　芭蕉
ながれ木や篝火の上の不如帰《ほととぎす》　丈草
おもひもの人にくれし夜杜鵑《ほととぎす》　太祇

「ほととぎす」と言ってもさまざまな文字＝書き方があるという例を持ち出すまでもなく、日本語においては、音をめぐって漢字、ひらがな、カタカナの三通りの書き方がある。否、三通りのちがった文字＝言葉を、同じ音で発音する。それだけではない。俳句は発声ではなく、書きつけられることによってはじめて完成する詩である。実際に紙に書いてみると、いやこれはひらがながよい、あるいは漢字がよい、あるいはもっと違った語に変えた方がよいなどと推敲される。

俳句は口をついて出てくるものではなく、声とともに脳裏に浮かぶものである。声でつくっているように見えても、実際には、幻《まぼろし》のペンで脳裏に書きつづけつつ、生み出しているのである。

前島密の「漢字御廃止之議」のように、近代初頭、声の西欧語に単純に洗脳され、東アジア固有の書字の言語学を捨ててしまったがゆえに、日本では文字と言語について大きな誤解が蔓延することになった。

たとえば文字。「文字」と聞くと読者諸兄姉はおそらく、書物などの明朝体活字（印刷文字）をまっさきに想像することだろう。だが、これがまったくの誤りである。印刷文字やフォントは、文字まがい、文字もどき、擬似文字であって文字ではない。確かに印刷された書物の文字とともに近代の教養や知識、そして文学は流布された。それゆえに印刷文字やフォントを文字の典型だと錯覚しやすい。だがそれでは、日本語やその表現の問題は解くことはできない。

それでは文字とは何か。文字とは、書かれる過程《プロセス》、書き進む速度、深度、角度と共にある書きぶりを伴った表現の全体。文字とは、声における肉声に倣っていえば、肉文字、つまり「書字＝書」そのものを指す。活字やフォントなど擬似文字においては、書は総画数十画からなる「書」である。だが、肉文字においては画数が二筆の「」もあれば、私がふだん書く文字では「聿《いつ》」の下の二つの画を省略した「」もある。あたかも肉声のように個人によって異なり、また場面によって異なる姿で現われ、その書きぶりの中に好むと好まざるとに、また意図すると否とにかかわらず、意味までもがこめられ表現されているもの、それこそが文字である。点画の書きぶりを伴わず、それゆえ文字の点画が、たんなる装飾と化した印刷文字は、いわば機械的合成音のようなものなのだ。画数の多寡をうるさく言い、ハネるハネないなどとあまり意味のない論争が起こるのは、印刷文字を典型のように錯覚しているからであって、肉文字は、きわめて多様多彩な姿で出現する。ハネてもいいしハネなくてもいい。さらには誤字や脱字を含めて文字なのだ。一例を示せば、稀代の戯作文家であった田中小実昌の「」は「は」であり「」は「な」の字であった。

書く過程の全体を貼りつけたこのような具象を伴った肉文字こそが文字である。それは

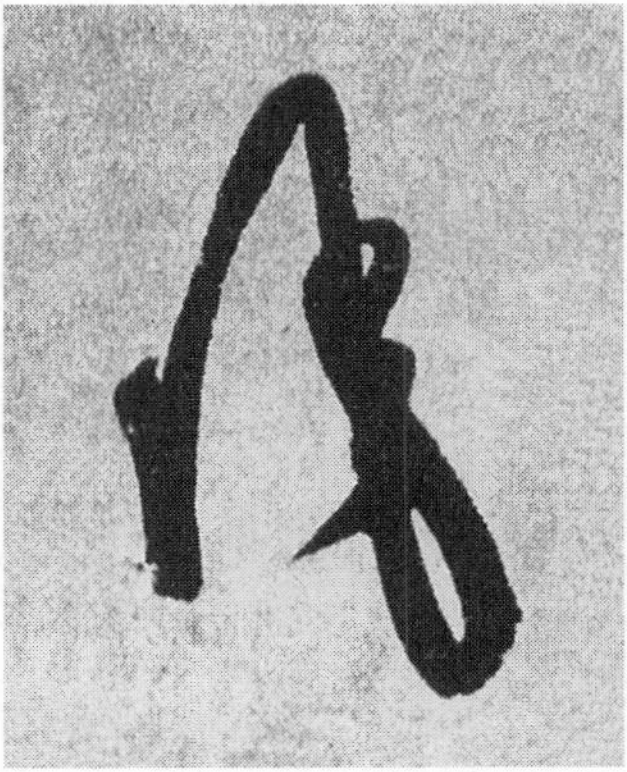

白隠の「風」

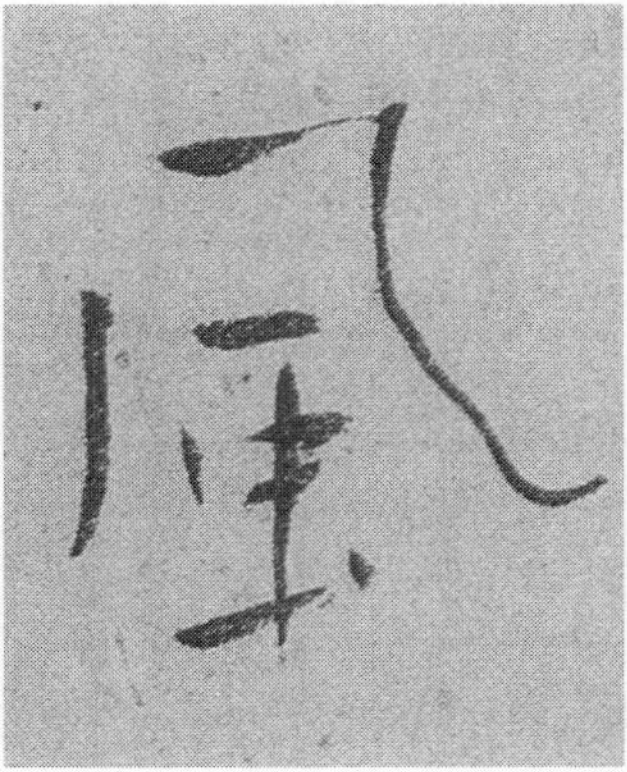

良寛の「風」

白隠の「風」と良寛の「風」の原像が同じであるはずがない

話し言葉の声が肉声以外でありえないのと同じことである。

肉性の文字を印刷文字に変換し書物と化すことによって、作者のスタイルや作者の心情等、微細な表現は不純な垢として洗い落とされ、それゆえに、一般多数の識字層に抵抗なく受容されるようになった。書物が近代に広く普及し、教養と知識を押し上げる力となった理由である。

とはいえ、それは近代的な擬似文字(活字)と書物というレール上のもの以上ではありえない。

「風」と書かれていれば自動的に印刷文字「風」に置換するのは、近代的暴挙以外の何物でもない。たとえばここに、江戸時代の僧・良寛の書いた「風」と同じく江戸時代の僧・白隠が記した「風」の字がある。これほど異った表現をいずれも同じ「風」だとするのが近代的思考とルールである。だがこれで済ませられるわけはない。ほんとうはそのような無謀なことはできようはずがないのに、大衆に拡散するために泣く泣く同じ印刷文字に変換しているだけのことである。たとえばここに示した良寛と白隠の書いた表現が同じ「風」であるはずはない。良寛の「風」と白隠の「風」とはその意味するところはまったく異なる。つまり良寛が「風」と考え表現しているものと白隠が「風」と考え表現しているものとは明らかに異っている。たとえば、良寛の「風」は自然とともにあり、ひとしく人々に吹く風、そよぐ風、かそけき風に傾斜しているのに対して、白隠の「風」は、地方という意味の「風」。「風習・風土・風俗」の風のニュアンスが強く、自然の風の意味は弱い。その違いも書＝書きぶりにこめられている。指示する側面ではともかく、表現としてはあなたの言う「風」と私の言う「風」とは共通項はあっても、実のところは大きく隔っているのである。

文字とは書くこと、書かれたことば以外にはありえない。書くことのない、それも「希望」ではなく、哀れにも「ＫＩＢＯＵ」とキイを叩く現在のワープロ＝パソコン作文は、これまでの文学とは隔絶した表現である。「デジタル文学」分野とでも呼んで区別した方がよい。ワープロ＝パソコン依存の近年の芥川賞や直木賞文学は、太宰治や三島由紀夫の文学とはまったくつながるところはないのだから。

河東碧梧桐が、言葉と文字の問題をここまで突き詰めていたとは思わないが、無意識には、その秘密に触れていた。それが、「文筆」の範囲の下部に「書」があって、その上部に「俳句」があるというように、「書」と「俳句」は文学として連なっているという認識である。日本近代において、この秘密に通じていたのは、二人。ひとりは河東碧梧桐、もうひとりが彫刻家にして詩人であった高村光太郎である。河東と高村、とりわけ河東碧梧桐の書が、近代書史上に隔絶した姿を見せるのはそれゆえである。

文学の根柢には書がある。書＝書字が文学を生む。書＝書きぶりの如何が文学の書きぶりを決定し、その書きぶりが、そのストーリーまでをも生む。理論的に解明しえていたわけではないが、河東碧梧桐は、文学と書とが一つづきのものであることを実践的に知っていた。それが俳句革新の旅に出て間もなく、「書の革命」について語った理由である。

さて、次に第二の謎。歌の万葉は書の六朝に喩えられるであろうか。

俳句や和歌等の文学的表現が、書の表現と深く関わる一連のものであることを知っていた碧梧桐は、これまで見たこともなかった「六朝書」に出会って、これを「万葉歌」に連想づけた。

現在にも連なる漢字とひらがなとカタカナからなる日本語が成立したのは、九〇〇年頃。ひらがなの成立があって『古今和歌集』は編纂された。古今和歌とはひらがな歌の別名である。意味から解放されて、もっぱら表音＝音写性のひらがなの誕生によって、さらさらすらすらと和歌は生れ出るようになった。単線でつくり上げられる歌にはこれまで不可能であったことがやっと言えるようになったという利点もあれば、いわずもがなの歌が量産されるという欠点もあった。

「古今和歌」はひらがなを生んだ日本の詩の華であり、基準である。であるがゆえに、成立以降永年の歴史を蓄え、繁雑とも煩雑ともなりまた古今伝授等で桎梏ともなった。近代においてもはや表現の事態を変える力に乏しい。そこで、再発見、再評価されたのが「万葉歌」である。これは、いまだ固有の表音、音写文字を持たない時代の漢字（万葉仮名）で書かれた歌であった。大陸の漢詩に美的意識、美的作法を学び、また、漢語の意味や音に、弧なりの島、日本での音と意味とを放電させて、苦心の上につくりあげ、その相互関係を宿した複線の歌であり、そこにはいまだ標準に至らぬ段階のデフォルメ（前フォルメ）の魅力と重厚さがあった。

それでは碧梧桐が力説する、書における「六朝」とは何であろうか。すでに第一章で、日本の近代化は、単なる西欧化ではなく、同時に中国化であり、その中国化による漢語力をもって西欧語を翻訳、理解、吸収したことに触れた。

書の問題に限って言えば、往時の著名な書道家達、日下部鳴鶴、巌谷一六、松田雪柯、中林梧竹、北方心泉等は、中国（清朝）から来日した学者・楊守敬からこれまで見たこともない碑版法帖（石碑の拓本や印刷された手本）を見せられたり、あるいは清国へ渡り新しい書学（清朝碑学）に触れている。

明治十年代後半から明治三十八年頃までの日本の書の表出の構図を鳥瞰すると、中央には巨大な副島種臣の書が突出しており、傍に副島に贔屓《ひいき》された中林の美麗な六朝書があり、周辺を日下部鳴鶴、巌谷一六、西川春洞、北方心泉等の六朝書が群れをなしてとり巻く姿が見えてくる。

従来、書の学問は、王羲之が書き残した書蹟を源流とし、その系統の書を石版や木版で印刷し、法帖とよぶその印刷物を学習の手本とするのが常であった。法帖に基くという意味でこの学派を「帖学派」と呼んだ。これに対して当時の清朝では、実証的な学問・考証学が盛んであった。これに呼応して新たに興ってきた、石碑と拓本を基盤とする書と書学の一団は、「碑学派」と呼ばれた。

碑学派の考えはこうである。

「法帖」と言ったところで、印刷物に依存する以上、原型から遠ざかっていく。なぜなら木版や石版はすり減り、やがては摩滅する。そうなると、やむなくすでに印刷された書を原版として再版せざるをえない。かくて「法帖」は改変につぐ改変で、もはや真の姿を伝えなくなる。法帖に頼る以上、そのようなあやふやな書を手本とすることを避けられない。一方、石碑は、古いものでは文字に風化や摩耗が生じていても、それでも現に存在し、刻《ほ》られた時の姿を伝えている。元の姿から遠ざかるばかりで、見る価値《かげ》もなくなってしまった法帖で学ぶよりも、現存する石碑やその拓本で学ぶ方がはるかに真に近く、有益である。

明治新政府の書記官・日下部鳴鶴、巌谷一六は、この「碑学派」に学び、江戸時代からの「帖学」に和様と和臭を加えた軟弱な書きぶりから脱して、大陸風の雄壮にして斬新な「六朝書」を書き始めた。ちなみに「和様」「和臭」の「和」とはひらがなの別名。「和様」

爨宝子碑　不折、碧梧桐が依拠した「六朝書」
君諱寶子。字寶／子。建寧同樂人／也。君少稟瓌偉

とは「ひらがな様」「和臭」「ひらがな臭」とよみ替えてもらってよい。

　ここでモデルになった石碑・拓本は、北魏の鄭道昭の一連の書あるいは、「張猛龍碑」「高貞碑」等、初唐代の完璧な楷書に至る少し前の時代の書であった。むろんここでの「六朝」とは、中国の「漢魏六朝」などと呼びならわされる六朝時代のことである。

　碧梧桐や中村不折も「六朝」を名宣《なの》ったが、この「六朝」はもう少し古い時代の作を指す。大まかに言えば「六朝」とは、漢魏と隋唐の間の時代を指すが、碧梧桐や不折は、漢魏に近い時

張猛龍碑　日下部鳴鶴等書道家達が依拠した「六朝書」人詠其孝友。光緝／姫□。中興是頼。晉／大夫張老。春秋嘉／其聲績。漢初趙景

代の石碑、石刻に着眼し、日下部や巌谷一六等は隋唐に近い時代の石碑に新機軸を見出した。

王羲之に近い時代の「爨宝子《さんぽうし》碑」（四〇五年）、「爨龍顔碑《さんりようがん》」（四五八年）、「中岳霊廟碑」（四五六年）等の石碑の拓本の文字の美醜以前の「うぶ」な姿に共鳴し、このような表現を指して碧梧桐や不折は「六朝」とよんだのである。

初唐代に完成する楷書に近づいた北魏六朝碑とは異なり、これらの碑文の文字のヨコ画は右に上がらず水平で、字画の形状は、起筆、終筆の形状の出現の乏しい拍子木型が多用され、また、隷書の波磔《はたく》のような終筆の

ハネ・ハライの形状を見せることもある。点画の構成は不均衡、不均等にいわばデフォルメ（前フォルメ）されている。

かつて郭沫若が、王羲之時代の親戚の墓誌に刻られている文字の稚拙さから、「王羲之『蘭亭序』偽作説」を唱えたが、これらの石碑の元の文字は、見かけ通りに書かれていたわけではない。石に刻るのには石を刻るための様式がある。たとえば、経験のある人なら木版に年賀状を彫った時の文字、あるいは棟方志功の木版の文字の姿を想起すればよいが、ヨコ画は水平に、字画は拍子木型に彫られることも多い。これは木版に文字を彫る時の様式に従っているから。書や画に捺す雅印の文字が、行書体や楷書体で刻られることはほとんどなく、篆書体という古文で刻られる。これまた「雅印は篆刻」という今なお残る様式に従っているからである。

「爨宝子碑」「爨龍顔碑」「中岳霊廟碑」とて同様である。ヨコ画終筆部の右上へ向かうハネ・ハライのような形状とヨコ画水平は、隷書体を石に刻った時の刻字様式の名残りであり、算木のような字画の形状は、「ヨコ画右上がりの柔軟な書きぶりから成る肉筆行書体」をどのように刻るかという苦心の中から生れたものである。ヨコ画が右に上がること、点画の曲がり、そして筆画の肥痩、強弱――これをどのように刻り表わせばよいか、その過渡期のさまざまな可能性を十分に秘めた書くことと刻ること、書法と刻法との間のギクシャクした齟齬の超克に向かっての戦略と戦術に満ち溢れた奮闘期の「未然形の美」こそが、碧梧桐と不折が発見した「六朝書」の美であった。やがてそれは、北魏の六朝書を経て、初唐代の楷書体の「雁塔聖教序」によって、書法は刻法と一体化し、「書くことは刻ることであり、刻ることは書くことである」、また「筆は鑿であり、鑿はまた筆である」という楷書の水準に止揚されたのである。

ひらがな歌である古今和歌の成立によって日本語の標準がもたらされたように、中国の書においては、初唐代楷書の成立によって、書＝刻であるという書の標準は確立された。そして、その標準に至るための、苦心の「未然形の美」は、日本の歌においては万葉歌に、書においては六朝初期の一連の石碑の文字に胚胎した。その意味において、碧梧桐が三千里に旅立った一ヶ月半後に書いた「書に於ける六朝は、歌に於ける万葉によく似て居る」とは言い得て妙なのである。

日本語が書字＝書とともにあること、俳句と書の内連構造にも鍾を下ろしていたがゆえに、碧梧桐は俳句革新の旅の出発後間もなく、一見不可解にも思える書の革新について力説したのである。

第四章　新傾向俳句の誕生——思はずもヒヨコ生れぬ冬薔薇《さうび》

■「新傾向俳句」の革命

明治三十七年にスタートし、三十九年に厳しさを増した共同俳句修行「俳三昧」という「助走」を経て、八月六日、河東碧梧桐は長征・三千里の旅に出立した。

この年から、碧梧桐の俳句も書も新しい段階の表現に至った。だが真のプロの俳人なら、評価することも言葉で説明することも可能だろうが、一般には、俳句が新しい表現に至ったことを判断し指摘することは容易ではない。

ところがこれとは異なり、書というのは一目瞭然の表現、誰にもとても解りやすい表現である。図版に掲げた

真上より瀧見る冬木平哉　碧
水鳥や湖の渡りの三里程　碧
乳牛を牧する里や梨の味　碧

「真上より瀧見る冬木平哉」

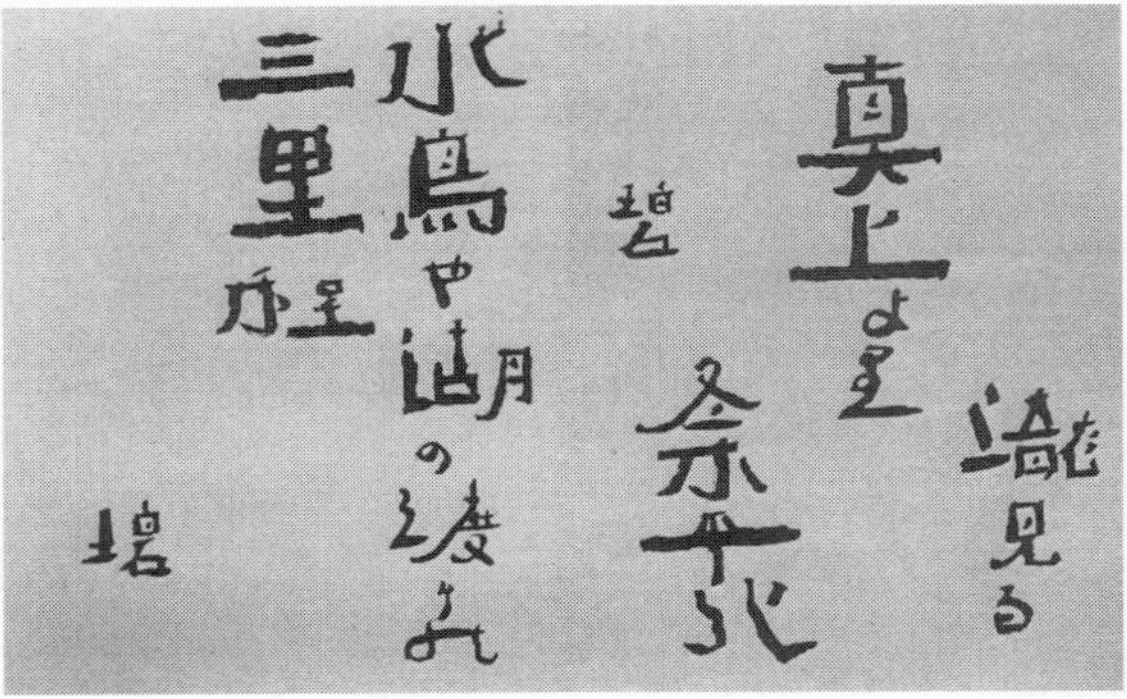

「水鳥や湖の渡りの三里程」

「乳牛を牧する里や梨の味」

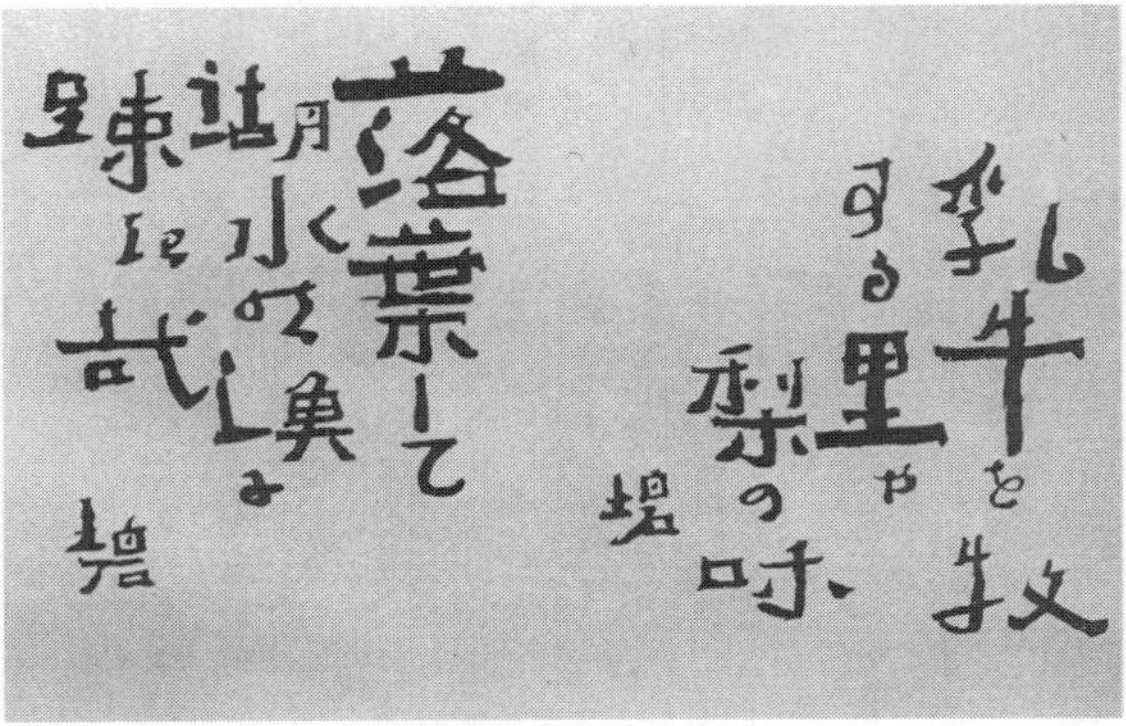

「落葉して湖水の漁に疎き哉」

落葉して湖水の漁に疎き哉　碧

の書は、いずれも碧梧桐が「三千里」の旅中に得た句。「真上より……」は相馬小高、「水鳥や……」は陸前仙台、「乳牛を……」は岩代東山、「落葉して……」は羽前山形での作である。揮毫した時期は明らかではないが、明治三十九年にはこのスタイル（書体）はいまだ模索中であり、明治四十年から四十一、二年頃に書いたと推量される。ここに掲げた句が句に即して新しい表現だと言い切ることはできないが、明治三十九年の「三千里」以降のいわゆる「新傾向」句は、それまでの句とは次元を違えた、この書のような、目にも鮮やかな姿をしていた、あるいはこの姿を目標として苦吟していたにちがいないのである。それまでの句はたとえば

きのふまで五月雨てをりぬ湯治人

の短冊の文字のような姿であった。このことが理解されれば、書という表現が一目瞭然であるという説明が納得してもらえるだろう。

この短冊は明治三十六年に碧梧桐が揮毫したもの。この文字の書きぶりは、子規の「絶筆三句」と大差はない。虚子も含めて、この時代にはこのように類として共通の書きぶり（スタイル）で書いていた。時代の書字の規範を共通にふまえて大差なく書いているから

だ。むろん大差はなくても小差はある。両者間の小差を指摘すれば、子規のそれが、回転運動をベースに、流れるように書きつけていて、ひっかかりが少ないのに対して、碧梧桐の方は、「の」字の回転部の右上部が角立つように、なめらかな回転運動というよりも右上へまた左下へといささか斜行し、角立ち、力が強弱する運動が同伴する。回転運動の制御下にあるけれども右上から左下へ、左下から右上へのいくらか尖がった動きとひっかかりが確認される。むろんこの差は、同じ表現範疇内での微差、嗜好の違いといった程度のものである。

ところが、ここに掲げた、「真上より……」などの書はまさに「印象明瞭」。もはや書字の原理をすっかり異にしていることは、誰の目にも明らかであろう。

これらの書を見ると、私は、

「きのふまて五月雨てをりぬ湯治人」

「おもはずもヒヨコ生れぬ冬薔薇《さうび》」明治三十九年、碧梧桐の「印象明瞭」が頂点に達した頃の句

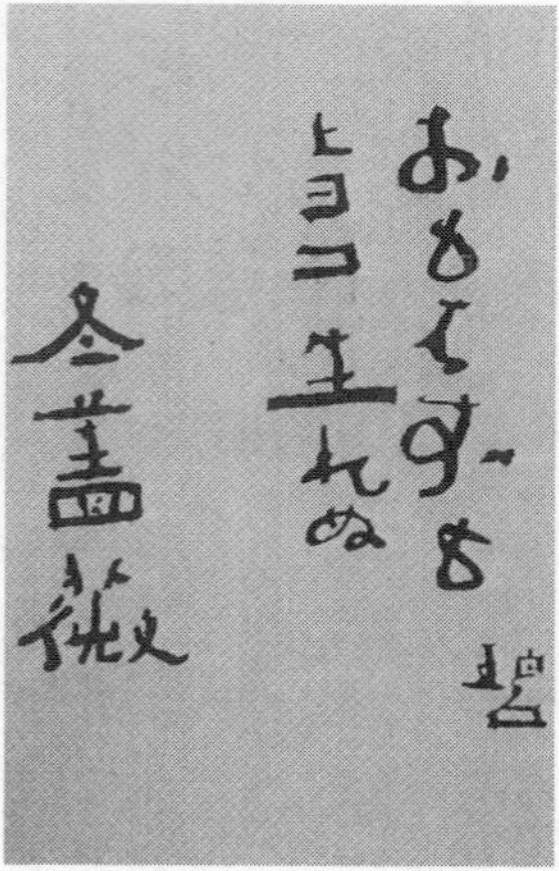

思はずもヒヨコ生れぬ冬薔薇《さうび》

の句を思い出す。たしかにこの書体で「思はずも……」の句が書かれていたはずだと思ってあちこち資料を探すとやはり出て来た。おそらくその連想は、この書のスタイル（書体）がこの句のスタイルと同調あるいは酷似していることに生じている。

冒頭いきなり「おもはずも」という、手垢がついておらず、詩語らしくもない表現で句を開く。そして「雛」と冬の「薔薇」という関連のうかがえないような意外な景物を衝突させる。「雛」の鳴声と動作、「薔薇」の色と姿の衝突である。雛が生れた暖かさを感じさせた後で、冷たい「冬」の語へと繋いでいく。

しかも、漢字やひらがなにまとわりついた歴史と重みを振り捨てた丸裸の文字であるカタカナで新鮮に「ヒヨコ」。加えて、温かくて近くて具象的なニュアンスの強い和語の「ふゆのばら」ではなく、冷たくて遠くて抽象的なニュアンスの強い漢語・音よみの「薔《ソウ》

薇《ビ》」と閉じる。目醒しくも鮮やかな句である。

鳥渡る博物館の林かな

軒落ちし雪窮巷を塞ぎけり

これら「俳三昧」で得られた明治三十八、九年の響きの高い俳句とさらに次元を違えた鮮やかさがある。

「三千里」の旅に出発する以前の俳句はこの「きのふまて……」の短冊と同様の表現であり、明治三十九年の「三千里」の旅以降の句は、「真上より……」等の文字のように隔絶したスタイルを見せているに違いないのである。

文字の点画の書きぶりは、石に刻《ほ》りつけてでもいるかのように、いわゆる「六朝風」の算木状。しかもその端《エッジ》が鋭く、鮮やかで、文字通り「際立つ（際が立つ）」表現を見せている。

また、文字の配置構成は、平安時代の「寸松庵色紙《すんしょうあんしきし》」や「升《ます》色紙」等に見られるような、行頭、行末を上げ下げするひらがなの美学・「散らし書き」に従って書かれている。

明治三十六年の作と明治四十年初頭の作とでは、前者が言葉を書きつけた結果として書と句が「できあがっている」のに対して、明治四十年のそれでは、一点一画の書きぶりを突きつめて書いた結果として文字と句を「つくり上げ」ている。一点一画のすみずみまで、企図がはたらいていて、書き進む勢いや偶然に任せた表出はほとんど見られない。この徹底的に意識を敷きつめた作法《さくほう》は、苛烈な「俳三昧」によってその素地が培われ、「三千里」の旅中で言うところの「六朝書」との出会いを契機に現実化したものである。

■「六朝書」の革命

この新しい書体（スタイル）の深化と普及を目指して、明治四十五年に結成された書の団体・龍眠会の機関誌『龍眠』第五号（大正三年二月）誌上で、碧梧桐は、明治三十九年の春、六朝書の拓本と出会った時の印象を回想している。

或日不折君を尋ねた時、断片的な古い石摺りを二十枚許り包んだものを近頃こんなものが売物に出た、と言つて見せて呉れた。

——中略——

殊に当時不折君の買つてゐた法帖は、何れも我々貧生には及びもつかない高価なものであつたから、売物が出たなどと言はれても、無論手を出さうとは思はなかつたのだ。が、一体どんなものか、と其紙包みを開いて見ると、半分は仏像などのついてゐる造像であつたが、何れも磨蝕の少ない鮮明なもの許りであつた。此時位書に対して驚喜と言はうか歓喜と言はうか何とも名状し難い感激を発したことはない。胸がワク〳〵躍つた。手はワナ〳〵顫《ふる》へた。今まで薄暗い靄のかゝつた世界に彷徨してゐたのが、遽然赫奕《きよぜんかくえき》とした光明によつて四望が豁達《かつたつ》と開けた心持になつた。かやうな、無技巧な人間離れのした書が、この世界にあつたのか、と今迄見馴れてゐた世界に、新たな他の世界から何物かゞ天下つて来たものを不審がる人のやうな気分で、一向に驚異の眼を睜《みは》つた。我が多年の要求を充たすものを得て、それと強い共鳴を感じたといふよりも、自然に備はる其書の力と威厳に打たれて、其前に屈伏したと言ふ方が適切であつたであらう。この時始めて六朝の説明を聞いたのだ。造像の由来をも知つたのだ。今迄は書道に於ける無頼放浪の徒が、一朝にして六朝宗の大信徒になつたのだ。自分の俗な軽薄な書も、かういふ師表、かういふ標準、かういふ後援者があれば何にも憂ふるに足ることではない、と前途に充ち満ちた希望が油然として湧いて来た。（「六朝書と我輩」）

碧梧桐が驚愕し、子規宗と併せて六朝宗に入信する契機となったここでの六朝造像記が具体的に何を指すかは解らない。龍門造像記の拓本が連想されるが、さてどうだろうか。「三千里」の旅立への準備を整えていた明治三十九年の春、碧梧桐は、画家・中村不折の紹介でこれまで見かけたことのない書に衝撃的に出会ったのである。俳句の底辺に書＝書くことがある、逆に言えば、書から俳句が生えてくる構造を無意識のうちに識っていた碧梧桐には、六朝書と俳句革新とは連動することになった。碧梧桐は中村不折に依頼して十五、六枚の拓本を入手し、その中の二、三枚を行李の中に携帯して、「三千里」の旅に出た。旅中、「ひま〳〵には飽かず見もし、又た筆を執つて手習もした」（「六朝書と我輩」）

と記している。俳句革新の旅は、書の「六朝」への革新の旅でもあった。

旅に出立した一と月半後、下野足尾で「書に於ける六朝は、歌に於ける万葉によく似て居る。万葉は創始時代で、又た最も振作した時である。六朝も殆ど書の体を創成した時代で、又た多くの大家が輩出して居る」と記したことはすでに述べた通りである。

そして、北海道に渡るための、陸奥浅虫温泉での越冬滞在時に、書について大きな事件があった。その事情を後に『龍眠』誌上、「六朝書と我輩」で回想している。浅虫温泉の碧梧桐のもとに、中村不折から荷物が届く。「爨宝子碑」と「中岳霊廟碑」の拓本である。それほど高くもないからと不折が碧梧桐のために、取り置いてくれたのだ。それを目にしたときの感想を次のように記している。

丁度明治四十年一月中旬のことで雪国には存外な暖かい南うけの温泉宿の一室に、炉に寄りながら、爨宝子や中岳霊廟を拡げて見た時の心持は、到底忘れることの出来ぬ印象を遺した。爨宝子のギク〳〵した直線の奇な結構にも、中岳霊廟の碑陽の大部分は磨滅してをつても、其残つた部分の如何にも鮮明で、奇想天外より墜つる点画の妙味など、一として我が心を躍らしめぬはない。其書体の重みのあり、堅い中に和らか味があり、大胆な間に細心な注意があつて、それ〳〵に何とも形容し難い妙味が溢れてゐる。其一字々々を見る毎に、言はゞ夜が明けて行くやうな心の明りがさして来る。やがて赫燿《かくえう》たる光明が目を眩する程に輝くのだ。我輩はそれまで絵を見ても、小説を読んでも、又は古人の俳句を誦しても、これ位透徹した純粋な感激に触れたことはない、と思ふ位愉快な心持に堪へなかつたのだ。（「六朝書と我輩」『龍眠』第八号）

「奇想天外より墜つる点画」、書体（書のスタイル）に「重み」があり、「堅い中に和らか味」「大胆な間に細心」と記す。そして、一字一字を見るごとに、「夜が明けて行くやうな心の明りがさし」、やがて「光明が目を眩する程に輝く」と雄大なスケールで書いている。

六朝初期の「爨宝子碑」と「爨龍顔碑」「中岳霊廟碑」の美を発見し確定したのは、中村不折と河東碧梧桐、とりわけ碧梧桐であった。この判断は時代を経て書の世界で定着し、現行の書道専門出版社二玄社の定番の手本「中国法書選」シリーズの一冊にも前者二碑が収められているほどである。

浅虫温泉での越冬中にもうひとつ書にまつわる重大な事件が起こっていたことを、中村不折は証言する。自らの「龍眠帖」誕生のいきさつを「龍眠会前後」と題する小文（『日本及日本人』昭和十二年四月号）で書きとめている箇所である。ちなみに、「龍眠帖」とは、中村不折が、「爨宝子碑」「中岳霊廟碑」をモデルに、蘇轍の詩を揮毫した書で、その斬新な書は明治四十一年に複製市販され、爆発的人気を博したものである。

明治四十二《ママ》年だつた。僕が少し神経衰弱のやうな病気になつて、医師からは絵を描くこともいけないし、書物を読むこともいけないと注意された。併しさう総てを禁ぜられては困るので、せめて字を書く位のことはいゝだらうと一人定めに定めて磯部温泉へ出かけ、中島《ママ》霊廟の碑を持つて行つて、それをボツ〳〵習つてゐた。其のうちに不図《ふと》昔からの文字を書くと云ふのではなく勝手放題に、自分が思ふまゝの文字を書いてみたいと云ふ気持になり、蘇東坡《ママママ》が龍眠山荘の詩を李龍眠のために作つたことがあるので、それを自分は新しい書風で書いてみることにした。さうして何物にも拘泥せず、捉はれず、自分の意のまゝ思ふまゝに書いてみるとなか〳〵面白いと思ふものが出来て来た。それで河東君は以前から書が好きだつたし、新しいことが好きな人間だから之れを河東君に見せようと思つて奥州の浅虫温泉に滞在中だつた同君の所へ送つてみた。すると果して「之れは非常に面白いもんだ。今までにこんなに面白いと感じたものはない。俺も之れから習ふ」と云つて来た。

碧梧桐君は其のころ「日本及日本人」へ「一日一信」を書き全国を俳行脚したころであつたので、碧君の行く先々へ僕は自分の書いたものを送るし、碧君も亦行つた先々から書いては送つて来た。さうしてゐるうちに二人ともだん〳〵此の書体の文字が面白くなつて来るし、碧梧桐君が全国を俳行脚しながら書いたのを見て面白いと云ふ共鳴者も各地に出来て来ると云ふわけで、遂には之れを版にし出版してみては何うかと云ふことになつた。僕も「何うせ斯うして書いてみたものだからさう云ふ事にすると云ふのならばそれでもいゝ」と云つて「龍眠帖」と題し、政教社から出版する事となつた。

人間の記憶はあやふやなものである。記されたもの、記されたことをそのまま事実であると信じることはできない。ましてや三十年も前の記憶である。

誤植だろうか、「明治四十二年」はありえない。なぜなら「龍眠帖」の出版は明治四十一年。碧梧桐が三千里の旅に出かけたのは明治三十九年。陸奥浅虫温泉に碧梧桐が逗留したのは明治四十年の一月十六日から二月二十三日まで。碧梧桐はいっさい触れていないが、浅虫温泉に「龍眠帖」の原本を送ったとすれば、「明治四十年だった」と訂正する必要がある。「中島霊廟」はむろん「中岳霊廟」の単純な誤植。「蘇東坡」はその弟・蘇轍の間違い。

出版された「龍眠帖」の落款、奥付には、「于時明治戊申八月念八於上毛磯部砿泉場鳳来館客窓」明治四十一年八月二十八日に磯部温泉で書いたと明記してある。これを疑うことはむづかしい。

碧梧桐の浅虫滞在は一度だけではない。明治四十年二月二十四日浅虫を出発、陸奥丸で二十五日には函館にわたり、二十六日に十勝丸に上船、二十八日に根室着。四月三日まで根室に滞在、四月四日に釧路丸に上船し翌五日厚岸を経て六日釧路着。四月九日から、十勝芽室村、石狩落合を経て十一日旭川着。十六日深川、十七日札幌着。二十三日まで札幌滞在、二十四日小樽、二十五日函館着。四月三十日から五月二日まで湯の川温泉。三日に函館に戻り、五月五日に本州に戻り陸奥青森に十四日まで滞在。十五日には浅虫に戻っているが、翌日から陸奥蟹田、今別、龍飛、十三、板柳、弘前へと歩いているから、北海道からの戻りの浅虫温泉へ四十一年の八月二十八日にできた「龍眠帖」を送ったということもありえない。

不折のこの記述があることで、「龍眠帖」という、日本近代書史上の記念碑的な作品の出来《しゅったい》の経緯が定まらないのだ。

碧梧桐は「三千里」の旅に、造像記の拓本二、三を携行し、これを習った。習いながら少しずつ「六朝書」を自家のものへと吸収していった。浅虫温泉では「爨宝子碑」と「中岳霊廟碑」の拓本が、中村不折から送られた。それだけではない。碧梧桐の浅虫温泉での滞在は、日本近代書史上、重要な意味をもっている。

先の『龍眠』第八号、「六朝書と我輩」は書き添えている。

当時不折君と我輩との間に交換された手紙はいつでも用紙は手習用の小判紙で、それに出鱈目な漢文を書いたものだつた。仮名がはいると、字の手習にならぬといふので、態《わざ》と仮名を省いたのであるが、誰かがそれを見て、六朝的漢文には閉口する、などと冷評したものだつた。予も其一二を今に蔵してをるが、僅に一二枚を書するだけに随分手間取つたことを覚えてをる。下らない労力のやうであるが、我輩は当時それを唯一の手習にしてゐたのだ。不折君のは既に立派に出来上つたものであつたが、我輩のは恐らく晦醜見るに堪へぬものであつたであらう。

碧梧桐の行く先に不折は、試みにつくった書を送り、碧梧桐もまた行く先々から試作した書を書き送る。このような「六朝書」の相互試作、相互批評によって、成果はせり上り、日本のどこにもない新生の「六朝風の書」は次第に形を整えていった。その過程が、二人の証言から明らかになる。

不折は「送った」と書くが、碧梧桐は「送られた」と書いてはいない。当時の郵便事情がどうであったか解らないが、群馬県と青森県の遠隔地、かつ宿から宿への運送ともなれば、届かぬことも、途中で物が傷むことも容易に想定されたことだろう。これらを考慮に入れると、考えられるのは、ひとつは不折の記憶違い。もしくは、明治四十年に試みに書いた「龍眠帖」を不折が浅虫温泉の碧梧桐に送り、その賛同を得て、明治四十一年八月に浄書し、決定版として出版した、そのいずれかということになる。

碧梧桐の「三千里」の旅に向けて両国→稲毛を発った明治三十九年八月六日の「一日一信」の原稿の文字に、すでに「六朝書」を学習しつつある姿が見られる。旅中では、携帯した造像記の学習も進んだことだろう。明治四十年三月六日、根室から妻茂枝に宛てた手紙には、六朝書学習から手に入れた硬質な書きぶりの文字がところどころに出現している。「三千里」の旅中、碧梧桐の「六朝書革命」に対する熱意は驚くほど執拗である。

根室滞在中も書について熱っぽく書く。

現今日本で書家と言はれる人の書を見る度に、常に一種の俗気があると感ずる。一本の棒を引いた中にも、衒ふといふ気味がある。書とはこんなものでないと思ふ。

——中略——

書は姓名を記すに足るとはいふが、今の青年の書は、姓名をさへ記し得ぬ迄に破壊し堕落してをる。——中略——

予自身の書も愚劣極つてをる。予の友人の書も、大抵は同じやうに浅薄である。思ふに書道頽廃の結果、一二の人を除いては、天下挙つて、書の堕落の渦中に陥つてをる。書の月並に魅せられてをる。俗気の極端に達してをるといふべきである。——中略——

世は西洋の物質的文明に心酔してをる其の最中に、武士道といふことが称道されたのを見ても、其一班を覗《うかが》ふことが出来る。これは物質的趣味に飽いた精神的趣味の要求に基くといふことを知らねばならぬ。こゝに雅馴な書がある。壮大な書がある。多くの人が其の雅馴を認め壮大に打たれる間は、書の趣味は未だ全く地に墜ちぬのである。——中略——

已むなくんば、たゞ自ら其の研究に指を染めるの外はない。嗚滸《ママ》がましくとも、身を挺して先づ改善の第一歩を踏み出すに如くはない、と熟々《つくづく》感じたことがあつた。而して始めて六朝の書に接した時、天から予に大勢力の師表を与へた如くに感じた。

物の腐敗の極は必ず革命を生ずる。革命は多く、他の門外漢の手に寄つて企図される。維新の革命も勝一人の力では駄目であつた。芝居の革命も団洲によつて一弥縫をしたに過ぎぬ。書の堕落は殆ど今日に極つてをる際、予の如き門外漢の微力が或は革命の土台になりはせぬかと思ふと、前途洋々として自ら慰むに足るものが十分ある。

（『三千里』）

明治四十年、三月二十八日根室滞在中の記述である。一日、六百字ほど書き送っている日が多い中で、この日は三千六百字も書いている。しかも、書に対して、異様に思えるまでに熱がこもっている。

不折から「爨宝子碑」「中岳霊廟碑」の拓本と六朝風の習作が送られて二ヶ月。六朝風の書法もしだいに身に着き、表現もひとつのスタイルとして安定してきたことだろう。このような輪郭が明瞭で、「三千里」の旅とともにいままさに生れつつある新傾向俳句のスタイルと共鳴した書は、これまで存在しなかった。江戸近世はもとより、近代の書道家の表現の水準も抜き去り、すでに新しい書の表現を獲得したとはいわないまでも、それがここに――「真上より朧見る冬木平哉」のような作品の姿で――生れることを間違いなく確信する段階に至ったのである。夢は現実性を帯び、希望に満ち、自信にあふれ、その実現に向けてさらに鍛錬をつづけることになった。そこに「革命」という語も自然に生れてきた。軽々しく「革命」と使っているのではない。「革命」以外の何物でもないことがはっきり見えていたのである。

この日、なぜ当時の書が「頽廃」「堕落」「月並」「俗気の極端」に陥ったかについても触れている。その意とするところを箇状書きすると

①書のことについて、一般の我々が冷淡、無頓着で、これを書家に任せっぱなしにしてきた。書家もその仕事について世間の反響がないために、研究を怠るようになった。
②絵画は絵心がなくても直覚的に感じられるが、書は書心――これを解読する習慣と手段――がないとよく解らない。そのため世間で話題にのぼらない。

③書は絵画のように市場が成立しておらず、それだけで生活が成り立たない。とはいえそれが解消されたからといって書がよくなるわけではない。また門外漢が参加してどうなるわけでもない。
④しかし、書は言葉を書き記すことを背景とした表現であるから、これを支える厖大な勢力がある。「六朝書」をもって我々がこの「頽廃」「堕落」「月並」「俗気の極端」を克服する革命を担う。

と記している。

すでに、碧梧桐と不折にはその書の表現が、日本における書の表現の水準を脱けたという手応えがあり、日本の書の表現の全体の構図がはっきりと見えていた。がゆえに、これほどまでに気迫をこめ、情熱をもって書について書き留めているのである。日下部鳴鶴等の書道家、あるいは内藤湖南等の学者達が想定したような、書に疎い「外野席」の俳人や画家の発言と試行ではなかった。

碧梧桐は書道家の書について、俳句に使う「月並」なる評語を連発している。また三月十日には、次のように書く。

如かず古にして大、奇にして雅なるものを摸して、先づ其陥り易き俗趣を避けんにはと。志す所は一のみ。書と句との差別を見ざるなり。即ち好んで古にして大、奇にして雅ならんことを欲す。美にして巧なるものを捨つるに非らず、美にして巧なるものに近づくことを厭ふのみ。句も亦た流俗の好む所、唐趣味のみ。美にして巧、外観滑かなるものを見れば、則ち蟻集して之を謳歌す。笑ふに堪へたり。予の与《くみ》せざる所なり。(傍点筆者)

「書と句との差別を見ざるなり」を対比あるいは比喩として聞き流すべきではない。書と句は、隠喩で繋がるものではない。直喩でもない。比喩ではなくて、両者は現実に地つづきで繋がっている——この意識下での認識が、碧梧桐の書、それはすなわち俳句でもある、その俳句を他のどの近代俳人とも違った異次元の表現へと押し上げ、また絵画との関連で書を考えつづけた盟友・中村不折とも違った高みまで書を導いた。そこに、近代書史上、他のいかなる書家、知識人にも類例をみない、河東碧梧桐の傑出した独往の書が生れたのである。

一八八〇年代までに生れた文芸人には、毛筆がまだ身近にあり、基本的な嗜として書の教養を身につけ、普段に揮毫の筆を揮《と》った。とはいえ、俳句と書とは別の表現。もっぱら俳句に関心を抱き、碧梧桐を子規の後継俳人と認識している読者にとっては、足尾や根室からの書をめぐる昂揚したメッセージには、異和感もあったのではないだろうか。そのようななかでも堂々と論を張るのは、碧梧桐にとって書を語ることはそのまま俳句を語ることであったからである。

第二章に、碧梧桐が、「カワウソの眼光」、子規の思想とともに生き、その徹底化を指向し、試行したことに触れたが、碧梧桐は子規の思想の枠内にとどまらず、これをさらに一段深めた。それが「六朝書革命論」である。

■書の六朝、歌の万葉

むろん新しい俳句運動の全国化、全国的啓発という意味もあろうが、それ以上の自己の俳句のさらなる革新を求めての「三千里」の旅に出発したそのわずか一ヶ月半後、下野足尾で、子規の「万葉ルネサンス論」をふまえて次のようにそれを披露している。

九月二十日。半晴。

書に於ける六朝は、歌に於ける万葉によく似て居る。万葉は創始時代で、又た最も振作した時である。六朝も殆ど書の体を創成した時代で、又た多くの大家が輩出して居る。歌は古今集となつて醇成したのと同時に月並に落ちた。書は唐に入つて大成すると等しく俗趣を交へた。歌を月並にしたのは、貫之の徒である。書の俗化の親方は顔真卿等であらう。万葉以後久しく歌は無つた。六朝以後書は殆ど無いと言うてもよい。古今集あつて、歌の法則といふものが制定された。唐以後書法に拘泥することが流行した。万葉の大家は柿本人麿と云はれて居るが、人麿の歌は、寧ろ形が整ひ過ぎて居る。六朝の第一流に鄭道尚《ママ》が推されて居る。鄭道尚《ママ》の書も或は尋常平板に失することはないか。唐の三傑虞、王《ママ》、褚《ママ》の三人は、歌の業平、小町にたぐひするかとも思はれる。要するに、天真爛熳、思ふ処に懐をやり筆を走せて、少しの技巧を弄せぬ、一点の塵気を交へぬ、殆ど形をなさぬ愚拙の中に雅味の津々たる、有名な大家の作よりも、無名の小家の筆の欽慕すべきもの丶あることなど、万葉趣味と六朝趣味の相通じ相類するもの丶あるを快とするのである。

静かに手習をしながら、以上のやうなことを考へた。

小にしては自己の書、大にしては明治時代の書といふものに、改革といふよりも一革命を来すべき時期でないかとも思ふ。

鄭道尚は鄭道昭。唐の三傑は虞世南、欧陽詢、褚遂良の誤植である。

子規の「万葉ルネサンス論」の古今和歌の批判に限界があるように、碧梧桐のこの「六朝書革命論」の中の唐代の書批判も厳密に言えば誤りである。

亀の甲羅や獣骨に鑿で刻られる（刻蝕）ことに始まった書は、次第に木簡や竹簡、帛や紙に筆で書く（筆触）歴史を蓄積してきた。六朝時代は、「筆で書いた文字の姿をどのように刻るか」また「鑿で刻られた姿をどのように書くか」という刻（刻蝕）と書（筆触）

の相互浸透期であり、碧梧桐が賞賛した六朝前期はその模索期、書道家が依拠した六朝後期の北魏時代は、その刻法が、安定的に成立した時期である。そして初唐、六五〇年頃になって、「刻ることが書くことであり、書くことが刻ることでもある」という水準を獲得した。刻られているにもかかわらず、書かれた速度や深度や角度がなまなましく定着されるようになった。この水準を獲得したのが、虞世南の「孔子廟堂碑」、欧陽詢の「九成宮《きゅうせいきゅう》醴泉銘《れいせんめい》」、褚遂良の「雁塔聖教序」に代表される楷書体である。楷書体が基準とされるのは、紙は石であり、筆は鑿であり、刻痕は墨蹟であり、刻蝕は筆触つまり筆蝕であるという、書くことは刻ることであるという構造と美学を獲得したからである。唐代の楷書の成立なくして、書とその美学の成立はなかった。碧梧桐が「思へらく唐を模するものは宋に落つ。宋に落ちずんば、我が近世書家の書の如く、俗趣紛々として堪ふべからざるに至らん」と謗る宋代の書にも、一点一画を書く上でのリズム法の唐代の三拍子から宋代の多拍子への革命がある。近世書家の書が俗に落ちたのは、宋代の米芾《べいふつ》等の書に学んだからではなかった。その真を理解しえなかったという意味においては、子規の古今批判と同様に、碧梧桐の唐代以降批判は書史論としてそのまま鵜呑みにはできない。しかし、「書かれた姿をどのように刻ればよいか」という苦心と、いまだ刻法が成立していない段階、つまり美醜以前の段階の、前期六朝の美学に依拠して、書の表現上の停滞を突破するという六朝書革命戦略は子規の万葉ルネサンス戦略同様に重大な意味をもつものであった。

少し脱線すれば、碧梧桐は根室で、「看よ、羲之と称する蘭亭記の如き、唐の偽作たるある中国の政治家・学者・郭沫若もずっと後、一九六五年に論文で発表した。この説は、日本に留学・亡命の経験のある中国の政治家・学者・郭沫若もずっと後、一九六五年に論文で発表した。碧梧桐に先見の明があったと言いたいわけではない。羲之の生きた西暦三五〇年頃の石碑の文字のスタイル（刻蝕）と大きく隔った肉筆「蘭亭序」の書きぶりへの疑問を同様に感じたことを興味深く思うのだ。六朝初期、石碑に文字を刻る刻法と紙に書く文字の書法とは大きく隔っていた。碧梧桐も郭沫若も唐代以降の通念に従って、刻法はそのまま書法であり、「書かれた通りに刻られた」と思い込んでいた。だが実際には刻法と書法は大きく乖離している。書法には書法史が、刻法には刻法史がそれぞれ独立して存在する。それゆえ、両者間の齟齬を根拠にした「蘭亭序偽作説」は成立しない。

このように時代的限界もあって、学問的には正しくはないが、書の革新の運動の旗印としては、有効であり、近代書史上、看過できない提言であり、運動であった。

それにしても、碧梧桐のこの「六朝書革命論」はふしぎな提言である。碧梧桐は俳人であるにもかかわらず、蕪村の再評価ではなく、和歌の問題、「和歌の万葉」について触れている。それは俳句といえども、和歌、短歌の問題に根を延ばしており、一連のものだからである。「書に於ける六朝は、歌に於ける万葉」——なる碧梧桐の説は、子規の「万葉ルネサンス論」をさらに「六朝書革命論」へと発展させたものである。だがそのようなことがほんとうに言い得るだろうか。

『古今和歌集』の「仮名序」は、「やまとうたはひとのこゝろをたねとしてよろつのことのはとそなれりける」で始まっている。「人の心」を種として、万の「言の葉」は生えてくるのだと言うのだ。そう言ってもよいだろう。だが、「人の心」という種はどのような過程を経て「言の葉」となるかについては何等触れてはいない。

和歌がひらがな歌の別名であることから明らかなように、これは声から成る言《はなしことば》ではなく、書くことによって、文《かきことば》として成立し文字とともに存在する「言の葉」である。書くことによって和歌は生れてくる。つまり書くことが和歌をつくりあげる。そうである以上、書きぶりの如何つまりは筆蝕の如何が和歌の意味や表現世界に深く関わり、これを生んでいるという構造にある。書法＝文字の書き方が、和歌の書法＝書き方、和歌の世界をつくり上げることが確かなら、俳人・河東碧梧桐の「六朝書革命論」はまっとうな歌論、俳論と言える。

万葉ルネサンス論のさらに下層に六朝書革命論があった。碧梧桐はその段階へと、和歌、俳句論を下降的に進めていったのである。

碧梧桐は根室で「書の革命」を熱っぽく書き綴った。「きのふまて……」の短冊の文字のスタイル（書体）と明治三十九年の句を書いた俳句帖の書を見比べて見れば、誰もが「革命」という語をなんの抵抗もなく納得できるだろう。俳句帖の書はすみずみまで神経の行き届いた見事な作である。明治四十年代前半の作と言えば、明治四十一年、中村不折が揮毫し、碧梧桐が発行人となって出版された「龍眠帖」を挙げるべきだろうが、作品の出来映えとしては、碧梧桐のこの作の方が高い完成度に達している。「完成度」などというと碧梧桐は不名誉と感じるかもしれぬが。

この書は、時代の一般的水準をはるかに抜きん出て、隔絶した鮮やかな、文字通り際の立つ、際立つ書である。

この斬新な書が誕生するためには、江戸近世末期まではいまだ知られず、開発されることもなかった新書法の誕生があった。一つの筆画を「トン・スー・トン」式の三拍子で書く一般的な三折法では、そのリズムに従わざるをえないことから点画をこのように自由に構成し、歪んだ文字を組み立て、さらにはまた文字をこのように、大小さまざま、文字間隔を任意自由に構成することはできない。

後期の六朝書に倣った、近世とは隔絶した力強い書を書き始めた日下部鳴鶴等近代書道家も三折法を脱し、幾分か多折法を手に入れたが、碧梧桐と不折は一つの点画を、「トン・スー・トン」の三折法や「ト・トン・トン・トン・スー・トン」とでも表現すべき宋代の多折法、さらにそれを前に進めた清朝初期の「ビ・ビ・ビ・ビ・ビ・ビ・ビ・ビ・ビ」とでも表現すべき無限微動法を金農に先例があることも知らずに手に入れたのである。一つの筆画を書く過程において、どの瞬間においても筆先が「ビ・ビ・ビ」と微動している無限微動法は、ヘリコプターの航跡に喩えられる。ヘリコプターは同じ所に居つづけることも、進むことも退くことも上下左右前後、自由自在に飛行できる。これに対して基本書法・三折法は、斜めに上昇離陸して水平飛行に入り、再び斜めに下降、着陸する、小回りのきかない飛行機のそれに喩えられる。

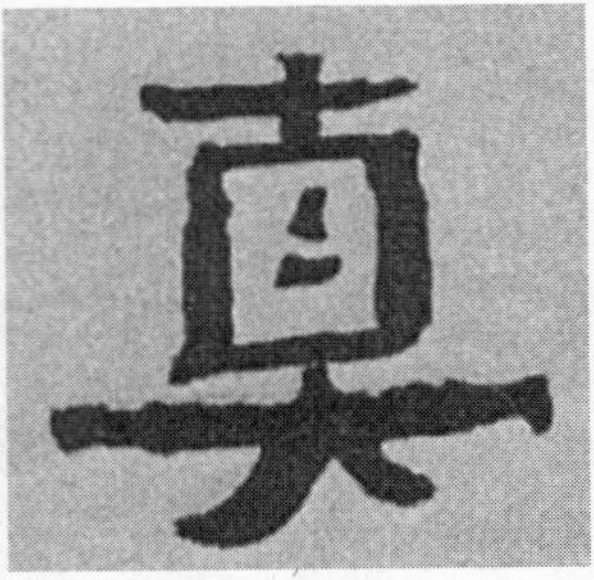

以下八十七ページの「真上より……」の書の「真」字をなぞることによってその書きぶり（筆蝕）を再現してみる。

第一画のヨコ画は、左上から右下へ向けて斜めに起筆され、「ビ・ビ・ビ・ビ・ビ」と紙奥に向けても、また上下動においても、少しずつ力を弱めながらやや右上がりに書く。

次いで第二画。この書にしばしば登場する鋭利な刃物で切り込みをつけるような第二画の水平の起筆は尋常ではない。そして、三折や多折のリズム法と共にある通例の書法では、筆毫の柔軟性の必然から肥痩を伴うのが常だが、定性的なリズムを喪失した無限微動法で書かれているために通常はありえない同じ太さ（幅）で書かれている。

第三画は、あたかも鑿で削ぐかのような筆蝕でやや左下へ向かう。いきおい終筆に向けて字画は幅を広げていく。

第四画のヨコ筆部は細く、タテ筆部は第三画と左右対称のやや右下方向へ「ビ・ビ・ビ・ビ・ビ」。初期の六朝碑に倣い、ヨコ筆部からタテ筆部に折れる時の転折はない。

第五、六画は、三、四、七画で囲まれる余白のやや右、上部に位置する。第五画はタテ、第六画はヨコのベクトルでごく小さく、短かく。

第七画は、第一、第四、第六画の各ヨコ画と企図的にベクトルを違えるのみならず、起筆部は左に始まり右に終る。

もっとも長い第八画は、カミソリで表面を削ぐかのように。強く（幅広く）なったり、弱く（幅狭く）なったりしながら、他のヨコ画とベクトルを違えつつ、ほぼまっすぐに進む。

第九画の左ハライは太く長く、最終画は細く短かく。その左右ハライの跛行形状が愛らしい。

これ以上は冗長だろう。さらに次々と文字の書きぶりをなぞって行けば、この書の鮮やかさも企図に満ちあふれた複雑さもさらに仔細に明らかになる。

「きのふまて……」の短冊の書との表現の上の決定的違いはこの読解で十分だろう。あとひとつ加えておけば、「瀧」と「湖」と「渡」の三つの「氵」の書きぶりの違いだけでも十分に楽しめるはずである。

河東碧梧桐は、子規が選んだ『春夏秋冬』時代の新俳句と碧梧桐選の「日本俳句」の新傾向俳句との差について次のような意味のことを書いている。

春雨や花見車の戻る時　　芳水
松風に桜散るなり大悲閣　　把栗
信州へ越える山路や遅桜　　瀾水

花戻り月にまた車返しけり　鎮西郎
松絶え〳〵疎らなる花となりにけり　玉鬼
峠迄を定めの馬や山桜　俯仰

前句の概ね取材の単純なのに対して、後句の叙事叙景の複雑なこと、前句の叙法の平淡平易なのに比して、後句の調子にも委曲を尽してをること等其の著しい差異の点である。

（「俳句の新傾向に就て」『新傾向句の研究』）

前の句と後の新傾向句との表現の上での差は説明しなくても明らかだろうと碧梧桐は書く。それは書に喩えれば、前者は、子規の「絶筆三句」や碧梧桐の「きのふまて……」の短冊のような書きぶりで、後者は、つきつめれば、碧梧桐の「真上より……」などの俳句帖の書きぶり。両者にはそれほど差がある。その姿が碧梧桐にはまざまざと見えていた。

第五章　龍眠帖と龍眠会――鮎活けて朝見んを又た灯ともしぬ

思はずもヒヨコ生れぬ冬薔薇

会下の友想へば銀杏黄落す

この二つの句ほかを例に出して、秀才俳人にして俳評家・大須賀乙字は書く。

返り花、冬の薔薇などには一種暖かな感じがある。何時咲いたとも知れぬ間に咲いて居る。「屋根ふきが不審な顔や返り花」といふやうに咲いてをるのが不思議なといふ感じもする。思はずもヒヨコ生れぬといふ事実も感想上類似の点があつて、此頃の陽気は狂つたやうな日和続き、ヒヨコも生れれば薔薇も咲くといふのである。会下の友想へばといふは共に参禅したことのある亡友を指していふ、銀杏黄落する目前の風物のあはれなる時に其友を想起したといふのである、会下の友だけに、銀杏の厳粛な木ぶりやら玲瓏たる其黄葉やらが調和するやうに思ふ。――中略――

此の句を「柳さくら柳さくらと植ゑにけり」や「赤い椿白い椿と落ちにけり」などに比

較する時は、著しき差異あるを認めるであらう。活現法の句は予備知識がなくても解釈ができるが、隠約暗示の法になると季題の約束が一層重要視されて、季題其他各物に対する感想の力を仮りて詩美を発揮するやうになつてをる。（「俳句界の新傾向」『乙字俳論集』）

「赤い椿白い椿」の季題はそのままずばりだが、「冬薔薇」の方はそこに複雑な意味を宿していることに根拠を求めつつ、新俳句「赤い椿白い椿と落ちにけり」と新傾向俳句「思はずもヒヨコ生れぬ冬薔薇」間の「著しき差異」を解説する。それは書を見れば一目瞭然、碧梧桐の「きのふまて……」の短冊の書きぶりと「真上より……」等の句帖の書との間の「著しき差異」である。

「三千里」の旅を始めて「新傾向俳句」を得た時に、碧梧桐は子規段階の俳句を脱し、さらに新しい表現段階を確実に手に入れた。碧梧桐にはその違いがはっきりと見えていた。そしてそれは、碧梧桐ひとりの句の表現に終らず、『日本及日本人』の俳句欄を通じて、日本中の俳句表現として類的に獲得され、それらの数々の句は明治四十二年、『日本俳句鈔』として公刊された。その序文で碧梧桐は書く。

予が曩《さ》きに「続春夏秋冬」を選して以来、僅に二年の日子を経過したに過ぎぬけれども、其の間流風は一転し、傾向は劇変した。一方に時代に依て生ずる自然的の推移もあるが、他方に俳句二百年の歴史に稀有な印影を与へたものもある。

と。明治三十九年からの「三千里」の旅を通じて獲得された表現のスタイルが、わずか二、三年の内に、近代俳句の一般的水準として定着したのである。

また「俳句の新傾向に就て」（『新傾向句の研究』）で、「前句の概ね取材の単純なのに対して、後句の叙事叙景の複雑なこと、前句の叙法の平淡平易なのに比して、後句の調子にも委曲を尽してをる」と書く。むろん、前句とは正岡子規選の『春夏秋冬』の新俳句、後句とは河東碧梧桐選の『日本俳句鈔』の新傾向句を指す。「子規時代の句においては取材は単純で平淡平易だったが、碧梧桐時代の句になって叙事叙景は複雑となり、調子も委曲をつくすようになり、ステージを変えた」と読み替えてもよいだろう。むろん作品には出来、不出来がある。古いスタイルとて佳句もある。新しいスタイルであってもとるに足りない駄句もあり、月並の新スタイル句もある。それをふまえた上で言うのだが、子規の句の水準はこの時代、碧梧桐の句によって乗り越えられた。

太田鴻村の『明治俳句史論』はこの時代の事情を次のように描く。

扨《さ》て、前後約五ヶ年に亘る星霜を費した碧梧桐の全国行脚は、子規以後の俳壇に完全に碧梧桐時代を現出せしめたのであつたが——中略——虚子は——中略——又四十一年十月から向ふ一年間「ホトトギス」に雑詠欄を設けて、碧梧桐の「日本俳句」欄に対抗したのであつたが、新傾向の勢力の過大なるに及び、遂にこれを廃して全く俳壇から退いたのである。

新傾向運動のすさまじさは、宛然荒原の草叢を焼くやうな勢ひで、見る〳〵うちに全俳壇に燃え拡がつていつた。当時さすがの虚子御大も俳壇にその影うすく、太陽の前の星にも似てゐた。その革新運動は行詰りを懸念してゐた無自覚的句作者にも大きな自覚と固い自信とを与へて奮起せしむるに余りあるものがあつた。子規の俳句革新の大業は正しく居士によつて継承されて、俳壇は爰《こゝ》に勃興し、華やかな日本派旺盛時代をも現出するに至つたのである。（沼夜濤「碧梧桐居士を憶ふ」『懸葵』昭和十二年三月）

ここでの記述を興味本位に子規の後継争い、碧梧桐派と虚子派の俳壇での勢力争いに矮小化すべきではない。ことは俳句の表現の位相に関わる問題である。明治三十九年から数年間、子規的新俳句（「きのふまで……」の書）を超えた碧梧桐的新傾向俳句（「真上より……」の書）の表現が、碧梧桐ひとりだけではなく、俳壇的に層として獲得されたと読まれるべきである。

碧梧桐は、『新傾向句集』の「巻頭に」で、盟兄・子規への敬意をもってその達成を慎重に次のように書いている。

本集は其我を作ることに覚醒した後の努力の片影と言うてもよい。自ら鞭韃し、自ら激成した我に対する愛著心は捨て難いとしても、子規の見てゐた当時の製作と、如何の距離あるかを顧みない日はないのである。我を作るに覚醒したというても、そは子規の感化を擺脱し得た新たなる我を作る意味ではない。子規の見てゐた如く、我が我を見るの謂ひである。子規の鞭韃した如く我を鞭韃するの謂ひである。子規を信ずる事に於て、予の信念は未だ當《ママ》て動揺せぬのである。

■「龍眠帖」の誕生

西洋画家・中村不折が明治四十一年八月に揮毫し、河東碧梧桐がこれを高く評価し、自ら発行人となって十月十日に出版した「龍眠帖」は日本書史上の伝説的作品である。近代の書史は「龍眠帖」の達成を除外しては成り立たない。

「龍眠帖」の書は、新傾向俳句のスタイル（句体）と同調したスタイル（書体）を作り出した作であり、前章で詳述した「真上より……」の書の母胎となった表現である。

書は一目瞭然の表現である。中村不折の「龍眠帖」の書が、東晋の「爨宝子碑」（四〇五年）、北魏の「中岳霊廟碑」（四五六年）の影響下に生れたことは誰の目にも明らかである。点画の構成、文字の配置は、両碑から多大のヒントを得ている。また点画の表現においても、筆で書く書法と鑿で刻《ほ》る刻法のスタイルが接近し、ついには同化した初唐の楷書体成立以前の両碑においては、書法との距離を近づける戦術を刻法が開発途上であって、未だ不確立であるがゆえに、美醜以前の魅惑に満ちた姿を見せている。「龍眠帖」の文字はその点画の姿を再現せんと試みている。

白隠、池大雅、慈雲、良寛等の営為はあったものの、江戸時代末期には、頼山陽、巻菱《まきりょう》湖《こ》、市河米庵、貫名海屋《ぬきなかいおく》等の、王羲之や初唐楷書、北宋の米芾、元の趙孟頫《ちょうもうふ》等に倣った「帖学」の書が共通の基盤として存在していた。幕末維新期に活躍した西郷隆盛、大久保利通等元勲達は、これに維新への熱情ともいうべき筆圧を加え、圧倒的な風圧の書を残していた。とはいえ、それらは唐代楷書の成立によって確立した、一点一画を「トン・スー・トン」の三拍子で書く三折法の枠内でのスタイル（書体）の違いにすぎなかった。

日下部鳴鶴や巌谷一六等は、清朝碑学に出会って、北魏の鄭道昭や「張猛龍碑」（五二二年）「高貞碑」（五二三年）をモデルにした書を書き始め、これが、「碑学の書」とか「六朝書」と呼ばれ、近代の書の出発点に立った。これを不折＝碧梧桐の「六朝書」と区別するため「第一次六朝書」と呼ぶこととする。戦後前衛書を領導した森田子龍、井上有一等の墨人会が、京大の美学者・井島勉を囲んだ勉強会で滑稽にも「石碑、拓本も書か？」と真剣に問うたように、書における「刻（刻ること）」の歴史を知らない日本において、これまで日本であまり紹介されたことのない石碑の拓本をモデルにした書は、斬新であり、「これこそは明治新時代の書」と思わせるに十分であった。

初唐代の三折法、北宋代に一つの点画を「トン・トン・ト・トン・スー・グー」などと書く黄庭堅等の多折法を経て、清朝初期、金農の時代になると、一点一画を「ビ・ビ・ビ・ビ・ビ・ビ」と書く、無限微動法という画期的な非リズム的リズム法を生み出し

「龍眠帖」　中村不折が書き、現代書の魁となった

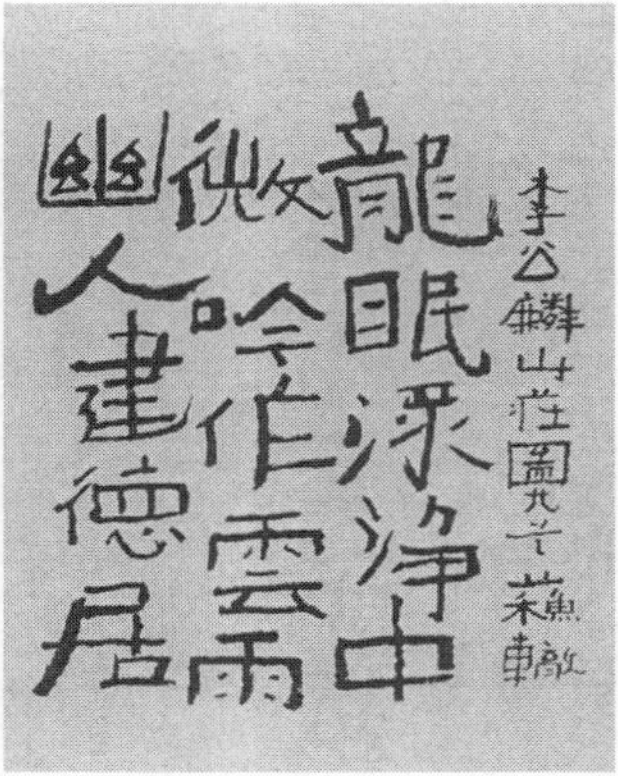

「龍眠帖」帖頭

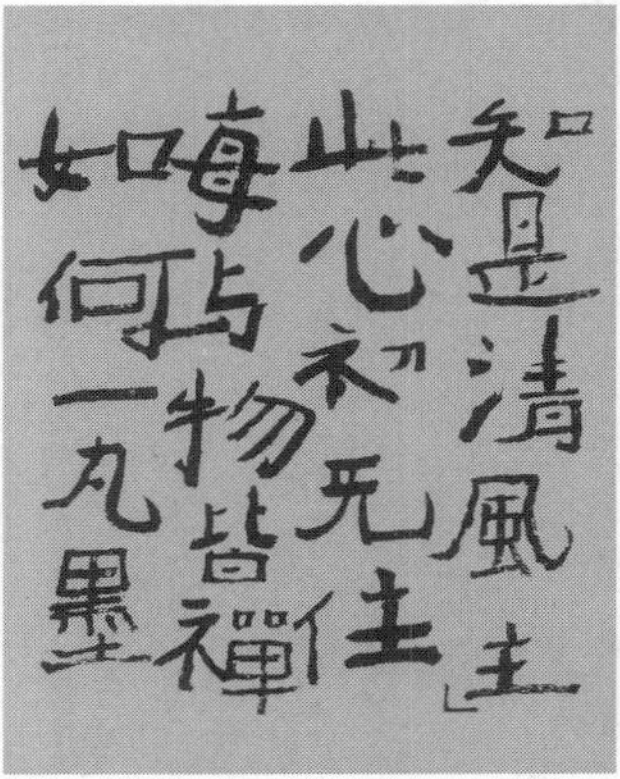

「龍眠帖」二頁目

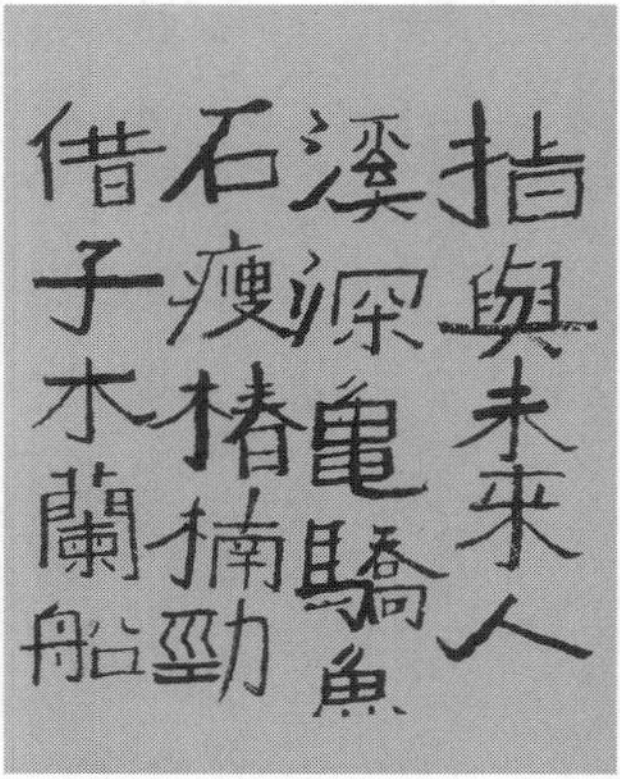

「龍眠帖」二十頁目

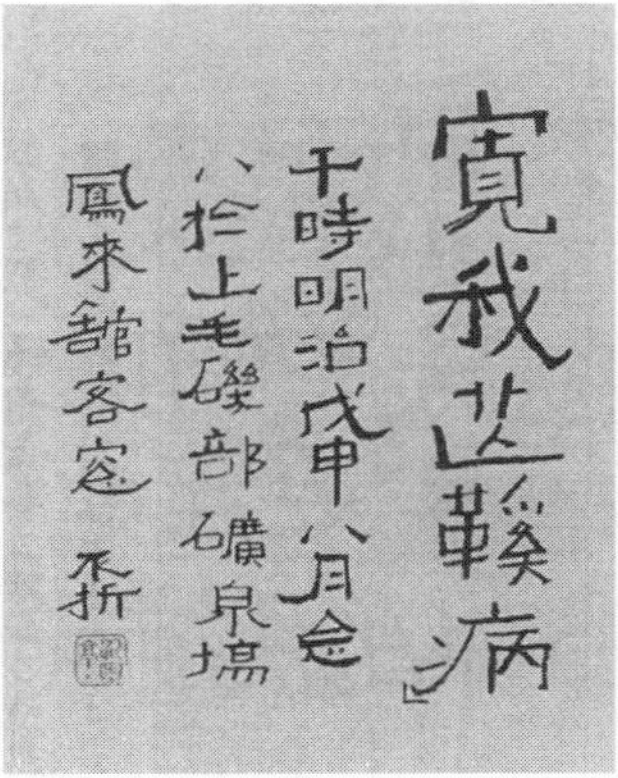

「龍眠帖」帖末

た中国とは異なり、日本では、「トン・スー・トン」の三折法しか知らなかった。そのような中で、北魏の石碑の点画を再現するための書法として、日下部鳴鶴は親指以外の四本の指を筆管（筆の軸）の前方にまわして、五本すべての指で筆管をもち、それを垂直に立て、膝を張って書く「回腕法」を導入した。一般に「筆は垂直に立てて書く」さらには「筆管の頭頂に一円玉をのせて、落ちないように書く」と俗解された書法は、この「回腕法」の特性である。多折法も無限微動法も知らない日本において、日下部等近代の書道家は不自然で無理な「回腕法」で筆を運ぶことによって、実質的に無限微動法に近似したリズム法で点画を書き、北魏の石碑の文字風の雄壮、強靭にして、企てに満ちた近代書、六朝後期の書をモデルとした「第一次六朝書」のスタイル（書体）を手に入れた。そしてこれは近代の書道界の書の一般的ステージとなったのである。

だが、「三折法」の呪縛から抜け切ることのできない「回腕法」から出現する擬似的無限微動法によっては、不折＝碧梧桐が発見した初期六朝風の書を描き出すことはできず、また、その美を美として感受することもできなかった。なぜなら「三折法」は、左右対称と等間隔つまり均衡と均整の美学と共にあり、そこから逸脱した美醜以前の初期六朝の美、幼生の美を美と感じとることはできないからだ。

不折＝碧梧桐の眼にとっては、鄭道昭、「張猛龍碑」「高貞碑」は新生の表現ではなく、初唐代の楷書に近似し、見飽きた表現にすぎなかった。しかし、「爨宝子碑」や「中岳霊廟碑」の未完の、それゆえ無限の可能性を孕んだ、美醜以前の美こそは、新傾向俳句に同調した新生の美であった。

ラストエンペラー・溥儀が揮毫する記録映像を見ると、人差指の腹を筆管の頭頂に置き、筆管を垂直に立てて、突き刺し、突き立てるように筆を運んでいる。これは「筆は鑿である」構造を知悉した中国が生み出した執筆運筆法である。中国においては筆は即、鑿。それゆえ、初等習字教育において、日本では禁じられる、書き改め、書き加え、二度書きも許される。点画を刻る時に、何度も鑿を加えることはごく自然な行為であるからだ。

「あ‐め」というように上下の文字が連続することなしには語となりえないひらがなを必須とする日本語においては、上下の文字が連なるように、「すらすら」「さらさら」と書くことから逃れられない。そのため、筆管は傾き、筆尖、筆毫はよく動く。それは筆が鑿との二重性の筆記＝刻具であることを知らず、筆は筆であるにすぎないからだ。

三折法の呪縛下にある「回腕法」では、「張猛龍碑」や「高貞碑」などの書を再現することはできても、それ以上に微細な表現が必要とされる「爨宝子碑」や「中岳霊廟碑」の複雑怪奇な字姿は再現できない。そこで、さまざまな再現法が工夫された。

六朝を手本にして、誰でも気のつくことは、従来のやうな筆の持ち方をしてをつては、到底其点画の感じを出すことは出来ないといふことである。自分が造像の断片を得た時も、同じ感じがヒシ／＼と身を責めて、とう／＼不折君に、筆の廻転や偃筆や側筆や逆筆の説明を聴かねばならなかつた。――中略――が、廻転や逆筆や側筆が仮令《たとひ》間違つた手法であるとしても、六朝の点画を模する上には、従来の懸腕直筆よりも功果があるといふことは争はれない。――中略――又た人間の手は微妙に動くとしても、筆を持つての運動を考へて見ると、大体は、前後左右に筆を寝かす、即ち偃筆倒筆側筆逆筆と、それに線の方向によつて筆を転換せしめる廻転を其五大綱と見て差支はないのである。

（「六朝書と我輩」『龍眠』第六号）

むろん、点画を書くリズム法が、三折法から多折法さらには無限微動法へと展開を遂げた書の表現史の構造を知るわけではなく、清朝初頭の八大山人・朱耷《しゅとう》の小さな魚や、冬心・金農の絵が文人画として日本で深く愛されてはいても、時代の一般的書法から隔絶した彼等の書と文字の姿が、無限微動法という革新的な書字のリズム法から生れたことを解析することはできなかった。しかし、従来の三折法の延長線上に再現することはできない事実に突き当たり、新しい書法の開発へと向かった。中村不折は、その運筆法を前後左右に倒れることと回転することに整理した。ヨコ画の書法について言えば、筆管を左に倒して「押す」筆蝕の逆筆、右に倒して「引く」筆蝕の倒筆、上に倒して「払う」筆蝕の偃筆、下に倒して「撫でる」筆蝕の側筆、これと筆管を廻転する廻転法を駆使することから生れることを知ったのである。新しい書法なくして新しいスタイル（書体）の出現はない。これらの五つの筆蝕の総合の上に「六朝書」を再現できることを知ったのである。碧梧桐の「真上より……」等の書が、時代の書を一変した「龍眠帖」を凌いだ輪郭明瞭な鮮やかな作として存在するのは、その無限微動法が微細かつ徹底しているゆえである。ちなみに、内藤湖南が批判、嘲笑した「紙縒に墨をつけて引張つたやうな書」「虫が這うて歩いた跡」とはこの「ビビビビビビ」と書く無限微動法から生れた点画の姿を指す。

このような新しい書法から生れた新しいスタイル（書体）の書は、この時代に熱気をもって受け容れられ、俳人はもとより文芸家の多くがこぞってこれに倣った。

中村不折の書いた「龍眠帖」は発刊後重版四度。十年後には復刻。その時の宣伝文は「惟ふに本帖は書界に投ぜられたる革命的爆弾と謂ふべく、世に六朝書の流行し、其賛否の論今尚ほ喧囂たるも、書界長夜の夢の本帖に依つて覚醒せられたるの事実は竟《つひ》に否定すべきにあらざる也」と書き、復刻版も六刷を見ている。同様の書体《スタイル》で不折が書いた「蘭亭序」の複製の発売広告にも、「中村不折先生曩《さき》に『龍眠帖』を書して以来既に五星霜を経たり。同帖の絶版となるや、今日其売買価格約十倍に達せり。以て如何に江湖に歓迎せられたるかを知るべし」と記す。

森鷗外は遺言で中村不折に墓の揮毫を依頼し、「龍眠帖」は芥川龍之介、室生犀星、富田渓仙等の書にも深い影響を与えた。碧梧桐の周辺の俳人達にはむろん言わずもがなのことである。

■「書三昧」

明治四十五年六月、「龍眠帖」出版の反響から結成され、「龍眠会」と名づけられた会は、近代日本の書の革命を担った書の団体で、大正十年まで続いた。機関誌『龍眠』も同年まで発刊されつづけた。

それにしても不思議な会である。まずは会員の構成。大正二年に出版された会の機関誌『龍眠』第一号の第四頁に紹介された会員数は九十四名。うち五十二名に雅号が記されている。これはほとんどが俳人。俳号なしの俳人もいるだろうから会員の過半は俳人であった。

小沢碧童、伊藤観魚、喜谷六花、岡田平安堂、塩谷鵜平など碧梧桐の同志的俳人をはじめ、兼崎地橙孫、阪本（松宮）寒骨、遠矢潟丘、入沢春光、島野山帰来、細谷不句等その大半が関係の俳人達。京都の画家・富田渓仙や小穴隆一の名も見える。名が見えない俳人は高浜虚子、大須賀乙字、荻原井泉水くらい。当時のトップクラスの俳人達の名がずらりと並んでいる。にわかには理解しがたい、俳人達による書の革新、革命を標榜した不思議な団体の出現であった。

綱領もまた書道団体の通例とは異っていた。

「龍眠会」について、『法律日日』誌（明治四十五年七月）は、中村不折を主事とする会ができたので、入会希望者があれば、『法律日日』誌が紹介すると報じている。それに加えて、会の「一、会ハ書道研究ノ為ニ非ズシテ下手ナ字ヲ書キ、自ラ賞賛スルヲ目的トス、一、会員ハ主事ノ書論ヲ聞クホドノ義務ナキモノトス」というユーモアに富んだ会則と「一、字ヲ上手ニ書カンナドト心懸クル者ハ退会ヲ命ズ」というウィットに富む罰則を伝えている。

機関誌『龍眠』誌上に公表された内規を整理要約すると、

一、書を趣味とする何人の入会をも妨げない
一、月一回機関誌『龍眠』を頒布する
一、月一回会員による展覧批評会を開く
一、月例会では主事・不折の講話と作品批評がある
一、展覧批評後には抽籤でその作品を出品者相互に分ける

とする。

毎月第二土曜日の例会に会員は作品を持ち寄り、中村不折がこれを批評する。会終了後は抽籤でその作品を分け合う――というものだ。

中村不折が選者となって、書を評する――これは句会に似ている。否、これは碧梧桐が設計した「俳三昧」ならぬ、「書三昧」である。

碧梧桐は新たに考案したプロフェッショナルな句会である「俳三昧」の意義について、

平生刻苦鞭撻してをらなければ、棚から牡丹餅は落ちぬ。日夕念頭を離さぬやうにし

てをらなければ、感興は乗るものではない。
俳三昧を修して、毎夜苦吟したからというて佳句が湧いて出るわけはない。否却って駄句許り吐くものである。俳三昧はたゞ古人以上の仕事をする一つの準備である。笊から水を漏らさぬ錬磨である。苦んで駄句を吐くと、其の愚を笑ふ人は、遂に我党の人ではない。共に句を語るに足らぬ。

（「その折〳〵――俳三昧」『日本及日本人』明治四十一年四月号）

と書いている。むろん少数精鋭の俳句修行「俳三昧」と同じようには行かないけれども、時代の水準をすっきりと抜け出した不折の「龍眠帖」のごとき、碧梧桐の「真上より……」のごとき、書のさらなる展開と定着と普及を目的とした龍眠会の例会、つまり「書三昧」は始まったのである。
しかしこの「書三昧」団体の成立は書道界からも、俳句界からも、異様に見えたことは無理もない。各方面から疑問の声があがった。
明治四十四年、「大阪朝日」紙上で、京都帝大教授になって間のない中国史学者の内藤湖南は、「北派の書論」で、
況や近頃のやうに、俳句などをヒネくるものが、文盲の癖に、北派にも何にもならないエタイの知れない字を書いたり、看板やコマを書く一種の俗筆を北派だとして居るに

至つては、殆んど採るに足らないものである。

と、批判している。東京の俳人達が奇体な字を書いて、「六朝書」と名宣っていること
は、内藤には看過できないことであった。中国書史の伝統に圧し潰された中国学者には近
代における書の革新の必要という課題に思いをはせることはできず、俳句をやるような連
中が稚拙な字を真似た馬鹿馬鹿しい字を書いて喜んでいるというくらいに把えたのだろう。
昭和七年にも、平安書道会の講演で次のように冷や水を浴びせている。

今日でも北派の書、殊に東京あたりで或る一部の人の書きます、或はそれから黐つて近頃では俳句をやる人が盛んに書き散らします所の一種の書風などといふものは、北派の書の中で一番ぢゞむさい書をよいとして、それを書の絶頂のやうに云つて居るのでありますが——中略——

隷書か楷書か訳の分らぬやうな書で、前秦の広武将軍の碑といふものがありますが、それが東京辺で近頃大変喧ましい。それは何とも分らない書です。紙縒に墨をつけて引張つたやうな書でありますが、（笑声）それが大変いゝとして、大変よろこぶ人がある。さういふやうになりますと、なるだけさういふ、つまり虫が這うて歩いた跡のやうなやつがよいといふことになるのであります。——中略——

康有為の広芸舟双楫といふものは、六朝書道論とか何とかいふ名前で、大分前に中村

不折君とそれから井土霊山君とが合著でこれを飜訳したらしいです。私はそれを詳しく見ませぬ、どれだけ正確に飜訳してあるか、その保証は出来ませぬ……

(「書論の変遷について」)

新政府の書記官・日下部鳴鶴、巌谷一六等の書道界は、「六朝書」に転じたといっても、それは清朝の流行に追随したものであり、時代の変貌と人々の意識に対応したものではなかった。初期の六朝書に依拠した不折＝碧梧桐の「第二次六朝書」の表現こそが、書道家達の水準をくっきりと抜けていた。「大阪朝日」の記事を読んだか、噂を耳にしたか、内藤湖南の明治四十四年の批判に対して、中村不折は、ただちに反論している。

京都の内藤湖南君は碑の研究に関して、我々に反対し、字を習ふには六朝時代の欠けた碑を当にしてはいかぬ。唐あたりのものも残欠せるものによるのはいかぬ、と云つて居る。我々は決して書を以て誇りとするものでない。内藤君の云ふところとは立脚点を異にして居る。我々は決して邪道と言つて居るが、我々は内藤君の云ふところとは立脚点を異にして居るとか云ふのでなく、我々の研究は書其のもの丶本体を味ふにある。内藤君は我々が如何にも支那の阮元《げんげん》の北碑南帖論に依つて論拠を立て居るやうに思ふて居るやうだが、夫れは大なる誤解で、我々は決して阮元の説を根本として居るのではない。帰する処は西洋のサイエンスを基礎とするもので、阮元の説と雖も善いところは採るも、悪い点までも採ることはしないと云ふのが我々の考へである。

（「書談《碑と帖》」『太陽』明治四十四年九月）

正岡子規に「写生論」を講じた中村不折には、人体の構造を刻明に描き解説した写生の極み、『芸術解剖学』の著書もある。ここでの「西洋のサイエンスを基礎とする」との謂は、清朝考証学的碑学〈北派〉にとどまらない不折＝碧梧桐が「爨宝子碑」や「中岳霊廟碑」の美を自我の眼で選び出した事実を指している。しかし、書道家連もまた皮肉な視線を投げかけていた。

吾輩は書は猶ほ面の如し、といひたいのである。人の面は、目は横に鼻は縦に正しくついて居るので、人相がよく見えるではないか。眇目や、兎脣や、八ツ目坊主や、化入道の様な面によい処がありはせぬ。殊更にあばれた文字や、変体な文字を書いてえらがつて居るのは、お化の面を作つて喜んで居るものと同じではないか。文字を書くに花見や、お祭りの余興と同じ様な心得でするのは間違つたことである。

とは、『鳴鶴先生叢話』に収められている日下部鳴鶴の言である。不折＝碧梧桐によって切り拓かれた水準の見えない書道界でのごく一般的な反応である。

当然、俳人達からの不審の声もあがっていた。高浜虚子は、中村不折に、「つまらん余業の書などに凝らないで、画に全力を尽したらよからう」（碧梧桐「六朝書と我輩」『龍眠』第一号）と言ったようだが、それ以上に「つまらん余業の書などに凝らないで、俳句に全力を尽したらよからう」と碧梧桐に言いたかったことだろう。それは「第二次六朝書」を手に入れることの意味も知らないままに、俳壇の雄・碧梧桐が呼びかけたから、あるいは「六朝書」の表現がちょっと興味深いからと、その意味を考えることもなく「龍眠会」に参加した俳人達よりも正直な反応であったかもしれない。俳人達が「龍眠帖」風の書を書き始めた様子を瀧井孝作は次のように証言している。

私どもは、本物の六朝碑の拓本もまだ知らずに、ただ回覧雑誌に多く見え出したカナクギ流の筆跡などの新奇な流行にかぶれて、ただ飛付いて行つた。私もすぐにこの妙な字を習ひはじめた。「日本俳句の投稿の字は、六朝風の書体で書くと、句稿もよく見てもらへる相だ」と、俳誌のゴシップでも言はれたが。（「飛驒高山にて」『俳人仲間』）

これが正直なところだろう。

さて、大須賀乙字は、碧梧桐の句について次のように書いている。

佳句は明治三十八九年頃より四十一年頃までのものに多い。殊に東北行脚中のものには、なかなかの絶唱がある。

一度新傾向の声に驚いてからの碧梧桐は、局分されたる感覚に瞑想を加へて横道に外れて了つた。さすがに行脚をして居るから実境の見る可き句もあるけれど、四十三年以後になると、殆ど拾ふ可き句がない。俳人碧梧桐を再び見ることは出来ないと思ふ。信に惜しいことである。

（「碧梧桐句集序」大正四年十二月五日）

門外漢ゆえに、ここがこうだからと確信をもって言えることではないが、筆者もまた、三十九年から四十一年頃までに碧梧桐の佳句が多いと思える。大須賀乙字は、四十三年以降碧梧桐の句に見るべきものはなく、俳句作家としての碧梧桐はいなくなったと言う。だが、碧梧桐はそれを自分自身で解っていた。そうであるがゆえに、書三昧とでも言うべき「龍眠会」の結成と活動によって、それを越える句を得んと試みたのである。

■雑誌『龍眠』

大正二年十一月一日に発行された龍眠会報『龍眠』第一号はB４判変形四頁立て。巻頭第一頁には中村不折の「発刊の辞に代へて」。龍眠会十月例会席上での談話を収録している。

書は美術か否かという議論（「書は美術ならず論争」）に対して、「美術といふ言葉は西洋から来た言葉で東洋にはなかつた」したがってそれを「書に当て嵌めて見た処で、又当て嵌めなくつても、別に書の価値の軽重には関係ない」とまったく正鵠を射た論で「書は美術ならず」の議論にすっきりと終止符を打っている。第二頁は、「六朝書と我輩」と題する碧梧桐の短文を掲載している。

我々が六朝書を主張するのは、書に趣味を感ずる上の信念の一端を吐くのだ。書に趣味を感じない人が、それを如何様に見ようと、又た遊戯三味と言はうと、それは我々の関する所ではない。若し幾分書に趣味を感じて、古人の筆蹟などに興味を有する人若くは書は東洋の一芸術なりなど公言する人達が尚ほ我々の主張を云為《うんゐ》するならば、我々は却て其人の遊戯的態度を指摘したい。書に対する考への弛緩した程度を攻撃したい。なぜならば、書の趣味を研究する上に、ただ世間並みの標準や、従来の習慣に支配されて、それ以上に窮極する元気を欠くからである。

と、碧梧桐等の「第二次六朝書」に対する周囲からの攻撃に反論している。
第三頁は龍眠会例会の席上録。選者・中村不折の書の批評を載せている。
掲載された図版は碧梧桐の書。例会の雰囲気の一端を伝えるために、その書についての不折の評語を採録する。

▲碧梧桐。四点の中一点を指ざして、「中で是れが一番面白いと思ふ、書く上に抑揚があつて何処か傑出した所がある。一字々々に就いて見ると一行目の「是」といふ字など

は敬服し兼ねるが、二行目の「是」は面白いと思ふ。其他では「家」「及」などは纏まらないけれども面白味が躍如として居る。「怠」の心法は巧みだけれ共どこか力が足らない上に、イヤ味にも見える少し什麼《いかん》かしたいと思ふ。

第四頁は会員名簿と会の内規と奥付。付録には不折が入手した拓本。第一号では、「張晋墓碑」と「三老諱字忌日記」の原寸大拓本の複製が挟み込まれている。執筆あるいは談話は不折と碧梧桐が中心。これに後藤朝太郎なども加わることがあった。そして『俳人仲間』の瀧井孝作が大正六年からこの編集に加わっている。

かくて雑誌『龍眠』は大正十年九月、第五十九号まで続いた。

第一次「三千里」の旅が、明治三十九年八月六日から翌明治四十年十二月十三日まで。第二次の旅が始まったのが、明治四十二年四月二十四日、帰京したのが、明治四十四年七月十三日。そして、一年後の明治四十五年六月に「龍眠会」が始まる。一年のブランクがあるとはいえ、「三千里」「続三千里」の旅はなんと「龍眠会」の旅へとバトンタッチされた。中村不折について調べた『中村不折——その人と芸蹟』の著者中原光によれば「当時全国千名を越」えたと言う共鳴者にとってはどうかは知れないが、碧梧桐にとって「龍眠会」の活動は二回にわたった「三千里」の次なる第三の旅であった。第一、第二の旅は平面に広がる、そして第三のそれは俳句の下方、奥に向かって掘り開ける立体的な旅であったと考えればよいだろう。

碧梧桐の連載「六朝書と我輩」は、大正二年十一月一日発行の第一号から大正四年二月二十八日の第十六号で完結。つづく第十七号からは、「同人閑是非」と題して、名古屋の料亭近直の次男・伊藤観魚を手始めに、書の作品評を書いている。むろん書を批評していても、その俳句のスタイルも意識下では同時に想起され、二重写しに見えていたことであろう。「同人閑是非」は断続的に大正六年三月二十五日発行の第二十七号まで連載され、その後は休載したり、復活したりする。他には石碑の話が挟み込まれる。書論としては、「仮名の書き方」が第三十二、三十三、三十四号と三号にわたって連載された。漢字語とひらがな語からなる日本語の俳句においては、ひらがなをどう書くかと両者をどのように調和もしくは非調和させるかは重大問題だからである。正しくも碧梧桐はこう断言している。

漢字と仮名の調和不調和は字を書くといふ根底問題にも立返る事であつて、この為めに費された昔からの工夫は莫大なものであらう。さうして又たかうやればいゝといふ解法を得た人も亦た恐らくないであらう。（『龍眠』第三十四号）

と。

そして、『龍眠』誌の終刊の前年の第四十八号（大正九年十月二十日）では「書と自己表現」と題して、論理的、体系的な書論ではないが普通には思いつかないすぐれた書論を書き残している。

総ての芸術は自己の表現である、と言つても、其自己を表現する対象を自然なり人間なりに求めないものはない。――中略――書にはこの対象といふものがない、自己を仮託すべきものがない、――中略――書で自己を表現するといふことは、何等かの欠陥があるか、大きな無理が存するのでないか、といふのが私の疑問の起点であつた。――中略――

支那に無声の詩有声の画といふ言葉がある。之は絵画と詩とについて言つたのであるが、さういふ言葉を味つて見ると、書は余程音楽に似通つた処がある。――中略――音楽は自己表現の対象を持たない、と言つても、それは有形的に自然なり人間なりを持たないのであつて、無形的には、故人の感激、往時の情調といふものを持つてゐると見做されんでもない。――中略――

　かう見て来ると、音楽を奏するのと書をかくのとに如何の差があるか、甚だ紛はしくなつてくる。

近代史上、書という表現の秘密に肉迫した人物は、河東碧梧桐と高村光太郎の二人しかいない。高村光太郎は「筆蝕の生理的心理的統整」という整理の仕方で、書が筆蝕の美学であることにもっとも接近した。碧梧桐は「筆蝕」や「筆触」「刻蝕」という用語に行きつくことはなかったけれども、文学（俳句）と内連する構造も含めて実践的、総合的に書という表現に限りなく近づいた。高村は書を「造形的のもの」と明言するのに対して碧梧桐は、「音楽を奏するのと書をかくのとに如何の差があるか」と、書が音楽に酷似した表現であることに気づいた。私の知るところでは書が音楽と類似の表現であることを指摘したのは、この碧梧桐と、「音楽と書とは絵画や彫刻の如く対象に捕はれることなく、直にリズムそのものを表現する」（「書の美」）と規定した西田幾多郎と戦後前衛書道家の岡部蒼風の三人しかいない。碧梧桐の「故人の感激、往時の情調」、西田の「リズム」という表現が筆触（筆ざわり・筆痕）であると同時に刻蝕（刻り心持・刻痕）であるところの「筆蝕」について言わんとして、やや的を外しているとはいえ、この三者の論は、書の美学的構造を相当に突き詰めているのである。

一見かけ離れているかのような書と音楽は次のような事実から同次元の表現であると言える。

西欧アルファベット文明圏の言語は声中心言語であり、この言語圏においては、声の延長線の音楽があらゆる表現の基底を成す。これに対して、「平昌」と書けば音は違っても二〇一八年冬季五輪開催地であることが通じ合う文字＝書字中心の東アジア漢字＝漢語文明圏においては、文字＝書字の延長線上の書があらゆる表現の基底を形成している。音楽と書は、言語の構造の違いによってもたらされたところの同一の表現の二つの現われなのである。音楽に音階があるように、書にも参差《しんし》という名の音階的展開がある。この参差を書道界では、大まかに「変化」と呼んで誤解しているが。碧梧桐は、書とはどういう表現かを深く突き詰めていたのである。

■降りて行く「続・続・三千里」の旅

『中村不折』の著者・中原光は龍眠会が「当時全国千名を越す共鳴者を得た」と書いているが、共鳴者は会員数とは違うようだ。『龍眠』の編集後記に記された会計報告の会費収入額と一人当りの会費から割り出すと、『龍眠』発刊時大正二年の九月から十二月期が二百八十人。このころが最大だったようで、大正三年後期は八十五人、大正四年前期が百九十人弱となる。

編集後記を読むとこの頃から少しずつ熱気も冷めていくのか、大正四年四月には「近来地方よりの出品増加の傾きあれど例会当日の出品者稍《やや》々減退の徴有之候」と例会参加者の減少が指摘され、大正五年二月には「近来毎月例会の出品者は略ぼ其顔振れを一定したる形あり」と例会が硬直化し始めたことを報告している。ちなみに例会参加者は意外に少なく、最大二十名、平均十名程度、時には五人ということもあった。郵送の出品参加者もあって、出品数は平均五十〜六十点といったところだ。

やがて、例会の休会や『龍眠』の休刊が常態化し、大正九年十月の第四十八号で喜谷六花は編集兼発行人を辞し、同年十一月の第四十九号からは中根岸六十二番地の医者にして俳人・平山若水に交替している。

龍眠会が勢いを有して活動していたのは、明治四十五年六月の結成時から大正三、四年頃までの三、四年と考えてよいだろう。

『龍眠』全五十九号の内、約十号分はいまだ入手することができず未見ではあるが、毎号一、二点掲載されている月例作品を見ていくと興味深い作品に多数出会う。

不折が入手、披露した木簡（流沙墜簡）や残紙、造像記、碑文に倣ったと思われる文字もあれば、それらの延長線上に工夫した独創的な文字もある。だが、いずれもが、あるスタイルへと収束する気配を宿さず、どこまでも習作として不安定な姿をさらしている。「龍眠帖」時代のくっきりとした点画や文字からその輪郭をくずし、溶かした、過渡期を思わせる文字へと変貌している。

龍眠会での「書三昧」を通じて、「龍眠帖」風を超える新しいスタイルを獲得したのは、碧梧桐と不折の二人だけであった。不折はこの時期、新しい草書体の確立には成功したが、おおよそ「龍眠帖」風を超えたスタイルの確立には至らなかった。後に、「広武将軍碑」に出会って、自己の書をこれをモデルとした新しいスタイルの表現へと展開したが。

それにしてもなぜ百人から二百人ほどの俳人達が、書の団体に加わったのだろうか。それは少し解りにくいことではないだろうか。

考えられる理由は、三つ。

一は、当代きっての俳句の指導者である河東碧梧桐がつくった書の会であるから。その背景には、書＝毛筆書字に関する教養が広範囲に存在し、その必要性への要求も高く存在したからではあるが。

二は、これまで見たこともない第二次六朝書に対する興味から。

三は、不折＝碧梧桐等が切り拓き提唱した第二次六朝書の表現の運動に参加するため。

中村不折や碧梧桐においては、第二次六朝書の表現の全国的な普及、定着とその新展開を企図したものであっただろうが、参加した俳人達にとっては、一、二が動機の過半であったことであろう。すなわち俳人達にとって「龍眠会」は「龍眠帖」風スタイル（書体）を学習するいわば「日本派俳人書道クラブ」にすぎなかった。しかし、碧梧桐にとって「龍眠会」は、「続三千里」につづく第三次の「俳句行脚」であった。明治三十九年の「俳三昧」という助走にはじまる、第一次「三千里」の旅を通しての俳句革新はいわゆる「新傾向俳句」という新しい表現スタイルを生んだ。そしてその確立と全国化が第一次、第二次「三千里」の旅であった。明治三十八、九年頃から四十一年頃までに佳句が多く、四十三年以後にはほとんどよい句がないという大須賀乙字の判断は、筆者にも首肯《うな》づける。第二次「三千里」の旅は「無中心論」という新しい俳論を獲得したけれども、旅に慣れたからか、あるいは西日本という地方に馴れていたせいか俳句の創造という点では成功したとは言えなかった。

それゆえ、碧梧桐は、第三次「三千里」という方法ではなく、「龍眠会」の結成という方法によって、「龍眠帖」＝新傾向風の俳句をさらなる高みへと圧し上げようと試みた。大多数の俳人達にとっては、新傾向＝「龍眠帖」段階の書を手に入れるものであったが、河東碧梧桐は、脱「龍眠帖」段階の書を獲得することを実現した。「龍眠会」の歴史的役割はそこに尽きると言ってもいい。「龍眠会」の「書三昧」は実に碧梧桐の俳句のために在ったのだ。

『龍眠』の図版を見ると、大正五年九月例会の「遺徳於兒孫不温衣不厚食矣」の作品に脱「龍眠帖」風の書が萌芽し、それが大正七年にかけて、次なるスタイル（書体）へと、――通常であればそれは構築するということになるのだが、この段階においては――「脱構築」＝「自己解体」のスタイルを獲得するのである。

■くずれる輪郭

『龍眠』に掲載された図版を見ていくと、「書三昧」＝「龍眠会例会」を通じて、碧梧桐は着実に次なるステージへの試行をつづけている。

子規に始まる「新俳句」から碧梧桐の「新傾向俳句」までは、確実な類的な、それと解る展開であったが、「龍眠会」が結成された明治四十五年頃から大正十年頃までは、俳句はさまざまな試行段階へと散っていった。『龍眠』誌上に見られる「輪郭がくずれ、とけた文字」。そのさまざまな方向を見せ始めた俳句の姿を「龍眠会」の書の作品群ははっきりと物語っている。

近年の漢俳――中国で漢字語の俳句様の短詩が流行しているとか、フランスで俳句が盛んになってきたというような、言葉遊び、文字遊びのごとき俳句の流行を力説する人がいる。桑原武夫のように「全人格をかけての、つまり一つの作品をつくることが、その作者を成長させるか、堕落させるか、いずれかとなるごとき、厳しい仕事であるという観念のないところに、芸術的な何ものも生れない」（「第二芸術」）とは言わないまでも、俳句は言葉遊びや文字遊びにつきるものではない。

芸術に苦心して、会心の作を握るのと、不会心な作で落著けて置くのとには衷心の快さに雲泥の相違があることは、我々の常に経験することである。会心の作を握ったのは、矢張自己を押し進めて、其処に要求する何物かを得たのだ。

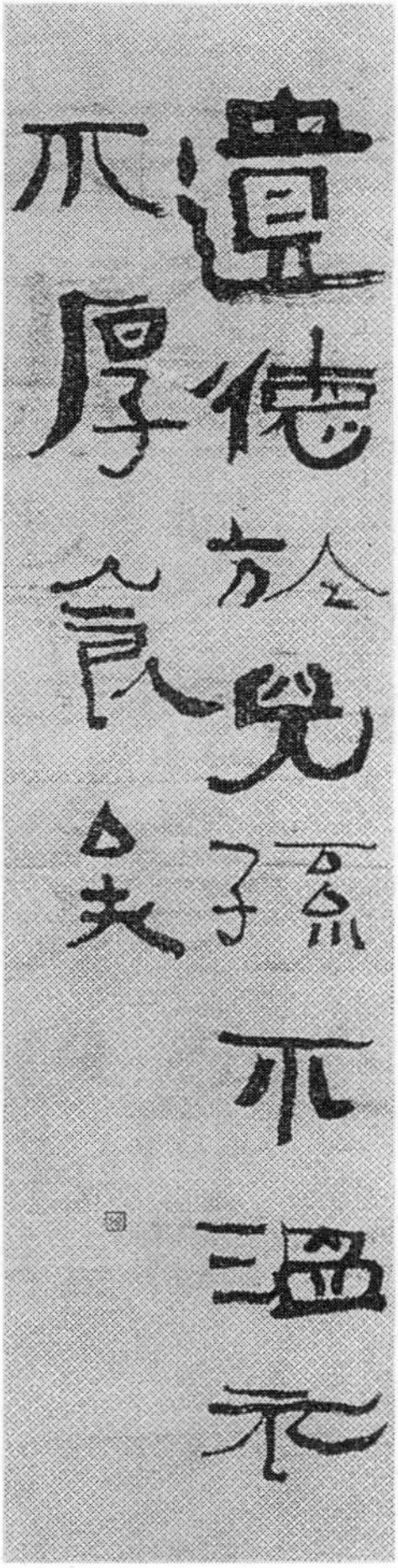

河東碧梧桐　大正五年九月例会作品（『龍眠』第二十三号　大正五年二月）

（「我を押し進めん」『碧梧桐は斯う云ふ』）

ここで「自己を押し進めて」とあるように、俳句にとって、主語は俳句ではない。俳句が延命するか否かではなく、それとともに生き、その表現なしでは生きていけない表現としての俳句、自己表現が第一義であることを宣言しているのである。

漢字語とひらがな語とカタカナ語――その三つの言語の混合体である日本語とともに生き永らえてきた俳句という表現。近代に入って、日本あるいは東アジアに自閉することができずに、世界大に開かれたときに、もはや世界大を表現する器でなくなったかも知れぬことが予想されてもなお、俳句の臨界を定めんとする試行に、碧梧桐は生きた。それは俳句のためではなく、自分自身が生きる必要のためであり、主語はあくまで自分なのである。

子規はすでに俳句のその臨界を知っていた。後述することになるが、虚子はもっと明白にその臨界を知っていて、それゆえ子規が亡くなると、しばらくして俳句から去り、小説を書くようになった。むろん碧梧桐も俳句の臨界について気づいてはいた。

それゆえ、碧梧桐は「俳三昧」を企だて、「三千里」「続三千里」の旅へ出た。さらには俳句を生む力の根源である「書くこと」＝書にまで降りて「龍眠会」を結成し、活動していった。

生まれたばかりで、はつらつとした段階に俳句があったなら、俳句を作ることによって新しい俳句のスタイル（句体）も同時に生れ、その句体がまた新しい俳句の表現を生むというように健全に成長を遂げていくであろう。しかし世界大の思想や表現を盛ったことは一度もなく、いわば臨界に達したような段階の俳句においては、俳句が俳句を生むというような牧歌的な段階にはない。そこで俳句の生まれる以前の下部へ、以前の母胎へともう一度降りて行かねばならなかった。

歌人の道浦母都子は吉本隆明と対談したときに、何度か「現代詩を書きなさい」「現代詩を書きなさい」と言われたと記している（「花海棠と吉本隆明」）。文学上のジャンルにはそれぞれ器量（器が盛ることのできる質量の限界）がある。吉本のその言葉は世界大の表現を盛るべく生れた現代詩でなければ、四季と恋愛の表現を得手とする和歌の延長線上の短歌という枠組では表現に限界があることを伝えようとしたものだろう。敗戦後には谷川雁、吉本隆明、田村隆一、埴谷雄高等のすぐれた詩人と詩を輩出した現代詩が現在では詩人の名前すら耳にしなくなったのは、今ではこの時代、この世界を描こうとする詩人がいなくなったからだ。

それは自覚されていたわけではなかったかもしれないけれど、俳句から俳句へではなくて、俳句の下層に現に存在する俳句の母胎である「書くこと」＝書字へと降りて行くことによって新たな俳句へ至るという「俳句—書—俳句」なる回路の作句戦術に向かったことによって、近代においてただひとり碧梧桐は俳句の臨界を前へと押し広げた。

そのため、「三千里」旅中に「六朝書革命」を提唱し、「続三千里」の旅が終るや、「龍眠会」を結成して「第二次六朝書」の訓練・学習によって、次なる俳句の表現に至ろうとしたのである。世界を描いたことも、その可能性もないような俳句という枠組でどれだけのことができるか、碧梧桐はあらゆる可能性を探りつづけたのである。

鮎活けて朝見んを又た灯ともしぬ

十七音の句だが、五・七・五音を壊し、五・五・二・五音とし、輪郭をくずしている。「鮎活けた」ではなく「活けて」と、「朝見ん」の次が「を」を加えさらに「又た」と繋いでいく。「灯をともす」と現在形ではなく、「灯ともしぬ」とわざわざ完了形までひっぱっている。碧梧桐にとって俳句は、もう、新傾向＝「龍眠帖」風の輪郭明瞭、鮮明には書き表わせなくなったのであった。

第六章　碧梧桐と虚子――虚子といふ友ありけりや冬瓜汁

■虚子のうまい俳句、嫌味な俳句

たとふれば独楽のはぢける如くなり

「碧梧桐とはよく親しみよく争ひたり」と詞書のある高浜虚子の句である。喧嘩胴に金属板を埋めこんだ頑丈な独楽がくるくる回る。そこに別の独楽をぶつける。喧嘩独楽である。二つの独楽が接触するや否や、片方があるいは両方が遠くへはじき飛ばされる。むろん、二つの独楽は碧梧桐と虚子。

さすがにうまい。高浜虚子は、うまい句をつくる人だなと気づいたのは、かつて「京都新聞」の一面に、「一日一書」と題する二百字弱のコラムを、新聞休刊日以外は毎日、欠かさず三年間にわたって連載した時である。この稿は連載後、『一日一書』『一日一書02』『一日一書03』と題する単行本となった。歴史上の書の中から一字を掲げ、解説する。毎日のことだから、いきおい、時事問題を睨み、歳時を気にかけ、それらに話が及ぶ。時には名句で口火を切ったり締めくくりたくなることがある。そんな時には傍にあった高浜虚子編の『新歳時記』（昭和九年初版）のお世話になったが、虚子の句に食指が動くことが多かった。今それをふり返って見ると、一千数十回中俳句を引用したのが、二十数回。その内もっとも多かったのが高浜虚子で六句。以下子規が三句。蕪村と年尾が二句、他の数名が一句ということになった。この歳時記では碧梧桐の句はまるっきり排除されているから、これとは別に、記憶している碧梧桐が五句。「一日一書」を書きながら、他の定型俳人に較べて虚子の句はうまいものだなあと感心した。歳時にぴったり収まる句が多いのである。

舌を巻くような「……独楽のはぢける……」の句は『日本及日本人』の昭和十二年四月号の中の「碧梧桐追悼録」に登場した句である。碧梧桐は昭和十二年正月気分まだ消えやらぬ二月一日に没した。そこで正月の季語「独楽」を碧梧桐と虚子に見事に見立てている。

佐藤紅緑、寒川鼠骨《そこつ》、中村不折、下村為山《いざん》、佐藤肋骨、村上霽月、塩谷鵜平、中塚一碧《いっぺき》楼《ろう》、谷口喜作等親しく交わった俳人達がさまざまの角度から河東碧梧桐を追悼しているのに交って、高浜虚子は手向けの句を贈っている。だが、その頁を見つけたときには驚いた。詞書と伝えられてきたものは、追悼文の題名。しかも「碧梧桐とはよく親しみよく又争うたり」と語句も違っている。それだけではない。題名は二号明朝、筆者名は三号ゴチック、そして本文は小さな六号明朝体で「はじける」と印字された「たとふれば独楽のはじける如くなり」の俳句が一行。たったの一行のみ。これですべて。さすがに俳句の本物のプロ、一句で十分言い尽くしたとも解釈する人もいよう。だが、私は啞然とした。佐藤紅緑は

「噫、碧梧桐」という題で、七頁にわたって追悼文を寄せている。他も同様。さまざまな関係や事件を思い出し、書くべきか否かの網目をくぐらせた上で敬意とともに文をまとめあげている中で、半頁にも満たない追悼文はいささか異様に思われた。一句のみで終りという選択はキザとしか言いようがない。かつてはもっとも親しい間柄であったはずなのに。京都三高予科、仙台二高、本郷龍岡町時代、神田淡路町高田屋時代は共に下宿し、高田屋の娘・いととは三角関係となり、虚子が奪った。また碧梧桐に俳句を教わり、子規も紹介してもらった。

親しんだ思い出も、争った事件の原因や意味の総括も何等触れていないという意味でとても、不誠実に思える寄稿であった。句はよくても追悼文としては嫌な後味が残るのである。

そういえば、私には納得のいかない高浜虚子の句がいくつかある。ひとつは、大正二年、小説を書くことを辞め、俳壇へ復帰する宣言と伝えられるよく知られた句。

春風や闘志いだきて丘に立つ

この句を目にすると、横山大観の逆風に抗して崖上に立つ「屈原」の少しも感心しない絵画を思い浮かべる。それと同様に、ヤクザ映画で出入りに向かう場面か歌舞伎の見得にも通じるなんともはや月並な句ではないだろうか。あまりに大時代的、あまりにありふれた図柄。ヤクザ映画や歌舞伎では観客がその場面の来ることを待ち望み拍手喝采するかも知れない。しかし、近代の俳句はそのような類の表現ではないだろう。滑稽な句である。この判断が門外漢の的を外した感想と思う人のために俳人・大野林火の次の批評を書き加えておこう。

巷間有名な程、さしてすぐれた句とは思わない。あくまで虚子の俳句復帰という、歴史的背景で有名なのであり、それを除けば——中略——内容概念的、詩情また豊かといえぬ。

（『近代俳句の鑑賞と批評』）

虚子一人銀河と共に西へ行く

昭和二十四年作のスケールの大きなこの句のしかし過剰な矜恃はとても滑稽に思われる。これらとはまた異なるが、正岡子規が亡くなった時の句も少々理解に苦しむ出来映えである。

子規逝くや十七日の月明に

子規が亡くなった。外に出ると十七日の月が煌煌と輝いていたと詠う。「はちける如く」

と詠んだ碧梧桐への追悼句とは異なり、人事を語らない。暗喩もない。子規との間の「親しみ」も「争い」も何も詠《うた》わない。ただ、月をながめるのみ。そこに子規が亡くなったことへの感傷はあっても、再び声をかけることもかけられることもなくなった事実への無念も、喪失感も感じとれない。「人間よりも花鳥風月が好き」とでも言うのだろうか。ここには、名前は記されてあっても子規は登場していない。これは子規の死を悼む句ではなく、どのような事件、事実があっても変わることなく煌きつづける月を讃える、自然讃美の歌にすぎない。その意味において私はこの句にも疑問符を付す。好きにはなれないのだ。

大正三年に、この場面について次のように補足している。

　其時であつた、さつきよりももつと晴れ渡つた明るい旧暦十七夜の月が大空の真中に在つた。丁度一時から二時頃の間であつた。当時の加賀邸の黒板塀と向ひの地面の竹垣との間の狭い通路である鶯横町が其月のために昼のやうに明るく照らされてゐた。余の真黒な影法師は大地の上に在つた。黒板塀に当つてゐる月の光は余り明かで何物かゞ其処に流れて行くやうな心持がした。子規居士の霊が今空中に騰《のぼ》りつゝあるのでは無いかといふやうな心持がした。

　子規逝くや十七日の月明に

さういふ語呂が口のうちで呟かれた。余は居士の霊を見上げるやうな心持で月明の空を見上げた。（「子規居士追懐談」）

その光景は美しい空想としか思えない。

「一日一書」の連載コラムに引用しようと試みたときには、虚子の句の巧みさに舌を巻いた。ところが他方で、何とも嫌味な句にもぶつかる。そこにどんな秘密がかくれているのだろうか。

さらにつけ加えれば、「子規逝くや……」の句での「子規」の箇所は、「碧」にも「虚子」にも代替できる。もしも碧梧桐が「絶筆」で写生したように、具体的に子規が死に向かう風景を虚子が写生するところから生れた具体性をもつ句であれば、このように、名前部を替えれば使い回しできるような句とはならなかったことだろう。

他方、碧梧桐は湯灌の準備で、母・八重子が子規の屍体に声をかける場面を『子規の回想』で次のように感動的に写生している。

静かに枕元へにじり寄られたをばさんは、さも思ひきつてといふやうな表情で、左り向きにぐつたり傾いてゐる肩を起しにかゝつて

「サア、も一遍痛いというてお見」

可なり強い調子で言はれた。何だかギヨッと水を浴びたやうな気がした。をばさんの眼からは、ボタ〳〵雫が落ちてゐた。

■碧梧桐の句、虚子の句

私が一千数十回の「一日一書」の連載で引用した虚子の句は次の六句である。

去年今年貫く棒の如きもの
酒もすき餅もすきなり今朝の春
老いて尚なつかしき名の母子草
大晦日こゝに生きとし生けるもの
書初はたゞ叮嚀に〳〵
裏山の焼ける火を見る砦かな

これに対して碧梧桐の句は五句。もっと使いたかったが、具体的、具象的で生々しく、短評の中でその句を効果的に使うことができなかったからだ。

虚子の「去年今年……」と「大晦日……」は規模《スケール》の大きな句、絶唱である。両句の表現は大きく異っているが、今年も来年も歳月は変わることなくつづいていく。しかしこの国ではこれを区切り、違ったものと名づけ、人間に限らず、生きとし生けるものすべてが大いなる希望といちまつの不安を抱いて迎えるものとする。中村草田男の「降る雪や明治は遠くなりにけり」なども含めて、これらの句は、俳句というよりもひとつの金言、格言とでも言うべき表現である。

「老いて尚なつかしき名の母子草」の句は「母子」という語の印象に負うところ大。母↓子↓老いる↓なつかしいという月並な連想に依存した「母子草」という語、文字がすべてと言っていい句である。

「書初はたゞ叮嚀に〳〵」は、「書初」という季語がすべての句である。

「裏山の……」の句は、碧梧桐の「山を焼く相談の酒になる哉」と比較対照をするために登場させた句であり、佳句として選んだ句ではない。

このように虚子の句は、俳句というよりも、誰もが異の唱えようのない「金言、格言」のごとく、人口に膾炙する質の句がひとつの方向にあり、他には、季語への依存度の高い句があって、この二系統の句を私は「一日一書」に引用したのであった。

ところが、この種の句が碧梧桐には少ない。使用した句は次の五つ。

君を待したよ桜散る中をあるく
天下の句見まもりおはす忌日かな
山を焼く相談の酒になる哉
ペン替ふるに早きも紙面《スベ》りて楽しきを
朝顔に入谷豆腐の冷たさよ

河東碧梧桐の句は、具象的、具体的な映像が浮かび上がるほどに主張をもちスタイルをもつために、歳時的な文の中でも使いづらく、五句しか選《と》ることはできなかった。短文の中に引用される俳句――それは、新聞小説の挿絵にも喩えられる。私が「一日一書」という短いコラムを書く際に、虚子の句はひとつは「故事成語」か「格言・金言」のように引用され、また他は、挿絵やカットのように配置された。

これに対して河東碧梧桐の句には、「格言・金言」の類は見出せない。また、過半が碧梧桐色を十分に宿した油絵のような自己主張の強い表現であるために、挿絵やカットとして流用できるようなものではなかった。虚子の句が「カット図案」のような、そして碧梧桐の句は「絵画」のようなと言ったら、虚子の句と碧梧桐の句の違いを言い当てたことになるのではないだろうか。

■子規・虚子間の道灌山事件

生前の子規は、碧梧桐と虚子観を次のように記している。

詩人の頭脳に両面の活動あり。一面は冷淡に社会を観察し、他の一面は熱情を以てある事物に同感を表す。両面斉しく発達する者無きにあらねど、多くは両者孰《いづ》れかに僻す。前者に僻するを写実派と言ひ後者に僻するを理想派といふ。碧梧桐は冷かなること水の如く、虚子は熱きこと火の如し。碧梧桐の人間を見るは猶無心の草木を見るがごとく、虚子の草木を見るは猶有情の人間を見るがごとし。随つて其作る所の俳句も一は写実に傾き一は理想に傾く、一は空間を現し一は時間を現す。是れ二人の全く相異なる所なり。

――中略――

碧梧桐の頭脳の不規則なる発達を為すに反し、虚子は推理的の智識によりて秩序的の進歩を為すを常とす。

(『俳諧大要』)


明治二十九年、子規の二人に対する批評である。虚子は明治二十四年以来二、三年間は進歩せず、碧梧桐に遠く及ばなかった。だが、明治二十七年春、碧梧桐が振わなくなった頃から虚子は頭角を現わし、やがて碧梧桐を超えた。碧梧桐の俳句が新しい時代をつくったように、明治二十九年には虚子も新しい時代をつくった、とつづけている。早くは碧梧桐を高く評価していたが、碧梧桐はその力を落とし、やがて虚子の方が碧梧桐を上回るようになってきた――という子規の碧梧桐・虚子評は、そのように見えたということであって、子規が判断した通りであったということではない。

事実は、碧梧桐の俳句の到達点から子規の俳句観が遠ざかり、子規の俳句観に虚子の俳句が接近したことを指しているのである。そして、明治三十五年子規亡き後になると、虚子は俳句に興味を示さずに、小説に走った。これに対して、明治三十九、四十、四十一年と碧梧桐の句作は冴えわたり、全国的に同伴者を巻きこみ、有力な新人を輩出していった。よほどの偏狭な見方の俳人でない限り、碧梧桐のいわゆる新傾向俳句が、この時代に近代俳句の表現段階として、文句なしに豊饒な表現力を手に入れ、活況を見せていたことを否定する人はいないだろう。

碧梧桐は、子規生存中から、子規の枠組から出てしまったことを自覚していた。その気配を感じて、子規は碧梧桐に否定的な判断の色を濃くしていったのである。

明治二十八年になると正岡子規は腰痛がリウマチでないことが明らかになるや自らの死後を托するための人選に入った。

碧梧虚子の中にも碧梧才能ありと覚えしは其のはじめの事にて、小生は以前よりすでに碧梧を捨て申候、併し虚子は何処（原文の儘）やりとげ得べきものと鑑定致し、又随てやりとげさせんと存居種々に手を尽し申候――中略――小生の相続者は虚子と自ら定め置候――中略――我が相続者は君なりと迄虚子に明言いたし候、虚子もやゝ決心せしが如く相見え申候――中略――小生が彼に忠告せし処は学問の二字に外ならず候、学問といふ語が小生の口を出て虚子の耳に入りしこと数百度以上なるべし、須磨にての忠告は実に最後の忠告なりし覚悟也、而して虚子依然たり小生呆然として詠め居候

頃日多忙なり碧梧は入社早々醜聞を流しおまけに無学の評あり新聞の益にはたゝず――中略――虚子を携へて道灌山に到り申候――中略――茶屋に腰掛けて手詰の談判をはじめたり――中略――文学者にならんとは思へども、いやで〳〵たまらぬ学問までして、文学者にならうとは思はずとの答なり、小生いふ

ソレナラバ子ト我ト到底其目的ヲ同シウスル能ハザルモノナリ
虚子いふ
厚意ハ謝スル所ナリ併シ忠告ヲ納レテ之ヲ実行スルダケノ勇気ナキヲ如何セン
吁《あゝ》命脈は全くこゝに絶えたり、虚子は小生の相続者にもあらず、
(「病後の焦燥」『子規を語る』)

明治二十八年、五百木《いおき》飄亭宛の手紙に子規は後継者問題についてこのように記しており、虚子もこの道灌山の訣別について、『虚子自伝』で次のように追認している。

道灌山迄出向いて為した最後の子規の要求は極めて峻烈で切迫した感じのものであつた。私はもう少しゆとりが欲しかつた。殊に子規は読書の事をやかましく言つた。私は学究になる事に興味がなかつた。私は多少の圧迫を感じた。私は後継者といふ絆を逃れるべく決心した。種々問答の末、遂にその事を辞退した。

後継者指名拒絶事件を裏づけているのだ。
かつては碧梧桐の方が才能ありと思ったけれど、今は虚子を後継者と定め、説得を試みた。子規は虚子に「学問せよ」と指導したけれど、いやな学問をしてまで文学者になろうとは思わないとその依頼を断わったという事件である。

一般に解釈されているように、子規が「碧梧を捨て」たのは、碧梧桐の能力を高く評価していたが、やがて劣っていることに気づいたということではない。変革に変革を遂げていく碧梧桐の俳句革新の成果（それは新傾向俳句として実現した）が、子規の企図する範疇を超えて進んでしまうという予感があり、それを危険と考えたのである。この眼力は確かなものであった。そして、碧梧桐ほどの変化をのぞまぬ虚子ならば、自らの考える掌の中でとどまる（新俳句段階でとどまる）ことだろうと判断したのである。

子規と虚子は俳句を狭く考えたのに対して、碧梧桐は俳句の表現の範疇を二人よりも広く考え、さらなる可能性溢れる表現を目指したのである。

しかし子規の虚子への説得は失敗に終った。「学問せよ」「学問せよ」という激励が重荷であったからだけではない。もともと小説家志望の高浜虚子はすでに俳句の限界を知り始めていた。

子規は、碧梧桐と虚子という二人の有能な弟子に見守られながらも、後継者問題を片づけることなく、逝ってしまったのである。

子規、碧梧桐、虚子──三俳人の俳句の違い、それは大きくは文学、芸術に対する問い、具体的には、俳句、短歌、小説という文学ジャンルの定義、制作法、俳句は何を表現するのかという俳句観とそれに連動した季題・季語と音数律に対する考え方の違いに帰一する。

ごく一般的な文学史は、明治三十七、八年頃『文学界』や『明星』中心の浪漫主義の運動が力が弱く、自我の確立をもたらし得なかったあとをうけて、現実的傾向に一段の深まりを見せ、写実の徹底をはかった自然主義の運動が、またさらに自我の追及のために人間を掘り下げていくことになった。」(『新修日本文学史』)と書く。この自然主義とは、現実の事物をありのままに見る——という近代西欧の自然観、社会観とそれを表現するための手段である観察とその過程である「写生」の方法をもって描かれる文学である。

むろん子規、碧梧桐、虚子の生活環境から形成される資質もあろうが、それをも含めてこの近代的「写生」に対する考えと実践と表現が違っていた。

「写生」とは何か。正岡子規は、「写生」に対して「理想」という対抗概念を措定した。「理」は「道理」の理、ことわり。「想」は「想像」の「想」、「思索する心」である。「写生」の「写」は「写経」の写、書くこと。「生」は「生物」の「生」、生きていること。事物の生の姿を筆記具で何度も何度も「かく(欠く、掻く、画く、書く、描く)」ことである。絵画では「スケッチ」、書では臨書がその代表的実践である。

「写生」とは何であり、なぜ必要であるのか。

実は私にはこんな体験がある。高校の美術の時間に水の入ったコップをスケッチするという課題があった。私は、コップの開口部と水の上面を覆と仰の二つの弧からなる人間の目のように輪郭を描き、細部を肉づけしていった。見回っていた教師は「よく見て。両側は鋭《とが》ることなくなだらかにつながっているだろう」と指摘した。目の前のコップを見て描いているにもかかわらず、当時の漫画の描法の枠組に眩《くら》まされて、視ることができないでいたのだ。このときいかに人間は「見れども見ず、聞けども聞かず」の生活を送っているかを思い知らされた。

人の顔を描くときに、髪、眉、目、鼻、口、耳と描くのは、言葉による簡便な枠組に眩まされた漫画的、言語的な描法である。実際には、口唇があり、鼻の穴があり、一重、二重のまぶたがあり、さまざまな場所にいろいろな形の皺があり、頬骨、顎骨があり、無数の名づけられていない部分がある。人間の顔に目や鼻や口や耳があるわけではない。目や鼻や口や耳があると名づけ分節しているだけなのだ。たとえば、日本語の「唇」は口の周囲の赤い部分だけを指すが、英語の「lip」は鼻下と上唇の間も含む。これに応じて英語のアニメでは上唇部もよく動くが、伝統的な日本のアニメでは口の周囲の赤い部分しか動かない。

人間は言葉の枠組とともに生きている。言葉は人間に必要不可欠、必須のものである。単語、語彙というきわめて大まかな単位で自然や人間、社会や出来事を区切る。そんな言葉による分節と統合とともに人間は存在し生きつづけている。

「写生」は言葉によって名づけられることもない細部を明るみに出し、笊のような言葉の限界を突破する試みである。写生することによって、既成の語彙と文体つまり言葉を解体する。目も鼻も口も互いに連続した隆起や陥没（それとても言葉にすぎないが）、あるいは光と影にすぎないことを明るみに出す。「写生」はそれを通じて言葉とその文体を解体することによって、実像に近づこうとする試行である。

「写生」に対抗する概念を、子規は「理想」と名づけた。この場合の「理想」は、歴史、習慣と慣例、無数に近い言語表現の積乗の延長線上に形成される。「空想夢想」を含めてではあるけれど、この不自由な言葉を駆使してなされる表現を想定している。
言葉なくして俳句はない。その意味では「理想」の作用のない表現はない。だが「理想」だけでは進歩や近代化はない。日本の近代において、「写生」による言葉の解体と再構築は不可欠であった。〈写生×理想〉として生れざるをえない俳句の、その子規が提唱した「写生」という語に対する、子規、碧梧桐、虚子の意味の違いつまりは写生度と理想度への傾斜の如何が、三者の俳句とその論のスタイルの違いを形作っていった。

■碧梧桐と虚子の論争

明治三十六年の春頃から碧梧桐と虚子の対立が俳句論としての違いの様相を明らかにしてくる。まず第一が「木の実植う」という題での句作に対する碧梧桐の批判である。碧梧桐が作った八句超の内、虚子は次の一句しか選らなかった。

畚《ふご》の物木の実を植うる翁かな

他に

木の実植うる畑に一木の李かな

山持て自ら木の実植ゑにけり

などの句を作っているにもかかわらず。

これに対して、虚子が作ったのは

僧正や猿がもて来し木の実植う

植うるもの葉広柏の木の実かな

であった。この選句に対して、碧梧桐は大いに憤り、「疑問」（『俳諧漫話』所収）で次のように批判する。

鳴雪翁や虚子の「木の実植う」といふ感じは、仙人が山の中で木の実を拾ふとか、又た植ゑるとかいふ事から起つた感じで、木の実植うといへば、直ちに人里離れた場処、白い鬚でも延した隠者風の人物などを聯想するといふのであるにも関らず、余は山林家が杉とか檜とか松とか山へ植付けるやうな木の実を植ゑるといふ実地の場合を捕へて居たのであつた。この感じの相違は到底衝突せずには居らぬ――中略――仙人が木の実を植ゑるといふのは一の空想である。山林家が杉や檜の種を蒔くといふのは写生である。故に鳴雪翁や虚子の説を空想趣味といひ、予の説を写生趣味と便宜の為め仮に命名するに差支はないと思ふ。

虚子等の説を空想趣味、碧梧桐の説を写生趣味と名づけ二分化するのがよいだろうと断じているのに対して、虚子は写生趣味だから選らなかったのではない。写生趣味にかぶれて、趣味の深浅ではなく、表現が新しいか旧いかばかりに気をとられてこんな句を作ったのだろうと書く。

余等の目から見ると碧梧桐は写生趣味にかぶれ過ぎて斯る平浅な句をも好句とするのであらうかとあやしまるゝのである。尤《もっとも》碧梧桐は斬新を好むこと渇するが如きものであるから、趣味の深浅を問ふよりも先づ其の新陳を問ふ方に忙がしく、一に此種の句を得たものであらう。且又此種の句の選択洩れに就て敢て不平を洩らしたものであらうが、併し余等は、よし斬新であつても此種の平浅な句には充分の満足を表することが出来ぬのである。蓋し写生趣味の長処は材料の斬新なところに在るが、写生趣味の短処は趣味の平浅なところに在る。

（高浜虚子「俳話（二）」）

この「木の実植う」の次に、同年十月には「温泉百句」論争が生起した。碧梧桐の次の句などに対して虚子は異を唱えた。

温泉《ゆ》の宿に馬の子飼へり蠅の声

馬の子は面白い。しかも其為に「蠅の声」といふ下五字はどうであらうか。馬の子の居る以上は親馬もゐるであらう蠅も沢山ゐるであらうといふが如きは理窟的連想で馬の子といふと寧ろ可愛らしく無邪気な感じがして「蠅の声」の調和が悪い。――中略――「馬の子」も働いてをる、蠅の声も働いてをる。併し両者は何となく両立し難く感ずるのである。――中略――其結果として

温泉の宿に馬の子飼へり合歓の花
温泉の宿や厩もありて蠅多し

といふが如き単純なのろい句では（碧梧桐は―筆者註）満足せぬのである。
（高浜虚子「現今の俳句界」明治三十六年）

「蠅の声」を「合歓の花」に替えたらどうかと提案するのだ。『ホトトギス』に発表されたこの文に碧梧桐は反論した。

温泉宿に馬の子を飼ふて居つた、さうして蠅が沢山居つたといふことが押立温泉では

第一目についた。そこで『温泉の宿に馬の子飼へり蝿の声』と其儘を句にしたのである。実景其儘を何の飾り気もなく叙した積りで、馬の子に蝿の声が調和するとかせぬとかいふことは考へる遑《いとま》も何もなかつたのである――中略――実景に接して、そこに見えて居らぬ他のものを配合するといふことは、直に実景其儘を句にするといふことゝ、何れが器用で不器用であるかは問題であると思ふ。少くともこの場合、合歓の花を配合するといふには多少の器用が手伝はねばならぬと思ふ。（『現今の俳句界』を読む」）

馬の子をかわいいととらえ、これには「合歓の花」を組み合わせる方がいいと虚子は言う。かわいい「馬の子」にかわいく、きれいな「合歓の花」が似合うというのは、あまりにもステレオタイプではないか。当時は、合歓の花にモダンであるとか、純白に輝くとか、どのような神話が重ねられていたのかはわからないが、子馬だから合歓の花というのではいささか幼稚で少々気恥しく、苦笑せざるをえない。

碧梧桐の句は、馬の子がいるのだから厩がある。そこには鼻をつく臭いがあり、それに群がり羽音を立てる無数の蝿が飛びかっている。湯煙が上がっているかどうかは解らぬが、そのような雑然とした田舎の温泉宿の景色の中に、それでも「馬の子」のかわいい姿に目がとまったということであろう。

それを「合歓の花」としてしまうのでは、いっきに、意匠図のごとき一部の近代日本画のような図柄に縮退してしまうではないか。

碧梧桐は「写生」を重んじ温泉宿の景色を描いた。虚子は、「馬の子」＝かわいい、かわいい＝合歓の花との連想ゲームで言葉遊びを楽しんだ。二人の間で、俳論が闘かわされたのも、明治三十六年のここまで、その後、高浜虚子は俳句を深く突きつめることから遠ざかった。

虚子は「写生趣味」を「余も亦金科玉条として之を遵奉し来つた」（「俳話（二）」）と書くが、その写生は、新しい句作のきっかけやヒントのための題材探しといった程度のもの。中村不折＝河東碧梧桐が目指したのは、言葉の呪縛を解き放つことによって、表現と言葉を新しく作り上げていく、不断の言葉の解体と再構築運動であることなど知りえようはずはなかった。虚子は子規の門下にある限りにおいて「写生」を語ってはいるものの、実のところは「写生」にはかかわりのない、言葉の因襲、慣習を含めて、言葉の伝統に依存した、文字通り、たんなるひとりの保守的な俳人にすぎなかった。

否、「保守的な俳人」でもなかった。明治四十年頃から俳句を離れ、小説を書くようになるように、俳句の表現に限界を感じ、これを捨て、小説に走り、にもかかわらず、小説家になりきれなかった男、それが高浜虚子である。高浜虚子は一時期、俳人ではなかった。ただ、初期に書いた小説が「俳諧師」であり、奇妙な随筆「俳諧スボタ経」を書いたように、気がかりな俳句周辺にたむろしつづける作家ではあった。次の言葉が何よりもそれを正直に物語っている。

子規の覇絆《ママ》を脱したい〳〵といふ考へが一方にありながらも、遂にそれが出来なかつたと同じやうに、やはり俳句の世界を脱する事が出来ずに今日まで来てゐるものといつてよいのであります。

（「俳句の五十年」）

■小説家くずれ、高浜虚子

大正元年、高浜虚子は「俳句入門」で、俳句を定義づけ、その戦略と戦術を語る。

俳句といふものゝ特質をしらべて見ると、其は五七五、季題趣味といふ二大性質にある――中略――此の二性質は飽迄保全して其範囲内で出来るだけ新らしい句を作つて見よう、又作り得るといふ主張を持つて居るものである。斯ういふ一見煮え切ら無い主張は、主張としては力の薄いものであるが、併し事実は此道を歩む事が最も自然で、其一も其二も結局は此処に落ちて来ねばならぬかと思ふ。

虚子の俳句の総括。定型と有季の俳句再生と新生への試行と思考の停止、居直りである。昭和初期になると、さらにそれは積極的に「花鳥諷詠」論へと単純化されていく。

俳句といふものが始まつて以来、宗鑑、守武から今日迄三四百年の間に種々の変遷が

ありましたが、終始一貫して変らぬ一事があります。それは花鳥風月を吟詠するといふ事であります。（『虚子句集』自序）

先づ俳句とはどんなものか、といふことになると、これも簡単に答へるのはむつかしいが、これだけのことはいへるのである。形に於ては十七字、質に於ては花鳥諷詠、と斯ういふことは明瞭に答へ得るのである。

俳句ももとより詩である。詩は志であつて、人々が心の底に持つてゐる感情を歌ふところのものである。其点に於ては俳句といへども何等他の詩と変りは無い。が唯、俳句は花鳥を仮りて情を陳べる点が一特色を為してをる。其は僅に十七字であつて尚且つ一つの詩として立つことを得るものは、全く此花鳥を仮りて情を叙するといふ特異な点にあるのである。（「俳諧趣味」）

この頃になると、有季定型の虚子派の完全なる俳壇制覇が確立したのであろう。自信満々で昭和四年二月、高浜虚子は、高らかに「花鳥諷詠」を宣言している。子規に始まる俳句の革新など忘れたかのように旧来の俳句へ居直ったのである。

「学究になる事に興味がなかつた」という虚子。虚子には俳句作家たらんとする気概はなかった。小説に魅力を感じ、小説家を志したけれども、力足らず。やむなく永年その周辺に居つづけた俳句へと戻り、俳壇の指導者として「成功」を遂げた男である。

「俳句は伝統の詩である。俳句は十七文字、季題といふ二つの大きな鉄則に縛られた詩である。其の鉄則の下にある詩が即ち俳句なのである。俳句は『花鳥諷詠』である」（「花鳥諷詠論に誇りを持つ」昭和二十九年）。碧梧桐のように「俳句でなければ」という執心もなく、小説と較べればマイナーな俳句は、季題と十七文字を必須とする伝統詩であると割り切り、それ以上のものではない、という居直りをもって俳句に向き合った。それゆえに、その割り切り方が、同一ルールの下に、肉体的なパフォーマンスを較べるスポーツのように、俳句はその気になれば誰もが参加できる一種のゲームとなった。その始祖が、高浜虚子である。

高浜虚子は、「保守」「守旧」派の俳人であった。季題・季語も音数律もそれは前提であって、「俳句といふ伝統詩によつて強ひて新しいものを試みて見ようとするのは愚かな事である」（「花鳥諷詠論に誇りを持つ」）と臆面もなく言い放つのである。

近代という時空の中で、俳句は世界大の表現たりうるかという問いのないところでは、季題・季語、五七五・十七文字の音数律とは何かなどと問う必要はない。高浜虚子には、世界大の表現などという近代の問題意識はなかった。「写生」を口にしてはいるものの、これを突きつめているわけでもなかった。

虚子は明治三十年代末に俳句を捨てたのであり、また大正初期には、俳人として生きることではなく、俳人達からなる人間集団、俳壇へと復帰したのである。

■筆法のくずれた虚子の字

詩人・吉本隆明の生前、自宅に何度か訪問する機会があった。通された部屋の床の間には、親しい編集者から譲られたという、箒木草が季語の（だったと思う）高浜虚子の掛軸が下がっていた。

伸び切らない筆画、文字相互の間隔を開けた文字配列からなる表現は、悪くはない書きぶりであった。戦後の荒地派の詩人・吉本隆明と定型俳人・高浜虚子とでは何やらそぐわない印象があったが、夏目漱石の小説「吾輩は猫である」は『ホトトギス』に連載され、その編集人が高浜虚子であったことを思うと、漱石の作品を刻明に解析した吉本邸にあって不思議はない書だったのだろう。

点画を淡々と書きついでいく晩年の虚子の字は印象深いものがあり、また、子規が亡くなる明治三十五年ころまでの、あたりまえに文字を書きつける字もまた嫌味なものではない。

「虚子の書には子規の書が乗り移っているのではないかと思う」と山口誓子は語ったようだが（深川正一郎「書人としての虚子」『墨』第三十六号）、むしろ「子規生存時代＝新俳句時代の碧梧桐、虚子、子規、三者の書は同次元のよく似通った書であった」というのが正しい。この頃の三人の書は、時代の一般的な水準を踏えた書で、資質、生活環境、生活スタイルによる若干の違いは確認できても、表現上の大きなスタイル（書体）の違いを指摘す

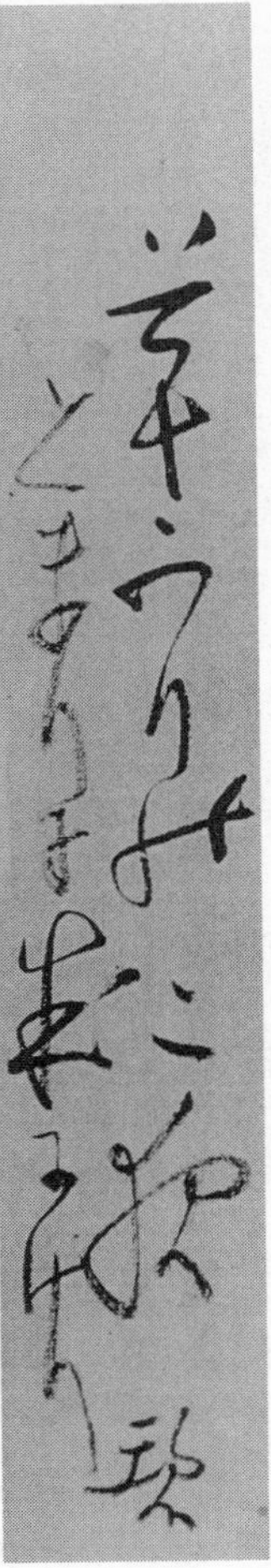

河東碧梧桐「草か（可）りの二夜とまりに成にけり」（～明治三十九年）

ることはできない。この時代の、似たような教養、似たような境遇の下で、不断に字を書きつけていれば、この程度の書を書くだろうと納得される水準のものである。

「虚子の書には子規の書が乗り移っている」のではなく――子規のその「覊絆《ママ》を脱したい」と考えていた虚子にそれはありえない――、子規の書も虚子の書も碧梧桐の書もいずれもが、時代の一般的な書法に従った類的で、似通った表現であった。

その中での違いを言えば、子規の書はなめらかな回転運動を軸に展開し、碧梧桐は図版の「ウ（可）」の字に見られるように、右肩から左下へ向かうある種のひっかかり、直線化を見せることがある。そして、虚子はそのスタイル（書体）が一定しない。その定まらないところが虚子の書法とも言える。

むろん同次元の書といっても、時代によって表現は少し異った姿を見せる。

大正初期から前期の作と伝えられる虚子の書は、子規や碧梧桐に見られない異様に乱暴な書きぶりが見られる。

たとえば「先生が瓜盗人で在せしか」の揮毫。句は明治二十九年の作だが揮毫したのは大正前期とされる。点画は伸び切らない。伸び切らないにもかかわらず、時折、強く筆毫を押さえ、沈め、横に倒して引きまわす。

「先」の点画は伸び切らない。にもかかわらず、一筆一筆「ムギュッ」と押さえこみ、強く沈めることを繰り返す。

「瓜」の字の点画は斜めに倒した筆毫で強く速く振り回す。

「盗」字は第四画を除けば、どの筆画も淡々と「スー・グー」と押えるだけで伸び切らな

高浜虚子「先生が瓜盗人で在せしか（可）」（大正前期）

い。

「か（可）」の最終筆の回転部は、倒れた筆毫が紙にひっかかり、傷つきながらひき回されている。

落款の「虚子」は、「スー・グー」式二折法の雨垂れのごとき点画を何回か繰り返しただけの書きぶりである。

伸び切らない点画を書き綴っていく。だが、その折々に感情に任せて妙に力が入ったり、また力を脱《ぬ》いたりしながら書き進んでいる。書くことを楽しんでいるわけではない、書くことに苦しんでいるわけでもない。ただ、勢いに任せて文字を書きつけることに終始している。虚子は書についてほとんど関心をもつことはなかった。かつて（明治二十五年）子規は虚子が書く字について手紙で注意したことがある。「貴兄御書面の字を見るに筆法のくづれたる処多し。――中略――只手紙の五六通か写本の十枚位も少し念入れて書き給ハヾ其後ハ念入れて書かずとも自ら筆法をはづれぬ様に至るべし」と。

十枚でも二十枚でも先生は即座に書くのである。――中略――無造作のやうであつた。上手に書かうなどといふ事はないやうであつた。

（山口青邨『高浜虚子遺墨集』）

明治三十九年以降、碧梧桐が「六朝、六朝」と騒ぐ意味などまったく解せず、上の空であった。逆に、碧梧桐に聞こえるように、碧梧桐の書における盟友・中村不折に、書に熱などあげないで画に専念したらいいと語ったことから類推しても、書に関心と興味をもつことはなかった。それは、虚子の趣味の問題であるが、虚子ひとりの論理的帰着として、というよりも、碧梧桐との関係に、書の問題が深くからみついているがゆえに、虚子を書から遠ざけることになったと言ってもいいだろう。

虚子と碧梧桐が親しくなったのは、碧梧桐は書がうまいと聞きつけた虚子が同窓会報の清書を碧梧桐に依頼したことに端を発している。虚子と碧梧桐との関係には書の問題がこびり付いている。虚子にとって碧梧桐に近づくことは書に近づくことであり、碧梧桐から遠ざかることは書から遠ざかることであった。碧梧桐が書に入り込めば入り込むほど、虚子は必要以上に書に冷淡になり、必要以上に書を顧みることがなくなったのである。

私は手習ひといふことをしなかつた。子規は私に、手習ひをしてはどうか、手本はなんでもいゝ。但し頼山陽の字だけはやめたらよからう、と言つたことがあつた。正しい字を書く、といふことはもとより必要なことであらう。が、急がしく筆を動かさなければならぬやうになつてからの手習ひは乙構《おつくう》であつた。手習ひといふことをせずに今日まで来た。下手は下手なりに書くより外に致し方がないとも考へた。さうして八十五歳の今日まで来た。古人の書を見ると皆立派である。私も短冊や半折に俳句を書かねばならぬ場合が多い。それは苦痛である。併し乍ら手習ひをした人の書を見ても感心する字は多くない。今日に残つてゐる昔の人の字は大概うまい。今の人の字は大概まづい。矢張り手習ひをしなければ字は書けない。六十の手習ひといふ諺があるが、八十五になつても出来ぬことはない。まだやらない。やるかも知れない。（『虚子百句』序）

晩年の虚子が書について吐露した文である。こう書く虚子は、碧梧桐の書への取組みや龍眠会の書をどのように総括し、どのように想起していたのだろうか。

「先生が……」の句の書きぶり（筆蝕）には、「文字は書きつければそれでたくさんだ」との思想が書きつけられている。「六朝書、六朝書」と騒いで「龍眠帖」を出版し、龍眠会を結成し、活動し始めた碧梧桐とその周辺の俳人達の試行を、冷ややかに否、憤りとともにながめていたのである。

感情の趣くままとしか言いようのない「先生が瓜盗人で在せしか」の書表現は、かの気負いの句、

春風や闘志いだきて丘に立つ

の句の表現世界に等しい。「闘志いだきて」という生硬な語を中句に収めたところに新奇さがあるといえ、感情むき出しゆえの醜さが露出している。俳句にとって、書は碧梧桐とその一派の趣味のものとして、これを遠ざけておけば済む問題ではなかった。

俳句は言《はなしことば》ではなくて文《かきことば》である。確定以前に、どれほど口で呟いていても、書くこと

なしに俳句は完成しない。書き上げて決定した俳句を口で誦み上げることはあっても、いきなり口から呟かれるものではない。

「ヤマモト」と言っても「山本」と「山元」で異なり、発音の異なる「ヤマモト」氏と「ヤマゲン」氏が同じであるという書字中心の構造の日本語においては、句を脳裡であれこれ試作しつつある過程においても、誦んでいても、文字＝書字から離れることはできない。

俳句は書くことを通して生れてくる。俳句は書＝書字の化体である。「カワウソの眼光」の子規も虚子もまたその構造へと現実に分け入ることはなかった。それゆえ、二人は、「新俳句」段階にとどまった。次なる「新傾向句」段階を理解することはできなかった。夢想することはもとより、それはしてはいけない「邪道」であった。

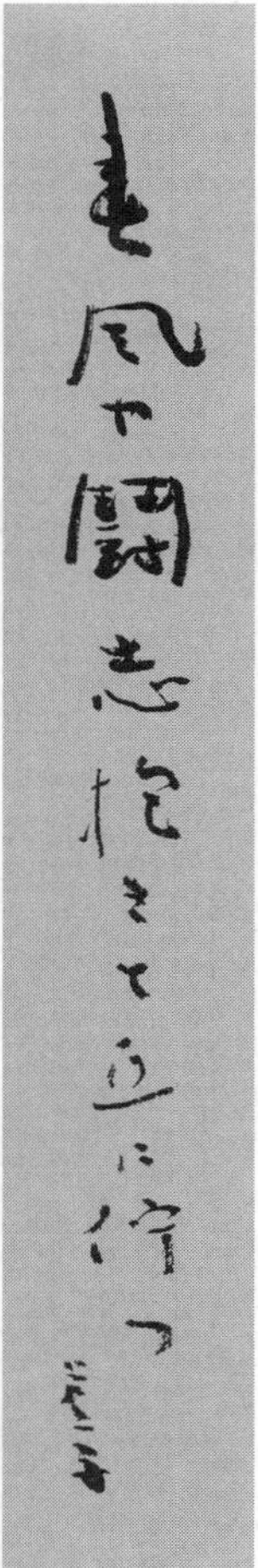

高浜虚子「春風や闘志抱きて丘に佇つ」（昭和三十三年）

たとふれば独楽のはぢける如くなり

碧梧桐と虚子はほんとうに二つの戦闘《いくさ》独楽であり、激しいぶつかり合いをやっただろうか。両グループの弟子達はそうだったが、二人はむしろ「擦れ違って」いた。「写生」を口にしても、虚子は「空想」つまり「非写生」を重視し、碧梧桐は「写生」を徹底し、子規ですら思いも寄らぬところまでこれを突き詰めて行った。俳句の世界に入るにも、子規に出会うのも虚子はつねに碧梧桐を通じての受動的に終始した。「まあ小説でも作つてみたらといふ考へがあつたわけ」(『虚子自伝』)で、小説家を志したけれども力及ばずやむなく、長く身辺にあった俳句に戻り、そこで名声を博した男であった。子規の後継者指名を固辞した苦い想い出を、――親の意向に逆った息子が、放蕩の果てに家業を継いだ時には、慚愧、慚悔の念もあろうに――、「誰か後継者をと志した。その傍に居る私を顧みた」「子規とは一志訣別(?)するやうな羽目になつてしまった」(『虚子自伝』)とだけ言挙げする。それは後継者の指名から外れても、なお『子規の回想』『子規言行録』『子規乃第一歩』などの執筆、出版で、子規を語り、伝え続けた碧梧桐といかに異った態度か。碧梧桐なくば、子規の名声は、現在とは違ったものとなっていたことだろう。

碧梧桐は子規に兄事したが、虚子は実のところ子規とも碧梧桐ともまた俳句ともぶつかり合うことも出会うこともなかった。子規、碧梧桐のように蕪村の句を研究しこれを讃えた形跡もない。俳句は芭蕉、それだけ。ただ子規の近くにあったことによって、後に子規門の弟子、後継者のごとくふるまうことができた。そして、子規や碧梧桐の俳句革新を嗤《わら》うように、俳句を季題・季語と音数律からなる短詩という通俗的な定義に割り切ることによって、大衆的な俳壇を形成し、その首魁としての位置を定めたのである。

虚子は「はぢける」と表記したけれども、＋極《プラス》と＋極《プラス》、同極の磁力を帯びた独楽は、近づけば近づくほど強く反発し、遠ざかる。そこで碧梧桐と虚子の関係を物語る戯句をひとつ。

たとふれば双曲線のごとくなり

第七章　無中心論の展開――相撲乗せし便船のなど時化となり

■贋作か？

書蹟、筆蹟の鑑定という仕事がある。テレビドラマなどでは、コンピュータのモニター画面上に二つの筆蹟を重ね合わせると、「ピピピピ」と音がして「同一人確率九〇％」などと表示されたりするが、これは同一物の影印である印章の鑑定には有効であっても、筆蹟にはまったく無効。ドラマ制作者のありえない大いなる誤解である。

もっとも、現在日本の実際の筆蹟鑑定でも「似ているから同一人」「似ていないから別人」という類の杜撰な鑑定が大手をふってまかり通っている。

筆蹟は形ではなく、時間を逐ってなされる書字の過程的表出である。文字は単なる記号ではなく、文《かきことば》であるから、同じ人がある時には楷書体で、ある時にはこれとは違う草書体で書くこともある。また他方、文字は一定の規範に従って書かれるから誰が書いても似ているという側面もある。同一人であってもまったく似ていない文字があり、別人であっても酷似している文字がある。文字の一点一画の書きぶりをなぞりつつ、それをふりさばいて、「どのように書き進んでいく個人的特性が認められるか」その書字のスタイルを解き明かすことによって、同一人の手になる筆蹟であるか否かを判断するのが、筆蹟鑑定である。

三十年以上前に私の亡妻が京都河原町二条に書の専門画廊を開き、近代の政治家や芸術家の書を取り扱うことになって、河東碧梧桐や中村不折らの書を鑑定する機会が増えてきた。そのうち、堂々と「碧梧桐」あるいは「碧」と署名してあるものの、その出来映えから言って、碧梧桐の書いたものとは思えない書に出くわすことになった。

たとえば、碧梧桐作とされる「冬夜子供の寐息にわが息合ふや」のような作。行は揃わず、律せられた展開は文字の大小に見られず、まったくばらばら、きれいに整えて書こうとする気配すらうかがえない。すなおにこの書を見れば、あまり筆を持ったこともない筆者によるたどたどしい揮毫。あるいは、碧梧桐の書を真似て一作認めようと試みたが、力及ばず、拙劣な贋作を残してしまったという趣である。何とも出来の悪い、ヘタクソな作品である。

「おもはずもヒヨコ生れぬ冬薔薇」の書は、点画が鮮やかで輪郭が際立ち、構成のデフォルメも見事に行き届いていた。その筆者が、点画の輪郭が曖昧で、これほど構成のぶざまな書を書くとは信じられない。最初は「贋作だろう」と考えていた。そのうちいろいろな年代の沢山の碧梧桐の書を見るうちに、この類の作と前後の作とのつながりがおぼろげに、少しずつ見えるようになり、おそるおそる碧梧桐でよいとしように始まり、碧梧桐でよい、やがて碧梧桐に間違いないと確信するに至った。

それどころか、この種の不可解な雌伏的表現期を切り拓き、やがて次の期へと展開を見せるところに、近代においてひとり碧梧桐のみが成し遂げた書のすごさがあることを知ったのである。

表現の新しいステージが来《きた》るためには、既存の表現は壊れねばならない。作者は永年の歴史の蓄積の上に現に存在する既成の美を打ち壊さなければ次なる新しい世界を見ることはできない。表現に停滞ということはない。新しい表現スタイルを獲得して前に進むか、それとも新しい表現を見出せずに既存のスタイルに終始して後退するかのいずれかである。作家にとって従前の作が生れつづける時は、すでに退廃が孕まれた危険期である。そこですぐれた作家は、苦心に苦心を重ねて従前のスタイルを壊し、次なるスタイルの構築を目指す。

この「冬夜子供の……」の書は、新傾向俳句段階として手に入れた龍眠帖風の鮮やかな書体を解体する途上の過渡期の書である。したがって、「おかしな」見かけとは裏腹に、複雑な技法の上に成立した高度な表現の書でもある。

文字をなぞって書を鑑賞してみよう。「冬夜」の点画の筆蝕は、「冬」字の第三画の右ハライでは中ほどに少し筆毫の圧しが見られるが、残りの筆画では紙の奥に向かって、墨を刺し込み、垂らし込むように進めている。「おもはずも……」の書であれほど切れ味鮮やかであった点画のエッジ（起筆・終筆）がすっかり姿を消し、点画の形状は算木状を脱し

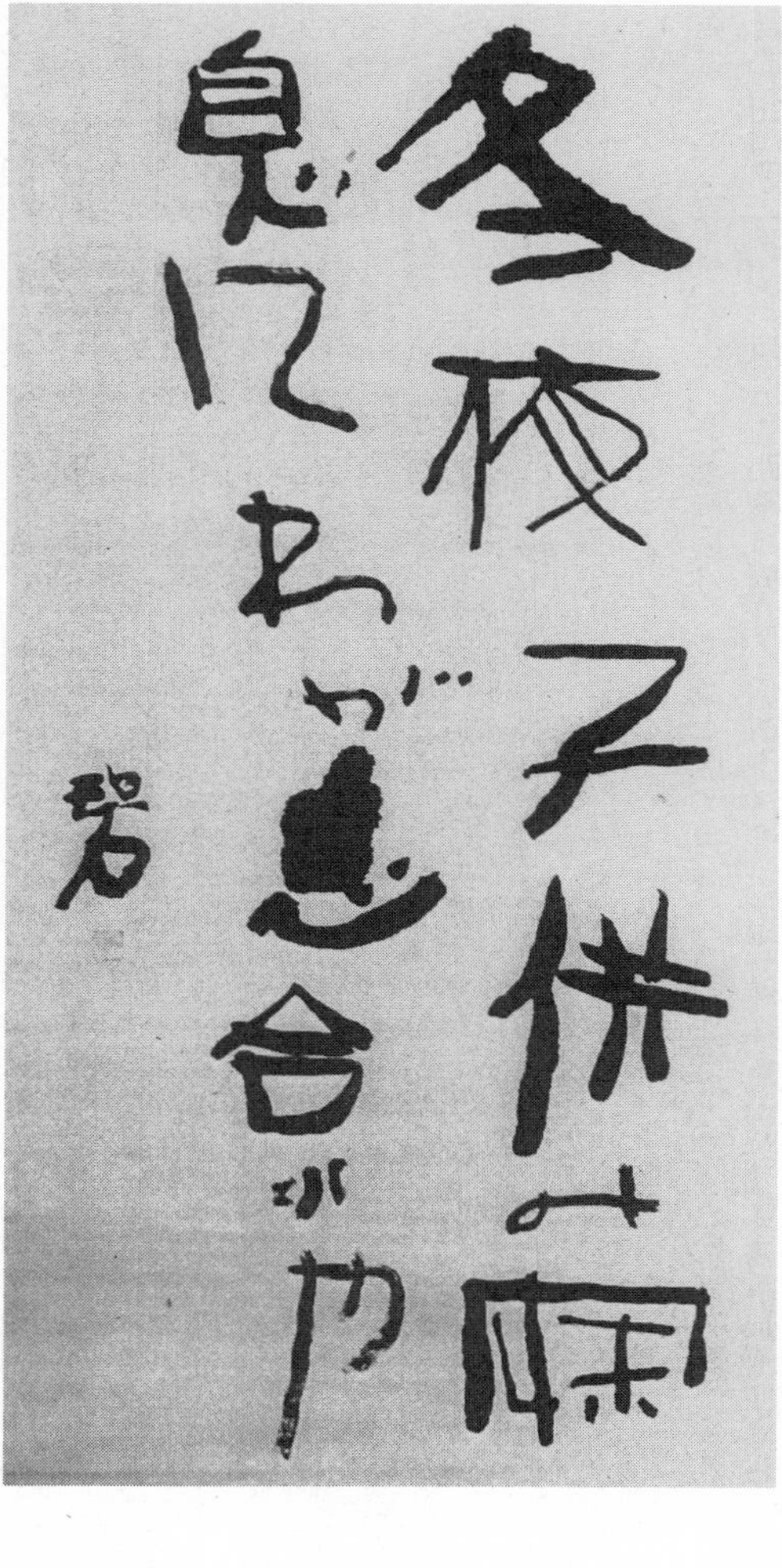

無中心段階の書
「冬夜子供の寐息にわが息合ふや」

ている。「夜」の第一画は、左上から右下へ「ポン」と押えるだけの単純な筆蝕。「夂」部は二つの左ハライ（双撇《そうへつ》）間を大きく開き、最終二画は平行線状に描き出す。光源（求心点）や焦点（遠心点）の出現を避けるのだ。「子」の第一画ヨコ筆部までは同様の無限微動筆蝕。「子」字の第一画の転折以後と第二画は右上から左下へ斜めに突きこむように筆毫を開き、バシバシバシと手応も確かに筆蝕をきしませていく。第三画は右下から左上へ軽く巻き込むように入筆して、筆先を筆画の中ほどから上部に置いて、やや右上方へ向かうベクトルで、およぐように、なでるように描いて行く。この三つの字画は、ヨコ、斜め、斜め、ヨコのベクトルで書かれていて、本来あるはずのタテのベクトルが姿を見せない。ヨコ画とタテ画の交点に生れる中心点。中心点から左へ右へと斜めに伸び、また斜めに求心し収束する文字の「十字の構造」から脱出しようとしている。

一転して「供」字の点画は起筆を見せない異様な書きぶり。「亻《にんべん》」は「子」字の第一画転折以後や第二画の筆蝕の延長線上の似た書きぶりながら、タテに近い斜めと、斜めに近いタテのベクトルで、点を打つような微動をくり返し重ねるような筆蝕。旁の「共」部の第二、三、五、六筆は、終筆に向けて筆毫を開く「スー・グー」式のきわめて単純、率直な二拍子＝二折法。第一、四筆は同じく「スー・グー」式の書きぶりをヨコに長く伸ばしているばかり。短かい左ハライと右ハライで遠心的に書かれるべき最終二画は、やや斜めに倒れただけのそりをもつタテのベクトルで素朴に書かれている。

以後の文字は筆尖を紙奥に刺しこむような運動をくり返す無限微動筆蝕を基盤に書き進

められていく。

その後の文字で特記すべき表現は、第一の「息」字の「心」部。これが求心・遠心力を見せることとなく、いわば「人」と二つの点状の筆蝕で書かれている。また第二の「息」の「心」部の第二画の後半部では、筆尖が筆画の上部にあって左回転で右上方へとひねりつつこすりあげる複雑な筆蝕を見せている。さらに最後の「や」字は筆尖につけられた墨の量が少ない状態で無限微動を重ねていく。それゆえ、かさかさとした手応のある触覚的表現を見せている。

点画を書き進む触覚的展開である筆蝕は文字の母であり、文の母である。このように算木状を脱した筆画は、方形の字形構成を脱し、さまざまな姿態を見せていく。この書が、あの鮮やかな「おもはずもヒヨコ……」を書いた碧梧桐のものとはにわかには信じがたいのは、算木状の筆画↓方形の文字という筆蝕と構成の一体性が剝がれたことと、構成が収束点を欠き、ここからの落着き先を求めての過渡期の不安定な姿を見せているからである。

「おもはずもヒヨコ……」のような鮮明な表現領域と手法を切り拓いた河東碧梧桐が、なぜその水準を自ら解体して、贋作を疑わせるような奇怪な作品をつくり上げたか。並の俳人・書道家は、このような作をつくることなく、またこわくてつくることはできない。たとえ偶然に自分の手から生れてきても、失敗作、問題外の作としてさっさと捨ててしまうのだ。

碧梧桐は、切り拓いた「新傾向」段階の終焉――そのままでは先に新しい俳句は誕生しないことに気づいていた。表現者にとって、次々、やすやすと作品が出来ていくこと、それはきわめて危機な兆候である。確実に頽廃が芽生えているからだ。碧梧桐はその創作の秘密を知っていた。それゆえ、この不安定で不思議な混沌とした表現を確信をもって突き詰めていったのである。

ところで、書道家はしばしば「文字の重心」などと口走る。これは「漢字の中心」と言うべきもので、ひらがなには見られない性格である。漢字ではタテ画とヨコ画の交点に中心点が生まれ、中心点から、左下へ、右下へと遠心し、中心点に向かって左上から右上からさらには左下から右下からと求心する。「永」の字や「水」「氷」、あるいは「米」の字がその例である。また独立した孤立字である姿を曝す「口」「日」「田」また「囲」「国」「園」に見られるように一字単位の隠れた境界「字界」をもつ。漢字は一字が一語。それゆえ一つの文字は、求心と遠心のベクトルを孕んだ独立形として存在する。このように漢字は中心点をもつ。だが、数文字が連合しなければ一語になることはできないひらがなは、ただひたすら下部の次なる文字につながろうとして「の」の字を連ねたような右回転、もしくは「と」の字を連続したような左回転を基本書法＝形とする姿を見せるだけで、漢字の中心点に相当するものはない。

このように漢字の一字には、求心・遠心力のはたらく中心点がある。ところが碧梧桐が書く「冬夜子供の……」においては、文字の点画は無理なまでに平行を求め、また一字一字は、求心・遠心力を脱し、主としてヨコの平行力に主律された文字、換言すれば「無中心」の漢字へと改組が試みられている。一点一画の書きぶりにおいても、漢字一字においても、また一句全体の構成上も、求心・遠心力を欠いて、のっぺりとしたぶざまな姿、それがこの「冬夜子供の寐息にわが息合ふや」の書の姿である。「冬」字の第一、二画の左ハライの画、最終二画はいずれも平行に書かれている。微妙にそのベクトルを違えてはいるものの、他の字も二つないしそれ以上の画が平行に引かれている。「夜」の第五、六画そして七、八画、「子」の第一画ヨコ筆部と最終のヨコ画、「供」の旁の二本のヨコ画、「寐」のタテ画、そしてヨコ画、第一の「息」の第三画ヨコ部と四、五、六画、第二の「息」の第三画ヨコ部、四、五、六画、「合」字の第三、第五画ヨコ筆部、六画、いずれも異様と思えるまでに平行然と引かれている。これは求心・遠心する力なく、ただ横へ横へと伸びていくばかりの無中心の書法である。ちなみに、活字では平行に構成するヨコ画も完成した初唐代の楷書においては、光源（求心点）から右へ広がるように、また逆に右に焦点（遠心点）をもつかのように構成する。碧梧桐のこの作も平行とはいえベクトル差をもつが、それが、完成した求心点、遠心点をもたず、ばらばら。乱雑なのである。

平行の筆画相互が寄り添いながら伸びていく。伸びていくといっても強靱な力で遠心するのではなく、ずるずると外延するのみで、それゆえ求心する力にも乏しく、点画のベクトルにも文字にも中心が生まれてはこない。その遠心し求心する力が乏しいゆえに、筆蝕は何ともさえない渋滞した表情を見せる。筆蝕の如何が点画を、点画の如何が文字を、文

混迷を深めるかのような過渡期の構成（『龍眠』第十五号　大正四年二月）

字の如何が行を、行の如何が文の表現をもたらす。渋滞した筆蝕は、渋滞した書の表現を導いている。

この「冬夜子供の……」の作品は、俳句における無中心論の書作版である。数年の時間的ずれはあったものの、碧梧桐の書は自らの俳句論の水準に追いついたのである。

贋作かと見まごうばかりの、信じがたいほどぶざまな書、この書の段階を持つことによって、日本近代書史上副島種臣を除けば唯一人碧梧桐だけが、誰も見たことがなく、誰も入り込んだことのない書の表現領域に入り込んだ。

後述するが、明治四十三年、河東碧梧桐は、

雨の花野来しが母屋に長居せり　響也

の句をめぐって、写生論の延長線上に、「無中心論」を唱えた。「冬夜子供の……」の書は大正六、七年頃の作と推定されるが、大正三年頃から大正七年頃まで、碧梧桐は、この「無中心書」によって、中村不折とともに開拓した「新傾向書」の段階からまた脱け出したのである。無中心俳句「雨の花野来しが……」と無中心書「冬夜子供の……」。明治四十三年河東碧梧桐が採りあげた「雨の花野来しが……」の句もまた、その書のぶざまな姿

大正四年九月例会作品（『龍眠』第二十三号　大正五年二月）

のように、未熟にして不安定な句であるにちがいない。にもかかわらず——ここからが大切なことだが——このいわば「行き過ぎ」た段階に突入することは必要であり、この素人が書いたとも、それも書法をふまえようともしないかのような下手糞とも思える書の段階なくして、碧梧桐以外誰も見ることなく、描き出すことのなかった次なる世界が現出することはなかったのである。

龍眠会報『龍眠』を見ると、大正三年十月例会の作に、「新傾向」から点画をヨコに伸ばすばかりと言ってもよいような筆画の「無中心」書への脱出の姿があり、同年十月か十一月の熱海における制作に、構成の解体によるあられもない不安定な文字の姿が出現する。そして大正四年九月例会の作になると点画の「無中心化」と構成の解体による「無中心化」を結合した試作が登場している。

■無中心の俳句

最近の「日本俳句」花野の句の中から

雨の花野来しが母屋に長居せり　響也

の一句を抽いて其可否を問うた。花野の選句当時此句に接した刹那、従来の句に接して起る感興以外、他の新たなる刺戟を感じて、今日まで念頭を去らぬものであつた。

（「無中心論」『新傾向句の研究』）

明治四十三年、この散文の一節のような一種のっぺりした句に碧梧桐は、痛切なる刺戟を感じた。そこで、その感じが他の俳人に伝わっているかを確かめたく、若き荻原井泉水にその可否を問うてみた。この時代には虚子はもはや議論の相手ではなくなったのである。

井泉水もこの句は面白く読んだといふ。――中略――この句を読むと何処となくゆつたりした感じがする。母屋といへば普通天井の高い広々した構への家を想像する。そこで長居をしたといふのであるから、腰を落著けた心持がする。夏野とか枯野とかいへば、他の聯想を生ずるが、花野の雨に濡れて来たといふので、尚ほゆつたりした心持が出るやうに思ふ云々。（前掲書）

この井泉水の解釈を聞いて、この句に対する感じが一致しない。それだけではなく「句の取扱方――句の興味の感じ方――」が全く異っている。そこに旧い俳句（井泉水）と新傾向句（碧梧桐）の差が胚胎していると碧梧桐は感じたのだ。

雨中の花野を通つて来て、離れの我家に帰るべきものが、母屋に立寄つて長居をした、といふ事実其のものに存するのである。他の詞を以て言へば、一日の出来事の或る部分を取り出して、それを偽らずに叙したといふ所に興味を感ずるのである。即ち日記中の一節とさまで差異のない出来事が、花野といふ季題趣味を得て、興味を形づくつてをる所を新らしいとするのである。——中略——感じを一点に纏める、何人にも普遍的に明瞭な限定した解釈が出来るやうにする、といふことを従来句に中心点があるというてゐた。若し中心点といふことを、明瞭な限定した詞で現はされるものに限るとするならば、この句には中心点といふものがないというてもよい。（前掲書）

ゆったりした、温かい、冷たい、大きい、雄壮だとかいう感じを一点に集めるのが従来の句作の傾向であり、その感じが明瞭に纏まらなければ句にならないと感じられていた。井泉水はこの習慣に従って、「雨の花野……」の句を評したがそれは旧い感じ方であり、碧梧桐が衝撃を感じたのは、この句が逆に、纏めない、つまり中心点がないところであった。そこを強調する。

中心点を捨て想化を無視するといふことは、多くの習慣性に馴れた人々に破壊的であると考へらるゝ。其破壊的であると考へらるゝ処に新たなる生命の存することを思はねばならぬ。中心点を捨て、想化を無視するといふことは、出来るだけ人為的法則を忘れて、自然の現象其ままのものに接近する謂ひである。偽らざる自然に興味を見出す新たなる態度である。（前掲書）

事実をありのままに記録する写生論の徹底としての「無中心論」の主張である。

中塚響也の「雨の花野来しが母屋に長居せり」のこの句に私には小さく人物が登場する一枚の田舎の風景画を幻視する。

碧梧桐は、この俳句のスタイルなきスタイルの斬新さに着目した。井泉水は不可解な句としたけれども碧梧桐は自らの「相撲乗せし便船のなど時化となり」を同じ「無中心」の自信のある句として示したのである。

相撲取りを乗せて出帆した便船がなぜ時化にあったのだろうという句である。相撲取りを乗せた船が時化にあったという事実だけを記した句であると碧梧桐は説明するが、なあにそれだけではない。「学生乗せし便船のなど時化となり」ではない。体重の重い相撲取りを沢山乗せて船が出た。その船が時化に遭った。積載量オーバーとはいわないが、そう思わせるような仕掛けは確実に存在する。また、「花野といふ季題趣味を得て」とも書いているようにこの時点では季題を無用などとは考えていなかった。

この明治四十三年の「無中心論」段階の句は、これまでの新傾向段階の「思はずもヒヨコ生れぬ冬薔薇」の句の表現段階からさらに一歩進んだとして、次のように記す。

今日まで唱道し来つた新傾向論は外廓的抽象論に過ぎなかつたやうに思ふ。かくすれば新傾向句が出来るといふ具象的の方法は漠として捕捉し難いものであつた。が、今日始めて或る内容上の目標を得て、新傾向の一帰著点を得た如く感じてをる。

（前掲書）

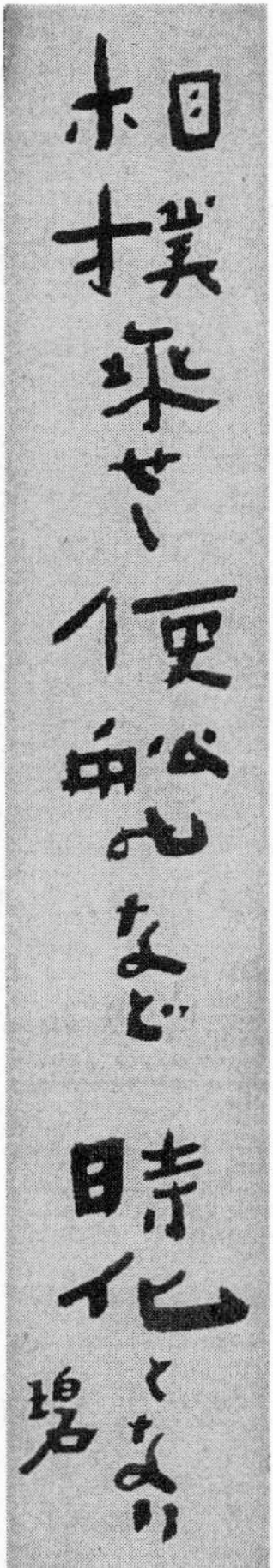

新傾向体で書かれた無中心体の俳句。詩（句）体と書体が矛盾の渦中にある

碧梧桐は、この「相撲乗せし便船のなど時化となり」の句を、「おもはずもヒヨコ生れぬ……」の「龍眠帖」型新傾向の書のスタイル（書法）で書いている。「無中心」という作句の原理に気づいたものの、この時点ではその言葉以前の蠢動は、まだ書くことに組織されたスタイルにはなっていなかった。

この新しい「無中心」段階に見合った表現は、明治四十五年以降の「書三昧」・龍眠会の活動の中から獲得されていった。

龍眠会の運動を総括すれば、例会＝「書三昧」は、ただひとり河東碧梧桐の書の展開のためにあった。そうとしかなりえなかったし、それでよかった。龍眠会の「書三昧」を舞台に書の表現を展開させたのは、碧梧桐と中村不折の二人であった。中村不折は「書三昧」を通してというよりも、入手した王羲之と同時代、前秦の「広武将軍碑」（三六八年）

の拓本を手がかりに、「龍眠帖」段階のスタイル（書体）を脱して行った。画家であり古い中国の法帖や拓本の大コレクターであった中村不折は「爨宝子碑」や「中岳霊廟碑」をモデルに「龍眠帖」を書き、現代的な書の表現を切り拓いたように、次なる段階もまた同様に古代中国の拓本の「広武将軍碑」の表現をモデルにすることによって獲得した。近代書史上、ひとり碧梧桐だけが、中国書史や日本書史の過去の法帖や拓本の表現に依拠することなく、試行錯誤をくり返し、自力でもって「無中心」という解体技法を確立し、新たなる次のステージへの道を切り拓いたのである。

龍眠会に結集した伊藤観魚、喜谷六花、岡田平安堂、岐阜の素封家・塩谷鵜平、五高・熊本の兼﨑地橙孫、谷聴泉等の俳人はいずれも、「龍眠帖」＝新傾向風に近づいた。これらの俳人達が、新傾向俳句に接近した俳句を作ったことは、残された「龍眠帖」似の書が示唆している。

だが、誰ひとりとして、河東碧梧桐の「おもはずもヒヨコ……」ほど構築的、かつ整然とし、輪郭明瞭で鮮やかな書に追いついた者はなく、また、「冬夜子供の……」のように、未成熟、不定型の混沌とした無中心状態の書へと解体した者はいなかった。

■近代俳句史上の大きな落丁

ここで一言どうしても注意を喚起しておかねばならないことがある。それは近代俳句史上の大きな落丁についてである。

碧梧桐のかつての大長征「三千里」の準備として表現のエネルギーを蓄えるため明治三十八、九年の「俳三昧」に結集した俳人・大須賀乙字、小沢碧童、喜谷六花の名を知る人はほとんどいない。俳句に相当の趣味をもっていても想像がつかない人が多いことだろう。大正二年に虚子が俳壇に復帰し、そこに結集したホトトギス派の松根東洋城、飯田蛇笏、前田普羅、原石鼎等の名は一定程度知られている。現在では一般には、子規、虚子、東洋城、蛇笏、普羅、石鼎、秋桜子……というように俳人と俳句が連想されていく。乙字、碧童、六花と聞いてもほとんど初耳の人が多く、多少見聞きしている記憶があっても、せいぜい碧梧桐の門人というぐらいのことだろう。だが、明治三十七年頃から俳壇に頭角を現した者は、「岡本癖三酔《へきさんすい》、小沢碧童、中野三允《さんいん》、柴浅茅《あさじ》、松根東洋城、大須賀乙字、高田蝶衣《ちょうい》、喜谷六花等」であったとは、他ならぬ高浜虚子の言である（「明治大正俳諧史概記」『俳句読本』）。

現在の俳句史には大きな欠落がある。短かく見積っても子規亡き明治三十五年頃から大正初頭までの十五年は、俳句史は完全に空白となっている。碧梧桐とその周辺の俳句を無きものとして、俳句史の相当期間と表現の大半を空白にしたまま痩せこけた俳句史が語られているのである。

虚子派が俳壇に君臨して以降、松根東洋城を除けば、業蹟、行蹟や句はもとより、碧童、乙字、六花はほとんどその名を知られなくなったが、当時にあっては俳壇を代表する、実力を伴った高名な俳人であり、少なくとも、蛇笏、普羅、石鼎程度、あるいはそれ以上に知られていてしかるべきである。このことは真剣に考えた方がいい。最低限、子規、碧梧桐、虚子、乙字、碧童、六花、一碧楼、井泉水、蛇笏、普羅、石鼎……と並べられない限り、十全な俳句史とはならない。

否、この配列も従来の有季定型、『ホトトギス』史観に毒されて臼田亞浪、飯田蛇笏、前田普羅、原石鼎の真の評価を怠ったものかもしれない。そこで、大野林火の『近代俳句の鑑賞と批評』から各人、冒頭と末尾の二句を並べてみる。

明易《あけやす》き腕《かひな》ふと潮《うしほ》匂ひある　一碧楼
病めば蒲団のそと冬海の青きを覚え　一碧楼

荷をおろされて寒い馬よ雨降る　井泉水
風がうす青くてお祭ごろのスカンポの茎　井泉水

雁鳴いて大粒な雨落しけり　乙字
干足袋の日南に氷る寒さかな　乙字

墓起す一念草をむしるなり　亞浪
榠樝《くわりん》咲くと見て眠りたり霽れてをり　亞浪

竈火《くどび》赫《か》つとただ秋風の妻を見る　蛇笏
冬川に出て何を見る人の妻　蛇笏

春尽きて山みな甲斐に走りけり　普羅

旅人に机定《さだま》り年暮るる　普羅

頂上や殊に野菊の吹かれ居り　石鼎
鮎の背に一抹の朱《しゆ》のありしごとし　石鼎

高嶺《たかね》星《ぼし》蚕飼《こかひ》の村は寝しづまり　秋桜子
熟睡《うまい》翁敬ふ朝湯沸きにけり　秋桜子

並べてみると、意外にも定型派にも字余り、字足らずの句が多い。定型句は五・七・五のいかにも俳句ですという音律情緒臭ばかりが前面、全面に突出してくる。乙字の「大粒な雨」(「の」ではなく)、石鼎の「殊に」「一抹の」の形容が定型のリズムに回収されることにひっかかるように抵抗しているが、他は五・七・五の定型律ばかりが響いてくる。「冬川に出て……」の蛇笏、「春尽きて……」「旅人に……」の普羅においては五・七・五の定型律が前面に立ちふさがり、これが第一級の俳人の代表作だとすれば、これらの俳人は生涯どのような句を積み上げたのだろうかと訝しく思える。このように俳句に即して冷静に評価してみると、非定型の俳人達が定型の句を悪罵したこともむしろ当然にも思えてくる。

■追えなかった弟子達

阿部　大体、碧梧桐先生はお弟子を次々と変えていった方でしたね。

六花　ええ、そうでした。

阿部　乙字はどうして碧梧桐から離れたんでしょうか。

六花　あれは、乙字が『故人春夏秋冬』を書きましたね。その時分にしきりに古い句をみたわけです。どうもそれから変っているんじゃないかと思うんです。その後、新傾向について、俳句の批評の会が『層雲』であったんです。その時分に、私だの井泉水とは話は合ったんですけど、どうも乙字一人はだんだん合わなくなったんですよ。やはり古句に親しむというようなことから、新傾向の句についての考えが変ってきているんじゃないかと思います。しまいにはすっかりわかれてしまったんですが。

――中略――

阿部　それで、碧梧桐先生は俳句の上では古いお弟子をつぎつぎ捨てて行かれたのですけれど、晩年まで昔の弟子がずいぶん先生を慕っておりますね。

六花　その点は不思議ですね。俳句の方では離れてしまっても、碧梧桐の生前でも没後でも、碧梧桐を悪く言う人は、きたいにありませんね。

（「回顧対談　碧梧桐師弟」『俳句研究』昭和三十六年二月号）

昭和三十五年十二月二十日、三ノ輪・梅林寺での喜谷六花と俳人で俳文学者・阿部喜三男の対談の一節で語られるように、碧梧桐は次々と周囲に集まってくる弟子を切り捨てていったと伝えられる。だが、切り捨てたのではない。ひたすら俳句の表現を追いつづけた生涯にわたる長征から次々と弟子達が脱落し、碧梧桐が気づいてふりむいて見たら、周囲に誰もいなくなったというのが事実である。一目瞭然、周囲の弟子達の書がそれを如実に物語る。

かつての大長征「三千里」の旅の準備としての「俳三昧」に結集した、大須賀乙字、小沢碧童、そして自ら住職をつとめる梅林寺を長く龍眠会報の発行所とした喜谷六花の書はどうであったか。大正二年十一月の『龍眠』発刊時の会員として、大須賀乙字、小沢碧童の名は見当らない。

大須賀乙字にも「龍眠帖」風に近づいた書が見られるから、新傾向俳句にいったんは接近した。だが、すぐにそこから離れていった。

糸瓜忌や発句読む我は人の屑

明治三十九年に「人の屑」なる自嘲的な語を詠みこみ、後に「乙字死すれば俳句亡ぶ」と自負した（大江瑞光宛の大正三年の手紙に、「真に俳句のわかるものは今日一人もゐないやうに感ぜられ、小生が死ねば俳句は滅するといふ確信をもつやうになりました」とある）大須賀乙字は、大正四年十二月五日、『碧梧桐句集』の序文を次のように締めくくっている。

佳句は明治三十八九年頃より四十一年頃までのものに多い。殊に東北行脚中のものには、なかなかの絶唱がある。

一度新傾向の声に驚いてからの碧梧桐は、局分されたる感覚に瞑想を加へて横道へ外れて了つた。さすがに行脚をして居るから実境の見る可き句もあるけれど、四十三年以後になると、殆ど拾ふ可き句がない。俳人碧梧桐を再び見ることは出来ないと思ふ。信に惜しいことである。其故にこれは序文にして又弔文である。

「序文にして又弔文」とはいかにも「我は人の屑」と詠む秀才の愛すべき毒舌、悪態。碧梧桐が、「無中心論」を発表したのが、明治四十三年。無中心の句とは書に喩えれば「冬夜子供の……」の姿だと思えばいい。この書を「ほとんど拾ふべきところがない」と言うのはむしろ当然の判断。「書家碧梧桐を再び見ることは出来ない」と言ってもむべなるかなと納得できる。だが、問題はそれでは終らない。このいわば求心する焦点、遠心する光源のない、行きすぎたのっぺりした「無中心」の表現こそは次なる新しい誕生への変態、脱化期のあられもない姿であった。

乙字は「四十三年以後になると、殆ど拾ふ可き句がない」と書いたけれども実はそれは、自身の幻影《すがた》にすぎなかった。新傾向から無中心へと見馴れぬ不可解な姿で出現した新しい過渡ステージへと変態していった碧梧桐を理解することができず、自己の句作意欲は減退していった。『乙字句集』掲載の作品数は、明治四十二年から大正二年の間、それぞれ二十七句、十二句、十九句、十九句（明治四十五年・大正元年）、二十句とごく少ない。ちなみに明治四十一年は百十句、大正三年は百四十句が載っている。

現在、私が目にすることのできたのは乏しい数の書ではあるが、その乙字の書きぶりから判断すると次のような俳句の姿が浮かびあがってくる。

「龍眠帖」風の短冊も確認されるが、確信をもった書きぶりではなく、また不折の「龍眠帖」や碧梧桐の「おもはずもヒヨコ……」のように、点画の細部にいたるまで構築的に書かれ構成されているわけではない。このことから、新傾向俳句段階に近づこうと試みたけれどもその表現に確かな手応えをもつことはできず、エピソード的な接近に終ったと推量される。新傾向俳句段階は、ごく一時期に限られたのである。

だが、乙字はこれとは別の確実に安定したスタイル（書体）を築いていた。「龍眠帖」風よりも、この方がはるかに自由に伸び伸び、堂々と安定したスタイルで書かれている。

点画を書き進める筆蝕は、ドリルのように強く旋回することなく、少しく淡泊にひねられる。自信をもってさらさら、すらすら――淀むことのない秀才の筆蝕である。その筆蝕に導かれて、形成された文字は正対形ではなく、頭を左に倒して斜に構えている。斜に構えて異和感を語りつづけねばならなかった乙字の評論を彷彿とさせるのだ。

書き進められるにつれて、行が少々、左上から右下（手のある方）へと倒れるのは、一句としての収束性、纏まりを重んじているからである。また、一つの俳句を三ないし四行に改行しつつ書き進んでいくのは、俳句を三ないし四句体として認識し、つくりつづけていることの直截的表出、その証明である。

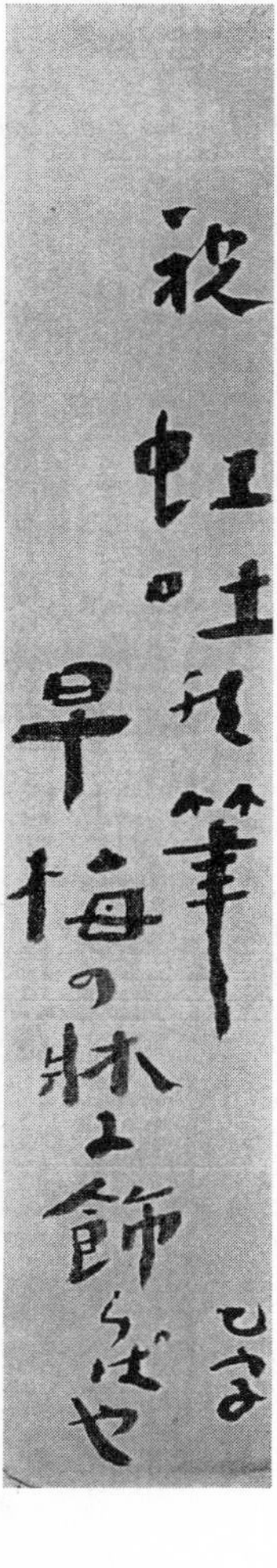

大須賀乙字
「龍眠帖」風
「祝　虹吐の筆早梅の牀に飾らばや」

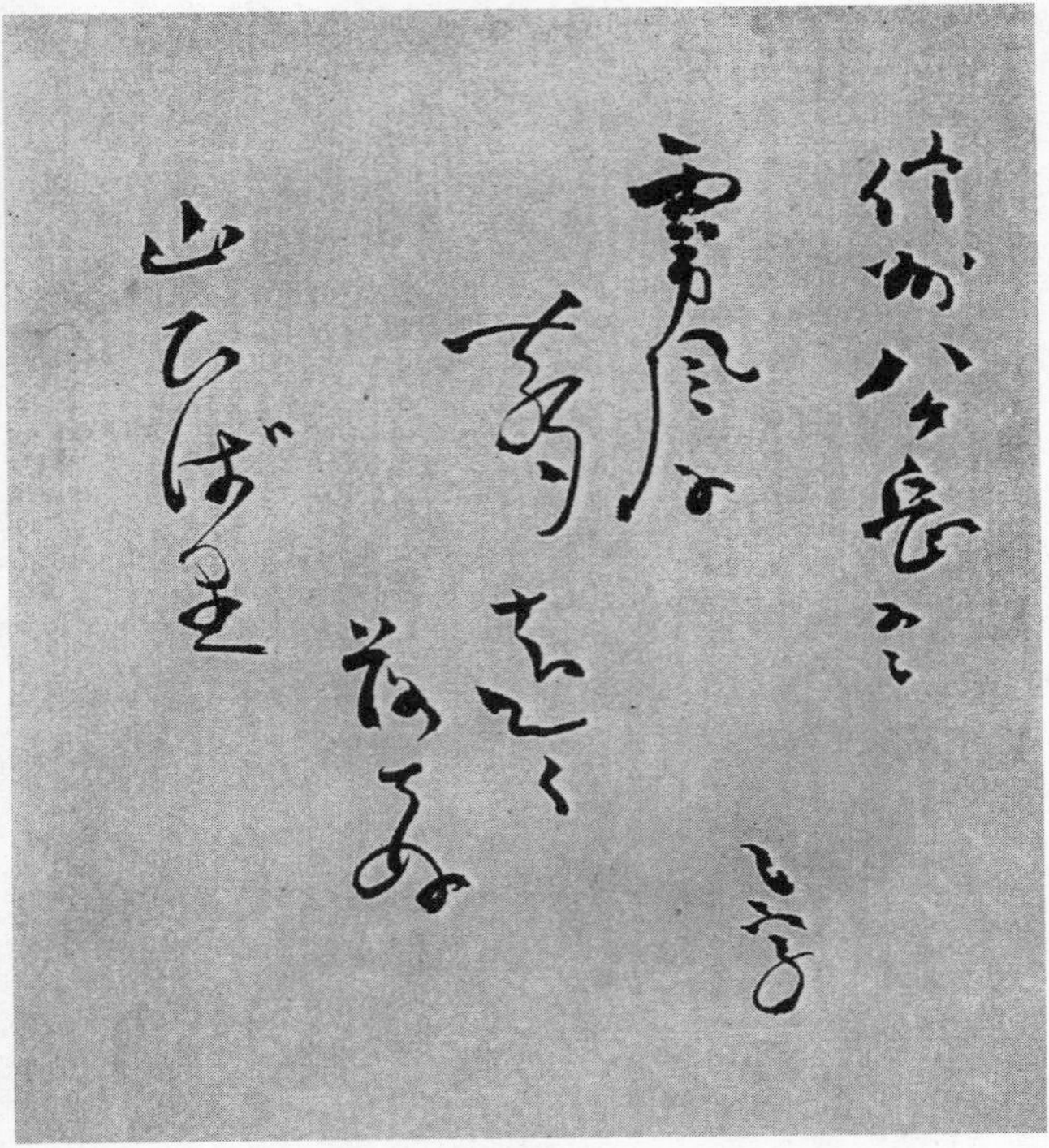

三句体、四句体を露出する乙字の書
「信州八ヶ岳にて
霧風に声遠く落ちぬ山ひばり」

三千里の長征の出発前には、碧梧桐、碧童、六花と激しい「俳三昧」を経験し、出発時には、碧梧桐を千葉まで見送った乙字が、第二次の旅を終えて帰京した時には歓迎会にも懇親会にも顔を出さなかった。出発する前には、「碧氏の句選は神の如し」、戻って来た時には「俳壇の賊」ときめつけるという非対称的性格。また、乙字のきりきり舞いする筆蝕からは、大正四年の碧梧桐宅（海紅堂）での句会席上、川西和露《わろ》の、

鶯の曇りひく山山を焼く

の句を月並句として否定した乙字に、日本橋魚河岸生れの山口葉吉青年が「生意気をいふな」と喰ってかかり、「この不良少年めが」と応じる乙字の頭を茶碗でなぐり血だらけにしたという事件（海紅堂不祥事件・村山古郷『大須賀乙字伝』他）もさもありなんと思わせる。

書を見る限り、乙字は新傾向俳句の表現を完全に理解することはなかった。いわんや、のっぺりした「無中心俳句」をやである。拙劣としか見えない「冬夜子供の……」の書の新段階を理解できなかったという以前に、大須賀乙字は表現の根柢では、三句、四句体が身に沁みついた定型俳人であった。

木揺れなき夜の一時や霜の声

小沢碧童「龍眠帖」風「福壽杯」

大正四年のリリカルな佳句である。
乙字晩年の句を二つ。

髪剃れば我腮尖る寒さかな
富士颪まともに寒し大地獄

「我腮《えら》」「まともに」などに非凡な表現が覘《うかが》えるが、碧梧桐の書や句とはもはや次元を違えてしまった定型の句である。
小沢碧童は「龍眠帖」風の新傾向書にまっすぐに接近した。

大正六年には、

やぶ入りの夕飯のくりのきんとん
おまへたちうたつてくれ飯蛸が出たのもうれしい
啄木の著書のよみさしの夏の日の膝が淋しい

などの句も作っている。

小沢碧童もまた、明治四十二年頃から大正三年までほとんど句が見られない。正確には、『碧童句集』（中央公論事業出版）の中で、明治三十六年より明治四十年までは百六十句、明治四十年より明治四十一年まで三十七句。ところがそれ以降、大正四年まで掲載作は完

小沢碧童　新俳句体風「子規庵の分根や偲ぶゆすら梅」

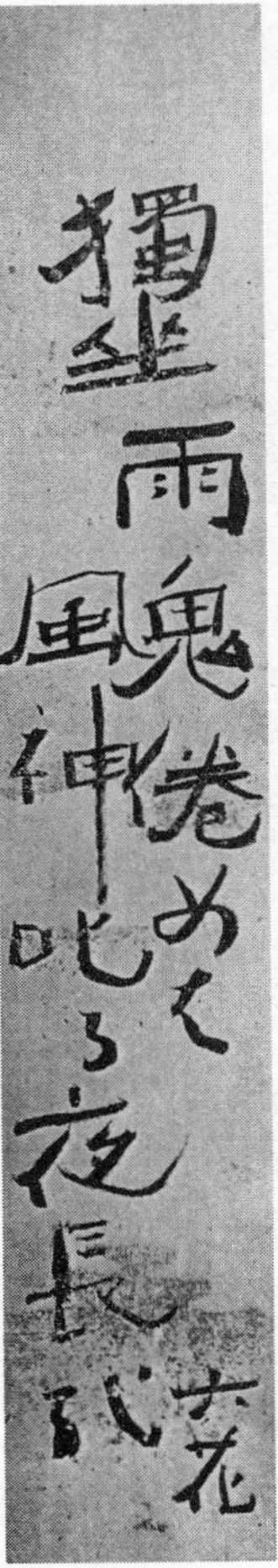

喜谷六花「龍眠帖」風「獨坐雨鬼倦めば風神叱る夜長哉」

全に空白、ひとつの句もない。そして大正四年から大正八年には、二百五十一句が掲載されている。

小沢碧童は龍眠帖風というよりも「おもはずもヒヨコ……」風の新傾向のスタイルを確実に手に入れた。だが、それ以降の「冬夜子供の……」の書に象徴される「無中心」のスタイルにはおそらく困惑したのであろう、それを追い求めることはなかった。

碧童は、新傾向俳句のさかんな時分には、余り句作はなかつたやうで、『日本俳句鈔第二集』には、碧童の句は一句もありません。それで、明治四十二年頃から大正三年頃までの句は、この句集にもないのです。この時分には、家庭の一身上にも何か変化があつたやうで、家業は人に任せて家を出てしまつたやうなことでした。

とは、『碧童句集』を編んだ折柴《せっさい》・瀧井孝作の「解説」である。「家庭の一身上にも何か変化」ではなく、これまた乙字同様新傾向から無中心へと突き進んだ碧梧桐に同伴できないことに対する失意が出発点となってすさんだ生活へと陥《お》ちていったのである。碧梧桐は「思ひ出話」（『碧童句集』）を記している。

碧童は今でも骨立舎時代が懐かしく慕はしいと言ふ。油断もすきもない感情が無垢に

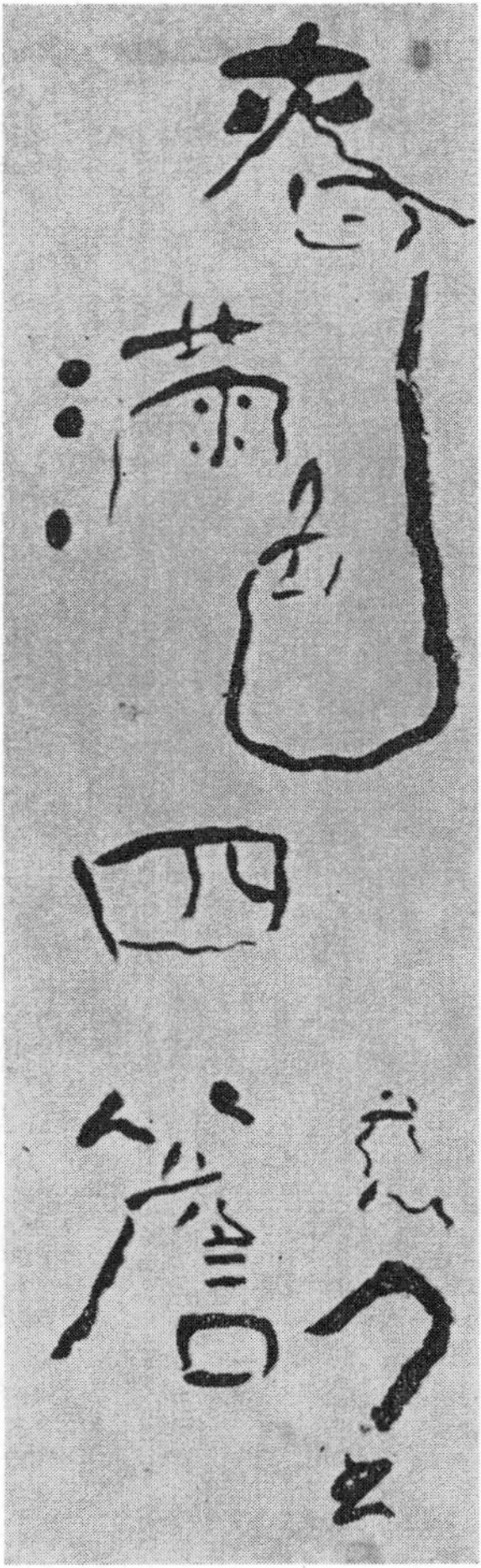

喜谷六花　脱無中心を追う「春色満四簷」

高潮してゐたといふ。それでゐて、こだはりもなしに伸び〳〵してゐたといふ。いつでもはちきれさうな愉悦に浸つて、明るくのどかで総てを忘却してゐたといふ。もう再びア、いふ光明の世界は還つて来ない、それが淋しくも、悲しくも時には腹立たしくもあるといふ。

「骨立舎」とは根岸の碧童の家。「三千里」の旅出発前の「俳三昧」の修行場であった。新傾向俳句へと向う長征を控えた真剣な「俳三昧」の日々。下町の江戸っ子俳人・小沢碧童の面目躍如たる率直な感想である。

新傾向句つまり「龍眠帖」風、「おもはずも……」風の書の段階で、子規と虚子はついて行けなくなり、無中心句つまり「冬夜子供の……」風の書の段階で、乙字、碧童は脱落したのが真相である。

寒蜆けさカラ、、と水洗ひ
部屋かへて山茶花見えぬ南かな

晩年の碧童の句。平静な定型に戻っている。俳人仲間の間では碧童の篆刻の腕前が高く評価されていたようで、碧梧桐の印も刻っている。だが、書における碧梧桐や不折のような高度な水準にあったわけではない。往時の篆刻家の表現と較べると趣味の域を越えるものではない。

六花　弟子に力がなかったということもいえるんですね。少くとも碧童はああやって定型に帰ってしまうし、やや長く一番しまいまでいたのは私くらいなものですが……。

——中略——

そうですね。碧梧桐についていた人では、碧童、不喚洞、平安堂、寒骨など、といった人たちは最後まで碧梧桐一点ばりでほかへはいかなかったんですが、どうも碧梧桐の没後に、あと引き受けて一奮発しようというような人がいませんでしたね。私はどうもはじめから影の薄い存在で下積みでして、表へはちっとも出なかったですから……。

（「回顧対談　碧梧桐師弟」）

「冬夜子供の……」の無中心の書はともかく、その後の碧梧桐の新しいステージの書にも何とか同伴しようと試みていたのは、喜谷六花、塩谷鵜平、岡田平安堂、伊藤観魚らであった。とはいえ、「無中心」を突きぬけたそれではなく、碧梧桐に近づかんとしての書であるから、「碧梧桐風」とでも言うべき表現にとどまった。

眼を空につるる歩行《かち》鵜や枯柳　　鵜平
冬日曇の町をあるき甘柿舌にしむぞ　　観魚

松の芯たつ店に良き筆をうる倖せに生きる　平安堂

「無中心論」を説いた時の河東碧梧桐は、子規なき後、並ぶ者なき、異論も生じない俳壇の第一人者であった。当世のジャーナリズムなら「超人《スーパースター》」「伝説《レジエンド》」、若者なら「神《カミ》」とでも呼ぶことだろう。その碧梧桐が東北、北海道にまでその名をとどろかせて、第一次長征を成功裡に終え、再びの第二次長征で東京を留守にしている。留守中にこれ幸いとクーデターを起こし俳壇を乗っ取るほどの逸材もおらず、逆に旅先の碧梧桐からのメッセージ「一日一信」「続一日一信」は俳人達必読の指針であった。そして、安芸竹原から届いた「無中心論」は、衝撃的なメッセージであった。展開された「無中心論」の理解には消化できぬところがあっても、そこには俳人達には看過できない「定型の突破・定型からの脱出」つまり「型破り」の強烈なメッセージがこめられていた。

雨の花野来しが母屋に長居せり

の「三・三・三・四・五」、むりにまとめてみても「六・七・五」の音数律の句をこれまでにない可能性を孕んだ新しい句として推奨したことは、碧梧桐自身想像していたかどうか解らないが、五・七・五の音数律からの脱出を呼びかけることにまっすぐ繋っていた。むろん「雨の花野……」の句は契機にすぎず、俳句の表現史自体が、明治四十年代初頭に

「俳句にとって音数律とは何か」と強く問うたということである。「雨の花野……」の句への碧梧桐の評価によって、脱定型、非定型俳句への道は指し示された。ここに、「定型」をめぐっての態度が迫られ、各人の表現の本性が一気に露呈することになった。六花や鵜平や平安堂は碧梧桐に従い、その表現は、師の脱定型への度合に応じて変化していった。ここでそれぞれ「碧梧桐先生逝去」「碧童逝く」「一碧楼忌」と題された六花の句を三つ。

更けて人なき街とだけは覚えしその夜を雪の中を
この人の通夜の時雨同人まゐるべきはまゐり
木深くて会すむら椿濃淡の一室

さてここで登場した関連の俳人達の生卒年を整理しておこう。

正岡子規（慶応三年〜明治三十五年）
河東碧梧桐（明治六年〜昭和十二年）
高浜虚子（明治七年〜昭和三十四年）
喜谷六花（明治十年〜昭和四十三年）
大須賀乙字（明治十四年〜大正九年）
小沢碧童（明治十四年〜昭和十六年）

荻原井泉水（明治十七年〜昭和五十一年）
中塚一碧楼（明治二十年〜昭和二十一年）

当然といえば当然だが、「雨の花野……」の評価を契機に若い世代の井泉水と一碧楼は五・七・五の定型からの脱出を指向することになった。

それより少し先輩の乙字も、当時次のように書いている。

「俳句は必ず十七字たる事を前提とせねばなりません」との御説は稍窮屈のやうに存じます。十七字の心持で読過し得る範囲でなけば《ママ》ならぬ位に多少の自由を与へられたいと思ひます。申す迄もなく形式は内容につれる筈のもので、内に情意の動くままのリズムにひたと合致した音調で表現されねばなりませんから何時でも五七七《ママ》とは限りませむ。私はかねて「俳句は二句一章である」といふ信念を持つて居ります。

（大須賀乙字「形式より見たる俳句」『乙字俳論集』）

俳句の領域は俳句が季感を必ず伴つて居るといふことで制限されて居る。季感とは何か季節々々の景物天象等に対して喚起される感じ、感情、等をいふのである――中略――季感は全一句から滲み出す――中略――「秋の風」といふ一語の季感ではなく全一句の季感である。

（「季感象徴論」前掲書）

俳句は五七五とは限らず多様でありうる。また季題、季語が必要なのではなく、一句から滲み出す季感が不可避なのであると乙字は説く。

そしてこれとは対照的に、大正元年、高浜虚子は定型と季題に立脚するところに俳句があるときっぱりと割り切る。

余の俳句に対する考は是等の人と全然違つて居る。俳句は形式を先にして生まるゝ文学である。クラシカルな匂ひを生命とすべきである。十七字、季題趣味といふ二大質の上に立脚して、或限られたる詩の一角を領有すべきである。

（高浜虚子「俳句入門」大正元年）

正岡子規に始まり、河東碧梧桐に引き継がれ、試行錯誤をくりかえしながら姿を現わした新しい俳句の試みを虚子はすべて無きもの、無意味なものとして、十七音と季題を有するもののみが俳句でそれを食《は》み出すものは、俳句ではないときめつける。

季題といふものにこだはつてゐるのはばかな話である、文芸は人の心を詠ふもの（詩は志なり、といふ言葉があるやうに）である以上、何も季題に束縛される必要はないではないか、といふ議論は、詩論としては正しい。が、俳句論としては成り立たない。季題といふものを除いては俳句はあり得ない、それは俳句ではない只の詩となる。詩としては成り立つが俳句としては成り立たない。

が、それらの人は尚これを俳句と称へたがつて居るやうである。それは詩として存在が薄弱であるから、俳句といふ母屋を借りて其軒下に住まはうといふのである。

（「花鳥諷詠」）

「俳句といふ母屋を借りて其軒下に住まはうといふのである」とは、つまりやがて、「軒を借りて母屋を乗取る輩」だときめつけるのである。『古今和歌集』を批判した子規が読んだら、おそらく激怒するにちがいない萎えた反動的俳句論である。

俳句は季題（花鳥）といふものを切り離すことの出来ない文芸である。――中略――

俳句は自然（花鳥）を詠ひ、又、自然（花鳥）を透して生活を詠ひ人生を詠ひ、又、自然（花鳥）に依つて志を詠ふ文芸である。私はさう考へて居る。

俳句は生活を詠ひ人生を詠ふ文芸としては、さうつき詰めたせつぱ詰まつた（他の或文芸が志してゐるやうな）ことは詠はうとしても詠へない。それはなぜかと言へば季題があるからである。

（前掲書）

虚子は、定型と季題に居直った。どうせ俳句、たかが俳句。それが何が悪いと傲慢に居直ったのである。戦後、桑原武夫の「俳句第二芸術論」に対する「俳句も第二芸術になりましたか」という虚子の言は、虚子の包容力の大きさを物語るものではなく、どうせ俳句、たかが俳句もそこまできたかという率直な感懐の吐露にすぎなかった。

■定型、季題の突破

明治三十七八年頃から四十五六年の約十年間は、一高俳句会の振つた時だつた。根津の権現さんの茶店で、塩煎餅をかぢりながら、時には三十人にも余る大衆が、俳句王国の半日のユートピアに浸つてゐた。其のユートピアの中から、井泉水の愛桜が生れた。

（河東碧梧桐「時鳥鳴く頃」『山を水を人を』）

荻原井泉水は、明治十七年（一八八四）生まれ、昭和五十一年（一九七六）没。乙字、碧童、六花より少し若く「三千里」のいわば旅装を整えるための「俳三昧」に乗り遅れた世代であるが、一高俳句会のホープとして碧梧桐の前に現れた。

正しい意味に於て、俳句が発達し進歩してゆく為めには、十七字の形式や季題の制定は、窮屈であり、又、不条理であるといふことが、理論の上からは充分に解つてゐても、十七字と季題との制を借用して以来、因襲の久しい為めに、伝統が即ち本質なるかの如く誤解され、伝統に縛られ、伝統に誤られて、今日では、十七字や季題の為めに、俳句の本当の感激やリズムが詠ひ生かされないといふ事をも、多くの人は自覚せずして、たゞ〳〵、其の伝統を愛重してゐるのである。

（荻原井泉水「俳壇といふ国」大正五年三月『新俳句提唱』）

五・七・五、十七文字の音数律や季題は単なる伝統にすぎないのに、俳句の本質であるかのように考えている。俳句の本質は何か。荻原井泉水はつづける。

俳句をして俳句たらしむるものは、詩として詠ひ出されたる脈律（リズム）にある、これが、短歌のリズムとも違へば、長詩のリズムとも違ふ、脈律は即ち血液である。（上の言語と文字の例で云へば、日本語には日本語の脈律がある、文字は脈律ではない、符牒である）。俳句にして云へば、俳句的表現が脈律である、十七字形式とか季題制とかいふものは、単に、俳句の伝統たるにすぎぬものである、而して、斯様な伝統を襲うて、此の伝統の外に自由がきかぬといふ事は、俳句の脈律を充分に生かし得ぬ事となる。私が、俳句の伝統を捨てよといふのは此意味である。

（前掲書）

さらに続ける。

俳句が真に詩として立つ為には、我々にとつて最も内在的なる生命の感じを其の出発点としなければならない、而して其の緊張したる力のリズムをさながら緊張したる言葉のリズムに写したる調子——散文的な言葉でなく、又和歌のやうに韻律を踏んだ言葉でなく、内在的な印象律的な言葉に写したもの——が即ち俳句的表現である。こゝに詩としての俳句の意義があると私は信じてゐる。（「俳句の為めに」『新俳句提唱』）

五七五の音数律と十七音、また季題が俳句にとって必要なものではない、むしろそれは俳句にとって桎梏である。内在的な印象律的な言葉による詩——それが俳句であると荻原井泉水は言う。ここに無季自由律の俳句の理論づけが出来たのである。

碧梧桐が「雨の花野……」の句の感想を井泉水に求めたときの回答に、「井泉水のこの句に対する感じが、予と一致して居らぬ——中略——そこに新旧傾向の差が胚胎してをる」と感想を記したが、両者相似た水準の書きぶりの書からは、井泉水の無季自由律は、虚子の有季定型と表裏一体の関係をなす旧派の俳句と言えるようにも覗える。

荻原井泉水は、新傾向＝龍眠会風の書に近づくことなく、またむろん「冬夜子供の……」の書の表現の意味を理解することもなかった。子規の段階を超えた新傾向、さらには「写生」の徹底としての無中心句の生成を経る中で、碧梧桐には俳句の存立の基盤たる季題・季語と音数律を逆説的に否定せざるをえない課題が芽生え、季題や定型から食み出る句が生まれてくるようになった。

ところが新傾向俳句に少し後れて来た井泉水は、この葛藤も苦悩もないままに、理論的に無季非定型の自由律へと突入した。そのいささか気楽な姿が、あっさり、さっぱり、やすやすとした書の書きぶりに現われている。

たとえば「くすの木千年さらに今年の若葉なり」の色紙の書。まあなんとも気楽な草書体でぶりである。「くすの木千年」は大きく強く、「さらに今年の若葉なり」は草卒な書き方でさらさらと小さく走り書いている。書き馴れた署名ということもあろうが、「井」の字は交叉すべきところを交叉することなく、「水」の最終画に至っては、何の屈託もなく、長く長く右下へハラわれている。

「井」に限らず、第一の「の」の末尾は書き切らずに途中から脱力しており、「ら」「今」第二の「の」「若」「葉」もまた十全に書ききらないままの走り書きに終っている。俳句もまた「作る」というよりも「吐き出す」ようなものだったのだろう。

空を歩む朗々と月ひとり　井泉水

碧梧桐が中塚一碧楼と本格的に顔を合わせたのは、明治四十二年の第二次長征の折、但馬城崎であった。その時の印象を碧梧桐は次のように記す。

一碧楼帰る。彼と居ること約二十日の間に、略ぼ其の人物如何を知ることを得た。彼を見ぬ前には、其の旺盛な句作もたゞ一時の現象で、寧ろ偶然の出来事のやうに思うて

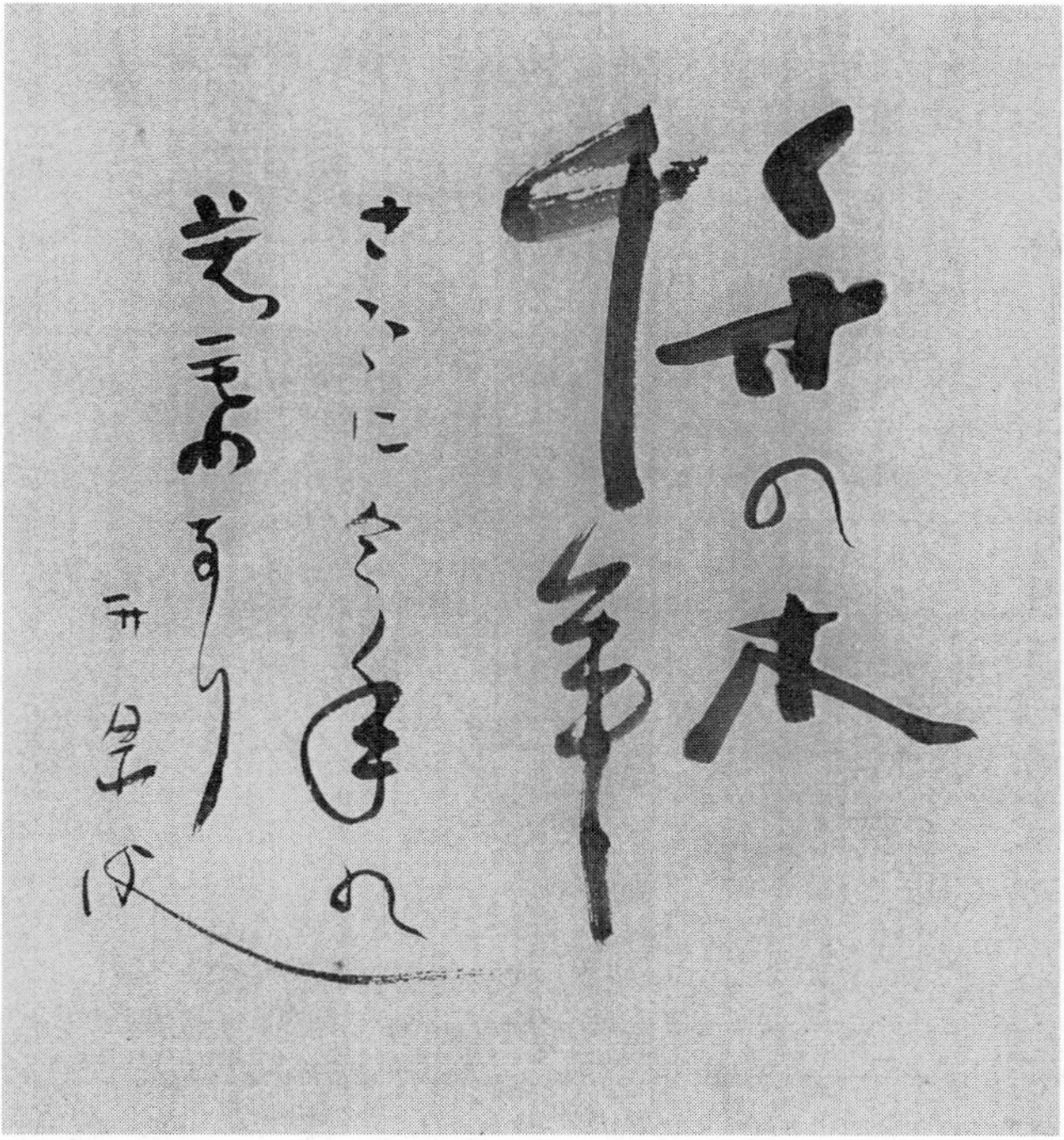

荻原井泉水
右ハライやタテ画を長く伸ばした気楽な書
「くすの木千年さらに今年の若葉なり」

居たが、彼を知つて後は、其の観察は甚しく彼を軽侮したもので、言ふまでもなく必然の結果であることを明らかにした。彼の句作が、半ば自覚をせぬ天才の煥発であることは何人も認める所である。（『続三千里』明治四十二年十一月二十日）

天才と判じた一碧楼との出会いである。この約一年後の明治四十三年十一月十四日、安芸竹原で、一碧楼、その従弟・中塚響也等と「俳三昧」をやり、そこで得たのが、例の響也作「雨の花野来しが……」の句であった。

中塚一碧楼もまた井泉水ほど軽々しくではないものの、大正元年には、「私は俳句から最も大切な季題趣味といふものを何とも思つてゐませぬ」（「玉島より」）と書き、無季・非定型にまで開いた俳句へと歩んでいった。

碧梧桐は例によって若き才能を率直に評価し、評価しつづけたが、中塚一碧楼の側にはひとつのわだかまりがあった。私のように本人以外に変更など決してできない書の世界にある者にとってはわかりにくいことだが、一碧楼の、

誰のことを淫らに生くと柿主が

と知られる城崎での句の原作は

恬然と淫らに生きて柿甘し

であった。選者つまり碧梧桐が添削、改作したのである。この件から、明治四十三年、一碧楼ら中塚一族は、現在では当然と言えば当然のことだが選者制を否定して『自選俳句』を創刊した。添削指導自体は当然にありうる大切な教育であり、碧梧桐は自選という狭い了見を指導すべきだと考えていた。さらに、一碧楼らは明治四十四年六月、自選主義による同人制、口語使用、定型打破、季題の止揚、俳号の廃止をうたう俳誌『試作』を創刊した。ここでは句読点や感嘆符、ローマ字、カタカナ、ルビの使用などさまざまの可能性を試みている。

ところで、無中心の代表例句に「雨の花野」なる季題があった。しかし碧梧桐は、

日記中の一節とさまで差異のない出来事が、花野といふ季題趣味を得て、興味を形づくつてをる……

と書いている。季題をやすやすと手放すことはしなかった。私などは、「雨の花野」という季題が、わずらわしく、むしろ、

雨の畦道来しが母屋に長居せり

の方が、花野の色彩を消してモノトーン化し、日記文中の陰翳のある一節のように読まれるように思われる。

碧梧桐は、『新傾向句集』の中で、季題に対して慎重な立場を漏らしている。

惟ふに季題趣味なるものが、一個の固形体となつて、或る限定された範囲内に存在するもの、とすることの不合理なことは言ふまでもない。が、季題趣味は自然の現象其物が発揮してをるので、人は我を虚うして其発揮する趣味を享受せねばならぬといふのも亦た誤つてをる。我を没却し自己を空虚にして、何処に自然の現象との接触を保つべきであらう、我を拡充し自己を露出して、自然の現象と融和渾一する処に季題趣味が生れるのだ。寧ろ自然の現象に存する季題趣味でなくて、それと接触する我にあると言ふを至当とする。（「季題は我に在り」）

例へば、春水といふのは、如何にも空虚な水の感じを現はすとしても、秋水には尚ほ清水と異なつた明透な具象観念が浮ぶが如きである。若しかゝる抽象観念的季題を絶対に拒否するならば、それは当然我々の季題では有り得ない。亡び行く季題として捨て去るべきではあるけれども、尚ほ概念の力を認めるものをも同時に放擲することは、我を詐《いつ》はることである。之を如何に処置すべきか、又自然の成行きに放任すべきか、時に惑《まどひ》なき能はずである。（「季題の抽象と具象」）

碧梧桐は、注意を促した。

近来我々の俳句にも、新らしいものを要求する上から、肉感趣味や、生活接触や、都会趣味や、季題無用論などを唱へる人がある。それらの説を主張する人の努力は認めるけれども、それが反省を欠いた一時の気まぐれであつてはならぬのだ。（「自己表現」）

「型破り」はよいけれど「型無し」ではいけないと。しかし一碧楼は、無季自由律句の表現へと分け入って行った。

「こどもこゝろごゝろお盆のきんかんみかん」の書からは、「龍眠帖」＝新傾向俳句を本格的に通過したわけではないが、「盆」字の上と下のブロックの結合が大きな齟齬を見せている構成などには「龍眠帖」からの影響がいくぶんかみられる。

その書が特異であるのは、ひらがなさえも一字一字、しかるべき位置よりもさらに遠くに離れて配された表現にある。

この短冊は、「こどもこゝろごゝろ」ではなく、「こ・ど・も・こ・ゝ・ご・ゝ・お・盆・のき・ん・か・ん　み・か・ん」と一字一字、一音一音を反問し確かめるように、いわば美

中塚一碧楼「龍眠帖」風は見かけられないが、間接的影響を沈めている

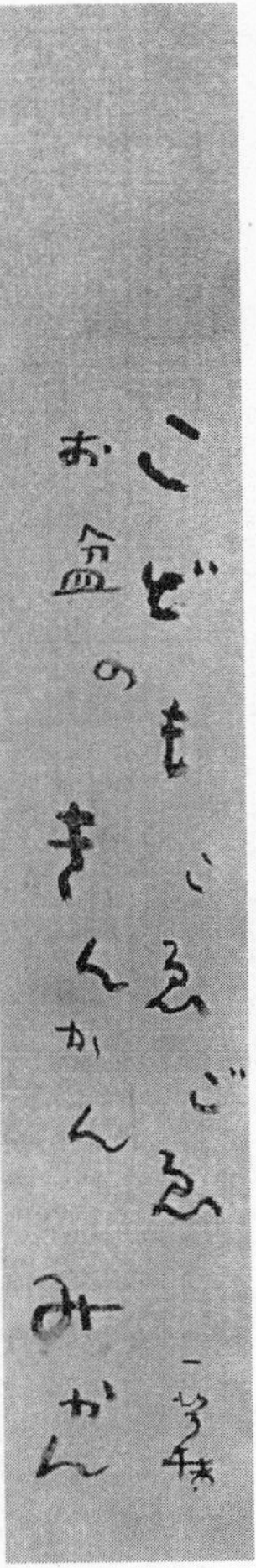

「こどもこゑごゑお盆のきんかんみかん」

醜以前の原初的な筆蝕で書きつけている。二度とひき返さないゆるぎない足どりで、一字一字を記していく。

筆蝕は軽い走り書きではなく、確実に紙の深奥に向けて力が刺し込まれているところには「龍眠帖」＝新傾向の影響が若干ある。

一碧楼の句を五つ記す。

密猟船のDECK? 闇が身に入る大部屋は

くろちりめんひんやりすあかがねひばち

草青々牛去り

できるだけはなやかに手をとり合つて行かうマントの釦をきつちりはめてから行かう

ここに死ぬる雪を掻いてゐる。

大正二年「俳句ではない」と題して一碧楼は書く、「私は全然季題の囚はれから脱し得たと自信して居ます。私の書いた詩に季語があるから俳句と見られ、季語が無いから俳句ではないと云ふ様に見られる事は最もつらい事なんです——中略——形式も十七字そこらにならうと三十一字そこらにならうと、幾字にならうと構ひませぬ。私が書きたい様な形式に書きます」と。

碧梧桐の「冬夜子供の……」の書のごとき「雨の花野来しが……」の句のスタイルの異貌——この異様な俳句の登場によって、「新傾向」の次なる新段階の準備が整った。私の知るところでは、明治四十三年の「無中心論」がすぐに大きな批判にさらされたわけではない。碧梧桐の意図を計りかねていたのであろう。やがて、井泉水はこの混沌の意味を解することなく軽々と無季非定型へと割り切り、同様に虚子はこれとは対照的に有季定型へと居直った。一碧楼、乙字、碧童はこの事態をそれぞれに解釈し、その考えに従って散っていった。それは、碧梧桐が周囲の弟子を次々と捨てて行ったのではなく、各人がしかるべき位置へと帰っていっただけのことである。昭和期になると各人の書が子規の書に通じる「新俳句」程度の表現へと帰っていったところからそう言い得るのである。「雨の花野来しが……」の句、「冬夜子供の……」の書を通過した碧梧桐は、もはや俳人も書道家もいっさい追随することの出来ない世界を表現しはじめたのである。

これは単なる私の推論にとどまるものではない。碧梧桐が没した昭和十二年、俳誌『懸葵』の碧梧桐居士追悼号にひとりの俳人・清水鱸江がおそらく当時の俳人の最大公約数の評と思われる一文「碧梧桐子を憶ふ」を寄せている。ここで明治末から大正初の新傾向俳句には共鳴しつつも、「無中心論」および無中心俳句になると追随できなくなったことを正直に打ち明けているのである。

併し新傾向も一次二次頃までは可成の共鳴を感じた。亡四明翁と共にわざ〳〵大阪まで出かけて、その当時全国を行脚中であつた同子の講演を書籍倶楽部に聞きに行った事もある。例の

花野来て雨の母家に長居せり（原文ママ）

と云ふ二つの中心点を持つ句形に就いての賞讃に外ならなかつたが、その態度は頗る真面目であり、研究的であり、猥りに断案を下さなかつたから、若い人達には不満足であつたやうに見受けたが、私は誌上で読んで居た俳論よりも遥かに好感を持たれた——中略——

（今日でも折々「ホトトギス」の雑詠を見ても面白いと思ふ句もあり、進歩のあとも認めらるゝが、響也、八重桜、天郎三君の作「渚」を見ても又面白い句がある）（中塚響也、広江八重桜、泉天郎の三名は碧梧桐系の俳人である—筆者註）

——中略——

新傾向も其後次第に新奇のみを追うて、私とは段々縁遠いものとなつて行くのみで、遂には往々読んでも其面白味がわからなくなり、徒らに破壊のみを事として居る様にしか思はれなくなつて仕舞つたが、……

「雨の花野来しが母屋に長居せり」の句と無中心論は近代俳句の定型の自明性に鋭い問いをつきつけた。碧梧桐には、そこに確たる俳句史の総括があった。

虚子が俳句の前提であると居直った五七五音十七字について河東碧梧桐ははっきりと、「これは芭蕉のものだ」と断言する。

五七五に俳句的魂を打込んだ芭蕉は、其の詩形を自分のものだと主張してもいゝのです。若くは芭蕉と同じ心境に立ち得る者の占有形式である、と言ってもいゝのです。

——中略——

幾百幾十万人は五七五の形式の讃美者を以て自ら任じてゐるやうでありましても、其の大半が其の冒瀆者である事実をどうすることも出来ないではありませんか。地下の芭蕉が、肚裏窃かに「やつぱり十七字は自分のものであつたのか」と自問自答してゐる姿を想見せねばならないのです。

——中略——

つまり五七五のリズムの生れるべき適当な雰囲気が、芭蕉の身近に醸生してゐたのではないでせうか。五七五のリズムに、自由性と抱擁性が多分にあり得るとしましても、どのやうな環境雰囲気のもとにも、それが生きて働く程の汎適応性を持つてゐるとは想像されませぬ。芭蕉の時代に近い、それと相似た雰囲気のもとに立たねば、再び五七五のリズムの物をいふ時は復帰しないのではないでせうか。

（「五七五調の考察」『新興俳句への道』）

五七五は芭蕉の句体——碧梧桐は断言する。たしかに、「山路来て何やらゆかしすみれ草」「閑かさや岩にしみ入る蟬の声」にせよ、まず「山路来て」「閑かさや」と主題をおもむろに提示し、その後それにまつわる情景を描き出す。その安定し、落ち着いた叙述のリズムは芭蕉がつくり出したスタイルだと言っていいだろう。なぜなら芭蕉以前には五七五も十七音も俳諧の前提ではなかったからだ。

さて、今、手許に大正十二年一月一日に発行された、新書判を少し縦に長くした洒落たサイズのフランス装の句集『碧梧桐句集　八年間』（玄同社［下谷区御徒町］）がある。大正四年二月から十一年九月まで八年間の不定形の「無中心俳句」がその足らざる醜悪さを克服した鮮やかな新しい姿を組版、装釘を含めてくっきりと表わしたいとおしい句集である。

この序文に、「巻頭へ」と題して次のように記す。

自己の製作は、自己の過去の投影なのだ。

其の投影を見て怖れおのゝき、痛切に悔恨の念に駆らるる。怖れおのゝき、悔恨の念に駆られながら、尚ほ之を捨て去るに忍びない。
それは過去に対する愛惜ではない、現在に執著し、未来に希求する心の余波なのだ。
自己肯定自己否定の衝突背馳《はいち》、矛盾の所産なのだ。

と。

大正六、七年頃の「冬夜子供の……」の書に見られたような過渡期の混沌とした醜態を、大正十年頃には突き脱けて、書も俳句もこれまで誰ひとりとして見ることのできなかった麗姿がヴェールを脱ぐことになる。その姿が句集『八年間』に、そして大正十年頃の書にはっきりと確認できる。「冬夜子供の……」のぶざまな書は、まぎれもなく碧梧桐の真筆であり、このぶざまな書を書き得たところに碧梧桐の他の誰にも見られぬ表現史上の凄味があるのである。

第八章　登山家・碧梧桐――立山は手届く爪殺ぎの雪

■俳句長征

碧梧桐は歩いた。「歩く人・碧梧桐」とは詩人・正津勉《しょうづべん》が名づけた冠称だが、碧梧桐は歩いた、実によく歩いた。

新俳句の全国化、新人の発掘、そして何よりも俳句の新しい表現の獲得を目指しての長征・第一次三千里の旅は、明治三十九年八月六日から四十年十二月十三日までにわたった。八月六日に両国を出発して、木更津、館山、犬吠埼の千葉、次いで茨城、群馬を経て、栃木・足尾、日光、福島、そして山形、宮城、岩手、青森。明治四十年二月二十五日に北海道に渡って函館・釧路・根室・帯広・旭川・札幌をめぐり、青森へ戻り、秋田、再び山形、新潟、佐渡へ。十二月十三日、脳出血で倒れた母のため長岡で旅を中断。東京に戻る。

明治四十二年四月二十四日から続三千里の旅を再開。明治四十四年七月十三日に新橋に戻り第二次三千里の全行程を終了した。

その間東京・飯田町を出発、山梨、長野、新潟、再び長野に戻り、岐阜、富山、石川。

石川から三重へ。再び岐阜に戻り、福井へ。日本海側沿いに、京都、ここで大阪を経由、兵庫、鳥取、島根、山口。九州に渡り、福岡、佐賀、長崎、熊本、鹿児島、そして四十三年五月十二日平壌丸に乗船、沖縄・那覇へ。ここでUターン。鹿児島、宮崎、大分、福岡、本州山口、広島、四国・愛媛、高知、徳島、香川、愛媛、瀬戸内側を広島、岡山。四十四年、摂津宝塚で越年。兵庫、大阪、奈良、和歌山、三重・伊勢、滋賀、岐阜、愛知、静岡、富士山、神奈川、そして七月十三日に東京新橋に戻った。

第一次、第二次にわたるその長征の全旅程は三千里と言われている。三千里は一万二千キロメートル、東京、京都間が五百キロだから二十四倍、十二往復した勘定になる。北は旭川から南は那覇までだから、それくらいだろうか。

この碧梧桐の三千里の旅は、日本近代俳句のあり方を決定づけた重大な意味をもつ。三千里の旅をぬきに近代俳句を語ることはできず、また近代俳句史はなかった。近世俳諧を超えた新味のある子規時代の「新俳句」段階から、目にも鮮やかで構築的な「新傾向俳句」の表現を生み出し（第一次）、そして第二次の旅の後半（安芸竹原）には、その「新傾向俳句」を「無中心」の表現と理論づけることによって、「新傾向俳句」を自ら解体し、次なる段階を目指したのであった。

「新傾向」俳句が地方に浸透し、地方の逸材がその俳句運動に合流する。津々浦々とは言わないまでも全国行く先々で歓待、歓迎され、話題をつくり、刺激を残し、全国的に俳句の活性化と再生をもたらした。それは東京・根岸の碧梧桐一座による地方巡業ではなく、長征、大長征。近代俳句の革命への地方からの合流の旅であり、また地方に新しい俳句コンミューンを生み落とす運動でもあった。百家争鳴――とりわけ「無中心論」以降は俳句をめぐる根柢的な議論が澎湃と湧き起こった。

俳句の創作活動は、政治活動ではないから、多数値に妥協するなどということはない。経済活動ではないから富が集まれば勝ちということにもならない。「新傾向」という新しい段階、さらに「無中心」という、「新傾向」の解体と雌伏の段階が到来し、その事態が大衆にどれだけ理解され浸透するかというきわめて困難な課題の全国化運動であった。

この「三千里・続三千里」の旅を碧梧桐の側からではなく、地方の眼から見るとどのようなことであったか。今手許に永田禾《か》陽《よう》著『碧梧桐語録と鹿児島俳壇』という冊子がある。これを手がかりにその姿を探ってみよう。

当時の「鹿児島新聞」によると、

> 碧梧桐は5月3日人吉に入り、鍋屋旅館に投宿し、4日は人吉の同人柴舟、山栄、魁生及び鹿児島新聞の支局員らと球磨川を下り、白石駅から鉄路人吉に帰り、同夜同好者の催した末広亭の歓迎宴に臨んだ。出席者は微笑左衛門梅卓、翠、柳村、硯池、破笠、柴舟、山栄、片山綾野、魁生それに隈部岩熊の諸氏で、夜は碧梧桐の新傾向に関する俳壇《ママ》をきいたが近来珍らしい雅会であった。

迎えた記者・東に対して、碧梧桐は、

自分は俳句の新傾向――即ち俳句の新しい方向を研究しているものだが現今の俳壇は確かに新しい風格を萌していることは事実だ。従来の俳句は銀行員・会社員・官吏・ご隠居などの徒然のあまりの一種の娯楽であったが昨今は若い青年、学生が盛んに研究して句作するようになった。

由来俳句は十七文字の短詩形だからこの短詩形で思想をあらわすことは疑問だが自分らは必ずできると断言する。俳句を学ぶのに初学者だとて何もむつかしいことはない。十七文字をならべさえすればよい。

と気炎をあげたという。六日には、鹿児島新聞、鹿児島実業新聞共催の歓迎宴が料亭で開かれ、俳人、官吏、実業家、教育家、宗教家、医師、新聞記者、学生など五十余名が集まり、盛会を極めた。興がのると碧梧桐は謡曲をうたい十時過ぎに散会した。

八日には午後一時から城山公園浩然亭で俳句大会。出席者三十数名。互選後、碧梧桐が選評。

翌九日同浩然亭で小集。ここで七高教授・小野無声が、「近来『日本及日本人』の俳句に徒らに奇をてらうやの感あり、生硬、難渋何処に趣味があるのか分らぬのがある。これは我々の望遠鏡の向け方が悪く星が見えぬのであろうから望遠鏡の向け方を具体的に例をあげて説明して欲しい云々」と質問した。十分ありそうなことである。地方の俳人にとってはこれは切実な疑問であったことだろう。碧梧桐もこれに誠実に具体的に例句まであげて答えている。

凡ての文学が時代と交渉がなくてはならぬ如く俳句も時代と交渉がなくてはならぬ。――中略――ところで俳句は小説ほどに普遍的でなく、小説のように急な変化はないがいつまでも変らぬと思っていたら間違いである。――中略――昨今俳句は明治思想と交渉せぬもの、俳句は過去のもの、滅亡するものだと言いだした人もある。早稲田関係の多くは「短詩形に何が入るものか、長詩形でなければ複雑な明治思想はもれぬ。到底言い現わせぬ」と言っている。それかあらぬか一時虚子も漱石も俳句をやめてしまったことがある。もしそれが真相で俳句に明治思想がもれぬとすると俳句は滅亡してしまうのであるが私はそうは思わぬので俳句が過去の形であるとしてすてるようなことはないと思う。――中略――俳句が明治時代に滅亡するか否かは断定できないが作ってみて面白い間は滅亡しない。ところが新傾向ができなけりゃ漢詩同様の運命は免れぬと思う。

碧梧桐の俳句への断乎たる賭けと決断である。決断というよりも、写生文や小説を試みてもそれに全力を賭けることができない碧梧桐にとっては、俳句に賭ける以外になく、どこまでもその道を徹底する以外に道はなかった。ここのところが、当時の小説家、後の小説家くずれの俳人・高浜虚子と相容れぬ生き方、立場である。それを地方へ行っても、愛しいまでに真正面から主張している。

また小説家は到底十七文字で新傾向がうたえるものかといっている。虚子、漱石は小説では新しい人たちであるがこの人達が作った俳句をみると陳腐である。即ち研究と注意が足らないからであって俳句に対する態度がちがうからである、例をあげると富士山は田子の浦から見るのが一番良いのでそれに画師が描いたのを見ると何処から見た図でも田子の浦から見た一番よいかっこうの富士山が描いてある。

見るところによって山の形がちがうことに考え及ばぬのである。富士山に対する研究と注意が足らぬからである。根本からいえば文学には形式がない。どういう風にいわねばならぬということもない。や、哉《かな》でもなけりゃけりでも面白くさえあればよいのである。（以上「鹿児島実業新聞」。永田禾陽『碧梧桐語録と鹿児島俳壇』所収）

あるものをあるがままに写す写生によって俳句も新しい文学表現となるのだと碧梧桐は言う。昭和八年、里見禾水《かすい》が十年をかけて編集した『新撰日本名勝俳句集成』という名勝俳句集成本の試みに題字を依頼された碧梧桐は、序文で次のように書いている。

蝶夢法師の「名所小鏡」といふやうな類似の書は、もはや時代にそぐはない憾みがある。のみならず、和歌によつて作られた歌枕、主として関東東北の名所巡礼も、既に過去の行事となつた。日本風景及び名所が、全体的に宣伝賞美され、やがては世界の公園として謳歌されるであらう機運に際会して、旧套を脱した新たな風景名所紹介の俳句集の生れるべきを思はねばならない。

富士山といえば、田子の浦から見た富士というような歌枕的、絵葉書的な視点なき視点から解放されて、視点を定めて写生し、その姿を描き出せば新たな名所、風景が発見される。にもかかわらずそれを怠っていると碧梧桐は考えていた。

ちなみに同書の富士山の項には次のような句が拾われている。

山開き十三州の日和かな　碧梧桐
富士行者雲にまがへる白衣かな　同
富士詣女交りて下りけり　楚狂
どてら著て月に遊ぶやお頂上　放也
秋風やつるりとしたるふじの山　子規

さて碧梧桐の「続一日一信」の明治四十三年五月九日の記述はこの鹿児島側の記述を裏づけている。

七高教授の小野無声氏の主催で、七高、中学、高等女学等の教員十数名会合された。席上予は新傾向談を試みて、且つ幾分具体的な説明をもした。新傾向に関する理論の方面は、従来俳句に指を染めてゐた人に早く理会される。が、例句を示して後の実際の感じ問題に入ると、却つて俳句に指を染めなかつたウブな素人の人に直覚され易いといふことを説明しながら感じたのである。

碧梧桐の来薩の翌年、明治四十四年四月から「鹿児島新聞」は、新傾向同人の句を発表し、その興隆につとめるようになり、大正六年七月には少年俳壇欄も設けるに至った。おそらく小野無声の質問は、地方の俳人達にとって切実な問いであったことであろう。これに碧梧桐も真摯に回答した。その論を一応、理解はしたものの、それが腑に落ちて、若い人達が新傾向俳句に殺到するというような事態は生じはしなかった。身近に在った乙字や井泉水、一碧楼も咀嚼できなかった論である以上、仕方のないことであった。

このように碧梧桐は歩いた。碧梧桐の大長征によって、全国的に新しい俳句に対する関心と創作熱は高まった。だが、それは「新傾向」それにつづく「無中心」を理解、咀嚼したものとはなりえずに俳句一般への関心へと拡散し、やがて、はからずも、有季定型俳句の周辺に吸収されていくことになった。碧梧桐が全国に播き、植え、育てた俳句熱を、小説家くずれの高浜虚子が、ちゃっかりと脇からかっさらっていったのである。

ちなみに、『三千里』『続三千里』は紀行文、旅行記にとどまらず、日記でもあったことに注意したい。「某月某日　半晴」なる表現もしばしば見られる。現在なら「薄曇」とするところを「半晴」と記す。日付は時間。時間と空間の交点が存在であるから、存在の位置を定めるもの。天候は、収穫と軍略に関わる記述。文を開くときの必須の表現である。東アジアの最初の文体は亀の腹甲に刻《ほ》られた占文であった。象徴的に言えば「丙子卜韋貞我受年」（丙子の日に、韋という名の貞人（占い人）が問うた、稔（年）りがありますかと）である。

この甲骨上の占いの日記の文体が金属製の祭器や石碑、竹簡木簡上へと拡張して、王を讃え、戦勝を記す歴史文や頌歌等へと分化発展して行った。日本語も含めて、東アジア漢字文明圏の文は日記文に始まった。近代文学は詩、小説、評論と分類するが、東アジアでは日記が文学の父であり、手紙文が文学の母である。日本近代が生んだ名著『三千里』『続三千里』は原題は「一日一信」「続一日一信」とあるように、紀行文であるのみならず、永井荷風の『断腸亭日乗』と同様に日記文としても読まれるべき一大古典なのである。

■世界を歩く

碧梧桐の歩行は三千里の旅にとどまらなかった。碧梧桐はさらに歩いた。歩いた。昭和二年には再び北海道へ、昭和五年には樺太にまで足を伸ばしている。朝鮮、満洲へは大正四年、五年、十二年、十三年、昭和三年と何度も出かけ、また大正七年四月十二日には東京を発って中国へ。上海、香港、マニラ、広東、上海、杭州・西湖、寧波、天童寺、育王寺、普陀山、紹興で蘭亭趾さらに禹陵、王陽明祠を訪れ、蘇州、鎮江、南京、蕪湖、廬山、武昌、大冶、漢江、宜昌、竜門、北京、天津、済南、曲阜、泰山、七月二十一日馬関、二十五日に東京に着いた。「支那に住みたい」と書いた碧梧桐の三ヶ月以上の中国の旅である。碧梧桐は書いている。

（支那が）好きだとか嫌ひだとか、面白いとかつまらないとかいふ尋常一様の批判以上に、迫つた何物かゞ私を刺戟するのだ。それは外から私を刺戟するのでなくて、今まで私の心のどこかに潜在してゐた意識が、始めて現実に芽を出したやうに、私を目覚ますのだ。支那に住みたいといふよりも、支那は私のものだつた、とでもいふ方が適切なのかも知れない。私の持つてゐるものと、支那で享けた印象とが、四十幾年ぶりかで始めてめぐり会つた肉身《ママ》のやうにピタリと一つになつてしまふのだ。私は支那に抱き付いたのだ、お互ひに躍る胸の脈搏を心で聞いたのだ。——中略——私が抱き付いた支那の伯父さん——中略——私の親、それを仮りに日本とするならば、何事にもコセ〳〵した親に比べては、伯父さんはもつと〳〵大きな輪廓と内容を持つた抱擁力を示してゐるのだ。

（河東碧梧桐『支那に遊びて』）

「支那は私のもの」という意識は、漢字語の絶えざる囁きから来る。ひらがな・カタカナ語と漢字語の二重・二併言語である日本語に深く錘鉛を下ろした人の言葉だ。

この本の中でさらに、

私は今後も金と時間の許す範囲内で、今一度も二度も支那にも行き、印度にも遊び、世界一週《ママ》もするだらう。イヤきつと其の希望を充たす時機の来ることを信じてゐる。

と書いたが、大正九年から大正十一年の間にそれを実現する。大正九年十二月二十八日神戸より熱田丸で渡欧の旅に出発。香港、シンガポール、マルセーユ。ローマに滞在、シシリーからパリへ。パリ滞在。北欧、ベルリン、ブラッセル、パリ、ロンドン。大正十年十二月十三日〜二十七日までアメリカ、大正十一年一月二十一日に横浜に帰着した。

この欧米、というより欧州旅行は実りの大きいものであった。次章で詳説するがここで「無中心論」＝「冬夜子供の寐息にわが息合ふや」や「全園の花選りの若き女房ら」の書の醜悪さつまり行き過ぎた誤謬はこの訪欧によって完全に止揚され、書は見事に新たなる華麗な姿を見せることになる。

碧梧桐は歩いた。「三千里」の旅に終ることなく、北は樺太から南は沖縄まで日本全土をくまなく歩き、台湾、朝鮮、満洲の植民地を歩き、さらには欧州、米国にまで渡り、日本と日本人、日本文化を見つめ直した。だが、碧梧桐の日本列島を写生する大長征はこのような線と面の軌跡を描く水平のヨコの旅にとどまらなかった。さらに垂直の旅、タテの長征にも臨んだのであった。

■垂直の「三千里」

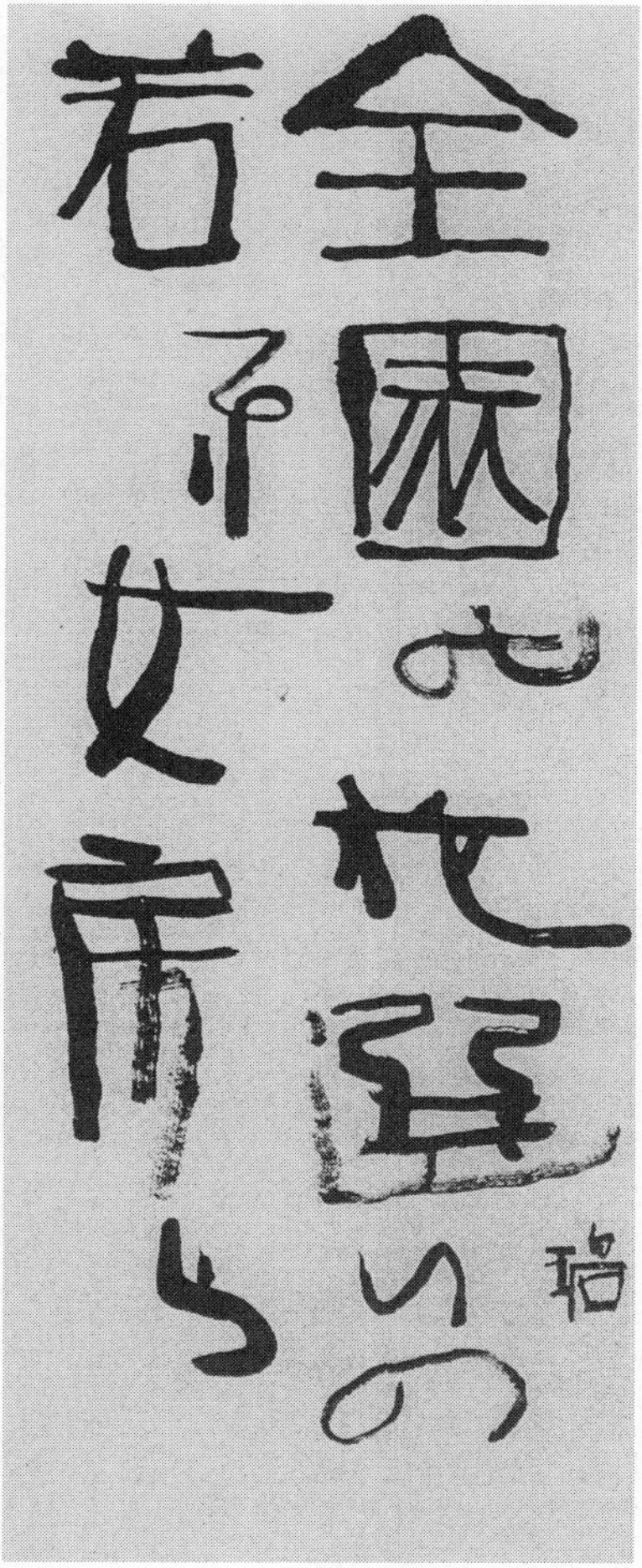

無中心段階の書
「全園の花選りの若き女房ら」

大正二年八月、黒部猫又谷から白馬岳に日本人で初登頂。大正四年八月、針ノ木峠から槍ケ岳へ縦走。これは榎本徹蔵に次ぐ二番目。この偉業を達成したのはお雇い外国人登山家ではない。他ならぬ河東碧梧桐であった。碧梧桐はたんなる文人登山ではなく、登山家であったと山と溪谷社編の『作家の山旅』は記している。

私はいくら旅行好きであると言っても、——中略——矢張旅をすれば淋しくも悲しくもやるせなくもある。旅中の孤独と薬餌に疎い疾病に悩んでゐる人を見ると、自分の運命が暗示されてゐるやうな寂寞と深刻さを感じないことはないのだ。

(『支那に遊びて』)

三千里の旅、北海道では、怖くも心細い思い出を記している。明治四十年四月九日春まだ寒き芽室での馬車での移動中のことであった。

遥か右手の木立を通した奥底の方に、ほの赤い一道の火気が見え出した。見るうちに段々拡がる。段々赤くなる。ポーッと幅のある火柱が立つたやうになつた。ふり返って馬士に野火かというても、返答もせぬ。車のあとに居るのか居らぬのかもわからぬ。予も二言つがないで黙して仕舞ふ。風も死し、木も眠る寂寞の天地の間に、雲を染めて大きな火龍が横たはつてをる光景は、たゞ何となく物凄い。恐ろしいといふ笠が、ジーと頭を覆ふやうな心持になる。芽室へ泊つた方がよかつたといふ声が胸の底から響いて来る。――中略――

若し馬士が禍心を兆して予を迫害するやうなことがあつたら、と何心なく考へる。雨中と夜行とは北海道で禁物にせよといふた人の言を想ひ出す。けふも汽車中の新聞に帯広の在の木材小屋に死因の判然せぬ屍体があつたと書いてあつた。悚然《しようぜん》として襟元が寒くなる。覚えず首をねぢ向けてうしろを見ながら目を張り聞き耳を立てる。

（『三千里』）

碧梧桐は歩いた。時には死の恐怖に脅え、幾度も後悔しながらも歩いた。歩いた。だが、「三千里」踏破は伊達ではない。歩きつづけることは、難所を軽々と歩く肉体的、精神的健脚を養い、その力が近代初頭の大登山家としても名を残させているのである。

線と面――水平、ヨコにだけではなく、碧梧桐は垂直、タテにも歩いたのである。その記録集として、大正四年に、東京・本郷の紫鳳閣から『日本の山水』を上梓している。A5判六七八頁の大著である。

碧梧桐の三千里の旅日記、「一日一信」を掲載したのは、新聞『日本』と雑誌『日本人』が合流した『日本及日本人』であった。三宅雪嶺、杉浦重剛らと政教社を設立し、雑誌『日本人』を発行した志賀重昂は明治二十七年、『日本風景論』を刊行している。

それは、同じ日清戦争時代の中村不折、正岡子規、河東碧梧桐の「写生」に通じる、日本国土と地理の写生であった。

徳川幕府による封建制（地方分権制）の国家形態のままでは、近代的な軍事力と共にある欧米列強による植民地化はまぬがれず、それゆえ天皇を中心に据えた郡県制（中央集権制）へと日本の政治制度は大きく転換した。明治の革命、明治維新である。国家的統合の人格的神格的象徴は天皇となったが、それにとどまらず、国土の境界、国境を定め、その国土と国民の内実について統一的な共通認識、国民的自画像を描く必要があった。それに応えた日清戦争期の最初の先駆的業績が『日本風景論』であった。そしてさらにその人文的美学的水準を碧梧桐の『日本の山水』は一段と高めた。その序文で自ら、

案内書が肩摩《けんま》轂撃《こくげき》する中に、嶄然《ざんぜん》として異色を呈するもの二、曰く「日本風景論」（志賀重昂）、「日本アルプス」（小島烏水）――中略――風景として、美を言ひ大を言ひ壮を言ひ偉を言ふに於て往々望蜀の感を抱かざるを得ぬ――中略――我等の見たる山水観、たゞ全国を遍歴して得たる実地の見聞を叙述するに止まる。案内書の形式を脱することに於て、この落寞境裡に立つ満足を思ふのである。

とその達成を語っている。

内容は富士山、蝦夷富士等各地の富士、日本アルプス・白馬山、立山、後立山、鎗ヶ岳、そして諸国の名山として鳥海山、八ヶ岳、磐梯山、戸隠山、温泉岳、霧島山、白山、吉野

群山、伊吹山、岩鷲山、妙義山、大山、石槌山、桜島嶽、武甲山、男体山について記述している。

こういうことである。日清戦争期の不折―子規の写生論と『日本風景論』はいわば啓蒙期の写生論であった。しかし、日露戦争期を経た時期の河東碧梧桐の『三千里』と『日本の山水』は啓蒙期を脱し、新しく日本の風景と日本の文化を本格的に写生し、刻明に描き出した古典的な二著である。『日本風景論』の次なる段階に、『三千里』と『日本の山水』の二著がある。戦後昭和三十九年になると深田久弥の『日本百名山』が出ている。今では名著と讃えられるけれども「案内書の形式を脱」してはいない。『日本の山水』がいかに高い水準にあるかは、この本と比較するだけでも明らかになる。

この本が出た七月に、「大阪朝日」の記者・長谷川如是閑、学者・一戸直蔵と日本アルプスに登山。三人それぞれの紀行文が「大阪朝日」に「日本アルプス縦断記」として掲載された。碧梧桐のその美しい紀行文を次に紹介する。

■日本アルプス縦断記

夕日が目と鼻の間に聳立《しょうりつ》する立山連山の肩を辷つて、横なぐりにこの輝石安山岩の破片の石原に落ちて来た頃から、鋭く尖るものも、鈍く円いものも、ギザ〱に鋸歯状に切れたものも、山々峰々がそれ〲に深い陰影を半面に負ふやうになつた時から、夕暮の静かさと寂しさと大きさとが、ぢつと大地を圧し鎮める沈黙の荘厳に充ちて来た。遥かに北の果に三角標の鋭さを尖らしてゐる白馬岳は、横日の輝きを其猫脊の一面にうけて、仄かに燃えさかる火焰を偲ばしめる。それにつゞく北城鎗後立山は、最早薪の燃えさしに水の打たれたものゝ如く、濃き炭色を横たへてゐる。が、まだ火のほめきの白烟の立つらしく一片の雲を棚引かしてゐる。大分手近くなつて、鹿島鎗・祖父岳は一は乗鞍に似た頂上の凹みの雲を浮き立たせ、他は其灰色のテッペン、それは胡麻塩の髪を遠く見るやうな暗紫色を更に梳つて見せてゐる。――中略――

若し夫れ立山連山の剣岳・雄山・別山・浄土山に至ては、左に薬師岳のお客分を控へ、右に小黒部其他の眷属を率ゐて、落ちなんとする太陽を我手に支ふるもの丶如く、足を踏ん張り臂を張つてゐる、真に巨人の彫塑に類するのだ。

大学山岳会が華やかなりし時代のことだが、「山岳部にだけは入るな」、私が福井県の田舎を出て京都の大学に進学する時の父の唯一の送別の辞であった。私自身山岳部に入るほどの体力も気力も興味も器量もなく、約束を違えることはなかったが。碧梧桐は危険な山になぜ登るかという問いに対して、次のように答えている。

それを一言で、かういふ為だといふわかり易い返答を得ようとするのは、得ようとする者の無理な注文でないであらうか。若し厳密にいふならば、我々の知識慾、感情慾、意識慾、それらの総てを満足させる為めと言ふの外はない。たゞ最もわかり易い事は、山に行くのは、金儲けに行くのではないといふことだけだ。

（「日本アルプス縦断記」）

知識、感情、意識のすべてを満足するためだと答える。いわずもがなの最後のフレーズ。おかげですわりの悪い文となったが、ここは「商人」と仇名された虚子を皮肉る気がよぎったのかもしれない。

『三千里』は基本的に、生活（文化的生産と消費）とともにある風景を写生しつづけた旅であった。自然や四季といってもそれらは、生活とともに、また歌や俳句とともにある。ところが『日本の山水』つまり登山では生活を媒介とすることなく、直かに自然や季節と対することになる。

雨や風や日照を避けまたそれを感じる屋根がなく、床がなく、戸がない。生活が稀薄になった生活者はその根元にある生存者つまりヒトとしての度合いを強めていく。山では、季節は春夏秋冬の時間に従ってではなく、空間的に垂直に立つように生起する。麓では夏であっても、登るにつれて秋そして冬に似た雪景色を見せる。

人間の生活の営みははるか下方に消え去り、視野に入らなくなる。足下は、土と石と岩と水、そして雪、上方には空と雲が無限に広がる。霧そして雨、風。ほとんどの文化を殺ぎ落とし露出した自然とヒトが直かに関係する。そこには季節なく、生活なく、むろん花鳥諷詠などあろうはずはない。未開、野蛮として出現するむき出しの自然を手なづけ、人間化するために登山はある。それは文化的な自然の根元に横たわる「原自然」の深みから文化的自然を再構築する営為でもあった。

極限では、文化を媒介としない「原自然」との直かの交歓、それが垂直の歩行・登山の意味であろう。手つかず、未踏の山の初登頂が賞賛されるのはそれゆえである。

たとえば、「三千里」の旅中、浅虫温泉で碧梧桐は、岩が字の刻られるのを待っているという、不思議な一文を残している。

裸島は屏風の一片を海中に立てた様である。巨人の持ち古した楯をこゝに遺したものとも見える。自然の石碑が、石面に刻するに足る、宏大な書はまだ出ぬかと待つてをるもの、やうにも思はれる。

中国蘇州などの庭園には、日本人が普通に見ればなくもがなと思われる大きな文字が自然石に刻りつけてあるのを見かけ、また山東省などでは、はるか山上の岩肌に巨大な文字が刻られている摩崖に驚く。これは、存在しないことと同等の未開、野蛮の状態から、文字を刻りつけることによって、文字＝言語＝人間によって明るみに出すという意味を含んだ文明化を実現し、人間にとっての自然と化すことを意味するからである。中国の哲学においては、見ることは文字化（文明化）であり、いまだ見られていないものは、存在しないことを意味する。なぜ山に登るか？　の碧梧桐の答えは、未開の自然を文明化、人間化した自然と化すためである。

理学博士・一戸直蔵と碧梧桐とともに、日本アルプスを縦断した「大阪朝日」の記者・長谷川如是閑は、「山の碧梧桐」（『俳句研究』昭和十二年三月号）と題して書いている。

碧梧桐は恐ろしく足が達者で、山を歩るくのに、案内者を後にして無鉄砲に突進するので、幾度か後戻りを余儀なくされること、まるで犬が主人と一緒に往来を歩くやうであつた。――中略――

碧（碧梧桐のこと―筆者註）の独断的突進はその俳論に於けるやうなもので、一歩踏み出した以上は、間違つても中々あとへ引かない。案内者さへ始めて通る、道も切開きもない所を通るに、がむしやらに進むのだから乱暴だ。危険だからよせといふと、何《ど》うせ案内者も始めてなら、俺等も案内者も同じことだなどといふ。

――中略――

碧は野営地にテントが張れると、直ちに瓶詰の酒をとり出して独酌を始めるのであつた。私は山で晩酌をやる男を始めて見て驚いた。さうして酔が廻ると一戸博士をつかまへて、盛に俳論を始める。

さすがに新聞記者・長谷川如是閑の筆、山での碧梧桐の姿が彷彿とする。ついでに微笑を誘うエピソードも記している。

その癖彼のいでたちは、老書生が大掃除の手伝ひに来たやうな恰好で、手には田舎の老爺のもつやうな蝙蝠傘を突いてゐる。登山に傘はをかしいといふと、これが杖の代りになり、雨がふれば差せるといふ。案内者が山の雨では傘は差せないといふと、碧は、俺はいつも山の雨で傘を差してゐる、始めて山登りをするのじやないといふ。

もっともこの几帳面な常識人にして自由思想家・長谷川如是閑に碧梧桐は「準備狂」なる仇名をつけた。山に登っても碧梧桐はただ酒を呑んでいたわけではなかったようだ。「登山昔話」(『煮くたれて』)に碧梧桐は次のように書いている。

何しろ荷物が多くて、三人や五人の人夫では背負ひきれないのです。三人のお客さん(碧梧桐、如是閑、一戸博士—筆者註)に、先達とも人夫七人といふ豪勢な一行になつて、其の七日間の草鞋だけですら百何足、それが一人の人夫にも背負へないといふことになつた。——中略——

それほど贅沢な構へなら、僕にも一つ註文があると言つて、たうとう酒の一升瓶を加へることを承諾させました。——中略——

如是閑と一戸博士は、飯を食つたらもう寝仕度です。私はそれから人夫らが焚火してる側へ往つて、先達の林蔵や黒岩に一杯づつお裾分けをして、明日の段取りや、山の話などをする。まるで麓の囲炉裏ばたで一家団欒の夜話をすると言つた気持、それも愉快の一つでした。が、左程贅沢のやうに言はれる一升瓶も、毎日の好天気で、雪線近くの紫外線に射られたせゐか、三日目にはもう少々参つた臭ひがするのでした。四日目になつてもういかん、といふので残らず腹の中へあけてしまひましたが、あと二日の淋しさつたら……如是閑のいふやうに、さまで長く楽んだ大した贅沢でもなかつたのです。

ここにはお雇い外国人に教えられた登山ではなく、三千里を踏破した延長線上の、新生日本の文化的アイデンティティを自ら切り開く第一歩としての碧梧桐の登山の姿がある。日本一周三千里。植民地から西欧まで世界一周。と同時に碧梧桐は「龍眠会」の運動によって、文学＝俳句の根柢にある書くこと＝書にまで垂直に降りて行った。同時にまた赤裸々な自然を求めて登山、垂直に昇っていったのである。

■麗わしい過渡期の句集『八年間』

さて、自ら題字を揮毫し、大正四年から十一年までの句を集めた『碧梧桐句集　八年間』は、松尾一化子の装幀によるフランス装で表紙に貼られた麻布の手ざわりさえ愛らしい句集である。もっとも急いで出したのか誤植が多いのは惜しいことだが。

「新傾向論」の発展として「無中心論」を展開したのは明治四十三年であったが、その無中心の句が次々とつくられるようになった時期が、この「八年間」である。大正五年頃までは、「新傾向」段階の構築性が高く輪郭明瞭、際立つ書が書かれていたが、「龍眠会」の「書三昧」を通じて、「冬夜子供の……」のごとき、あえて収束することやまとまることを拒絶した無中心の散漫な書が書かれるようになったのもこの頃である。大正五年頃にその気配を見せ、大正六・七年の書に多数確認される。

大正四年の「北アルプス句稿」と題された句では、季題とは何かという問いをつきつけてくる。

湯上りの衣ざわり鉄《カナ》ガンジキに

「大町対山館」という詞書きがなければ、「ガンジキ」は冬の季語。「湯上り」は寒い季節の象徴と見做され、冬の句と判定されるであろう。

海なす雪根ゆるぎの波立てるなり
雪原の静まり夕日の騒ぎかな
雪田をすべり来る全き旭となれり

最初の句では雪渓が波立つような姿を見せている。次なる「雪原の……」の句は、永い年月をたたえて白く静まりかえっている雪原に、夕日は次々と色を変えて、周囲の景色を変化させている姿を描き出している。最後の句では暗かった雪原に朝日の光が差してきて、刻々とすべるように白い雪が赤く染まっていったというパノラマ映像を描き出している。「北アルプス句稿」という表題がなければ、虚子編の『新歳時記』風に言えば、「雪」だから冬の句と判断するかもしれない。表題に気づけば隠れた季題は「夏山」ということになるのだろうか。

堤なす草の花黄白となり行きぬ

の句も作られている。

大正五年から八年頃までの数年間は、俳句の表現上は「無中心」をあらゆる角度から実践し試行するきわめて豊かな時間であった。

踊の輪われを包めり
栗ひろひ拾ひそめたる
練兵場通り蜻蛉釣
返り花を見し戻りなり
昼寝の机押しやりしまゝ

作句のための手控のメモワールのように思える句は、いずれも十五音に足りない短かい俳句。大正五年頃に多い、ごく短かい写生。一筆での鉛筆素描である。めり、たる、なり、という助動詞がついてはいるものの、あまりにも簡素な描写で、俳句常套の文体を欠いている印象があり、その簡素さに興味を抱かされる。五七音の「踊の輪われを包めり」や「栗ひろひ拾ひそめたる」の次には五音の句を欠いているように感じられる。「踊の輪われを包めり満月夜」とか「栗ひろひ拾ひそめたる野分過ぎ」とあれば俳句風の体裁は調う。だが「満月夜」や「野分過ぎ」は、無用、不要の冗句とも考えられる。ここでの「五七」音の試作は、季題の相対化にまっすぐにつながっていた。

ごく短かい句は大正五年頃に多く、大正六年、七年とその後は逆に長くなる。

子規居士の母堂が屋根の剝げたのを指さし日が漏れ
林檎をつまみ云ひ尽してもくりかへさねばならぬ
ハンモツクから抱き上げて私でなければならない気がして
我顔死に色したことを誰れも云はなんだ夜の虫の音
弟よ日給のおあしはお前のものであつて夜桜
髪梳き上げた許りの浴衣で横になつてるのを見まい

「ハンモツク……」「我顔……」「弟よ……」の句は二十八音。やたら長いが、まことしやかな五・七・五音の音数律ばかりが句の全面を覆う空疎な句よりは、生々しい情景が目に浮かぶ。それどころか、「我顔……」の句の「虫の音」、「弟よ……」の句の「夜桜」は冗句。とりわけ後者はむしろない方がよいとさえ思われる。季題が句に表現上の厚みをもたらすというよりもむしろ桎梏、否、無用、不要になってきている。

我顔死に色したことを誰れも云はなんだ夜
弟よ日給のおあしはお前のものであつて

これで十分と思われるのである。

そしてこの時期、新傾向時代の句とは大きく違った印象深い句も生まれている。

雷鳥の雛掌にすうと〳〵と眠るかな
さら綿出して膝をくねつて女
冬夜子供の寝息にわが息合ふや
物さながら炭割れてこゝろよし
子供に火燵してやれさういふな

これらは、四季の景物を前にした季題賛歌ではなく、生活に根ざした印象的な情景描写である。

「無中心論」を俳句の実作に実践することによって、短い句、長い句、破調の句、印象深い句などが次々と生れている。

この八年間は碧梧桐においても、近代俳句においても実りが大きかった。

すでに定型を脱した「雨の花野来しが母屋に長居せり」の句を高く価値づけることによって、五七五の音数律から脱する、つまり定型を脱することの不可避性が、俳壇中に宣言された。無中心論によって俳句の定型の自明性は壊れたのである。後に碧梧桐は語っている。

我々がまだ五七五の定型律を追つてゐる時でも、伝統的に濃厚な、約束的感情、限られた情趣の世界から、どうすれば自由に解放されるかに、永い間苦み悩んだものでした。

――中略――

五七五の定型律を破るべき運動は、其の廃頽《ママ》廃的空気の中から芽生えたのでした。むしろ定型律の追随が、早く断末魔の苦悩に喘いでゐたから、そを救済する新たな道が促進したとも見られるのです。若し定型律に泥《なづ》むことが、あれ程に行き詰らなかつたならば、其の破壊はもつと遅れてゐたかも知れません。又た若し定型律の行き詰まりがもつと早かつたならば、或はもつと早く新運動が起つたかも知れません。

——中略——

定型律を破つた当時の我々は、真に自由で奔放でありました。籠の鳥が放たれて曠野に翺翔《かうしやう》するやうな晴々しさと心からの悦びに浸つてゐました。見るもの聴くもの、官能に触れる総てのものが詩的呼吸をしてゐました。

（「定型破壊後の心境」『新興俳句への道』）

五七五のリズムに因襲的に随順することは気楽で呑気で親み深いものです。けれども、真に五七五でなければならない緊密さ、即ち其のリズムに生命あらしめることは、却つて困難であり、稀有であり、大なる努力を要することです。原則として、五七五に言葉を切り盛りするのでなくて、詩の内容と同時に五七五の生れるべき場合は、恐らく今日の我々に、容易に経験し得らるゝ事とは想像されないからです。——中略——つまり五七五のリズムの生れるべき適当な雰囲気が、芭蕉の身辺に醸生してゐたのではないでせうか。五七五のリズムに、自由性と抱擁性が多分にあり得るとしましても、どのやうな環境雰囲気のもとにも、それが生きて働く程の汎適応性を持つてゐるとは想像されませぬ。芭蕉の時代に近い、それと相似た雰囲気のもとに立たねば、再び五七五のリズムの物をいふ時は復帰しないのではないでせうか。

（「五七五調の考察」前掲書）

同じ文中に「地下の芭蕉が、肚裏窃かに『やっぱり十七字は自分のものであったのか』と自問自答してゐる姿を想見せねばならないのです」とも書いている。俳句論として、どれだけの俳人に知られているか解らぬが、「五七五は芭蕉のもの」と碧梧桐以外に誰が明らかにでき、断言することができただろうか。碧梧桐は、俳句を知り尽していた。舌を巻かざるをえない俳句の巨人であった。碧梧桐は自由律の詩人などではない。音数律を知り尽くした破定型、破季題、そして、脱定型、脱季題に行き着いた俳人であった。

明治四十三年頃、定型の絶対性は音をたてて崩れた。しかし季題については、荻原井泉水のように「馬鹿げたこと」と軽々と手放すことなく、むろん虚子のように「何が悪い」と居直るのでもなく、どこまでも慎重であった。碧梧桐は五七五の音数律を相対化し、自由律俳句への道を切り拓いたけれども、本人は破季破定型、脱季脱定型の俳人ではあってもそれらから超然とした自由律の俳人であったことは一度もなかった。定型にも季題にも拘泥し拘泥し拘泥しつつも俳句の表現のためにやむなくそれを破り、脱けていったのであって、端から問題にしなかったわけではないのである。

従来の俳句が、季題趣味などに拘泥して、仮想的な情趣の世界を、約束的に持たねばならない慣習でありましたから、且つ形式の束縛が我々の真を拒否する虚偽を強ひる傾きを持つてゐましたから、形式を離れると同時に、其の心境も亦た新たな道に立て籠らうとしたのは、当然すぎる程当然な行き方でありました。

（「定型破壊後の心境」前掲書）

俳句の「季題」は「季語」の別名ではなく、あくまで「季題」である。日本（語）では、現在も歌会始が行われている。前もって天皇が出題し、この題を詠みこんだ歌を競うのだ。平成三十年の御題は「語」であった。俳句の「季題」の淵源はここにある。つまり、主題はあくまで歳時記に登録されているような「季節語（季語）」自体。季題には、第一に、この「季語を主語とする」という意味が重ねられている。主題として提示された四季の事象乃至生活行事をいかに的確に限られた字数・音数律の中で表現するかの競争である。

第二にはそこに競争、コンクール、ゲームという意味が重ねられている。作句のために、句会や吟行句会が欠かせないのはそのためだ。ありていにいえば「季題」を云々する以上、俳句は出題された四季の景物と事象をいかに「美しく」描き出すかという文学ゲームであるという奇体な結語になる。その意味では、五七五の音数律と季題、そして花鳥諷詠を説く高浜虚子こそが正論を吐いた。しかしそれは俳句が四季の賛美を目的とする奇妙に歪んだ文学ゲームにすぎぬことを主張するばかりで、近代の文学としての失格を烙印するものであった。この意味でも虚子は碧梧桐と対角線上にある「影」の存在としての位置を占めていた。碧梧桐も季題を語り、「俳三昧」なる句会を催した。季題の呪縛から自由になりえていたわけではなかった。

しかし「我顔死に色したことを誰れも云はなんだ……」や「弟よ日給のおあしはお前の

ものであつて……」の句で、歴史的な季題の必須性から出発しながら、それを裏切り、季題の無用と不要を実践的に証明している。歴史は飛躍しない。「音数律や季題は桎梏、無季自由律こそがこれからの俳句」などとあっさり片づけられるものではなかった。

もともと和歌の題詠の出発点は、平安時代の「和漢任意」の詩歌会や「和漢朗詠」にまで遡ることができる。題を定め、その主題のもとに漢詩と和歌、漢語と和語の相互翻訳訓練会を積み上げることによって二重・二併の日本語の確立のために題詠が必要であった。このように日本語の生成と軌を一にしているために、今なお、天皇を主宰者とする歌会始は開催されつづけている。ちなみに、平成三十一年の御題は「光」であった。

『碧梧桐句集　八年間』が近代随一の魅惑的な句集であるのは、碧梧桐が破季題・破定型そして脱季題・脱定型の俳人として誕生し、定型、非定型、自由、有季、無季、新傾向、無中心、脱無中心……等日本の近代俳句の、苦心に満ちたさまざまな句が詰まっているからである。

新傾向俳句が登場したのが明治三十九年。これに呼応した新傾向書がくっきりと姿を見せたのが明治四十～四十一年。この新傾向句の特質を理論化した無中心論が展開されたのが明治四十三年。この無中心論が、書としてその姿を見せるのは数年遅れて、大正六・七年を頂点とする大正五年から大正八年である。

『八年間』は新傾向俳句が無中心論の領導によって壊れ、「全園の花選りの若き女房ら」「冬夜子供の寐息にわが息合ふや」「播州寐覚／跳びあへず渦巻く鮎のひねもすなる哉」の

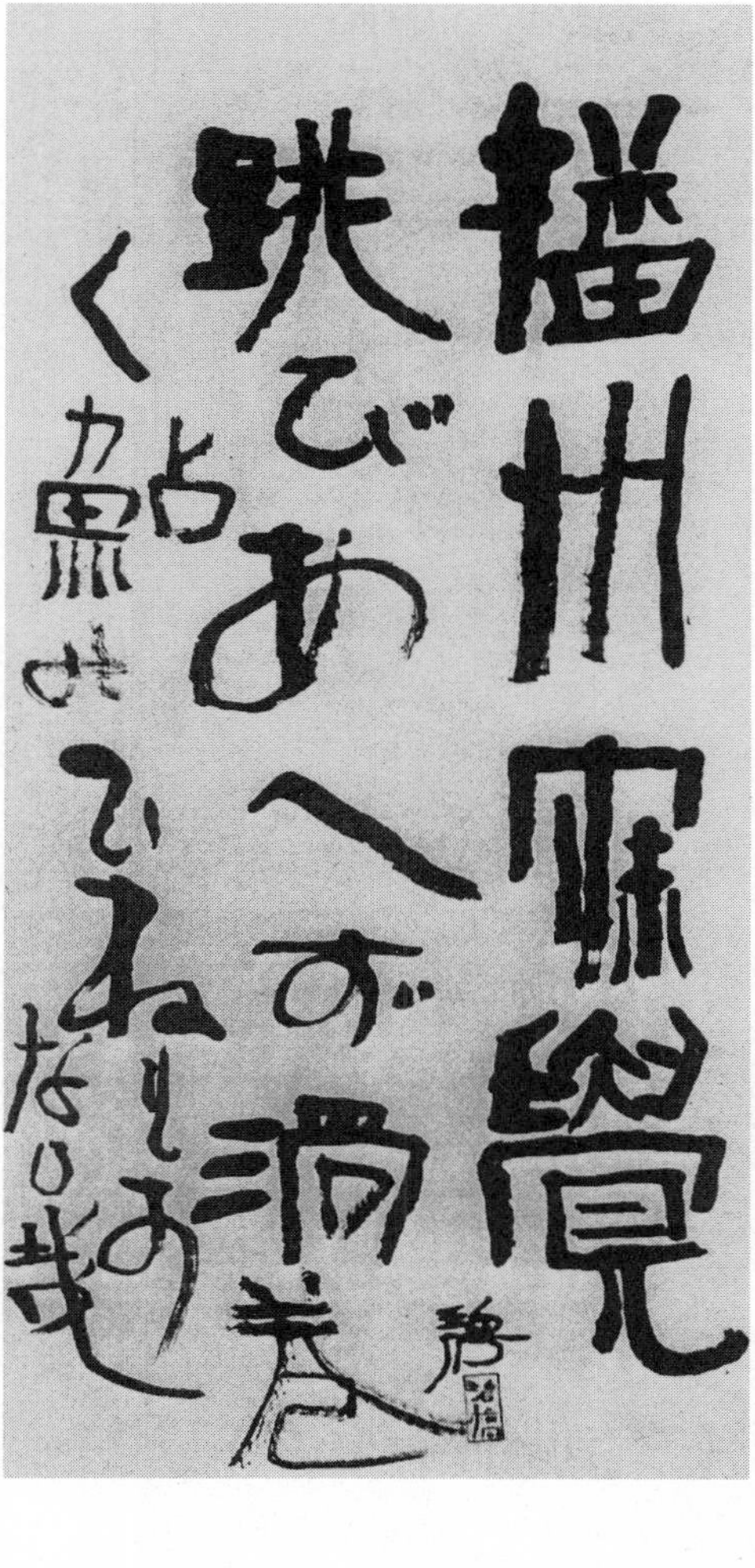

無中心段階の書
播州寐覺
「跳びあへず渦巻く鮎のひねもすなる哉」

書のような何ともまとまりのないあられもない奇怪な姿を見せるようになり、やがて大正九・十・十一年にはそれをすっきりと克服して新しい表現に至る。その大正四年二月から大正十一年九月までの俳句達が、百花繚乱、否、花鳥諷詠ではないから万象繚乱の姿を曝しているのである。大正九・十年欧州渡航時になると目の醒めるような句が目の醒めるような鮮やかな書の姿をまとって登場する。

歩く、碧梧桐は歩く。平面、ヨコにだけではなく、立体的、タテにも。筆＝鑿で紙＝石＝地を刻り、また逆に天を目指して山頂に向う。タテにヨコに実によく歩く。歩く碧梧桐の書と句はますます面白くなっていくのである。

第九章　『八年間』の麗姿──ローマの花ミモーザの花其花を手に

ミモーザの花
ミモーザの咲く頃に来た
ミモーザを活ける
ミモーザを活けて
一日留守にしたベッドの
白く
ミモーザを売る
春撫子はふみくだかれて
ミモーザ活けて
ベッドに遠かつたミモーザに

鼻つける事を一人でする
夜
ミモーザの匂ひを
ふり返り外出する

ローマの花
ミモーザの花
其花を手に
花屋の大きな傘のかげにもならぬ
ミモーザ
ミモーザの花
我れ待つてさく花ならなくに
ミモーザ
束にしてもつ女よ
コロンナの広場よ
ミモーザが立つた
コニヤーク置く

萎んだミモーザの花の
　色衰へず

恋人の名を呼ぶかのようにミモーザ、ミモーザ、ミモーザと繰り返す韻《ひび》きが何とも心持よい。

ミモーザの花があふれ、こぼれるように咲いている姿がありありと伝わってくる。いい詩、というよりも、明るく美しい詩である。

近代の詩としては、時代と作者との交渉にまつわる表現に乏しいが、これは碧梧桐が大正十年にローマで作った詩である。少々意味の繋がりに無理があるが、悪くはない。

――というのは筆者のいたずら。実はこれは「ミモーザ」という季題の下に並んだ、十二の俳句を筆者が適宜改行したもの。

碧梧桐が実際につくったのは、

　ミモーザの花　　　　ローマにて

木は相応に高いが、あまり大きいのを見ない、日本の合歓位だ、いゝ香りがある。之れから香水をと

　ミモーザの花

る
真盛りの時は遠方からでも見へる
何だか人を唆《そゝ》る花だ
金モールといふものは之をイミテートと《ママ》したのだ

ミモーザの咲く頃に来たミモーザを活ける
ミモーザを活けて一日留守にしたベッドの白く
ミモーザを売る春撫子はふみくだかれて
ミモーザ活けてベッドに遠かつた
ミモーザに鼻つける事を一人でする夜
ミモーザの匂ひをふり返り外出する
ローマの花ミモーザの花其花を手に
花屋の大きな傘のかげにもならぬミモーザ
ミモーザの花我れ待つてさく花ならなくに
ミモーザ束にしてもつ女よコロンナの広場よ
ミモーザが立つた　コニヤーク置く
萎んだミモーザの花の色衰へず

であった。もうこの頃になると碧梧桐の俳句は近代新体詩の一行片のごとき形相を見せ始めた。

ここで少し野暮な言い方をしてみよう。

近年（二〇一二年発行）の『日本の歳時記』（小学館）に水原秋桜子の

ミモザ咲き海かけて靄黄なりけり

という句が掲げてある。別段作者名が必要なわけではないから以下は作者名を伏せるが、他にも「ミモザ」の季語のもとに、

沸き立つといふ咲きぶりの花ミモザ
花ミモザ備前の壺に溢れしむ

の句があって、いずれもあふれこぼれるようなミモーザの咲きぶりを描写している。だが「沸き立つといふ咲きぶり」とは何と説明的だろう。次の、主題重なりのような「ミモーザ」と「備前の壺」とは何たる奇体な取り合わせだろう。この三句いずれも極東、東海の島国・日本に自閉した小さくて、静的な表現。そこにはミモーザの花を前にそれを何とか句にまとめあげようとペンを持って指を折り首をひねる俳人の姿しかないではないか。

これらの句と較べれば、音数律を食み出すとはいえ、こぼれるような咲きぶりと香りはもとより、ローマの街に生きる人々の声まで聞こえるような「ローマの花ミモーザの花其花を手に」の句の方がはるかに優れている。

例によってこの歳時記も碧梧桐の句を「かなわない」と敬遠、無視して済ませているが、「ミモーザに鼻つける事を一人でする夜」や「ミモーザの匂ひをふり返り外出する」の句からは香り高いモノクローム洋画の一シーンのような光景が広がっているではないか。碧梧桐のミモーザの花十二句のどれをとってみても、仰々しい題名の『日本の歳時記』所載の俳句とは表現の次元が違うことは誰の目にも明らかではないだろうか。しかも碧梧桐がせっかく「モ」を「モー」と伸ばすことによってふくらみをもたせて「ミモーザ」と詠ったのにそれをふまえずに学名のように殺風景に「ミモザ」と表現するのはなぜなのだろう。たとえ正岡子規が「ミモーザ」と詠っていた場合でも今の俳人は「ミモザ」と詠うのだろうか。碧梧桐の句の存在を知らないのかそれとも知っていてあえて捨てたのだろうか。

碧梧桐の句からは、ミモーザの花を見たことがなくても、香ぐわしい花影が目の前に浮んでくる。なんとも美しく描かれたミモーザである。このミモーザは、むろんあこがれの欧州、異国イタリア・ローマの象徴である。だが、それだけではなかった。碧梧桐は書いている。

黄色い粟粒のやうな房々した花を垂れたのはミモーザであるといふ。木を組んだ棚に、それらが溢れるばかりに挿されてゐる。佗しく淋しい、而も内に包まれた香気の、親兄弟の肉親を懐はしめるミモーザは、今の私の気持にふさはしいもの丶一つである。

（「異国風流」『山を水を人を』）

「佗しく淋しい」「親兄弟の肉親を懐はしめるミモーザ」という句《フレーズ》に注意したい。ミモーザ、それは大正九年五月十四日に十六歳で亡くなった養女美矢子を偲ぶよすが。美矢子の身替り、否美矢子そのものであった。ミモーザに美矢子を写し込み見つめていたのである。

子供のいない碧梧桐夫妻は妻の兄（青木月斗）の三女美矢子を明治四十一年に養女にした。大正七年には「女になつたこの子」という小説も書いた。美矢子を失ったその年の十二月二十八日、神戸から熱田丸で出帆した欧州行はその傷を癒やすセンチメンタルジャーニーでもあった。

それゆえ、

ミモーザばかり両の手に抱へるほど下宿に持ち帰つて花瓶に挿させる。挿しきれないで女中の捨てようとする一枝をも惜んで、洗面台の水入れに投げ込む。一日太陽を見ない北向きの部屋にも、澎湃として春は漲る思ひをする。

（前掲書）

のだ。冒頭のミモーザの花の句が、モダーンなミモーザ尽くしの詩のような絶唱として誕生するのはそれゆえである。美矢子が病み、また亡くなった時、碧梧桐は次の句を贈っている。

M子病む（三句）

紫陽花挿したがつたのを挿したお前もう目覚めてゐる

髪が臭ふそれだけを云つて蠅打つてやる

蠅たゝきを持つて立つた寝た口があく

M子逝く五七日

月見艸の明るさの暁け方は深し

ミモーザも黄色、月見草もまた黄色である。「ミモーザを活けて一日留守にしたベッドの白く」は、自分が使わなかったからシーツが白いまま未使用だったというだけではなく、帰らぬ人となりベッドから消えた美矢子の姿が二重写しになっている。「ミモーザの花」も「女」も美矢子に重なっている。それゆえに句は、何とも清廉な味わいをかもしているのである。

■近代の洋行

「洋行」という語は、今ではもうすっかり死語になった。「留学」という語も大きく意味を転じた。かつては西欧文明との全身での、自らの存在基盤に関わるような体験であったが、今では、海外への進学か、ホームステイという軽い意味と化している。だが、短期間で往来できるようになり、情報が洪水のように流れ込んで来ると言っても、キリスト教の西欧、イスラム教、ユダヤ教の中東、また完全には社会主義を脱してはいないロシア、中国等、文明と文化が生えてくる根元、根先からの根本的な違いは現在もなお厳然と存在する。例をあげれば、東アジアの島国日本も西欧に倣って民主主義国と化したようにふるまってはいるが、官僚を「お上」、官僚の猟職運動を「天下り」などと新聞でも日常的に使い、サラリーマンは税を自主的に納めるのではなく、お上から「天引き」される東アジア日本語圏では、人民こそが主人公であり、官僚は「お下」であるという民主意識はまったく成立していない。印鑑証明書とやらで、自分自身が何者であるかを国家に証明してもらわねばならず、本人が目の前にいても押印を強要される（印はもともと皇帝制下での官僚の職制の証しであった）社会は、「民主」という観念を決定的に欠いている。声のアルファベット文明圏と、漢字＝漢語が共通語として現在も生きている中国、南北朝鮮、越南、日本等の東アジア文字＝書字文明圏は、言語つまり表現と文化的構造を大きく異にしている。したがって、明治からの「留学と洋行」つまり「東西文明の衝突」問題は、現在もなお歴然と存在しつづけている。近年の目まぐるしい通信と対応の多忙さの中で、その問題の在り処に気づいていないだけのことだ。

夏目漱石は、英語、英文学の学習のために英国に留学し、何故英国人の方がすぐれているにきまっているこのような学問をつづけねばならぬのかと思い悩み、下宿での学問に閉じこもった。

高村光太郎は、目前に横たわるフランス人のモデルの女の手の指の微動の意味すら了解できない、その不通の謎に悩むと同時に、

頬骨が出て、唇が厚くて、眼が三角で、名人三五郎の彫つた根付の様な顔をして
魂をぬかれた様にぽかんとして
自分を知らない、こせこせした
命のやすい
見栄坊な
小さく固まつて、納まり返つた
猿の様な、狐の様な、ももんがあの様な、だぼはぜの様な、麦魚《めだか》の様な、鬼瓦の様な、
茶碗のかけらの様な日本人
（「根付の国」）

と自己嫌悪の言葉を吐いた。

これらとはまったく逆に、留学したにもかかわらず、ほとんど西欧と没交渉であったのが、画家・中村不折である。中国六朝時代の書の手本「龍門二十品」をもって明治三十四

年に船に乗ろうと準備していた不折を、陸羯南は「そんなものを持つて行つてどうするのだ？　帰りには地中海へでも抛り込んで来るより仕方があるまい」（中村不折『僕の歩いた道』）と笑った。だが、パリでは夜に訪ねてくる友人もいない。そこで下宿で「龍門二十品」と孫過庭の「書譜」また南画の粉本を五年間にわたって習ったと自ら書き記している。漢字語とひらがな語からなる日本語人としてパリに出かけ、パリに日本を持ちこみ、昼間だけ洋画の技術修得学習に通った。最初から西欧技術の学習のためと割切り、それをやりとげたのである。

洋画の師、ジャン・ポール・ローランスから常々、「君日本人だから、日本人の絵を描かなければ不可《いか》ん」と言われ、帰国間際にも「日本人の長所を発揮するがいゝ」と注意されたと不折は書いているが、これは不折の西欧に対する基本的な角度から切り取った時の師の声であろう。不折はほとんど西欧を体験することはなかったのだ。

碧梧桐の旅は漱石、光太郎、不折とも異なり、「留学」ではなく外遊としては少々長い一年強にわたる「洋行」であった。

碧梧桐の洋行は、三千里、続三千里の旅の仕上げ、全世界版三千里であった。俳三昧はないものの欧米写生による句作の旅であった。

大正九年十二月二十八日神戸を発って大正十一年一月二十一日に横浜に戻った。

漱石は帝国イギリス・ロンドン、光太郎と不折はフランス・花のパリ、ところが、碧梧桐はイタリア・ローマを体験した。

パリ、ベルリン、ロンドン、そしてアメリカにも渡ったが、ローマがもっとも印象深かったようだ。

「パリよりローマ」と題して碧梧桐は書く。

パリの女よりも、ローマの女の方が美しい、といふより気品が高い。総ての道具の揃つた円満具足な、ふるひつくやうな女性は、ローマではいくらも街頭で見られる。殊に午後三時から五時頃までの散歩休息時間のカフェーでは、まこと天使の寄り合ひであるかのやうだ。隣り合せたテーブルの、其の腕一本を見るだけでも惚々する。（『煮くたれて』）

むろん女だけではない。プラタナス、青桐、薔薇、コクリコ……花もまた。

ローマでは四月の末に夏が来ます。それまでこらへてゐたと言つた風に、プラタナスや青桐の芽が一時に吹き出して、それが瞬く間に青葉にひろがります。――中略――其の頃ローマの市中で目につくのは薔薇の花です。応接間の卓子の飾り、食堂の色どりの挿花、それらは固より、通りから見透かされる邸宅の玄関前、別荘の中庭などにも、今まで目につかなかつた植込みの花が咲き出します。――中略――市中で薔薇が眼につく頃には郊外にはもう一面にコクリコが咲きさかつてゐます。薔薇が異性を追求する誘惑の匂ひを漂はせてゐる間に、コクリコは目に沁みる真紅の鋭い色を地に布いて、欧洲の南国情調をイヤといふ程焼きつけてゐます。　（「薔薇とコクリコ」『二重生活』）

そしてローマの文化、芸術をや。

彼（ミケルアンゼロ―筆者註）の未完成の作としての四五の彫刻に接した時、其の未完成の中に包蔵せらるゝ、無窮に伸びんとする、永劫に突き進まうとする、力と意思の千鈞の重さの我れに迫つて来る強さ、深さに驚歎せなければならないであらう。――中略――ミケルアンゼロの創生《ママ》記と最後の審判は、この殿堂の異彩として、否世界の一驚異として圧倒的威力を擅《ほしいまゝ》にしてゐるのである。

――中略――

フイレンチエのウツフイチ美術館が焼失したとしたら、恐らく世界の名画の大半は潰滅に帰するであらう。若しローマのシスチナ礼拝堂が焼滅したとしたら、更らに一層の寂寞と悲哀を感じねばならないであらう。（「異国風流」『山を水を人を』）

ミケランジェロ、ウフィツィ美術館、システィーナ礼拝堂……ローマを口を極めて褒め賛えている。

碧梧桐はローマで詩心に火をつけられた。ヨーロッパとりわけローマは詩の町、詩人の町、俳句なんて似合わない。ローマを去る時には、そのものずばりの題名で詩作を試みている。ローマに来て、俳句の表現が詩の形相をいっそう強め始めたのである。

ローマを去る

ローマにて

私は今ローマを去る
私の来た時はまだ冬服を著てゐた
今は白いズボンにアルパカの上衣を著てゐる
私の来た時は篠懸けも、ポプラも、アカシも、まだ枯木だつた
たゞ青草がボルゲーゼやパラチノーを染めてゐた
私は青草で靴の埃を払ふべく爪先きで蹴つて歩いた
パラチノーの夕日の影をたどりながら
私の下宿に近くツリニトーデモンチの通りがある
バイオリンとマンドリン弾く乞食がゐる
乞食は私の顔を見ると相好をくづして迎へる
私はいくらかの銅貨をポケットにさぐる
それが毎日の日課だつた其の乞食も、もう見る事が出来ない

私はシシリーから帰つて一層ローマが恋しくなつた
十一世紀の大破壊に遺つたモニユーメントがまだある
沢山に諸処方々にある
私は電車でノメンターナの通りを幾度往来したらう
ピアツワア、ペ《ママ》ネーチアからサンパウロ行きに幾度乗つたらう
五番の電車は私を幾度郊外に運んだらう
サンクレメント、サンタコスメヂン、サンタセシリア、サントラストベーレ、サンタサバー、サンタネロアキリエロ、サンヂオバンニパオロ、サンタマリアドムニカ、サンチスマコスマ、ダミアーノ、サンフランチエスカローマナ、サンタマルテイーノアイモンテイ、サンマルコ、サンタサビーナ、サンステフアノロトンダ、サンタセサーリオ、
それらのキエサのモザイク、アフレスコー!
装飾モザイクのコスマトウオーク!
金色、赭色、コバルト、紅、緑!
道に茂る薊、垣根に咲く薔薇、畑に蔓る南爪《ママ》それらの中にそれらを埋めてパパベラの花!目に沁み《ママ》を真紅!
六月の真上の太陽の下のコロセオの剥げた煉瓦!
虫の食つた柱!
電車から見える、それが私を泣かす

馬車屋の悪党共
金を欲しがる場末の腕白等
小便臭い辻
篠懸の並木
海神の噴水
ミケロアンゼロサン《ママママママ》、ピエトルのドームのローマ！
ミケロアンゼロのモーゼの彫刻のローマ！
私は彼に接吻したい！
ローマは私を知るまい、私はローマを知る

「サンクレメント、サンタコスメヂン……」、心に残る町の名をひとつひとつ言挙げする、すなわち「聖クレメント、聖コスメヂン……、聖……、聖……」と反復するところは、漢詩の起承転結の作法に学んだ転調部であろうか。センチメンタルな詩だが、俳人以外ではありえない碧梧桐が、俳句がもどかしくて、長い詩をしたためたものだ。

この詩が、当時の近代新体詩の水準において、どのあたりに位置を占めるかを測ることはできないが、「バイオリンとマンドリン弾く乞食／馬車屋の悪党共／金を欲しがる場末の腕白等／小便臭い辻／篠懸の並木／海神の噴水」の描写はローマ市街の日常を活写し、生活する人々の息づかいを伝える。また惚れこんだ町に「私は彼に接吻したい！」と叫ぶのも好ましく思え、最後の「ローマは私を知るまい、私はローマを知る」という結句も音数上のこなれは悪いが、意味の上では絶唱と言えよう。

わずか四十行程度の詩の中に「私は」「私の」「私を」と「私」が十四回繰り返されるのは尋常ではない。「私」を題とする句作という趣きのリフレーン。極東、東海の俳人・碧梧桐が丸ごと、全身で西欧文明とぶつかり、ぶつかることによって否応なき東アジア文明圏の「私」がむき出しになってくる。その切ない孤立孤独が露岩したリフレーンである。

ローマでユーラシア大陸の東、東海の弧島日本に在ったときには見られぬ華やかさを俳句が帯びてきたように、書もまた、茶色い蛹から透き通るように白く、淡青い蟬が脱化してくるように、麗わしい姿を見せるようになった。

ところで、ひとつの文は文字から生れる。文字というと明朝体印刷文字を思い浮かべるのは、印刷出版文化の浴に浸り切った近代人の迷妄である。文は書くことから生れ、書くことは一点一画すなわち字画を基本単位とする。話し言葉が声から成り、声は肉声以外ではありえないように、文字もまた肉筆、肉文字以外ではありえない。「文字」と聞いたら印刷文字ではなく、肉筆をこそ思い浮かべるべきで字画を単位とせず、書字過程（筆順）をもたない印刷文字は「文字まがい」ではあっても文字ではない。ここのところがすんなりと解けて共通認識となれば、「劣化」の指摘される日本語も書くことの恢復によって再建される道筋も容易に明らかになる。言葉は一点一画を書くリズムとともに生み出されていくのだ。

「羅馬雑詠之一」と題された「羅馬の花美毛佐《ミモーザ》の花其花を手に」の作品——の筆尖は絶えずふるえ＝振動している。一つの字画を「トン・スー・トン」のリズムで描き出す三折法、北宋の黄庭堅等によって開発された「トン・トン・トン・スー・グー」式で書く多折法を超克して、清の金農によって発見された「ビ・ビ・ビ・ビ・ビ・ビ」の無限微動法に通じた書法である。無限微動法は絶えず動き、それゆえ絶えず止まる書法であるため、字画の長さも位置も展開もそれゆえ字画構成もまったき自由を獲得する。「おもはずもヒヨコ生れぬ冬薔薇」の新傾向段階に獲得した無限微動法はここでは軽みを加え、強弱の自由度を強め、華麗な表現を見せている。「羅馬雑詠」の其一はどこまでも軽やかに、其二は筆圧を強めて確実に、そして其三は其二の強と其一の弱とを、相交えて書かれている。伸びがあり、自由な構成があり、そこには明るくも鮮やかな世界が広がっている。もうここには、「冬夜子供の寐息にわが息合ふや」や「播州寐覚」のような、その作品を碧梧桐が本当に書いたものか否か真贋を疑われるような、不安定にして不可解な「無中心」的な表現はすっかり消え去っている。

目の醒めるような、鮮やかな書である。

■華麗なる書の誕生

碧梧桐の書を見ていると、大正五年ころから「新傾向」のスタイル（書体）がそこからの脱出を求めて変貌し始め、大正七年頃には「冬夜子供の……」のように「無中心」の異

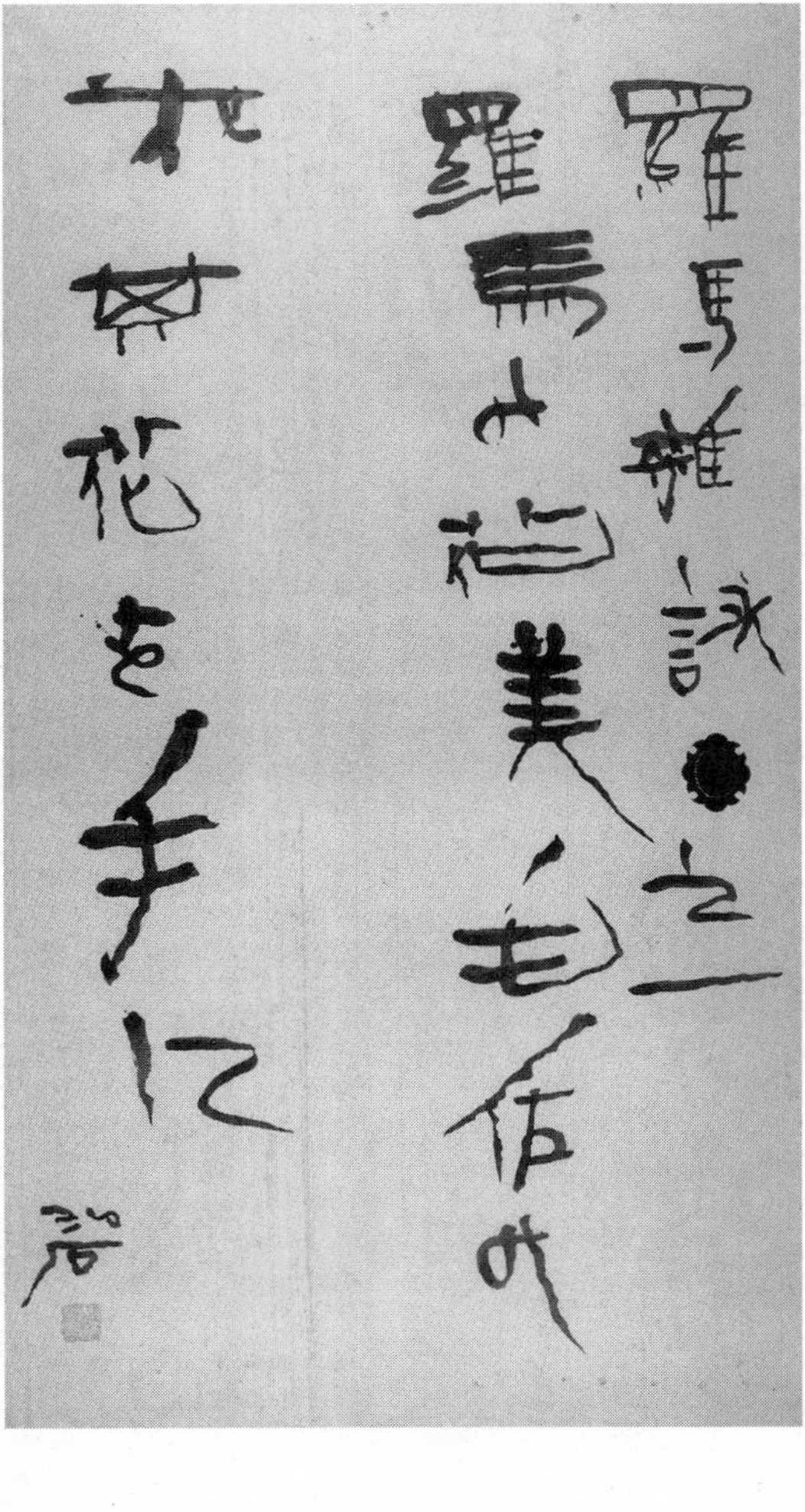

脱無中心段階の書
羅馬雑詠之一
「羅馬の花美毛佐《ミモーザ》の花其花を手に」

様な風貌が頂点に達する。しかし、大正九年の書になると一変。過渡期の異様さを突き抜けて、「新傾向」時代とは異った、軽やかにして伸びやかな「脱無中心」の姿を見せるようになる。

常套的な表現だが、碧梧桐は北は樺太から南は沖縄まで、日本中を隅々まで歩いた、のみならず、日本アルプスをはじめ、日本の高山にも足跡を印した。さらには、俳句をつくりあげる力の源泉である「書くこと」＝「書」の谿底まで降り、刻《ほ》り進んで行った。加えて、台湾、朝鮮、満洲等日本の植民地にまで足を伸ばし、さらには中国を何度も歩いた。東アジア漢字文明圏の国々、地方を踏破した。碧梧桐は歩いた。

それでも終りにはならなかった。次には欧州が待っていた。欧州も歩かねばならない。それは俳句革新運動が西欧アルファベット文明との衝突に始まっている以上当然のことであった。欧州を見、体験しなければ碧梧桐の旅は終らない。欧州の旅をもって「歩く」ことは完結する。その実行が、大正九年末に生じたのには、二つの理由があった。ひとつはすでに述べた養女美矢子の死。そして第二は、近代史上最大の事件、近代を現代と分ける一九一七年、大正六年のロシア革命である。ロシアとその周辺の東欧では、一九二二年（大正十一年）に、旧い国境を超える世界史上の大実験としてのソヴィエト連邦が誕生した。近代帝国＝植民地主義圏と対立する社会主義圏が成立した。資本主義の超克が現実的課題となった現代の始まりである。だがその実験渦中のソ連・ロシアへの旅ではなかった。日本の近代化の源泉たる西欧、東欧との戦争は終えたものの新たな問題も発生し始めた西欧への旅である。

ロシア革命は日本国内にも大きな影響を与えた。共に日本アルプスを縦断した長谷川如是閑は、大山郁夫らと雑誌『我等』を創刊。これよりずっと後、昭和十年七月、「如是閑を素描する」(『煮くたれて』)で碧梧桐は書いている。

彼は常に自らを一批評家の立場に置いてゐる。大山氏が直接行動に移動した時も、彼は極力沮止に努めた。彼は言ふのである。行動に入るのは、軍隊が戦場に追ひやられるのと同じに、もう勝つか負けるかの二つしかない、余りに殺風景過ぎる、と。

――中略――

たゞ残る一つの問題は、世間のファッショ化の気流旺盛に際会して、彼の如き左傾的自由人は、妙に言論の自由を重圧された形になつてゐる。

彼の今後歩むべき途如何といふことだ。敢然ファッショ化の不合理に向つて戦ふべきであらうか、それとも姑《しば》らく鳴りを鎮めて、其の雲行きを窺ふべきであらうか。

と。しかし松山藩士族で学者静渓・河東坤《したがう》の子、碧梧桐・河東秉五郎《へいごろう》には、半アジア半西欧の革命ロシアやソヴィエト社会主義共和国連邦に強い興味はなかった。大戦後のヨーロッパへと向かったのである。

■洋行資金稼ぎの書の頒布会

当時は、現在のように、格安航空便があるわけではない。洋行は船旅、かつ厖大な資金を要した。大正九年九月に「半切揮毫会」を企て、十二月二十四日に三ノ輪の梅林寺で半折展覧会を開き、成功し、ここで資金を得たとされている。

このような揮毫頒布会は当時の知識人の洋行資金獲得のための常套手段であった。与謝野鉄幹が外遊する時には、晶子との合作で、一隻に短歌百首を書いた（とされる）「百首屛風」が書かれ、その多くが現在も残っている。

むろん記述通り、半折会は開催されたのであろうが、塩谷鵜平や麻野微笑子等素封家俳人の許には、明治九年作の全紙の作品や、全紙数枚の連作等大作が残されている。いろは四十七文字を漢字（万葉仮名）で書いた「以呂波」は全紙三枚の連作。「龍眠帖」は六曲屛風、「飲中八仙歌」は全紙双幅、塩谷鵜平旧蔵の「蘭亭序」は約七十センチ×百四十センチ大の全紙を横に九枚繫ないだ全長十二メートル以上にのぼる大巻物。いずれも大作かつ力作ぞろいだ。これらも、洋行資金を得るための揮毫であったのだろう。

大正八年、九年になると、大正七年までのいわゆる「無中心」の、光源なく、焦点なき平行なベクトルの字画の集合体のごとき、「冬夜子供の寐息にわが息合ふや」風の醜体をすっかり脱している。そして、「無中心」をすっかり脱けたその代表作が、欧州帰りの作「羅馬雑詠」の四連作（図版）である。

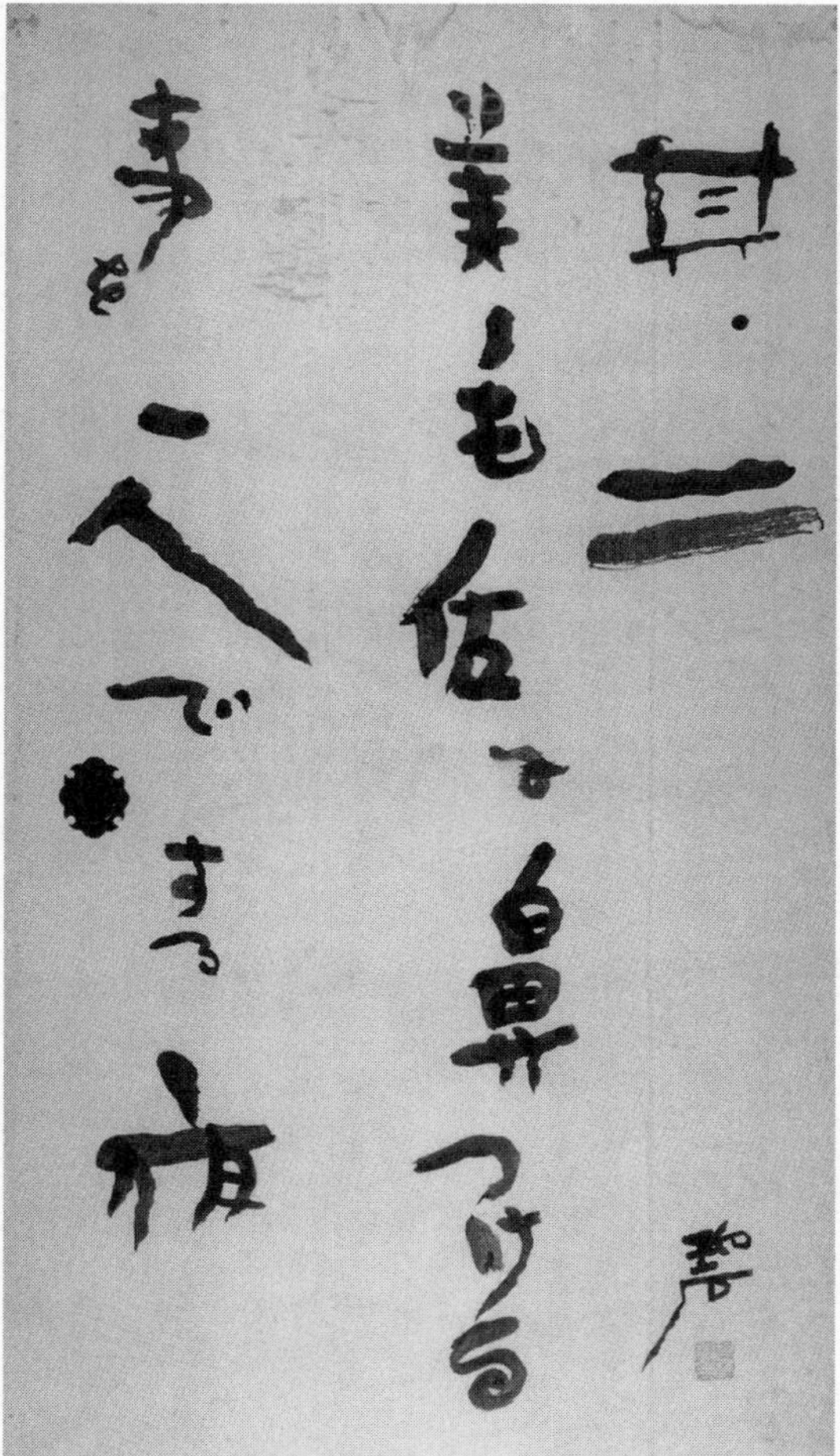

其二
「美毛佐に鼻つける事を一人でする夜」

其三
「美毛佐束ね持つ女よ古倫奈の廣場よ」

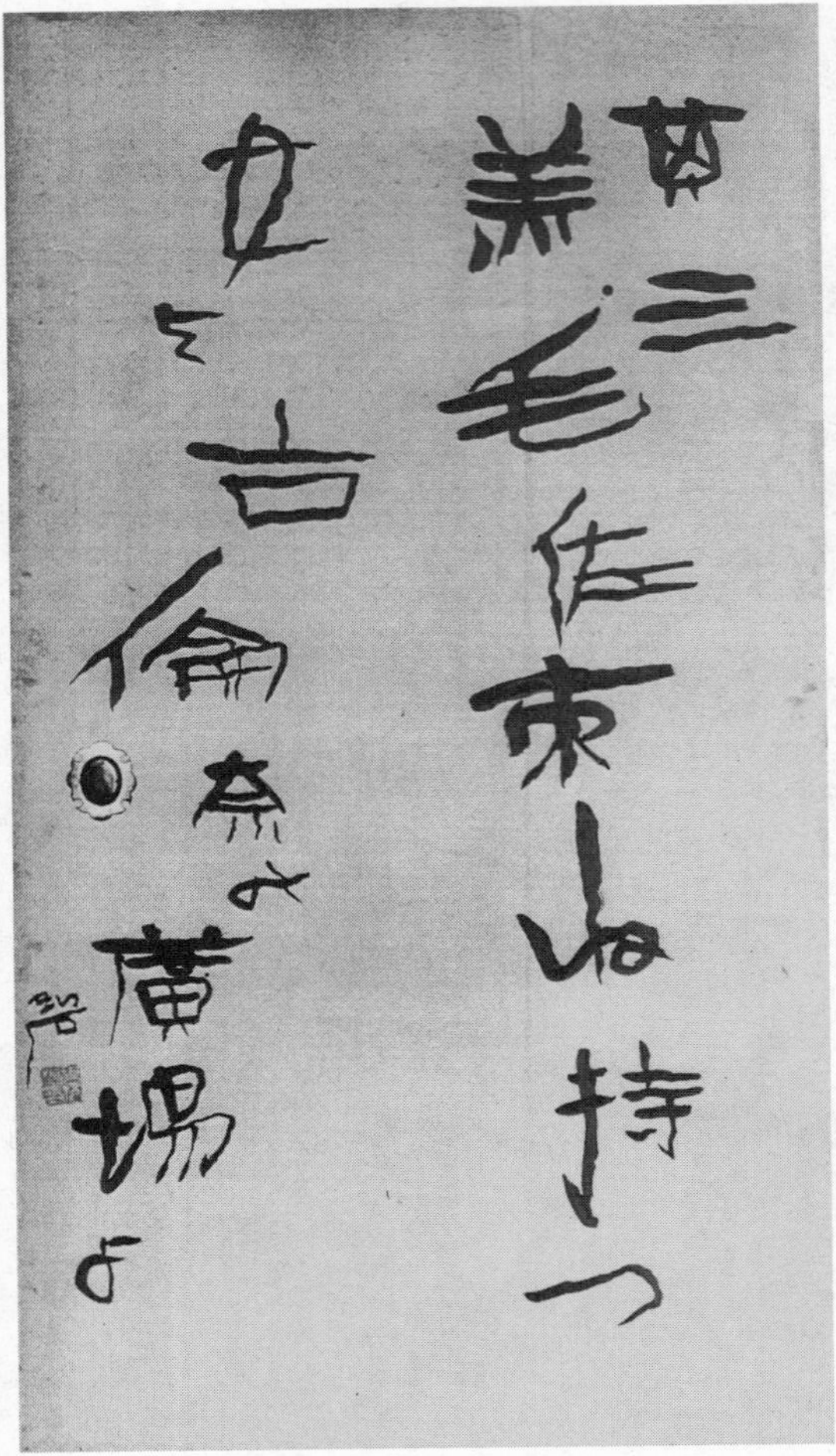

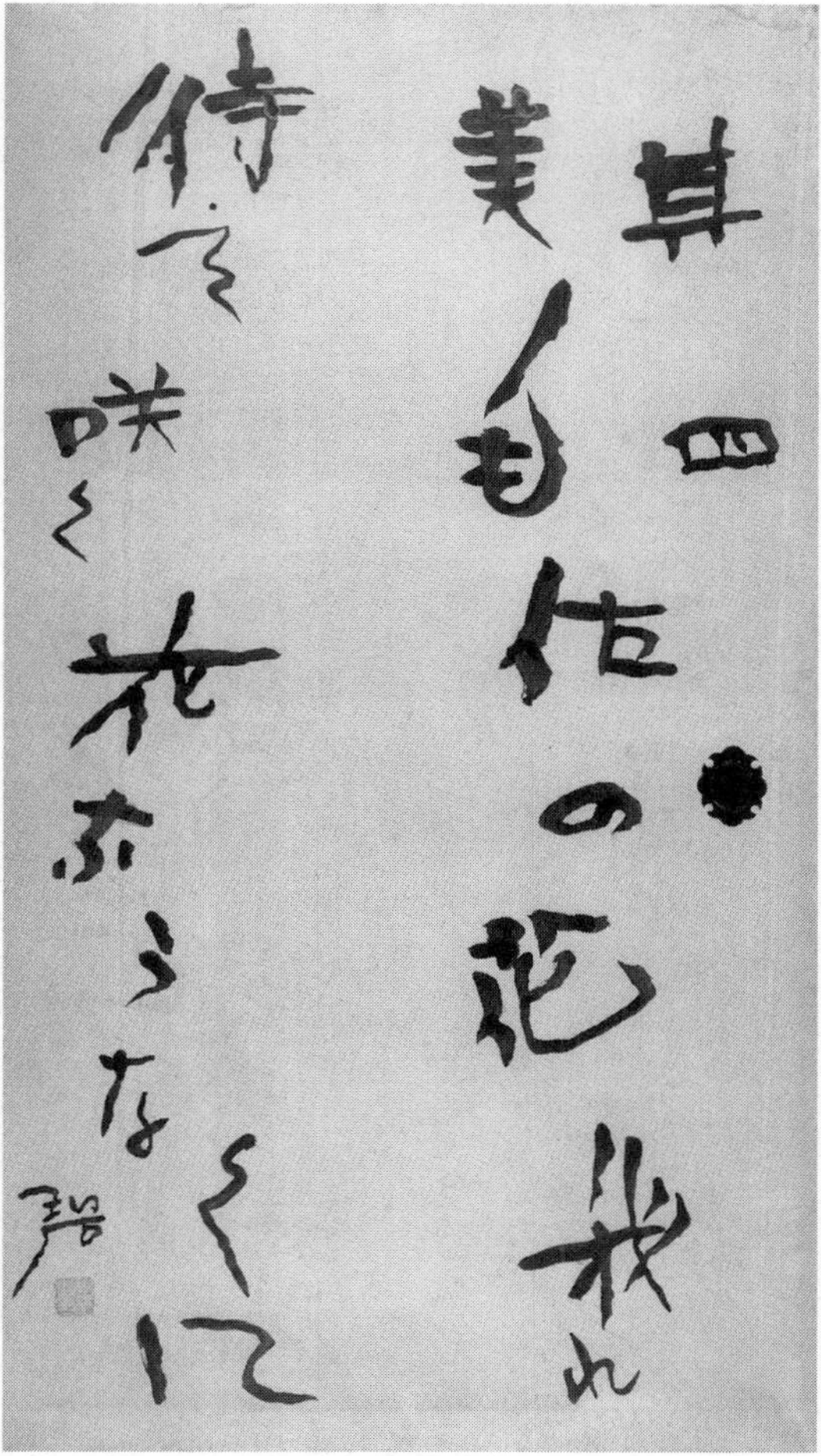

其四
「美毛佐の花我れ待て咲く花ならなくに」

「冬夜子供の……」の書は「無中心」の俳句の姿を比喩的に宿している。その醜悪さ、醜悪と言って悪ければ、均等の整斉と対称の均斉が美を構成する最低限の要素であるにもかかわらず、その基本をふまえることもなしに、文字の大小、行の並び、点画の書きぶりが、安定性を欠いてあたかも、書に不案内な書き手による幼稚な書のように見えることは、碧梧桐が説いた「無中心論」が行きすぎて醜悪な姿を招いたことを証している。

「雨の花野来しが母屋に長居せり」が行き過ぎている原因は、おそらく季題「花野」にある。「花野」ではなく「畦道」で、「雨の畦道来しが母屋に長居せり」ならば、「無中心」であってもモノトーンの整合性をもつだろう。だが、「花野」であることから、雨のモノトーンに多色の「花野」が出現し、つづく「母屋に長居せり」の平穏な日常のモノトーンと不整合を見せている。

碧梧桐ひとり「新傾向」段階からの脱皮を目指して苦心し、煩悶していた。碧梧桐が同時代の書道家とも、能書家とも決定的に異っているのは、「冬夜子供の……」のような不可解な表現へと踏み込んだことである。この種の奇怪な過渡期の表現段階の扉は碧梧桐以外には誰も開くことはできなかった。やがて過渡期の混沌を突き抜けて、次なる鮮やかな表現の広野に出たのである。タテ、ヨコ、斜めからなる筆画を総合して成立する求心・遠心の構造の楷書体の構造から脱した「無中心」に開かれた書が、「羅馬雑詠」などの書の表現によって鮮やかな脱化をとげた。再び新傾向時代とは異った新たな中心性を恢復しはじめたのである。

■「無中心」を超えて

そこに何があったのか。大正八年頃から書は「無中心論」の無鉄砲な試作から、少しずつ美しさ、整序性を恢復する。それどころか、新傾向時代とはまったく違ったスタイルで、華麗、優美な姿を恢復し、ここにまたひとつの頂点作が生まれることになった。「無中心論」はその作品の醜悪さから言って、無理があった。

一日の出来事の或る部分を取り出して、それを偽らずに叙したといふ所に興味を感ずるのである。即ち日記中の一節とさまで差異のない出来事が、花野といふ季題趣味を得て、興味を形づくつてをる所を新らしいとするのである。

（「無中心論」『新傾向句の研究』）

従来の句作は「感じを一点に纏める、何人にも普遍的に明瞭な限定した解釈が出来るやうに」してきた。しかし自然の現象は「玉石混淆で雑然」としている。その中から美なるものをもって俳句という詩に構成する。しかし、「自然を偽らねば中心点の出来ぬ場合がある」。それゆえ、「中心点を捨て、想化を無視するといふことは、出来るだけ人為的法則を忘れて、自然の現象其まゝのものに接近する」と碧梧桐は前掲の「無中心論」で主張した。

「名義は写生であつても、中心点の束縛の為めに、写生の意義を没却する場合が絶無であるとは云へぬ」ことは事実であるにしても、一日の出来事のある部分をとり出して偽わらずに叙す、たとえれば求心力、中心点をもった文字を、ヨコやタテに梳いて解放系に開いてみても、それは散漫な文字や文字の散漫な集合体となるだけのことである。「冬夜子供の……」や「播州寐覚」の書のタテヨコ平行の字画を多用し求心力を欠いた書がその証明である。

ところが、大正九年の洋行資金獲得のための大作の書や、十一年の「美毛佐の花……」の作品になると、文字をヨコに櫛で梳くように伸ばして、「無中心」を拡張しながらも、濁りを消して澄明で麗しい書の姿を見せている。

基本的構成は、大正七年を頂点とする「無中心」の範疇内にありながらも、纏まりを恢復し、醜悪さを払拭している。ただ単に点画が水平主体の平行状態に終らず、いくぶんか求心、遠心の中心点を孕み、またそれと同時に、「新傾向」段階に見られた、字画や字画ブロックを上下左右に移動する構成上の企図的な異化（デフォルマシオン）も恢復してきている。

それだけではなく、一点一画を書き進む筆蝕もまたさまざまな試行段階を終えて統一性（求心力）を獲得し、安定してきた。

「無中心」段階では紙に対して圧しつけられ、その触覚を手応えとして感じつつ書き進んでいた筆蝕（筆ざわりと痕跡）が、一転して紙奥に向かう力が弱まった——それゆえ点画が細くなる――。もはや、逆筆、倒筆、偃筆、側筆で筆蝕をひねくりまわすことが少くなり、吸水力の高い紙に、わずかな、しかし確かな力を突き刺すように微動的に反復、定着する。その筆鋒が墨汁を紙に注ぎ浸みこませるように進んでいくところに、細く伸びやか、しなやかでふるえるような点画が生まれている。筆尖の力は従来のように奥に（外部＝他者に対して）抑えこみ、摩擦力を上げるのではなく、可能な限り、摩擦的進行を避けることによって、自己に向かう、自省的、自己凝視的筆蝕へと転じている。この対他的筆蝕から対自的筆蝕への転移が、構成上は「無中心」的でありつつも、いっきに麗しい書の質を恢復したのである。「おもはずもヒヨコ生れぬ冬薔薇」の書と俳句の「新傾向」段階に次ぐ表現上の第二の峰、第二の頂上作の誕生である。

大正十一年作の「羅馬雑詠」四連作は俳句同様、第二の頂上作にして、碧梧桐の生涯の書の代表作である。この書の姿から「無中心論」からの転移とその止揚が確認される。碧梧桐は「無中心論」の旗を下ろすことはなかったけれども、大正九年から十年にかけて、「無中心論」への拘泥と自己呪縛から軽やかに脱けていった。自己に、内省へと向かうことによって、「無中心論」の自己規定から作品が軽やかに脱け出していったのである。

■俳句は筆蝕の化体

文の下層には書がある。書は一直線に文につながり、文は書から生えて来る。書＝書字のふるまいが文体はもとより文そのものをも作り上げているという構造は、にわかには信じがたいかもしれない。そこでいくつかの例をあげよう。

歌人・会津八一は能書家として知られている。だが、その「能書」は、歌が書につながっている構造に行きついたところから生れている。会津の書は、自らの「短歌への自註」とでもよぶべき表現であった。

会津八一の短歌の表記法が、漢字かな交りの『南京新唱』に始まり、全首ひらがな書きの『鹿鳴集』を経て、『会津八一全歌集』では、単語を単位とするひらがな分ち書きへと姿を変えていったことはよく知られている。漢字かな交り表記を分解し、どのような構造から出来ているかへと降りていったのである。

ほほゑみてうつつこころにありたたす
　くたらほとけにしくものそなき

の歌は、可能な限り漢字を増やして漢字かな交りで書けば

微笑みて現つ心に有り立たす
　百済仏に及く者ぞ無き

もしくは

頬笑みて現つ心に有り立たす
　百済仏に及く者ぞ無き

となる。これを『会津八一全歌集』では次のように印字する。

ほほゑみて　うつつごころ　に　ありたたす
くだらぼとけ　に　しく　ものぞ　なき

自立語・詞と、助辞・辞に分解し、濁点は加えている。書の表現ではさらにこれを分解していく。この歌が半折に揮毫された折には、もう一段文字が分解され、濁点なしで次のように表記されている。ちなみに活字ベタ組の箇所は連綿で上下の文字間が相互に繋がっていることを表わす。

ほ　ほゑみて　う　つ　つ　こ　こ　ろ　に
　ありたたすくたら　ほとけ　に
し　く　も　のそ　な　き

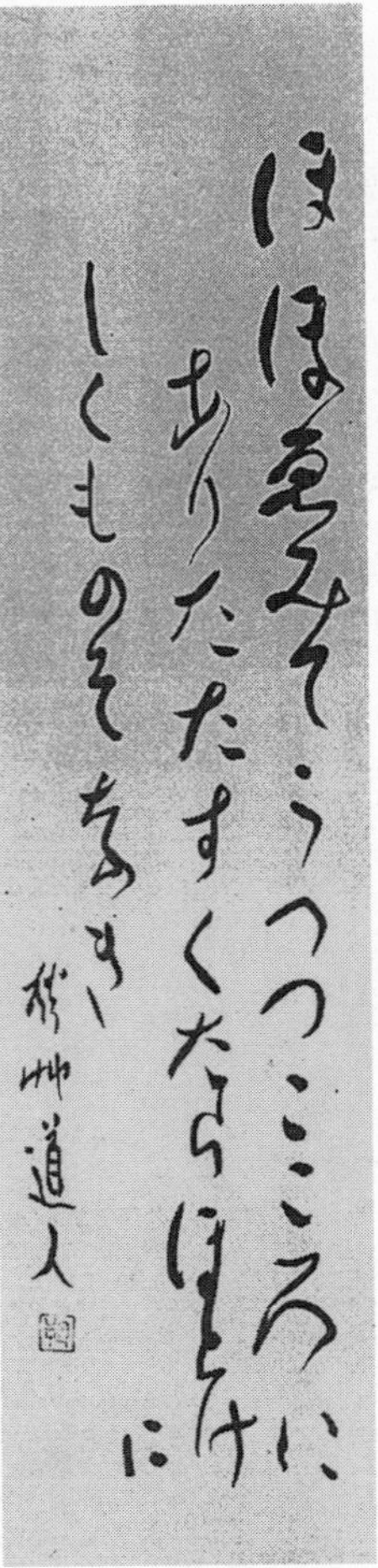

会津八一「ほほゑみてうつつこころにありたたすくたらほとけにしくものそなき」

この表記法からは、ほゑむ（ほ笑む）「ほとけ（仏）」と「あり（有）」が語としての自立度がもっとも高く、この歌の主題であることが証される。ついで、一部が連続せずに弱勢部が認められるが、「く　たら（百済）」「も　のそ（者ぞ）」がこれにつぐ自立度で書かれている。喩えれば、表現の暗闇の中で、強い光を放っているのが「仏」。ついで「微笑」「百済」「者」であり、歌としては明晰であるかのように解されている「うつつ（現）」や「こころ（心）」は自立して輝くのではなく、「うつ（空）」や「こ（小・凝）」「ここ（此所）」などが厚みのある背景の中にいまだ一部溶けこんだ姿で、漂っている。「現」や「心」は未分化時代の意味の広がりに広く根を張り、自立度を弱めてさらりと使われていることが証されているのである。

ここでの会津の揮毫は、「頰笑みて現つ心に有り立たす百済仏に及く者ぞ無き」と取り扱われている歌が、実のところは

微笑みて　う　つ　つ　こ　こ　ろ　に
有　た　た　す　百済　仏　に
し　く　者ぞ　な　き

という深い闇を従えた明暗とともに存在していることを証しているのである。ここでは、その一点一画の書きぶりや構成という書の表現にまでは入り込まないが、連綿連続の姿だけでも、この歌のほんとうの意味のありかが見えてくるのである。

現在では詩歌と書は関連のない独立した表現分野と考えられている。だが、書＝書字はこのように、詩歌や文と明らかに一連のつながりを有している。

書＝書くことはこのように文学と深くつながっているだけではない。書＝書くことは、石に刻む＝刻《ほ》ることとともに歩んで来た。それゆえ、書は彫刻と深くつながっている。その秘密の回路を知り得ていたのがこれまた書の評価の高い彫刻家にして詩人・高村光太郎である。高村光太郎は一点一画が鑿で木を彫り込むような刻蝕的手応えを見せる書を多く残している。高村光太郎は書の美の要素の一に「筆触の生理的心理的統整」を挙げ、「筆触（筆ざわり）」がその表現と深く関係していることを見ぬいたが、それは彫刻の現場で

木に鑿を入れるときの刻蝕が、紙に文字を書くときの筆触と酷似していることを知り得ていることから導き出されたものであろう。

現在のように、筆記具をもって書こうが、パソコンを打とうが出来てくる文は同じだと思考停止に陥っている人には少々考えにくいことだろうが、パソコンで打った文と、筆記具を使って書いた文とは明らかに異ってくる。それどころかペンで書く文と鉛筆で書く文と毛筆で書く文の間でも文体も文の展開も内容も異ってくる。毛筆の筆蝕なしに、谷崎潤一郎の「細雪」も「源氏物語」の現代語訳もなかった。紙と毛筆の微細、柔軟な筆蝕がこれらの作を生んだのである。

高村光太郎の硬質な骨格の詩は、鑿で木を彫ることを知った手が選んだ万年筆と紙との確実な手応えから生れたものである。

作家というひとりの存在がある。そしてその存在とは別に、歴史的であり、社会的である言葉の宇宙がある。作家は言葉によって組織され、それによって、社会、歴史とつながっている。

言《はなしことば》や文《かきことば》は語彙というつながりのないデジタルにも見える分節された単位を、文体＝スタイル（ふるまい）というアナログがしっかりとつないでいる。否、ふるまい＝スタイルの中から現出する表現が、社会的に共通に認識され、公認された区分となると、語彙＝単語として独立し、認知されるようになる。言葉は語彙と文体から成ると言ってもいいだろう。だが、「うおー」と呻いた一声にも、そこには語彙以前の言語表現がたっぷりと詰まっている。未成熟ではあるがそれもまた立派な言、はなしことばである。

脳なのか、内臓なのか、それとも細胞からなのか、むろんそのいずれもであろうが、蠢く、――思考である。その蠢きは、すでに存在する言葉の宇宙との対応を求めて身もだえしスパークする。発語の際には、細胞も内臓も脳もふるえ、ふるまう。そのふるまい方が、筆記具をもたないで話す時と、もった時と、また筆記具の種類の如何によっても異なってくる。HBや2Bというような鉛筆の芯の硬度によってさえ違ってくる。

その証拠に、同じテーマであっても、筆記具を手にしない言＝はなしことばと、文＝書きことばとではまったく異なった用語、文体、表現となって表われてくるではないか。「俳

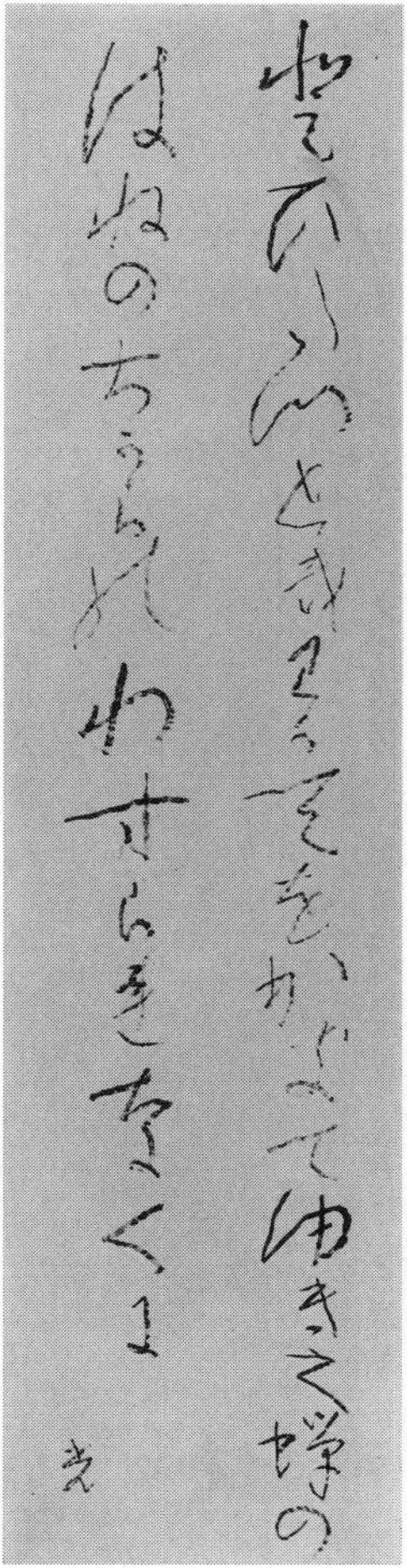

高村光太郎「とびたつとき　わがてをかきてゆきし蝉のはねのちからのわすられなくに」

句には季題が必要。五七五もね」と話しても、書いたときには、「季題と五七五の音数律が俳句には必須である」というように表現されることだろう。「かく」というふるまい（筆蝕）が文を生み出していく。文は「かく」ふるまいの結晶形体である。「かく」ことなくして文はない。パソコンでは書くことはできない。パソコン作文でしかないのだ。

このように考えればよい。デジタル機器でつくり上げる音楽はデジタル音楽としてクラシックな楽器で演奏される音楽とは区別される。文学もまた、筆記具を用いて字画のリズムを単位に書かれた文学と、主として音で思考し、印刷文字へと変換する過程を経て生れる現代のパソコン文学とでは、思考回路も文体も表現も構造的に異なっている。過去の太宰治や三島由紀夫の文学と、現在の若いあるいは老いた作家たちのパソコン作文とが構造的に異っているのは、社会と生活の変貌がその基盤ではあろうが、それにとどまらず、直接的には手書きかデジタル作文かという違いからくる。

パソコン作文をデジタル文学とでも呼ぶようにすれば、芥川賞といっても過去と何たる違いと思い悩むこともなくなる。現在の芥川賞も従来通りの手書きによる芥川賞と、近年のデジタル作文の「e芥川賞」か「D芥川賞」と区別するようにすれば、ずいぶんと解りやすくなる。「e芥川賞」「D芥川賞」作家はますます低年齢化あるいは高年齢化し、小説を書く経験がなくても手がとどく賞となっていくことだろう。これとは別に手書きによる

「あきかぜをいとひてしめし障子かな」

久保田万太郎　ごく小粒な文字を散らした書は「蚊の飛ぶような」と喩えられた

「芥川賞」も表彰すればよい。こちらの方はそうやすやすと手に入る賞とはならないだろう。当分の間「芥川賞」は該当者なしがつづくとしてもやがて、本当の意味での次なる「芥川賞」とその文体が生れてくることだろう。文学は「書くこと」＝筆蝕から生れてくる、その化体であるからである。

もう一例挙げよう。「蚊の飛ぶような」と喩えられる浅草生れの俳人・久保田万太郎の書は、筆尖がかすかに、そっとわずかに紙に触れるだけで出現する筆蝕、筆画から生れる胡麻粒のような小さな文字が特徴的だ。その小さな胡麻を撒き散らしたような万太郎の書は、筆蝕＝書きぶり、その文体＝書体の結果として次のような句を生んでいることは明らかではないだろうか。

あきかぜをいとひてしめし障子かな

　さりげなきことばとしもや春の雪
　あたゝかやしきりにひかる蜂の翅

「あきかぜをいとひて」「さりげなきことば」「しきりにひかる蜂の翅」という、かすかな気配にもっぱら焦点をあてる文体はその胡麻粒を撒き散らすような「かすかな気配」の美とでもよぶべき筆蝕＝スタイル（書体）に生じている。

　寒に耐ふ魚のごとくに身をひそめ
　すべては去りぬとしぐるゝ芝生みて眠る
　湯豆腐やいのちのはてのうすあかり

万太郎のこれらの句の「身をひそめ」「しぐるゝ」「うすあかり」をその証明としてさらにつけ加えておくことにしよう。

碧梧桐の羅馬雑詠之一、「羅馬の花美毛佐の花其花を手に」の書の明るさ、花やかさ、美しさ。それは「無中心論」の力をゆるめ、筆尖の力を外に対して対他的にではなく、静かに内に対自へと向かう筆蝕＝書体＝スタイルから生れた美しさである。

第十章　関東大震災の記録——松葉牡丹のむき出しな茎がよれて倒れて

■関東大震災・大正十二年二百十日

今度はうまく往つた、とうつむいてゐた頭を持ち上げて、膝を坐り直さうとした時に、グス〳〵と膝を持ちあげる震動を感じた。地震だといふのと同時に、又たいつものことか、と言つた気にもとめない心持で、落着いた視線を地図から放さうとしなかつた。今一つ二つ地名を書き加へたい紙が波打つて踊り出した。ペンの持つて往きやうのない手で長火鉢を掴んだ。全身が揉まれる動揺になつた。いつもと違つて、少し猛烈に来ると思つた時分には、もう何の音ともつかない耳の底鳴りのする雑音の中に、敷居と柱の食ひちがふギシ〳〵摺れる音が際立つて響いてゐた。いきなり頭の上へ鴨居の壁が落ちかゝつた。——中略——

今眼前に、亀裂が入るとかぐら〳〵に舞竹から離れるとかいふ予備行為もなしに、いきなり壁が落ちて来たのだ。私はそれを無関心に見過ごす事は出来なかつた。気のついた時、私は同じ場所に立つてゐた。柱につかまつてゐなければ、立つてはをれなかつた。

震動は刻々に強度を増して往つた。新築の六畳と八畳の波打つてゐる鴨居を見てゐると、もう今にどちらかに潰れるとしか思はれない。何だか土埃りが濛々と立つ、襖や障子が倒れる、物をドヤシつける鈍い音の中に、ガラスの破れる鋭い響きが耳をつきぬける。

——中略——

ひどい地震だ、と一言いふ間もなく又たぐら〳〵と揺りかけた。——中略——

私は始めて、地図を書きかけてゐたペンを手にしてゐることを気付いた。ウオターマンの捻ぢ巻きだつたので、急いで蓋を捻ぢながら、前懐ろへ入れた。——中略——

又たひどく揺れる、家は大浪にゆられる小船のやうだ。

大正十二年九月一日午前十一時五十八分、伊豆沖海底三十キロを震源とするマグニチュード七・九の地震が発生。この関東大震災を伝える当時市谷加賀町に住んでいた河東碧梧桐の「大震災日記」の一節である。

志賀直哉の「震災見舞」、芥川龍之介「大震雑記」、高群逸枝「震災日記」、竹久夢二「荒都記」、寺田寅彦「震災日記より」、和辻哲郎「地異印象記」、吉野作造の「日記」等。関東大震災を伝える往時の記録は多い。だがその中で、早速友人への見舞へと震災地を歩き回り、その風景と人事を写生し、また批評する碧梧桐の筆は冴えわたっている。

九月一日の被災当日から、歩く人・碧梧桐は早速街へ繰り出し、その状況をモノクロームフィルムの記録映像のように描き出す。

（九月二日）左内阪を下りて市ヶ谷見附に出ると、そこは総てが戦場気分だつた。火事を逃れた避難者が、簞笥や蒲団の荷物と一処に中央の通路をはさんで、ぎつしり詰つてゐた。通路は何処へ行く人か、左側通行で行軍のやうにぞろ〳〵つながつてゐた。素足、足袋跣足、履物をはいてゐる者は稀れにゴム靴なのだ。布呂敷《ママ》包を背負つたもの行李を舁《かつ》いだもの年寄りの手を引いたもの……其の中を自働車やトラックが土烟をあげて疾走する。荷車と馬力が声をかけ合ふ。

と遠景を映し出し、つづいて、ズームアップし、

白浴衣の前をだらしなくはだけた女が、三歩ほどあるいては、まぶしさうに空を仰ぐ、又た空を仰ぐ。

馬力の荷の上にのつかつた人の中に、セツター種の大きな犬が舌を吐いてゐる。

小さな荷車に運ばれて行く女が猫を抱へてゐる。

裾を地べタに引きずりながら、ウンと布呂敷《ママ》包みを背負つた母親のあとについて走る四つ位の子供がある。片手にサイダーの空瓶をさげてゐる。

おみちや、おみちや、別に応へる人もないらしい名を呼びながら行く声が耳をつきぬける。

兵卒を満載したトラックは、揺れる度に、兵卒がこぼれさうだ。

と、生活の具体的風景を描写する。

（九月六日）停車場（東京駅）の中は、腐敗した悪臭が鼻を衝く。そこらぢう空地もない避難民だ。一二等婦人待合室の中も、一つのソフワアが一家族づゝに占領されてゐる。ゴミは一処に集めて下さい、と大きく掲示してある。

と醜悪で雑然とした被災者達の避難の姿を活写する。しかしこれにつづけて、

子供達は通路で鼬ごつこをやつてゐる。

と、困窮した事態下にあっても変らぬ未来と希望そのものである子供達の屈托のない姿を見落さない。率直すぎていささかひねりが足りないと思えるほどだが、そのままの事態を目撃したのだろう。

草鞋脚絆で身づくろひした二人連れの男が、ボール紙に、本所区緑町佐山男治殿同コト殿と書いたのを竹に挟んで肩にして通る。丁寧に隅々の通路をも残さずあるいて行く。

白木線《ママ》に赤インキで、深川区猿江町屋代ハル（七十二）と書いた旗を立てゝ来る一人の青年もある。

尋ね人だ。親子兄弟、親類縁者を必死に探しまわる人々の姿に目を止める。カメラは現場を遠ざかり、短かいカットを次々とフラッシュ、重ね合わせる。古代ポンペイの映像までが挟まれる。被災の現実を抽象化して総括しようと試みているのだ。

　文化を誇つた科学と知識と考察に、人畜の血と肉と骨とをつき交ぜて、一つの坩堝で焼いて粉にした生ま〳〵しい余焔と余臭の新ポンペイは、漫遊観客の興趣を唆るどころか、灰まで焼き払つても浮ばれない恨みの魂魄は、尚ほそこらの宙宇にさまよつてゐる、幻影の雲となつて頭上を揺曳してゐる。

さらには地獄絵図も描き出す。

　京橋の上に立つ。川水がどんよりと毒でも流したらしいドス黒さに澱んでゐる。そこらに浮いてゐるといふより沈められてゐると言つた方がいゝ木片や襤褸切れが、曾ては血も通つた肉や骨の名残とも見える。イヤに落着いた、ねば〳〵した水だ。ぢつと見入つてゐる者を、一処に引きずり込まうとする恐ろしい力か《ママ》暗い底を流れてゐる。

また、

（九月二日）帝都は正さに全滅だ、事実上の全滅だ。さうしてこの壮絶な光景は、正さに全滅内容の昂奮的な煽動的な破壊的な撲滅的な使嗾的な深甚な包蔵性を卒直に明白に物語つてゐる。自然の悪戯とか反逆とかそんな生やさしい言葉で言ひ現はさるべき事態ではない。自然それ自身すら、左右し制御することの出来なかつた超数字超方則の狂暴そのものだ。

と。

■食料を求めて

自宅に大きな被害がなく、家族が無事であることを確認すると、碧梧桐は街の観察に出かけた。九月二日、焼け残った九段坂の写真館の前で、ふと我が身、我が家族の生活の糧の問題に気づく。「焼け出された人数の方が、焼け残つた人数に幾百倍する其の食料はどうなるのか」と。そして、「災害の中に籠城する覚悟が第一歩」「人を救ひ他を養ふ余力は、其の第二歩」であることを確認する。碧梧桐がまず買い求めたのが蠟燭だった。九月一日「どの店をきいても、蠟燭はもう売れ切れてゐた」。しかし近処の荒物屋で一本六拾銭の百目蠟燭を見つけ買った。

この一本の百目蠟燭が、電燈のつかなかつた一週間の晩餐の食卓上にどれほど有難い光りを投げたか、震災の買物の中の偉勲に相当するものだつた。

と記す。人間に光は不可欠。

地震への備えの第一は、やはり懐中電灯かカンテラ、もしくは蠟燭ということになる。次いで食料。

（九月二日）かうして安閑と惨害を見学してゐる場合ではなかつたのだ。幸ひ牛込区ではまだ物を売つてゐる。在庫品がいくらか残つてゐる。こゝ少くも一週日を与へる食料を用意して置かなければ、震災に安全であり、火災を免れたとしても、生命の土台は覆へされる。きのふ既に気づくべき事を、何たる安閑とした態度であつたのだらう。さう思ふと、きのふまで豊富に見えてゐた、北町附近の食料が、もう疾くに買ひ占められた亡き骸のやうな不安にも駆られるのだつた。

かくて、被災した一日にはとりあえず、缶詰や野菜類を両手にもてるだけ買い込んだが、翌二日からは長期籠城を覚悟して、漬物屋で、味噌漬、沢庵、佃煮、牛肉、鮭、鰯、ジャム、ミルク、クヲーカー（?）の缶詰を持ち切れるだけ買いこみ、甥を呼び出して押麦一斗を米屋で手に入れた。こういうことには日本の官憲も手廻しがよい、白米はすでに徴発されていて、なかった。八百屋で玉葱、南瓜、馬鈴薯などを買い足す。九月三日には柳町の雑穀屋で、小豆、いんぎん豆、片栗粉、ひじき等を買い求める。九月四日には、とりつけの牛肉屋から最後の貯蔵肉を手に入れ、玉葱とジャガ薯ですき焼をして食べた。

そして、九月六日、東京復興の第一声が流れたと碧梧桐は記す。

（九月六日）さア大安売りの奈良漬、と人馬の雑音の中に、音楽的な肉声が響く。――中略――二船五十銭の瓜が見る間に売れて行く。銀座の大通りにも、近在の百姓らしいのが、梨子や西瓜を売つてゐるのが辻々にゐた。一つ六銭の梨、一切れ十銭の西瓜が奪ひ合はれてゐた。多少の加工をした所謂食料品の売り初めは、この奈良漬であつたかも知れない。奈良漬屋の売声は、滅入つた、洞ろな、惨鼻と悲観に閉されてゐた心に、一脈の活気を吹き込むのだつた。帝都復興の第一声はこの奈良漬屋によつて叫ばれたのだ。――中略――

もう測量師が、剝げ落ちた崖に綱を引張つてゐる。――中略――飯田橋の電車の腹には、新たな掲示が押すな押すなをやつてゐた。中に、自働車運転手一日十時間勤務日給拾円、食事付、といふのが幅をきかしてゐた。

商魂逞しいと言うべきか、商家育ちではない私には想像もつかないことだが、九月七日になると、写真家か印刷屋か、震災絵はがき売りの女が出たと記す。

（九月七日）市ヶ谷見附に出て見ると、堀に沿うた人道にずらつと青物屋が店を並べてゐる。茄子、馬鈴薯、冬瓜、南瓜、牛蒡、蓮、梨、西瓜、それらが物々交換をした原始的な市を為してゐる。——中略——

それらの市場の中に、震災絵ハガキを売る避難民らしい女を始めて見た。八枚一組十五銭、とやさしい女文字の札を立てゝゐた。——中略——

田端に下車して、日暮里へ向く街道は、人の行列だつた。——中略——

道の両側には、すいとん屋、うで小豆屋、一杯十五銭のライスカレー屋が、雨に濡れたテントの下に、威勢のいゝ声を張り上げてゐた。——中略——

去る三日から一人前五勺あたりの配給の玄米が、翌日は一合あたりに殖ゑ、其の翌日は二合あたりになつたのが、けふは白米を半分くれたとのことだつた。

（九月九日以後）午後一時過ぎ、偶然水道の水の出る恵みに際会した。

十九日ゆ《ママ》日であつた。――中略――

もう市中にはマスク売りといふ立売りが夕刊売りと雑居してゐた。すいとん、天どん、ライスカレー、うどん屋などが、どの辻にもどの橋にも、急造の暖簾を垂れてゐた。バラックが殊に浅草に多かつた。金釘を打つ音が、どこにも急がしく響いてゐる中に、煉瓦の残骸を壊はす爆音が轟くのだつた。

かくして帝都は復活する、自然の力の芽生えの力強さを躍る胸に感ずるのだつた。

――完――

「サアー　サアー　大安売ノー　奈良ヅケー」の声に始まった、震災からわずか九日での、少しずつだが着実に復興を遂げ、日常を取り戻していく姿を、碧梧桐の「大震災日記」は描き出す。とはいえその復活は人々が、死ぬことや屍体に馴れっこになるという、人間の死の悲劇に対する恐るべき感覚の鈍麻とともにあるものであったことの記述も忘れない。

（九月八日）無賃の電車は、運転手台の外の救助網の上も、車体の左側も、車掌台のうしろも、従て人をもつて埋められてゐた。避難民で飾つた花電車だ。無理に飾りつけた花は、時々架空線の支柱に触れて落ちた。ア、又た落ちたよ、死んだ人もそんな一語で葬られてゐた。

客車の屋根に腰かけて、汽車の進行とはうしろ向きに両足をぶらさげながら、涼しさうな顔をしてゐる男達も、トンネルにはいつて、ア、又た落ちた、で葬ち《ママ》れる仲間なのだらう気がした。

この「大震災日記」に、もうひとつ、どうしても看過できない記述がある。

■朝鮮人等虐殺事件

（九月二日）ゆふべは○○が放火するとか、焼け残つた方面へ来襲するとか言つて、四中の避難者は、いろ〳〵な恐ろしい話をして慄へてゐたさうだ。或る○○の持つてゐた革包を調べると、キヤラメルを詰めた下側にはいろんな薬品が詰めてあつた、ダイナマイトを懐中してゐたのが破裂して死んだ、どこそこへは爆弾を投げ込んだ、井戸へ毒を投げ込むのもある或る《ママ》、町ではもう十人○○を斬つた、そんな話が避難者の口利きや、慰問の青年団員の土産話で尽きなかつた。四中に避難してゐると、どう落着いてをらうとしても、知らぬ間に神経過敏になる、と姉は言つた。そんな非常識な無駄話をきかなかつたゞけでも、私は僥倖をしたのだ。

妻と姉は避難所である四中（府立第四中学）に宿泊したが、碧梧桐は子供と家で蚊帳の中にもぐり、つまらぬ噂話を聞かずに済んだと喜んでいる。

○印は、検閲による伏字。○○○は朝鮮人、○○は鮮人とされている。次のように伏字が多くて何と書いたのやらほとんど解読できない箇所もある。

（九月六日）呉服橋に出ると、異様の臭気に堪へないで、思はずハンケチを鼻にあてる。橋の少し下流に、砂利でも上げ下ろしする桟橋めいたものが突き出てゐる上に、五六十の屍骸が積み上げてあるのだ。○○○○○○、○○○○○○○○○○○○○○○○○。○○○○○○○○、○○○○○○○○○○○○。○○○○○○○○○○○○○○○○○○○○○○○○○○○○○○。○○○○○○○○○○○○○○○○○○○○。そこらに寄ってゐる弥次馬も口の中で念仏を言ってゐる。これらの人々が、屍体になるまでの阿鼻叫喚が耳底に鳴り響く。

ここにはいったい何が書かれていて、なぜ抹消されたのか知りたいと興味がそそられるが、この種の塗り潰しの資料を読み馴れていない私には、この百字弱の伏字部に何が書かれていたか皆目解らない。それでもこれだけの大量の文字が塗り潰された異様さと、前後の文から、朝鮮人と社会主義者等を虐殺したすさまじい様子が逆にまざまざと甦って来る。

実は、「ゆふべは○○が放火するとか」に始まる河東碧梧桐のこの「大震災日記」の九月二日の記述を初めて読んだ時、私は愕然とし、それまでの不明を恥じた。関東大震災時に朝鮮人が暴動を起こすとか、井戸に毒薬を投げこんだ等の噂が流れ、多数の朝鮮人や社会主義者が殺害されたという事実は知っていた。しかし、それはあくまで心ない噂が次第に拡大していって、とうとう取り返しのつかない事態に至ったのだろうとしか認識していなかった。

ところがどうやらそのような自然発生的なものではなかったようだ。噂が広まるどころか、河東碧梧桐の妻や姉は震災の当日、九月一日にすでに朝鮮人が「爆弾を投げ込んだ」だの「井戸へ毒を投げ込んだ」の話を聞き、さらに朝鮮人を「十人斬った」という話まで聞いている。ホラ吹きもいよう、事態を面白おかしくまた、残酷無惨、恐怖を煽るように吹聴する無思慮な者も、誇大妄想者も虚言癖者も愉快犯もいることだろう。だが、震災当日に同じような噂が一気呵成に東京・横浜一円に伝播するとはにわかには考えられない。

（九月一日）在郷軍人の服装をして、全く見違へる男振りをした畳屋の若い者が、人輪の中で、何事かを説明してゐる。――中略――

と、すぐ又た自転車に乗つて駈け出した。

九月二日には前述の

或る○○の持つてゐた革包を調べると、キヤラメルを詰めた下側にはいろんな薬品が詰めてあつた、ダイナマイトを懐中してゐたのが破裂して死んだ、どこそこへは爆弾を

投げ込んだ、井戸へ毒を投げ込むのもある或る、町《ママ》ではもう十人〇〇を斬った
そんな話が弁舌巧みな避難者や青年団員によってもたらされた。
（九月二日）家人は、さつき憲兵が今夜の七時と十一時と、明日の午前一時とに大震があると報告した
（九月三日）薬王寺町の伝令が、只今三十人の〇〇が江戸川方面から入り込んだ情報がある、御警戒を願ひます、など言って来る。

それを究明することは難しいにせよ、少くとも大衆の自然発生的な流言蜚語ではありえない。フランス文学者・中島健蔵は、『昭和時代』（一九五七年刊）の中で次のように書いている。

人もまばらになった警察の黒い板塀に、大きなはり紙がしてあった。それには、警察署の名で、れいれいと、目下東京市内の混乱につけこんで「不逞鮮人」の一派がいたるところで暴動を起そうとしている模様だから、市民は厳重に警戒せよ、と書いてあった。
——中略——

場所もはっきりしている。神楽坂警察署の板塀であった。時間は震災の翌日の九月二日の昼さがり。

九月二日の、神楽坂警察の貼紙について碧梧桐は「大震災日記」の中で少し違った景色を描いている。

神楽坂警察署の前には、震源地が何処だとか、大地震が続いて来るといふ流言に迷ふなとか、さすがに警察のお役目らしい鹿爪らしい、常識的な文句が貼り出してあつた。

碧梧桐と同じく市谷加賀町で被災した評論家・石垣綾子も『憩なき波――私の二つの世界』（一九四〇年アメリカで出版）で次のように書いている。

叔母のところの下男が息切れしながら大声でいった。「今警察の告示を見てまいりました。朝鮮人の悪党どもがそこら中にいて、略奪し、火をしかけ、井戸に毒をいれているると書いてございました。気をつけるようにと。

碧梧桐の「大震災日記」は、震災直後、大正十二年十月十三日印刷、十月十五日発行。碧梧桐一人が執筆する月刊雑誌『碧』の第七号（十、十一月合併）に「創作」と題して発表されたものである。

中島健蔵と石垣綾子の証言は似通っているが、碧梧桐とは違っている。この証言の違いにはいろいろな理由が考えられる。ひとつは、九月二日であっても、確認した時間が違ったため、貼紙が違っていた可能性。第二は、碧梧桐もその種の掲示を目撃したもののばかばかしいと問題にせず記録しなかった可能性がある。そして、第三には、碧梧桐の記述は、当時、直ちに書かれたものだが、中島健蔵、石垣綾子のものは、それよりずっと遅れて出版されたものであり、記憶が一部混線した可能性がないとも言えない。

朝鮮人による掠奪、放火、投毒というまったくの虚言が東京・横浜辺に異口同音にまたたく間に広がり、大虐殺が行われた現象は、一般に「流言蜚語」によると考えられている。しかし碧梧桐の「大震災日記」を読んでいると、「流言蜚語」を巧妙に利用しつつ官憲によって仕組まれた事件であったことが浮かび上がってくる。

その第一の理由は震災当日、九月一日にすでに流布されていること、朝鮮人、放火・井戸への投毒という管理された統一的な流言があること。そして「大震災日記」を読んでいくと、その演出者達も描かれている。

噂を被災者にもたらした者は、避難者、青年団員、町内会役員、在郷軍人の服装をした若者、憲兵など。国家や地方権力機関の末端とつながる人々であり、震災当日ただちに一斉に広範囲に流されたことを思えば、国家や地方権力と無縁に始まったとはとうてい考えられない。

九月二日に戒厳令が出されたこともあろうが、九月三日には、首都東京、横浜、いたるところで一斉に自警団が組織され、通行人の検問を始めている。

（九月三日）私はNをつれて、朝から籠城用意の食料を買ひに出かけた。いつの間にか、加賀町一丁目のはづれに自警団の屯所が出来て、通行証を持たなければ出入を許さないことになつてゐた。

その事態を碧梧桐は「東京は地震や火災に襲はれたのでなく、強大な敵軍に包囲された本統に最後の籠城騒ぎになつた」、何たることだと苦々しく皮肉っている。

（九月三日）夕飯後自警団の屯所に往つて見る。O氏は其の邸を開放して、自警団本部にしてゐる。○○陰暴《ママ》の実例を事細かに話す。其の内にも薬王寺町の伝令が、只今三十人の○○が江戸川方面から入り込んだ情報がある、御警戒を願ひます、など言つて来る。捻ぢ鉢巻き、ゲートルの若い衆や学生が、面白半分にガヤ〳〵騒ぐ、九段方面では、銘々竹鎗を用意したとか、納戸町では猟銃を昇ぎ出したの、青山では剣術を知らない青二才が、日本刀を抜身で提げたなど、自警団即自険団の話柄《ママ》がそれが《ママ》らそれと噂される。それに比べると、我が自警団は常識的だよ、とO氏がいふ。成程、そこらにあるものは、ステツキか棒切れ位なものだ。

（九月五日）夜九時頃だつた。四中に三人の○○が逃げ込んだと言つて、夜警団が学校を包圍《ママ》した。一団は校内に入つて捜索するらしかつた。長屋のレンジ窓から始終の様子を見物してゐるのもい丶気なものだ。三人の○○は愚か、鼠一疋も出なかつたらしい。包囲の中に一人交つてゐた兵卒の銃剣が、暗中に徒らな稲妻を走らせた。

三人の朝鮮人が四中に逃げこんだと言って大騒ぎをし、そんな気配すらなかったにもかかわらず、また平然と無反省にやり過ごしていることに対して、碧梧桐は「かくても夜警団人は、何らの悔恨もないらしい」とその愚昧さを吐き捨てている。

（九月六日）○○襲来の鬨の声だと武者ぶるひして出て見ると、（帝国）ホテルの外人が晩餐後談笑してゐた笑ひ声だつたともいふ。

（九月七日）かういふ水上生活にも○○騒ぎが伝播して、或る晩など陸の並木の焼けた根もとに二三人潜んでゐると大騒ぎをした、夜中それを遠巻きにして明方になつて見ると、聾で啞でびつこだといふ御念の入つた爺さんだつた、ア、なるともう棒杭までが○○に見える、といふやうな喜劇、親爺はそれから〳〵と飽かずに話す。

碧梧桐の証言では朝鮮人等の暴動、放火、投毒などはすべて虚言。ありえない「非常識な無駄話」にすぎなかった。災害時、強盗、窃盗などの泥棒を警戒する必要はある。だが、災害当日から、朝鮮人が井戸に毒薬を投入した事実が確認されよう筈はない。寺田寅彦はそんな多量の毒が準備できる筈はないとこの噂話を否定したが、それ以前に、九月一日に毒入井戸事件の発生が発見されることは考えられない。

ところが大多数の民衆は、何等事実を確認することもなく、その噂話に踊らされ一喜一憂、付和雷同していった。だが、その流れにのみこまれたのは民衆だけではなかった。哲学者・和辻哲郎も文学者・芥川龍之介も俳人・荻原井泉水も庶民同様「そのようなこともあるだろう」と考えた。むろん、寺田寅彦は科学者らしく「一体何千キロの毒薬、何万キロの爆弾が入るであろうか」と噂話を否定してみせ、吉野作造は、宣伝のもとは「警察官憲らし」いと見当をつけていた。それにしても、和辻、芥川、井泉水等の学者、文学者までもが信じこんでしまった「朝鮮人等の暴動」という「非常識な無駄話」はどのようなしくみから生れたのだろうか。

まず、いわゆる自警団屯所が、東京・横浜に震災翌日には一気に生れているという驚嘆すべき事態である。これは自治組織、隣組、町内会から同時多発、自発的に生れたと考えることはできない。現在においても町内会、自治会が、「市民便り」の配布、赤十字募金等役所や警察署等の下請組織の役目を担わされている。市町村から名目をつけて町内に補助金が出ている例もある。つまり町内会長、自治会長や組長は、役所、警察との接触関係が一般市民と比べた場合、きわめて親密である。まして大正時代のこと、現在とは比較にならない癒着関係にあったことであろう。国家的な上層部であるか、あるいは実務を担う中層部か、特別な役所の上層または実務担当部かは解らないが、「朝鮮人・社会主義者による暴動」という噂話が意図的に捏造され流布された、と考えられる。噂話が放火、暴動、投毒といずれも共通しているからである。戒厳令とともに「自警団屯所」の設置令が一斉に命じられ奨められたことはそれを加速、増幅した。

そして、この官製の「流言蜚語」を東京・横浜へと伝播、拡大する重要な役割を担ったのが、前述の「避難者」「慰問の青年団員」「在郷軍人の服装をした若者」そして「憲兵」達である。彼等はいろいろな情報を告げると、「すぐ又た自転車に乗つて駈け出」す。使い走りの伝令達である。それが、軍の憲兵、公安警察の周囲に組織された諜報員やその予備団員等であった可能性は高い。善意であったとしてもこの体制に組み込まれた町内会長、組長等、住民からは一定の信頼を集めている人々がこれに加担する。かくて官憲自らが手を下すことなく、「千人〜数千人」(西崎雅夫)の朝鮮人・社会主義者等が虐殺され、かつ驚くべきことに加害者はほとんどが罰せられることはなかったのである。

碧梧桐は触れていないが、中島健蔵、石垣綾子等が報告するところを勘案すれば捏造された朝鮮人の不逞に対する警察告示、そして、それを伝えるマスメディアによって、まったくありもしない幻影がつくり上げられ、それによって多数の人々を手にかけることになったのである。

大震災を機に、千人から数千人にのぼる朝鮮人、社会主義者、さらにそれらと見間違われた人々が理由なく虐殺されたのみならず、虐殺者側がほとんど処罰されることがなかったという野蛮な事件の発生の機序は次のようなものと考えられる。

変らず続くものと思いこまれていた日常が大震災で崩壊する。そこで治安の悪化も懸念される。警察組織はこれに抗すべく、町内会に自警団の結成を促がす。この時に、治安悪化の原因となる「不逞の輩」の上に、「朝鮮人」や「社会主義者」などの形容詞をつけ、かつ治安悪化の状態として、もっとも可能性の高いはずの窃盗や強盗ではなく、放火、暴動、投毒等を例示する。ここまでは、吉野作造がいみじくも想定したように、「宣伝のもとは警察官憲」である。

この伝達に際して、さまざまな伝令が暗躍する。その一方で官憲は、これを抽象的に「流言蜚語に惑わされぬように」と注意を促がす。このことによって、「流言蜚語」が官憲によって流布されたものではないという免罪符を獲得し、逆にその信憑性を高める。そして仕上げはマスメディア。その噂話を新聞等マスメディアが取り上げることによって、官憲がつくり出したにもかかわらず、官憲に関わり合いはなく、民衆がデマゴギーに右往左往することによって自然発生的に生じたかのような大お伽話がつくり上げられたのである。

むろん高群逸枝が、「朝鮮人日本人を合して数万のものが暴動化したと。私はなんとなく勇み立つような、うれしいような気がした」と書くような抵抗がなかったわけではないだろう。だが、それは、あくまでしかけられた理不尽な攻撃に対する戦略も展望もなき絶望的反抗であった。

少しく、碧梧桐の「大震災日記」の描写の魅力にとらえられて、その記述に付き合い過ぎと思われるかもしれない。だが、それは、「大震災日記」の記述が震災間もない東京に連れて行ってくれたからであり、当時の文学者としての碧梧桐の文の力量から来るものだ。「風変わりな俳人」として切り捨てられた河東碧梧桐が「大震災日記」をしかも、当時随一の水準で書いたことは、ほとんど知られていない。だが、大正十二年の関東大震災を描写した文としては、随一ではないだろうか。

小説家・正宗白鳥は月並なことを書き、私事を吐露している。

数分間の大地の震動のために、文化的設備がすべて壊されて、汽車も不通、電信電話も不通、電灯も点《つ》かなくなつたことを思ふと、人間が何千年で築いた文明の力の薄弱なことがつく〴〵感ぜられました。――中略――

私は東京がさういふ風では文学や出版は当面駄目だらうと思つて、一片附《ひとかたづけ》がついたら田舎へでも引込むのだと考へた。

（「文明の力の薄弱さ」『婦人公論』大正十二年十月号）

自然主義作家の田山花袋も月並な評論に終始している。

今回の震災については、私はつくづく自然の大きさといふことを感ぜずにはゐられなかつた。——中略——

物質上の平等といふことと精神上の平等といふことが、今回の震災を機縁にして深く考へられて来るやうになりはしないか。

（「震災を機縁として」『婦人公論』大正十二年十月号）

竹久夢二も評論風の記述に終始する。

あらゆる通信機関、新聞紙を失つた民衆は、辻々に貼り出されるポスターによつて、また無責任な流言蜚語をも信じる外はなかつた。——中略——

家毎に、電気がつくやうになつてからといふもの、私達はまた、夜も昼もない変な生活をはじめるやうになつた。

ひとり碧梧桐だけが、見事に、大震災後の東京を冷静に写生している。そう言えば名だたる永井荷風の『断腸亭日乗』を忘れていた。その記述といえば、

九月朔。曶爽《こつさう》雨歇《や》みしが風猶烈し。空折〻掻曇りて細雨烟の来るが如し。日将に午ならむとする時天地忽《たちまち》鳴動す。予書架の下に坐し嚶鳴館遺草《あうめいくわんゐさう》を読みゐたりしが、架上の

書帙《しょちつ》頭上に落来るに驚き、立つて窗《まど》を開く。門外塵烟濛々殆咫尺《しせき》を弁せず。児女雞犬の声頻なり。塵烟は門外人家の瓦の雨下したるが為なり。予も亦徐《おもむろ》に逃走の準備をなす。時に大地再び震動す。書巻を手にせしまゝ表の戸を排《おしひら》いて庭に出でたり。数分間にしてまた震動す。身体の動揺さながら船上に立つが如し。門に倚りておそる〳〵吾家を顧るに、屋瓦少しく滑りしのみにて窗の扉も落ちず。稍安堵の思をなす。昼餉をなさむとて表通なる山形ホテルに至るに、食堂の壁落ちたりとて食卓を道路の上に移し二三の外客椅子に坐したり。食後家に帰りしが震動歇まざるを以て内に入ること能はず。庭上に坐して唯戦〻兢々たるのみ。物凄く曇りたる空は夕に至り次第に晴れ、半輪の月出でたり。ホテルにて夕餉をなし、愛宕山に登り市中の火を観望す。十時過江戸見阪を上り家に帰らむとするに、赤阪溜池の火は既に葵橋に及べり。河原崎長十郎一家来りて予の家に露宿す。葵橋の火は霊南阪を上り、大村伯爵家の鄰地にて熄む。吾廬を去ること僅に一町ほどなり。

さすがに朗々たる漢文訓読体、そして美文。

しかし、永井荷風の『断腸亭日乗』の大正十二年九月一日の記述はこれがすべて。昼食に出かけたホテルでは壁が落ちたために道路に食卓を移したこと、市中の火事を眺めていたこと、河原崎長十郎一家が来て庭に泊ったことなどを、淡々と書き記したのみである。

それにしても、リズムが快いとはいえ、漢文訓読体に終始する荷風の日記と、現在もなお古風さをまったく感じさせない、碧梧桐の「大震災日記」の漢字、ひらがな、カタカナの書き分け、送り仮名の的確さ、妥当性も含めて現在的な文体はどうだろう。むろん内容の密度もはるかに濃密である。

関東大震災を記述した文としては、碧梧桐の「大震災日記」が随一ではないだろうか、という問題を提起したのである。一俳人にとどまらないひとりの近代文学者について、この国の文学研究者、愛好家達は、これを抹消し、存在しなかったかのように扱っているのではないか。同年二月に創刊されたばかりの『碧』と題する碧梧桐の発行する純粋な個人誌に発表されたからというのであれば、あまりに目配りが足りない。

■震災雑詠十八句

むろん碧梧桐は俳人。「震災雑詠」十八句がある。

松葉牡丹のむき出しな茎がよれて倒れて
蟬がもろ声に鳴き出したのをきく
ずり落ちた瓦ふみ平らす人ら
青桐吹き煽る風の水汲む順番が来る
両手に提げたバケツの空《か》らな
水汲みが休む木蔭にての言葉をかはす

焼跡を行く翻へる干し物の白布
四谷から玉葱の包みさげて帰る日
水道が来たのを出し放してある

「震災雑詠」十八句の中から九句を選んだ。

真夏のギラギラ照りつける強い日差しの下で咲く姿が似合う松葉牡丹。膨潤な茎を地表に這わせるようにして、色とりどり原色的に咲く花。その無惨な姿を詠う。

地震を予知してピタリと鳴き止んだ蟬が、一段落したとたん、また一斉に鳴き出した。水道が止まった、水を汲みに出る。すでに長い列。並んでいると、台風の余波で青桐の葉まで揺らす風、やれやれやっと順番が廻って来た。

水を汲むためにバケツを下げて出て来はしたものの、手にしたバケツの軽さ、その所在なさ。

水を汲みに来た人達が木蔭で束の間の一休み。地震の驚き、消息、事件、いろいろと情報交換。誰彼なく話し合っている。

災害の中にあっても、衣食住を第一義とする日常生活は確実に繰り返される。衣類の洗濯も止められない。傷を手当した救護の白布か手拭か、それとも男の褌か、焼跡の中にあちこち白布が飜えっている。これは、記録映画の一場面のような光景を書き留めている。

四谷に出かけてやっと玉葱を手に入れた。食料を手に入れた安堵感とまた、四谷まで出かけて玉葱だけしか収穫がなかったという残念と。玉葱をぶら下げて家に帰るという、何とも苦々しく空しくもある思いを描く。

水道が復旧しやっと水が使えるようになった。その喜びからか、はたまた水の来ない時に皆が水道栓を開けっぱなしにしたままになっていたからか、水が出しっ放しになっている。復旧の希望の水である。

これら「震災雑詠」は、震災の場面《シーン》、災害下にあっても生きつづける生活者の行動の風景がひとつひとつ淡々と拾い上げられている。

その中で、唯一、季節の風物である松葉牡丹に目を止めた句が冒頭の「松葉牡丹の……」である。

地表に浅く根を張る松葉牡丹が、土波の震動で土から浮き上がり、無惨な姿を曝してい

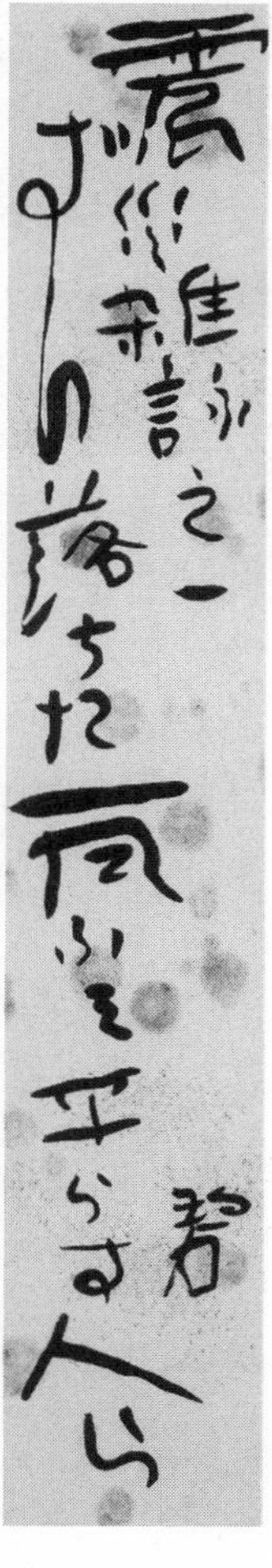

震災雑詠の一　ずり落ちた瓦ふみ平らす人ら

る。白赤紫橙……小さくも原色的な花の存在がその無惨さを強調する。俳人の性というべきだろう、松葉牡丹に目をとめている。

俳人の加藤楸邨は、中央公論社『日本の詩歌』の中の「河東碧梧桐」の句の鑑賞欄で、「残暑厳しい日だったので『むき出しな茎がよれて倒れて』恐らく花を見せているのが無惨な印象だったろう。『青桐吹き煽る』の句とか、『水道が来たのを出し放してある』のような、震災らしさのみなぎった句よりも、ずっと痛ましいものがある」と記している。

この句の魅力は、一に碧梧桐流とでもいうべき「な」の効果的使用。「むき出しの茎」として「茎」に「むき出し」を収めなじませるのではなく、「むき出しな茎」とすることで「むき出し」を曝け出すところにある。「両手に提げたバケツの空らな」「灰をかく火箸の離ればなれな」などの句もこの頃作られている。

ついで、「よれて倒れて」と韻を踏みつつ終るところ。「よれて倒れて」はそれで終らずに、「潰れて」などの次に展開する気配を準備しながら終っている。「倒れてよれて」の四音+三音では収束してしまうが、「よれて倒れて」と三音から四音へと開いているのだ。五・七・五音ではなく、七・八・七音が、五・七・五的完結性=中心性を梳き解いてスケールを広大なものへと開いている。

とはいえ、大震災をめぐる俳句はわずか十八句にとどまる。さもありなん。迫真性のある記述に引き込まれる「大震災日記」の写生文のスケールには俳句も及ばない。震災については、俳句よりも散文日記の方が表現がまさっていた。

大正十年、旅行中のローマで俳句の命運を予兆するかのように、詩のような文体を漂わせ始めた。そして、大震災に出合って、創作散文・日記の方が、俳句よりも多くのことを語るようになったのである。

大正十一年に

雪がちらつく青空の又た此頃の空

大正十二年に

冬の漁小屋の砂盛りあがる

の句がある。

「雪がちらつく……」の句が並ではないのは、挟入された「又た」のためであろう。

大正六年に

ゴロ〳〵ころげる又たこの籠のがうな

の句があり、冒頭に「又た」の来る句は大正七年に、

又た一つ石段を上り筍が束ねてあつた
又た隣のドラ声の夕べの真ッ白な月だ

があって、大正八年には

忘れたいことの又たあたふたと菜の花が咲く

の佳句がある。大正十二年には

凧あげてゐる又た一人の子が泣いて去んだ

の句もある。これらをふまえて「冬の漁小屋の……」の句は生れた。

「冬の漁小屋の砂盛りあがる」を活字で見れば、あまりに単純な絵葉書的な描写に見えて、「それがどうした」と表現の不足を感じないではいられない。ところが、その書を見た時には、そのような不足感は消え去ってしまう。この句は、寒漁村の浜辺の漁小屋に吹きつけられた砂が盛り上がっている冬の、自然のなすがままという閑散たる風景をスケッチしているだけではなく、その筆蝕（書きぶり）を併せて読む時少し違ったようにも読める。

図版は、「羅馬雑詠」の書に似通った細身で伸びやかな書きぶり（筆蝕）から言って、この句が作られた大正十二年頃に書かれたことは間違いない。

この句を活字で読むと、一本調子で

冬の漁小屋の砂盛りあがる

と詠まれているように思われる。だが、この書は高浜虚子のように書きなぐられているわけではない。その書きぶりをなぞっていくと

冬　の漁　小屋の
砂　盛り
あがる

と書かれていることが解かる。活字では「冬の漁小屋」と一節であった表現が、それほど単調でもない姿で立ち現われてくる。

冒頭ということもあろうが、力がこもり思いのこもった「冬」。第一筆の左ハライの長さで「冬」という語に相当の比重をかけていることがわかる。「冬の漁小屋」どころか「冬の漁」でもなく、「冬」と始まっている。そしてやや時間的・空間的な間があって「の」

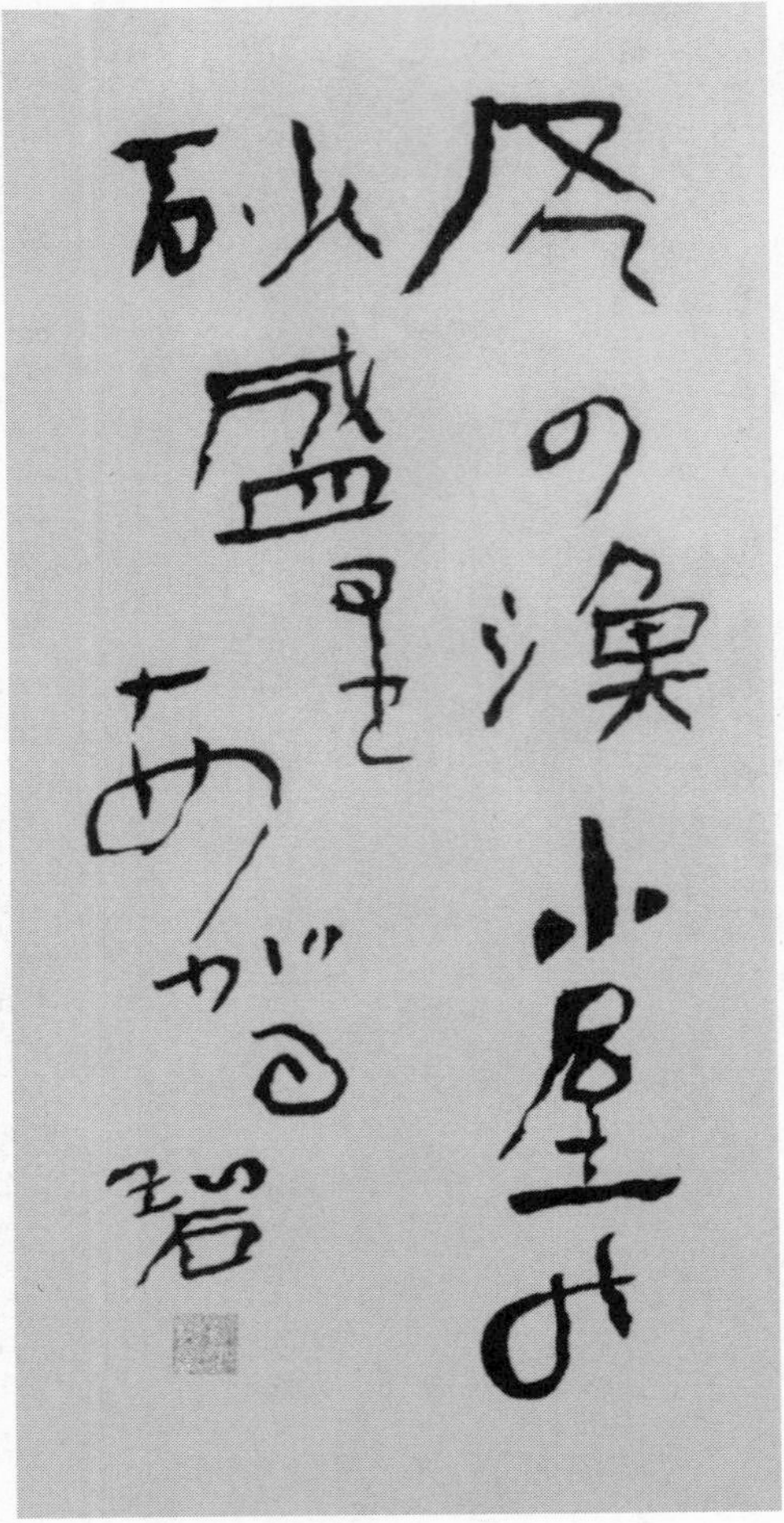

関東大震災（大正十二年）頃の書「冬の漁小屋の砂盛りあがる」

そして「漁」。ここで十分な間がある。ついで、筆に墨を含ませて、「小屋の（能）」。ここで改行する。「砂」と書きやや間があって「盛り（里）」。「盛りあがる」と一本調子に二行で仕上げてもよいのだが、「あがる」部を半改行。「り」字の左斜め下から「あがる」。それに「碧」と落款を書き添える。「碧」字はさほど小さくはない。

まずは「冬」。季節は「冬」である。そして「冬の漁」。寒風の中のそれか、はたまた小春日の中でのそれか。漁が決行されているのかそれとも枕詞にすぎないのかは不明だが、まずは「冬の漁」の場面を想起させられる。そして砂の浜辺にある「小屋」が浮かぶ。当然に漁網や綱や浮きや錘、その他漁に必要な道具が仕舞われている小屋、「漁・小屋」。その周囲の砂が、冬の風に吹き寄せられて「盛り」「あが」っている――そう書いている。書きぶり（筆蝕）をなぞりながら読んでいくと、この句は決して一本調子の単純な一行句ではないことが明らかになる。

震災句「松葉牡丹……」も同時期に揮毫されればこの書に似たスタイルで書かれたことであろうが、まだ眼にしたことはない。

第十一章　新切字の探索――汐のよい船脚を瀬戸の鷗は鷗づれ

■希望の青空

昭和に入ると碧梧桐は大正時代とは異なり、実に暢《の》びやかな句をつくり、朗朗とした書を書き始める。大正九年、洋行の資金を手にするために揮毫、頒布した杜甫の「飲中八仙歌」、蘇轍の「李公麟龍眠山荘図」（龍眠帖）、「以呂波」歌、「蘭亭序」等の美麗な大作群では、主としてヨコ画を華麗に長く伸長した。

しかし、欧州から戻って書いた大正十年過ぎの「羅馬雑詠」の書では細く伸長するだけではなく、「手応え」を獲得し、「強いあたり」も見せるようになる。おそらくこれが、自信に溢れ充実した碧梧桐の書としてひとつの頂点を形づくる。

大正時代の書は、ほぼこのような書きぶりに終始した。後述することになるが、大正五年から大正十四年まで、作句の実験制作はつづいていた。

ところが昭和時代に入ると作句の実験は一段落し、句は難解さを脱して、明るさを増し朗らかさを見せるようになる。たとえば、

汐のよい船脚を瀬戸の鷗は鷗づれ

メバル釣る古里をさし一筋にふるさとの海

「汐のよい……」は昭和三年、「メバル釣る……」は昭和二年、いずれも昭和のごく前期の作だ。「汐のよい……」の句をその「しほのよい……」の揮毫とともに読むと、自分自身が瀬戸内海を船で進んでいるような気分になる。

「汐のよい船脚」――軽快な速度でさほど大きくもない船が瀬戸内をすいすいと進んでいく。その船を鷗が追う。

「鷗は鷗づれ」――幾羽もの鷗が連れ立って入れ替わり立ち替わりしながら船を追っている。眩しいばかりの太陽、海と空の青さ、白い雲、そして白い鷗。船は滑るように動き、鷗はそれぞれ前後しながら動く。ふるさと松山へ向かっているのだろうか、停滞することのない速度感が快い。

「五・七・五」のまことしやかな完結感などさっぱりと脱ぎ捨てた、「五・五・七・五」の新鮮な音数律によって、この朗らかな作は生れた。

すでに述べたが、碧梧桐は明治四十三年、第二次三千里の旅中、安芸竹原で「無中心論」を説いた。大正二年には「覚醒的自我による動的自然描写」と言い変え、それを補足した。その句作上の実践は大正五年から十四年頃までに及び、昭和に入る頃には、その過

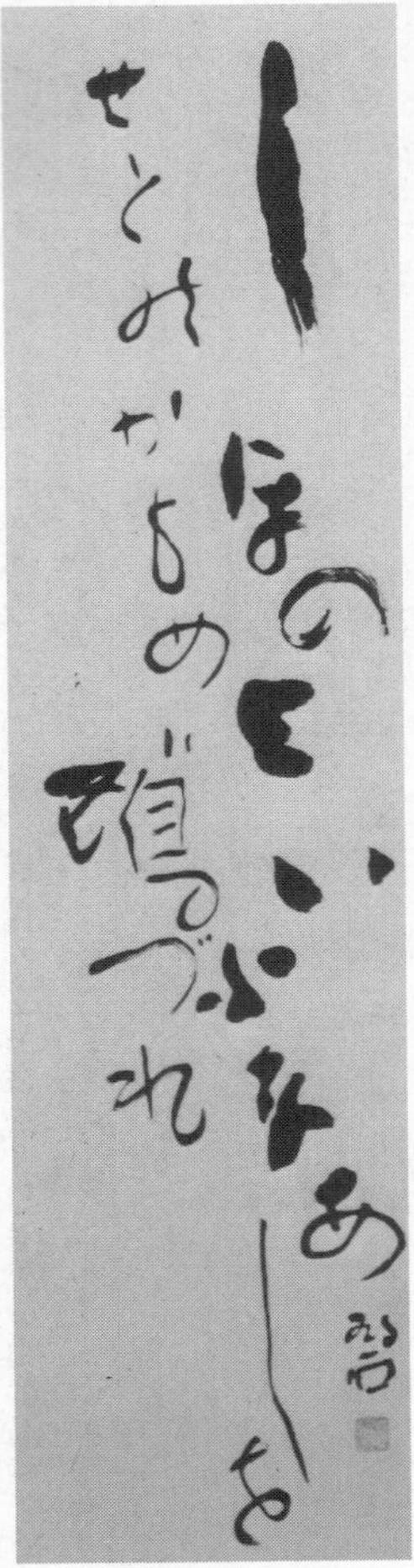

「しほのよいふなあしをせとのかもめハ鴎づれ」（昭和初期）
軽快に筆も走る

渡的実践、試作段階を脱し、新しい表現方法を獲得したのである。本人もよほど気に入った句だったのであろう、度々揮毫し、さまざまの同句の書が残っている。図版に掲げたのは、軽妙な作である。「しほのよいふな」そして「あ」の第一筆までは、強いひねり、ねじりを伴った彫りこみ彫り落とす強い「あたり」の筆蝕で書き進め、それ以後は、筆尖の微細な「あたり」の軽妙な走りで収めている。やや軽きに失した感もあるが、逆にそれほどまでに難解を脱した明朗さが書きとめられているとも言える。

めバる釣る古里をさし一筋にふるさとの海

かつて、大正七年には

古里人に逆つて我よ菜の花

と故郷への愛憎相い半ばする複雑な句を詠い上げた碧梧桐が、それらをふりはらって、故郷を受け容れ、受け止めたのであろう。この句をつくった。この書は、「しほのよい……」の軽さを一方でもちながら、重厚さも恢復した佳作である。たしかに、華麗さにおいては「羅馬雑詠」が頂点と考えられるが、力が抜けて伸び伸びと書かれているという点では、碧梧桐の書の到達作と考えてよいであろう。「羅馬雑詠」後の碧梧桐の頂上作と認められるのである。

この書が正確にいつ書かれたかは明らかではないが、その書体（スタイル）からいって昭和初期であることは間違いない。

「釣」字の「金」偏のヨコ画には、大正七年を頂点とする求心力を欠いた「無中心」のヨコ画水平の構成が見られるが、他のほとんどの文字は求心・遠心力を恢復している。「めバる」の「め」の第二筆は、時計廻りの回転の途中から左下方へ直線的にベクトルを変えているが、これは初期、新俳句段階の「きのふまて五月雨てをりぬ湯治人」の「の」

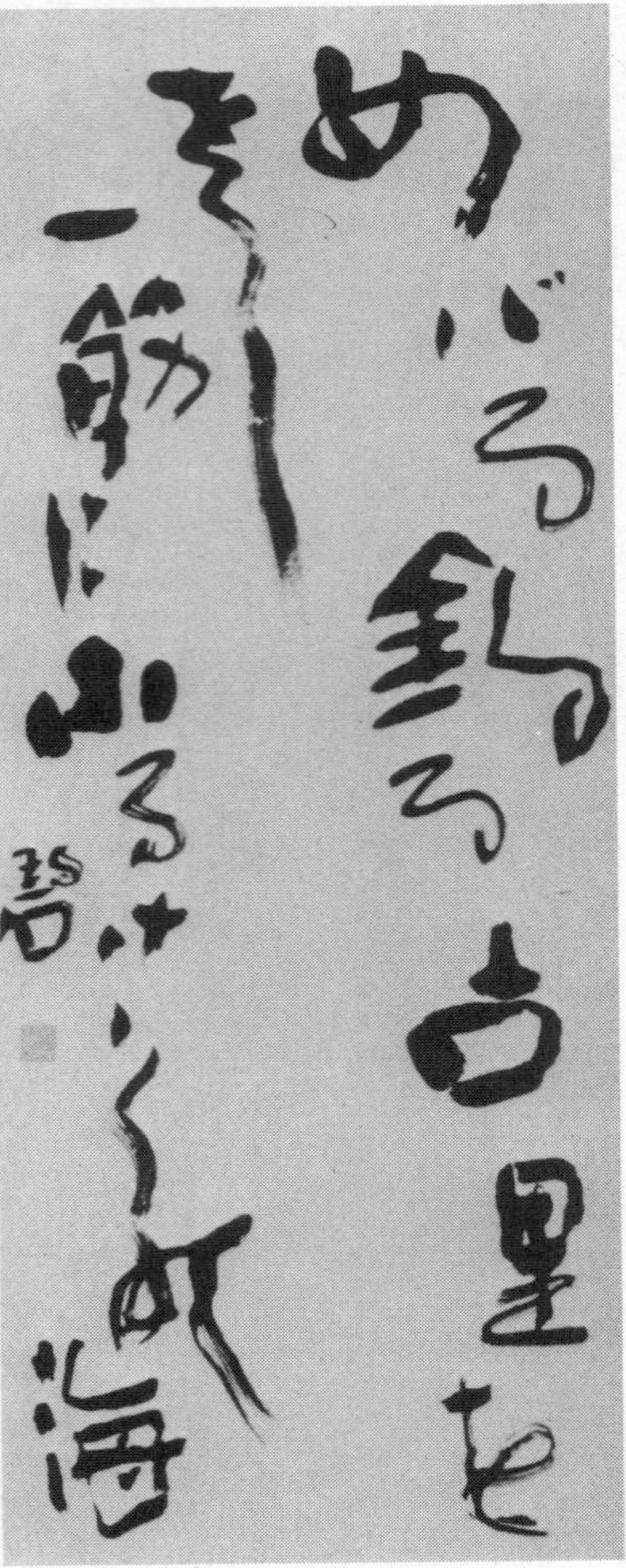

「めバる釣る古里をさし一筋にふるさとの海」

や「草かりの二夜とまりに成にけり」の「か（可）」に見られたのと同じ碧梧桐に膠着している書法が、露出したものである。「三歳児《みつご》の魂百《ひやく》歳まで」という書法もあるのだ。

小さな「十」部に大きな「口」を組み合わせた「古」字のデフォルマシオンは、高村光太郎が書の美の一に挙げた「知性的デフォルマシオン」の代表例。「十」部を右へずらし、「十」と「口」の構成は大小関係を常法とは逆転している。

「古」字「ロ」部の点を打つかのような左上から右下へのベクトルの短かく強く太いタテ画、「し」の後半部、「筋」の「竹」冠部、「月《にくづき》」の第一筆、「に」の第一、二、三の全画、「さ」の第三画、「と」の第一筆、いずれも鑿を石に切り込んでひねり、石をぽろりと欠かす類の筆蝕である。

「めバる」「釣る」「ふるさと」の「る」のいずれにも、紙に触れるか触れぬかまで筆尖を浅くした軽やかな書きぶりが登場する。この軽やかさは、大正九年に出現する「伸びやかさ」をふまえたものである。

「五・七・五・七」という音数律が、この句の伸びやかさを形づくっている。五・七・五音で

メバル釣る古里をさし一筋に

でも、収まりはつくが、それでは、元句の奔放さ、明朗さと大きな気宇、希望溢れる表現が消え去ってしまう。音数律を無視し、あるいはこれに超然とするわけではないが、五・七・五にさらに七音を加えた音数律によってはじめて獲得される表現があることを、これらの句は明証している。

大正末から昭和初期にかけて佳句が次々と生れてくる。碧梧桐自身も佳句と判断したと思えて、これらの句をしばしば揮毫している。

桜活けた花屑の中から一枝拾ふ（大正十三年）
パン屋が出来た葉桜の午の風渡る（同）
釣れた鮒をつかんで座敷の皆の前にあがった（同）
大根を煮た夕飯の子供達の中にをる（同）
ひとり帰る道すがらの桐の花おち（大正十四年）
夜も鳴く蟬の灯あかりの地に落る声（同）
鮎をきゝに一ト走り小女の崖おりてゆく（同）
手をかざす炭火の立つ白き灰をおさへ（昭和二年）
満ちてくる汐の海月流るゝ出舟のおくれ（同）

「桜活けた……」は六・五・四・七音、
「パン屋が……」は七・五・五・八音、
「釣れた鮒……」は六・四・四・六・四音、
「大根を煮た……」は七・五・六・五音、
「ひとり帰る……」は六・六・七音、
「夜も鳴く……」は七・五・七音、
「鮎をきゝに」は六・五・五・七音、

「手をかざす」は、五・六・六・三音、
「満ちてくる」は五・六・四・七音。
いずれも「五・七・五」の音数律を突破するところに生れている。
これらに加えて大正十一年にはさらに、

「鮎をきゝに一はしり小女の崖下りて行く」

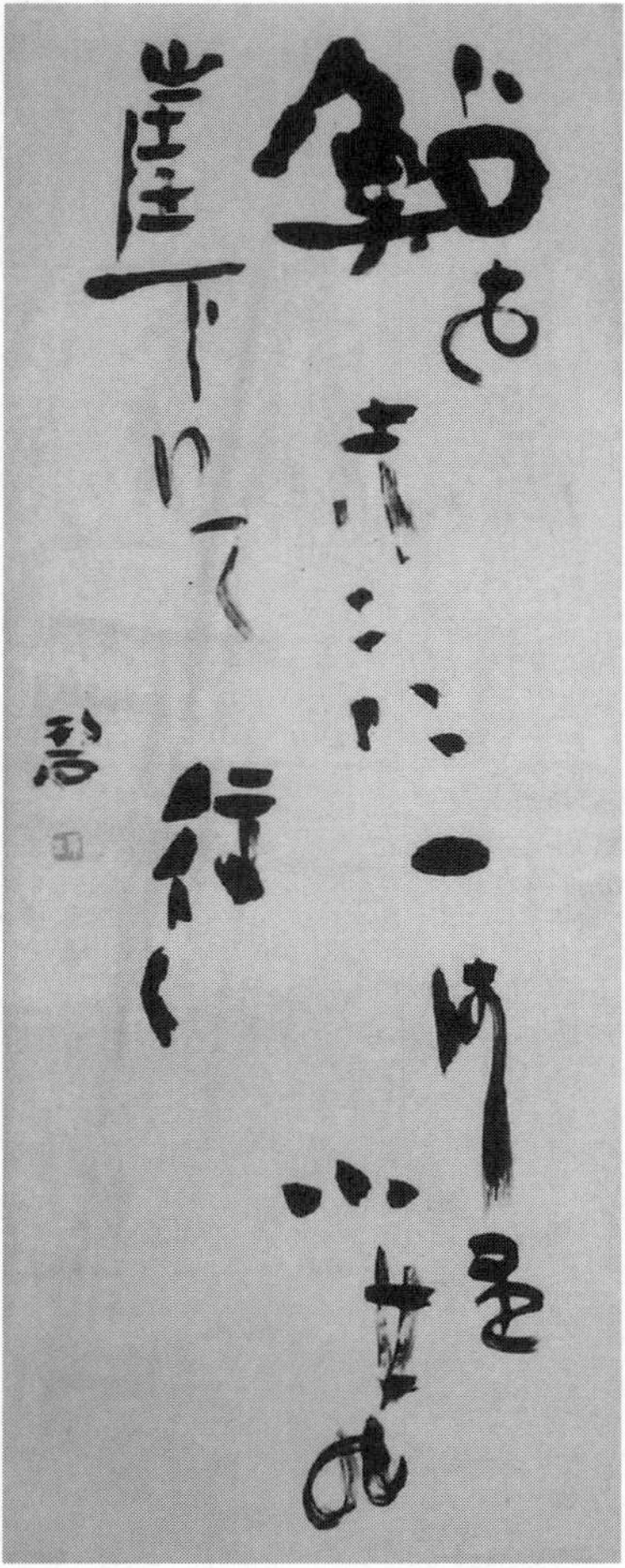

工場休みの澄みきつた日の笑ひ声がする
雪がちらつく青空の又た此頂の空

の句も生れている。前者は八・七・八音。後者は七・七・七音。

■「切字」への挑戦十年間

河東碧梧桐の代表句といえば「赤い椿白い椿と落ちにけり」と言われる。それはなぜだろうか。第一に、字余りなれど五・七・五音をモデルに作られていること、第二に椿が季題・季語であること。つまり誰もが安心して俳句として取り扱うことのできる有季定型句であるからである。だが、俳句にはもうひとつの暗黙の習慣があった。定型や有季に対して疑問を挟み、新傾向俳句の表現に突入した碧梧桐とてこの束縛から自由でなかった。定型、有季と並ぶ桎梏であるにもかかわらずそれと気づかれていないでとらわれている作法、それは句の終止法である。新傾向俳句を作り、「無中心論」を唱えた河東碧梧桐も大正三年までは、俳句の終わり方の神話の中にどっぷり漬かり、自らが旧態然たる「切字」の虜になっていることに気づかなかった。

柳明うす螢に繭の白みたり
麦干せば蟬とる蛇のわたりけり

橋の下も梁の崩れの見ゆるなり

蘆枯れてふりにふりたる入江かな

さすがに、若き日の

鶯や谷間〳〵の水の音（明治二十三年）

のような「××や」式はないものの、多くの句が「かな」や「けり」の切字で終る。これに

思はずもヒヨコ生れぬ冬薔薇

のような体言止めを加えれば過半がこの終り方だ。さらに、それほど多くはないが、

鶯や汐も濁りてヤマセ吹く

など動詞の終止形で終る句を加えてもよい。初期、明治二十五年の新年の句十二句中、「けり」「や」「かな」の切字をもつ句は十句。残りの二つは「喧嘩する」「鳥が啼く」。こ

のように、「切字」は、有季と定型に並んで俳句にはつきものの表現であった。意識せぬままに「切字」に導かれているのである。

大正三年になって、そこに気づき、メスを入れ始めることになった。その契機となったと思われるのが、次のような従来の結び方とは違った句である。

朝からの酒の炉辺の二人捨てゝ置け

月出離れし港内霰濺むかと

さかどりがをると小鴨がいふさうな

「かな」「けり」などの切字による結びでも、体言、用言止めでもなく、いわば結ばないままでの終り方が姿を現わした。「さかどりが……」の「小鴨がいふさうな」は童謡の一節のような終り方である。大正六年になると、俳句か否かというような雑駁、卑小な設問から遥かに遠ざかった傑作な句が生れている。

子供に火燵してやれさうい ふな

子のいない碧梧桐は、妻の兄の娘・美矢子を養女にした。それゆえに厳しくしつけねばと気負いつづけている妻が、火燵を出してと泣き叫ぶ娘の希望を聞き入れようとしないため、見かね聞きかねた碧梧桐は、「子供に火燵してやれ！　さういふな！」と声をかけ、それがそっくりそのまま句になったのである。

また、病床の娘への言葉を直接話法で詠み込んだ、

髪が臭ふそれだけを云つて蠅打つてやる

の佳句もある。

体言、用言止めや切字によって句としての求心力つまりまとまりを作るのではなく、逆に「無中心的」に開放形に保つ、あるいは散文のようにぶっきらぼうに終ることによって、従来の句の表現の文体を超えようとする試みが、大正三年頃から始まったのである。

棚雪の根搔いて道づくる水よ（大正四年）

詠嘆、慨嘆、意味を強める「よ」で終る句、また次のように「こそ」で強めて結ぶ句も生れている。

木下闇に落つまじき獣道こそ（大正四年）

このような変則的な句も例外的に存在するが、まだまだ大半が「なり」「たり」「かな」の切字や体言、用言止めに終始している。ところが、大正五年になると、句の結びの語周辺ががぜん騒がしくなる。

大正五年の句は、まず、

水仙の地にへばる花の伸び端なれ
水仙は葉折れたる根白艸なれ
草枯に立つ垣の山に展びたれ
寒ン五日頃日の和ミ珠根堀りたれ
梅花の道ポプラより入りたれ

「……なれ」「……たれ」と「なり・たり」の呼びかけ風の命令形で終る句が登場する。

ついで目につくのが、詠嘆、慨嘆の意味の「……よ」と呼びかける句。これが多数登場する。その中で最も印象に残るのは、すすけた軍手の状態まで目の前に浮かび、働く母の姿への感謝と同情心の溢れる句、

炭挽く手袋の手して母よ

である。他に、

蚊遣しつかれし軒端の空よ
酔うて町より戻る野菊よ
倉より出して火鉢の数よ
返りさく麓一帯の芒よ
水仙の葉の珠割く青よ
鴨の青首のやはらかに静かなるよ

この「……よ」の詠嘆、慨嘆の呼びかけの句の試作がつづく。それはたまたま「……よ」の句作が重なったというよりも、「……よ」でどんな表現が生れてくるかの意図的実験と思われる。そして大正七年には、

古里人に逆つて我よ菜の花

の句が登場する。大きく二分された句の浮き上がった季語・菜の花の表情を含めて、私には愛すべき句に思われる。「父とは誰か母とは誰か」と問うたイエス、「父母の孝養のた

めとて一返にても念仏申したることいまださふらはず」の親鸞の故郷感に通ずる表現も感じられる。

そして、大正五年には他に動詞の終止形「……る」でそっけなく終る句が多くなってくる。たとえば、

草枯の蕨に雨の落ち来る
蝶遅れたる天井の灯にはいる
すゝむ腰かけし足足にさはる
蚊遣の線香のたち易き眠る
雨なき土棗はおどる

などの句。「草枯の蕨や雨の落ちるかな」と詠めば、俳句らしさという情緒にとり囲まれる。俳句然とした完結感が生れ、安心して句に接近することができる。ところが、「草枯の蕨に雨の落ち来る」となると俳句的完結感は一気に減退し散文の一節のような印象と化すが、逆に、「草枯」「蕨」「雨」「落ちる」「来る」が印象深く鮮やかにその姿を主張し、静かにその場面を再現する。

「遅れ蝶天井の灯にはいりけり」の場合には、蝶が天井の灯に入っていったことを詠嘆とともに眺めているのだが、「天井の灯にはいる」のは、蝶の軌跡を追っているばかりで、

事態の完了や完結感はない。むしろ逆に、「はいった」後どのようになるかが書かれずに、宙づりにされている。「切字」で切ってはいないのだ。

大正六年になるとこの動詞の終止形「る（u）」で終る句が一気に減り、それに代わって、動詞の連用形（iやe）で終る句が続々と生れている。「大正六年は〈動詞の連用形〉で終る」と言っても言いすぎではない。

遠足戻りし兄弟に白魚を盛り
長話して夜が更ける初めて掻餅をやき
博物館へはいる人々のからげた裾をおろし
苗床を立つ手をはたき
鴉が子を連れて来てブリキ屋根をふみ

「白魚を盛る」「掻餅をやく」「裾をおろす」「手をはたく」「ブリキ屋根をふむ」とすると、閉じて終ってしまう。「白魚を盛り（上げる）」か「掻餅をやき（始む）」か「裾をおろし（のばす）」か「手をはたき（はらう）」か「屋根をふみ（歩く）」かは定かではないが、次に来る動作が暗示されつつも宙吊り状態で終る。まさしく「無中心」の表現である。

「立ち、行き、垂れ、見せ、定め、仰ぎ、展べ、見、こぼれ、打ち、上げ、洗ひ、つかみ、ちらし、あるき、あしらひ……」など「動詞連用形切れ」とでも言うべき表現のオンパレードである。

またこの年俳句にはとうてい無理と思われる「ねばならぬ」の語の可能性も試されている。

全集にせねばならぬせねばならぬ鶏頭が伸び
桜のすいた梢銀杏見えねばならぬ
菊の衰へ日に見ねばならぬ
菊十鉢は売れねばならぬ夜頃

碧梧桐全集の出版話が進んでいて意気ごんでいたのだろうか、「ねばならぬねばならぬ」と二回繰り返す異様な句も生れている。そして、翌大正七年になると「ねばならぬ」も句に溶け込んだ。

林檎をつまみ云ひ尽してもくりかへさねばならぬ

の句が生れている。

この年になると、「動詞の連用形（.iやe）切れ」の句が激減して、動詞は終止形に復する。だが、これまでほとんど見られなかった「た・つた・のだ」切れの句が多数登場してくる。

下ぶくれの顔を雛壇にさらした
小者が犬つれて走つて芹汁するのであつた
芝の梅が冷たく女は一人で来て居た
砂まみれの桜鯛一々に鉤を打たれた
梨畑の高いところで君はア、と坐つた

「小者が……」の句の「犬つれて走」ることと「芹汁」がどのようなつながりをもつのかは不明だが。

「下ぶくれの顔を雛壇にさらした」も「小者が犬つれて走つて」「芹汁するのであつた」「芝の梅が冷たく女は一人で来て居た」「砂まみれの桜鯛一々に鉤を打たれた」「梨畑の高いところで君はア、と坐つた」いずれも散文の一節のような完結性のない、つまりは「無中心」の表現の「切字」である。

「……ず」と否定辞で終る句も多くなる。否定辞も試しているのだ。

外套の手深く迷へるを云ひつゝまず
山開きの支度に上つてけふまで下りず

網元が春著の娘達にかまはず
白木瓜鉢植ゑ地にかしいで売れず
濁水を逃れんとする白服の彼等あるき撓まず

否定辞で終る句のみではなく、「……のだ」といささか品位を欠く濁音で力をこめ、力む句がふえてくる。新切字「のだ」の句を実験しているのだ。

一輪車がつゞく又た繭買の眼が光るのだ
桃を盗まれてそこまでの増水を見てゐたのだ
牛飼の声がずつとの落窪で旱空なのだ
荀藪のそこらで野羊がなく繋いであるのだ
薊が逞しい花でまとも な轎《けう》の向けやうなのだ
栗が煮てあると言つた妹よ立居を見せるのだ

「……のだ」の「の」を削除し、力みを少し減じた「……だ」で終る句も登場してくる。これもまた尋常な句ではない。

私の知つてゐるものゝ肌の匂ひだ芙蓉の色だ

「……だ……だ」という繰り返しが効果的な句でもある。

碧梧桐の代表作のひとつに数えられる印象深い句も生れている。

　　曳かれる牛が辻でずつと見廻した秋空だ

作句の例から言えば、上句「曳かれる牛が」と下句「ずつと見廻した秋空だ」の二句に分れ、「秋空だ」の季語は、それまでの上句と連続性なく唐突なばかりに対比的にぶつけたと考えられなくもない。とはいえ、「牛が辻でずつと見廻した秋空だ」という連続性もないわけではないだろう。問題はこの牛が、単に牛舎を出た開放感から見廻したものであるか、あるいは屠場に送られる運命を予感してのものであるかが判然としないことだ。だが、後者と考えた方が、感動的な句とされるかもしれない。

　　野羊の群れが頭が動くそのやうに星空だ
　　又た隣のドラ声の夕べの真ッ白な月だ
　　藁が積み上げられる土に落付いて今日の仕事だ
　　藁踏む君の首筋が丁度の眼の前だ

炭がこぼれそうな炭斗《すみとり》と別な八つ手だ

既存の切字から解放されて「……た」「……った」「……ず」「……のだ」「……だ」など散文的表現を次々と俳句の領域に連れこみ、いわば変則的な「新切字」をつくっていった大正七年は実りの多い年であった。そして想い返してほしい、この年が、かの贋作のごときどう見ても上質とは思えない「冬夜子供の寐息にわが息合ふや」の書が書かれていた時期であったことを。大正八年、大正九年は句作も少ない。それでも次の句も生れている。

夜の雪かいて土あらはれんあらはるゝ（大正八年）

意味の上からは、八・七・五音の構成だが、音数律的には、五・五・五・五音と見なすこともできる。「あらはれん・あらはるゝ」に時間を逐って、雪の下から土が顔を出す姿が、雪をかく姿とともに甦えってくる。それにしても「あらはれん・あらはるゝ」は童謡の歌詞のような飛躍がありながら、雪かきの姿を見事に描写しているではないか。

子の守を頼んで蕾む木瓜のそこら

子守を頼んで外へ出たら木瓜の蕾がたくさんふくらんできたのに気づいたという句であ

ろう。「木瓜のそこら」という言いっぱなしのような開放系の終り方が、逆にふくらんできた木瓜の蕾の姿を彷彿とさせる。

木の芽空の弟の物案じな正しさの姉なれば

「姉なれば」という終り方も句としては尋常ではない。

梅雨の地面が乾く立ちつくす彼ら我ら

梅雨の地面が乾いた。彼ら我らが立ちつくしているという。何ゆえか、共同性を有する語。「彼ら我ら」という俳句になじみそうもない語を用いて終る。

髪梳き上げた許りの浴衣で横になつてゐるのを見まい

七・八・六・七音。音数律は失調しているが、それゆえにこそ生れた佳句である。

数少ない大正八年の句の中に、「あつた」「あつて」の句が四句登場する。

こがりついた塩から鮎を離すのであつた

この句を

こがりついた塩から鮎を離しけり

とすれば安心して見られ、読まれる俳句となる。だが、焼きついた固い塩と鮎をはがしながら、うまく焼けているとか焼けすぎだという感想や、塩を剝しながら一日の行動を内省しているなどの表現はすべて吹き飛んでしまう。「のであつた」とするところに、一日の徒労などの意味が重なってくる。

「……離すのであつた」と小説のように締めくくる句とは別に一度開いて、

梨売の親の水を見てゐる子であつて

捨てる桑葉の蟬殻ががさ〳〵するのであつて

猛暑で熱中症になった梨売が補給水をとるのを心配顔で見ている場面を詠ったのだろうか。「梨売が卒倒したのを知るに間があつた」の句もある。

「梨売の親の水を見てゐる子である」あるいは「……子だ」の句では、子供がクローズアップされる。「梨売の親の水を見てゐる子であり」とすると、梨売の姿も強まってくる。「……である」「であつた」が小説の一節を思わせるのに対して、「八百屋であつて詩人でもある」という句が成立するように、「であつて」とすると評論文をも思わせる仕掛となる。

「梨売の親の水を見てゐる子であつて」とすると、いったい次にどんな言葉が開かれるのだろうと期待を抱かせる。「ある」と存在を指示するだけでなく、「あり」と存在＋αへと拡張するでもなく、何らかの行動をし、さらに何らかの役割を果そうとする子の姿が暗示されるのである。

これまで読み解いてきたように、大正五年頃から始まる俳句のさまざまな新しい終止語の実験は、伝統的な「切字」からの脱却の試みであった。逆にいえばそれは時代にふさわしい「切字」開発の試行であった。俳句は文学、言葉の芸術である。芭蕉の句も蕪村のそれも口頭で伝わったわけではない。文、文字の表現である。俳句は高浜虚子が定義づけたような、十七の音数、五七五の音数律と季題＝季語の二つを構成要件とする表現ではない。ごく短かな詩であるがゆえに、主題としての季題、声の側面での音数と音数律にとどまらず、これらに加えて第三の「切字」が重大な意味をもつ。俳句は言葉＝日本語の文芸、詩＝韻文であるから、韻律、五七五の音数律、声の側面も必要であるが、それ以前に言葉の表現であり、言葉＝用字＝切字は表現の文体、内容さらには思想の表現にも関わる。つまり、俳句にとっての第一義は五七五や季語ではなく、具体的な用字、用語の問題、つまりは切字なのである。「切字なくして俳句はない」のだ。碧梧桐はその「切字」の再定義を始めたのである。

「なれ」「たれ」「よ」。「盛り」「やき」などの動詞の連用形。「た」「つた」「のだ」「だ」「ず」「ねばならぬ」いずれも碧梧桐が試した「新切字」であった。

五七五と季題＝季語を俳句の必要条件とし、その綱領下にある現在の俳句同好家達にはとっくに忘れ去られているが、碧梧桐等の時代にあっては、「切字」こそが最も決定的な俳句の構成要件であった。既存の切字の浴に漬かっていたがゆえに、「新俳句」を言い、「新傾向俳句」へ突き進み、「無中心論」を提唱してもなお、碧梧桐は、「切字」の呪縛を解くことはできなかった。しかし、大正三、四年頃にその呪縛に気づき、それを解き始め、大正末年頃まで約十年をかけて、「切字」を解ききり新たな俳句の領域を切り拓いたのだ。

大正九年の作として句集『八年間』に残された句はわずか十六句にすぎない。

大正十年、例の「ミモーザの花」がつくられた年、「ローマを去る」の詩がつくられ、「街路樹」と題して十一句が詠まれている。この一連の句を見て驚愕した。これは意識的な脱「切字」＝「新切字の開拓」の中間総括といえる不思議なそして見事な句群であったからだ。筆者が付した傍点部に注目してほしい。

街路樹

七月半ば巴里の暑気は何十年来の極点に達した

尤もう六七十日雨らしいものは降らない

ぎつしりな本其の下のどんぞこの浴衣
糊強はな浴衣であつて兵児帯うしろで結べ
素肌に浴衣著て畳の上でなかつた
誰が糊づけをしたこの浴衣
浴衣著て部屋を出る姿映るぞ鏡
浴衣著る芦屋の砂原がずつと
浴衣の膝のベッドが埋む
浴衣著てあぐらかくそれぎりなのだ
旱り枯れした街路樹は黒く黄ばんでゐる
干反《ひぞ》つた落葉ふんで佇《たゝず》まねばならぬ
落ちて柄を立てて反り打つ葉
篠懸は皮を脱ぐことをする

これまで説明してきた碧梧桐の既成の切字からの脱却、それに代わる新しい切字を求めて試行してきた「新切字」がわずか十一句の中にずらりと並んでいる。これを偶然の一致と見のがすことはできない。この作を見れば、句末尾の結びの語が企図的な試行であり、この「街路樹」十一句がその「新切字」開発の中間総括の句として作られたことは明らかである。難解に思われるこの時期の句が、耳馴れぬ音数律の前衛性から来るだけではなく、これまで誰も、碧梧桐自身もそれまで思いつかなかった「新切字」の導入によって生れている。

「切字」の解体と再生の試行はまだしばらく大正末まで続く。

大正十年、近代の詩を思わせる「ミモーザの花」の俳句、また「ローマを去る」の詩作、そして「街路樹」の伝統的「切字」の解体と新生を通して、東海の弧島の俳句の、おさまり返った文体の卑小さに気づかされて、碧梧桐の俳句はさらにいっそう散文的表現を強めていく。散文の文体が俳句に流入することになったのである。

大正十一年もまた作句の少ない年であった。この年、句の末尾がそっけない現在完了形の「……た」で終る句が目立つ。

暗く涼しく足の蚊を打つ音を立てた
日の出間がある海際をあるく気になつた
汐焼けの顔押し出して妹は姉のするやうにした
堀端に出て赤蜻蛉を手で払つた
枯草根こぎにする力を出した
水涕かんだ紙を炭とりに捨てた

中には、七〇年代のフォークソングの出だしの一節のような次の句も作られている。

　隣の柚子が黄ばんだ雨上りの日でした

関東大震災の大正十二年も作句は少ない。

故郷松山辺では「……とる」と言うようだ。また、神戸辺でも「……ている」を「……とる」しかもそれを「聞いとお」「見とお」「しとお」等「……とお」と印象的に発声する。「……とる」は瀬戸内辺の共通語だろうか。芦屋に居住した経験、川西和露、麻野微笑子ら関西に居住する俳人との交流等もあり、それに感化されてか「とる」という俗な音で終る句が頻出する。

　菊一車買つてならべさせとる
　菊の種と虫をとつてをる
　炭屑をふんではいりかねとる
　牛が仰向に四つ脚が縛られとる霜
　土塀の藁屑が吹き洗はれとる

「菊一車買つてならべさせてゐる」ならば静かに見つめていることになるが、「させとる」となると、またここでもやや開きかげんとなりたちまち、句がざわめき出す。大正十三年になると、「とる」の瀬戸内風の?俗語は減り、「……だ」「……った」式にそっけなく言い切る。その句は、

太い柱のかげで水涕をかんだ
鉄橋の下をわたしまで出てしまった

などに限られる。代わって「ゐる、をる、来る、ある」の句が増えてくる。

凧を立てようとするのを見てゐる
どれも牡蛎殻の石の洗はれてゐる
休め田にする積藁の水づきをる
北吹く若葉の風物言はずをる
夕べ風凪ぐ藁家なぞへの羽子落ち来る
雨の落ち来る顔に落ち来る
桜餅が竹の皮のまゝ解かずにある
午後に来てボールドの字の消えずにある

「ゐる」人間が存在する、「をる」人間が存在する、「来る」――作者の処にやってくる。「ある」物が存在する。いずれも作者の位置が定まってくるのだ。

大正十三、四年には

桜活けた花屑の中から一枝拾ふ
中庭の柑子色づき来ぬ藁二駄おろす
ひとり帰る道すがらの桐の花おち

などの佳句が生れている。

大正十四年になると「をる」はまったく姿を消し、いわば「『ゐる』年」と言ってもいいほど「ゐる」で終る句が多数つくられている。

野茨の実を摘む人のつみあかずゐる
裏は田圃の住居の片隅の蓮枯れてゐる
明日は降る夕雲りの漬菜洗ひあげてゐる
灰のぬくもりの火鉢に手をかざしてゐる
原の朝日のあたる家並みの起きてゐる

大正十五年、昭和元年頃には、大正五年から約十年間にわたってつづいた、「切字の破壊と新生」の試行は終焉する。

「切字の破壊と新生」というのは強弁ではない。

河東碧梧桐が明治三十五年十二月に上梓した『俳句初歩』は十七文字の音数や五七五の音数律、また季題・季語についての項目はない。だが当然に「切字」の項目があって、全百四十四頁中四十七頁、実に三分の一がこの説明に割かれている。

短かい詞の中に、多くの曲折と波瀾とを入れやうとする俳句の如きものは、其段落をつけ首尾を全うする為めに、多くの時間と多くの詞を費す遑《いとま》がない。俳句として物を詠ずる必要条件として、是非段落は短かい詞、少ない時間の間につけて仕舞はねばならぬ。其僅かの間に段落をつけやうとするもの是を名づけて切字といふのである。

「切字とは、文字の段落、十七字の曲折」であると定義しつつ、次のように警告する。

俳句と切字とは離るべからざるものであるとしても、何も切字そのものが俳句の生命ではない――中略――さらば全く是に注意する必要はないかといふと、決してさうでない。――中略――若しこゝに切字論を不必要とするならば俳句を作る心得を示す一切のい。

書物は悉く焼いて仕舞はねばならぬ。

従来の「愚陋な規則」としての切字論を批判しつつも、切字は句の段落であり、段落はその首尾を全うし、表裏を明かにするもので俳句には必須であることを主張する。その説明は詳細を極める。

第一に「や」、
第二に「かな」、
第三に「けり（ける・けれ・けん）」、
第四に「なり（なる・なれ）」、
第五に「たり（たる・たれ）」、
第六に「せり（せし・せん）」、
第七に「あり（ある・あれ）」、
第八に「らん（らし・らく）」、
第九にその他の二字の切字として、「べし」「にて」「より」「もの」「して」「さよ」「さへ」「こそ」「れり」「とて」「れば」「ぬる」「いふ」「さん」「まん」「まで」「はん」「ます」「めり」。
第十にその他の一字の切字として、「し」「ぬ」「つ」「よ」「な」「る」「そ」「ぞ」「す」「ず」「せ」「て」「で」「ん」「か」「れ」「に」「き」「も」「へ」「く」「ね」「を」。

さらにこれに加えて、二段切、三段切、四段切、五段切、さらに切字の省略、切字の不明、切字の不在について解説している。

「切字は段落」と考える碧梧桐において、さまざまに実験された「終止形・る（u）」「動詞の連用形（iやe）」「た」「のだ」、そこら・我らの「ら」、「あつた」「あつて」「ねばならぬ」等で終る句は、新時代の「新切字」であった。

俳句は季語と音数律の表現というのは俗説。実は「切字」の文学であると定義づけられるのである。

■束の間の理想郷

「新切字」の試みは、大正五年から大正末まで、約十年間に及ぶ。碧梧桐は、大正四年から大正十一年までをひと区切、実に実りの多い過渡期として句集『八年間』を編んだが、句の表現、また書の表現に即していえば、この時期は大過渡期の「十年間」であったと言っていい。

大正年間には「新切字」の試行期は終焉し昭和に入ると次のような伸びやかで平明な句へと着地していった。

メバル釣る古里をさし一筋にふるさとの海（昭和二年）

汐のよい船脚を瀬戸の鷗は鷗づれ（昭和三年）

磧《かはら》の温泉湯ぶねあふれて句を口ずさむ（昭和二年）

葬ひの道筋の線香煙るのが冬晴れ橋行く（昭和二年）

田あがりの牛の水べ尾ふるとぶ鵲《かさゝぎ》に（昭和三年）

「めバる釣る……」「しおのよいふなあしを……」の書のその屈託のない朗らかな書きぶりは、碧梧桐書史の中で随一である。よほど気に入ったのだろう「汐のよい……」の句は用字を変え、時期を変えて多数書き残している。「メバル釣る……」では「古里をさし一

「しおのよい船あしを瀬戸の鴎ハかもめ連れ」（昭和五年以降）
晩年の屈曲した書きぶり

筋にふるさとの海」と二度かつ「一筋」にふるさとに呼びかけている。かつて「古里人に逆つて我よ菜の花」と詠つた故郷への二律背反《アンビバレント》な思いをふりきって大らかに故郷を受け容れているのだ。

温泉につかって句を詠み、「晴れがましく」とは言わないものの送葬の列さえ晴れた明るい日の下を歩んでいく。使役の牛も鵲に尾をふっている。碧梧桐の理想郷とも思われる句が多数書かれている。

碧梧桐の句作は大正十年に詩の様相を見せ、書はひとつの頂上作「羅馬雑詠」を生む。つづくピークが昭和二〜三年に形づくられた。しかし昭和に入って手に入れたその平安は長くはつづかなかった。「歩く人」碧梧桐は、昭和四年頃になるとまた周囲の人々が瞠目するような次なる新しい旅へと出かけることになった。

第十二章　ルビ付俳句の意義——虎猫《オマヘ》友猫《ツレ》なうて来る鼻声《コヱ》鼻黒が痩せて腰骨《フリ》

■ふりがな付の俳句

　山形山寺にて二句
十薬《どくだみ》の花著莪につぐにや著莪の花さく
河鹿石にゐる山おろしの風に腹白き見ゆ

松尾芭蕉が「閑さや岩にしみ入蟬の声」の句を詠んだ山形の立石寺で、昭和三年河東碧梧桐は植物——ドクダミとシャガの花に目を向けて前の句をつくった。いわゆるルビ付の俳句である。だが、十薬はドクダミの別名。漢字で「十薬」と書いて、「ジュウヤク」ではなく「どくだみ」と読んでほしいと限定しただけのこと。別段驚くような表記ではない。

ところが、昭和六年になると次の句が誕生する。

比呂志居

どうやら築かれた八重桜《ハナ》を躑躅《ハナハナ》庭梅をさはるに

「どうやら築かれた八重桜《さくら》を躑躅《つつじ》庭梅《うめ》をさはるに」とルビがふってあるのではない。この程度のふりがなならともかく、「八重桜《ハナ》を躑躅《ハナハナ》庭梅を」となると少々行きすぎ、飛躍すぎの表記、表現に思えることだろう。「八重桜《さくら》を……」では四・五・四・六・四音になり「八重桜《ハナ》を……」では四・五・三・五・四音。「三・五音」の方が、「四・六音」よりも音律上好ましいから「ハナ」と訓ませることにしたというわけでもないようだ。

なぜこのようなルビがふられたか。このルビはもはや「ふりがな」ではない。日本語が漢字語とひらがな語の二重二併の言語であることに気づいていた碧梧桐は、少ないわずかの語数の俳句であっても、その漢和両語間の綾に、今までにない複雑高度な表現が生れる可能性が残されていることに気付き、その扉を開こうと試みた。

一字が一語で、意義、意味を第一義とし、多様な訓みを許容する漢字語と、一字は発音記号であり、訓みをひとつに限定するひらがなからなる言語の複合で日本語は成り立っている。両者をそれぞれつきつめ、合体することによって、新たな俳句の地平を切り拓こうと試みているのである。

句に戻ろう。比呂志邸の庭が出来上がった。訪れた碧梧桐が興味津津、植栽に手を触れながら見回っている。

八重桜を植えたか、躑躅も梅もあるな——「八重桜《さくら》を躑躅《つつじ》庭梅《うめ》を」の場合は、その木の枝ぶりや樹高、樹列に焦点がしぼられる。山桜系や染井吉野ではなく八重の里桜、牡丹ではなく躑躅、桃ではなく梅の木を植えたかという感想を詠みこんでいることになる。ところが「八重桜《ハナ》を躑躅庭梅《ハナハナ》を」となると、焦点はいっきに花、それも満開の花の咲き乱れた庭の姿へと表現が広がっていく。

松や柳や竹や楓ではない。桜や躑躅や梅はあくまで咲く花の姿を求めて植えるもの。木の枝や葉に手を触れつつ、「八重桜《ハナ》を」のところでは、春に八重桜が重そうな花をつけた姿を、そして初夏には枝や葉を覆い隠すほどに、紅、紅紫、朱色またまっ白の花の海が出来た躑躅の姿を、そして早春に、一輪一輪春を呼ぶ梅の花の咲き来る姿を思い描きつつ、庭を散策する碧梧桐の姿が描かれている。もう一度比較してみよう。

　どうやら築かれた八重桜《ハナ》を躑躅庭梅《ハナハナ》をさはるに

　どうやら築かれた八重桜を躑躅庭梅をさはるに

むろんこの句の基盤《ベース》は後者にある。「さくらもつつじもうめも」植えてある。これに「ハナをハナハナを」とルビをふることによってこの現実の姿の上に、満開期の庭の風景が二重露光的に浮かびあがる幻想的な句が生れているのである。

「八重桜《ハナ》を躑躅庭梅《ハナハナ》を」のルビはもはや「十薬《どくだみ》の……」式のふりがなではない。その段階《ステージ》の違いを碧梧桐自身はっきりと意識していて、「十薬《どくだみ》」はひらがなだが、「八重桜《ハナ》……」ではカタカナでルビをふって区別している。

瀧井孝作監修、栗田靖編集の『碧梧桐全句集』には、早くは明治二十三年に「比《たぐ》ひなく花待つ今日の椿哉」、昭和三年にカタカナでルビをふった「鰑《スルメ》割く酒新艘おろしの野郎も一役」の句が登場するが、これは漢字の訓み、単なるふりがな。「するめ」とひらがなでルビをふってもよかった。ところが同じ年に出来た次の句からは、カタカナルビはふりがなではなく俳句の二重化、複雑化のための新たな表記法となる。

　　鷺梁津坡柳居
　洪水《ミズ》に浮いた天井を蝿の昼寝物語

「昼寝物語」とは何とも斬新な表現。それはともかく、訓みを特定するだけなら、「こうずい」または「おおみず」とふればいい。「ミズ」と付したのは、実際に洪水の意味で使われている「洪水《みず》が出た」の「ミズ」の濃厚な表現を生かそうとしたからだろう。日常生活語を俳句語に複線的に繰り込んでいる。「こうずい」でも「おおみず」でもなく、「みず＝ミズ」の声や表情を伴った洪水なのだ。こう表記することによって、句は現実感を強め、生活者の「肉声」までが聞こえてくる。

■切字革新の次なる表現

季節の語、季題と五・七・五の定型音数律が俳句の必要不可欠の条件であるとする説は広く知られ、信じられているが、これは大いなる誤解、思慮なき錯覚である。俳句は言葉の芸術、文学であるから、それら以上に語彙、とりわけそれらを結合する助詞、いわゆる「切字」が決定的な表現要件となる。俳句は「季題と定型の文学」である以上に、「切字の文学」と言うのがふさわしい。

「切字」は、辞書では、「一句の途中や末尾を言い切る語」（『新潮国語辞典』）、「一句として意味を完結させるために、修辞的に言い切る形をとる語」（『広辞苑』）と定義づけている。現役の俳人・長谷川櫂は『俳句の誕生』の中で切字について次のように説明している。

では切れとは何か。俳句の切れが切るものは何なのか。切れは表面上は言葉を切るのだが、そのじつ言葉のもつ論理を切断する。言葉は本来、理屈っぽい。放っておけば水に浮かぶ花びらが互いに寄り合うように、言葉は論理の引力によって別の言葉と自動的につながろうとする。そうして理屈で組み上がるのが日常いたるところで読まされる文章、散文である。

俳句の切れはこの理屈による散文的な言葉のつながりを断ち切ろうとするのだ。そして散文が語る以上の何か、散文では決して語れない別の何かを取りこもうとする。言葉の論理を拒絶し、超越すること、これが俳句の切れの働きである。

散文は連続し繋がり、韻文は断ち切り飛躍すると解説する。人間に不可欠の言葉――それこそが人間だと言ってもいい言葉は、語彙と文体から成る。アナログでひと連なりの茫洋とした世界を区切り、切り取る語彙は、いわばデジタルにしか存在しえない。

言葉を知らない鳥ならば「カアー」と一声鳴けば、伝えるべき内容も感情をもすべてを言い尽くせる。幸か不幸か言葉を獲得してしまった人間は、隙間だらけのガラクタのような語彙を寄せ集め、それらを文体で整序して発語せざるをえない。このため言おうとしても言い尽くせず、言い尽くせぬがゆえにそれを埋め合わせようと又言葉を発する。かくて十万、百万語と厖大な語彙を生み出してきた。それでも言い尽くすことはできない。人間は使えば使うほど深みにはまる言語の蟻地獄に陥ちて生きている存在である。もしも〆切や発行日がなければ、作家のひとつの文は永遠に加筆と削除の推敲が加えられ、磨き上げられつづけることだろう。散文は言い尽くそうとどこまでも悪あがきする表現であり、韻文は言い尽くすことのできないことを前提とした飛躍とともにある表現と言えるのだろうか。だが、これらは「切字」という命名《ネーミング》に引っぱられた定義ではないだろうか。

「古池や……」の「や」であっても、これで完全に切れるわけではない。一旦流れを切るだけで、そこでは次になにがしかの語句の登場が期待されている。「や」に限らず「切字」は、切ることと繋ぐことの意味合いを両者ともに有しながらその濃淡の度合いをさまざまに違えた接続詞であると言えよう。

伝統的には、「かな」「もがな」「し」「じ」「や」「らん」「か」「けり」「よ」「ぞ」「つ」「せ」「ず」「れ」「ぬ」「へ」「け」「いかに」が「切字十八字」として知られている。

しかし前記以外の、「古池に……」の場合はどうか。切るよりも繋ぐ力の方が強いとはいえ、切る力の微弱な「古池の」や「古池も」「古池と」よりは切るニュアンスは強い。さらに、「古池が……」はどうか。さらに「古池は」は、「古池を」「古池で」と検討していくと、ごく短かい詩で用語数が著しく少ない俳句においては、助詞の如何が表現の上で重大な鍵を握っていることに気づく。どの助詞も、濃度こそ違え、語句間の連続性と断絶性の両者を有している以上、「切字」は十八字に限られるものではなく、すべての助詞へと開かれているのである。

季題と定型はさて置き、語句の選択が句の表現を決定づける第一義と思われがちだが、文学表現にとってもっと決定的な表現は文体＝スタイルである。文学の愛読者が、夏目漱石が好き、森鷗外が好み、志賀直哉や三島由紀夫がいいというように、特定の作品にとどまらず、作者の好みが云々されるのは、個別の作品を越えて同一作家の作品群に一定の文体が確認され、その文体への嗜好を語っているからである。文学的表現の第一義は、ストーリー、話の筋以上に文体＝スタイルにある。

古池や蛙飛こむ水のをと

古池は蛙飛こむ水のをと
古池に蛙飛こむ水のをと
古池へ蛙飛こむ水のをと
古池で蛙飛こむ水のをと
古池も蛙飛こむ水のをと
古池ぞ蛙飛こむ水のをと
古池の蛙飛こむ水のをと
古池と蛙飛こむ水のをと

「五・七・五」の音数に限定してみても助詞（切字）の違うこれらの句が想定される。とはいえ芭蕉が「古池や……」以外の句を作るとは思えない。

古池や蛙飛こむ水のをと
閑さや岩にしみ入蟬の声
荒海や佐渡によこたふ天河

いずれも「〇〇〇や」と主題をまず言挙げし、次に「飛こむ」などの動詞、ついで「水のをと」などの主語を配する文体である。「五・七・五は芭蕉のもの」と碧梧桐は言い切ったが、「〇〇〇〇や……」式の文体も芭蕉に膠着したスタイルであった。

■批難囂囂

日本に限らず何処の国でも同じだろうが、いつの時代も、見馴れぬものが登場すると激しい批判に曝《さら》される。

松井利彦著の『新稿昭和俳句史』によれば、碧梧桐の新傾向俳句に関心を持った俳人・中村烏堂が、「たまたま万葉集に関心を持ち、万葉語の中の意味の読み替え、ルビの用い方に関心を持った。そして、元始日本語に興味を持ち、このことを碧梧桐に語った。特に学歴は無かったが、日本語の性格に関心を持ち、ルビの活用を語った」と記し、碧梧桐のルビ付俳句が中村烏堂の示唆から始まったとする。風間直得《なおえ》の影響とする説が一般に広く知られているのだが。

碧梧桐等のルビ付俳句は大半の俳人・識者から悪罵を浴びせられた。妻の兄、義兄・青木月斗でさえ、

　最後に一言。忌憚なき処をいふ。後年の怪奇な書は迷惑ものだ。といつてよからう。句も亦然り。

（「碧梧桐の思ひ出」）

と辛辣に書くくらいだから他は推して知るべし。

私の身辺でも、碧梧桐の書に関心をもつ友人でさえ、ルビ付俳句の話になると、苦笑いしはじめるのが常だ。かつても今も多くの人々が、「ルビ付俳句」というだけで門前ばらい、聞く耳もたぬという態度を示す。

自由律俳句の荻原井泉水は、

筆者の考へではルビ俳句は「俳句」でもなく、「自由律俳句」でもなく、もちろん「新傾向俳句」でもなく、いや日本語の「詩」でもないと思ふ。詩といふものはコトバの芸術であるから、コトバの公約的性能を棄てて、独り合点のタハゴトのやうなものはまつたく痴呆の沙汰である。（「自由律俳句の発生」）

「日本語の『詩』でもない」と激しく批判する井泉水は、「独り合点のタハゴト」「痴呆の沙汰」と口汚く罵るが、それは単にルビ付という外形に驚いた反撥、思慮なき決めつけにすぎない。その中味を検討すると、まぎれもなく俳句の新段階を切り拓いたことは容易に解る。雑誌などではごく普通に溢れているルビ付の文を、俳句では見馴れぬからと頭から否定しているだけのことである。

昭和期の俳人・市川一男も、

ルビつき俳句はもともと、文学の本質を無視した乱暴な思いつきで、歴史的にも、本質的にも大衆の文学である俳句の健全な発展の姿を示したものではない。それは、文学精神の荒廃であり、デカダンである。

（「碧梧桐をこう見る」『俳句研究』昭和三十六年二月号）

市川一男の俳句評論に教わるところもあるが、この部分はまったく見当違いである。第一に、音訓——言いたければ漢語と和語と言ってもいい——漢字語とひらがな語の二重二併の日本語においては、ルビ付こそが当然の姿である。日本語はほんとうのところはルビ付で書かれてしかるべきものだ。

「市川一男」は、おそらく「いちかわかずお」と呼ぶのであろうが、「いちかわいちお」であるやもしれぬ。「しかわ」「しせん」「いちせん」であるかもしれない。それゆえ、多くの文書では氏名にふりがなを要求される。

文とて音とは無縁ではないから、「市川一男」は正確にはルビ付で「市川一男《いちかわかずお》」である。それを「市川一男」で済ませているのは、大半が読めるだろうとそのルビを省略しているだけのことである。

芭蕉の次の句はどう訓むか。

蚤虱馬の尿する枕もと

普通にはこれを

蚤虱《のみしらみ》馬《うま》の尿《しと》する枕《まくら》もと

と訓んでいるが、曾良本「おくのほそ道」では

蚤虱《のみしらみ》馬《うま》の尿《ばり》する枕《まくら》もと

と訓ませている。

むろん、次のように訓む人はまずいないだろうが、だからと言って、全面的に排除されているわけではない。

蚤虱《ソウシツ》　馬の尿する枕もと

ルビつき俳句は、日本語、日本文学の本質に即した表記法であって、決して「乱暴な思いつき」ではない。

第二に、市川一男は俳句を「歴史的にも、本質的にも大衆の文学である」とする。たしかに和歌は公家や貴族や知識人の文学であり、その発句から独立して成立した俳諧が歴史

的に下層知識人や町人に育まれたことは事実である。天皇が大っぴらに俳句をつくることはないだろう。しかし、それを「本質的にも大衆の文学である」と言い切るのはどうだろうか。根岸短歌会、子規庵での俳句会、さらには、俳句雑誌で知られる『ホトトギス』でデビューした夏目漱石等、日本近代文学のいわば梁山泊となった東京・根岸の子規庵に結集した文人達に「大衆」という名札《レッテル》が貼れるものだろうか。

碧梧桐のルビ付俳句を「文学精神の荒廃であり、デカダンである」と言い切ることは見当違い。見たことのない外形をしている――大衆雑誌等ではごく普通に見られることを忘れて――からとその表現の深みを仔細に検討することもなくて、やすやすと否定することこそ、「文学精神の荒廃であり、デカダン」ではないだろうか。

上田都史もまた次のように記す。

碧梧桐は、この新しい手法を肯定、直得の詩才を高く認め、自らも次のようなルビ付の作品を作った。

孤独《ヒトリ》にて精進《ユカ》バなどたど〳〵し年齢《トシ》と衰退《シサ》りてあらん

ここまで書いてきて、上田は思考を停止する。

ここにまで至れば、ただに俳句の分限を逸脱しただけにとどまらず、自ら袋小路に迷い込んだと同然で

「ここにまで至れば」の「ここ」とはルビ付という表記形を指すのだろう。「ルビ付」に驚き、アレルギー反応を起こして、碧梧桐は「自ら袋小路に迷い込んだ」と短絡的に断罪する。そしてルビ付俳句の指向を強引に河東碧梧桐の「俳壇隠退」に結びつける。

昭和八年三月二十五日、還暦祝賀会の席上、碧梧桐は俳壇隠退を表明し、変転また変転を重ねた生涯の幕を下ろした。（以上、『自由律俳句とは何か』）

むろん否定的評価ばかりではない。『碧梧桐全句集』の中で編者・栗田靖は「解説にかえて」で

何れにしても、ルビ俳句は、当時の詩論の影響を色濃く受けながら、俳句の短かさが内容を制約するのを如何に解決し、内容をいかに複雑にするか、その方法の模索であり、一つの試み、一つの解決法であったのです。こうした意味からも、ルビ俳句は、碧梧桐俳句を考える場合決して無視することのできないものであり、新傾向が自然主義との関

わりの中で考察されてきたのと同じように、近代詩論との関わりの中で再検討されるべきものといえましょう。

と書いている。俳句の短かさから来る限界を何とか押し拡げて、その表現を複雑なものに高めるための模索、試行、解決法であったことを指摘している。それにしても、季語と定型の俳句という幻影を信仰することによって、ルビ付俳句が俳句を少しでも前に進めようとする試行であったことさえ思いもつかないのは、俳句の表現への問題意識を欠いた貧弱な思考ではないだろうか。ルビ付俳句は、切字＝助詞＝接続辞の再定義、再検討の次に行き着いた、碧梧桐の次なる革新的俳句作法の試行であった。

その栗田靖でさえ、

ルビ俳句は難解で、その文学性についてまだ充分検討が加えられていませんが

とその表現世界の解明に向かうことなく「難解」ときめつけ片づけている。

多くの俳句評論が、上田都史のように、ルビ付俳句を混迷、つまり作句の行き詰まりととらえ、それによって、碧梧桐が俳壇を隠退せざるをえないことになったと、ルビ付俳句と俳壇隠退とを結びつける。

だが、後述する「虎猫友猫《オマヘツレ》なうて来る……」の句の成功を見る時、碧梧桐のルビ付俳句

が失敗であり、作句に行き詰まった結果ということになりはしない、そう断言できる。

■ルビ付揮毫作品を読む

谷川温泉
朝餉河鹿《ヒーロ》なく尻声を岳の白栄ゆる音を

一ヶ所だけの控え目のルビ。昭和六年の句を揮毫したものだ。単純だが漢字をこう訓むという「ふりがな」のルビではない。「ヒーロ」は河鹿の鳴く声の擬音表記。「ふりがな」ではなく、句にひろがりをつくるための仕掛である。

「河鹿」が鳴いている。河鹿があとを引く尻声で「ヒーロ」「ヒーロ」と鳴いている。その声が、谷川岳の雪景色を冴えさせてもいるというのだ。

おそらくこれは万葉集に登場する鳴き声を訓みに当てた「牛鳴《む》」「馬声《い》」「蜂音《ぶ》」等の表記をふまえていることは間違いないだろう。

久々東京の正月を迎へ
ことし在宅《ヲ》る挨拶《ヨロコビ》を二人《オイズ》が前額《テラ》ひ障子《テラ》つ

昭和八年の正月の書初め。この俳句からルビをとると、

ことし在宅る挨拶を二人が前額ひ障子つ

「ことし在宅る」は、「ことし在宅る《ざいたくす》」かそれとも「ことし在宅《あ》る」と訓むのか悩む。「挨拶を二人が」から二人が挨拶しているらしいことは解る。「二人が前額ひ」――正坐して手をついて挨拶したのだから「前額《まえひた》ひ」は関連があることは解る。しかし最後の「障子つ」はいったい何だろうと疑問を感じる。結局意味がよくとれないのだ。訓みだけを追っていくと、

谷川温泉　「朝餉河鹿《ヒーロ》なく尻声を岳の白栄ゆる音を」

久々東京の正月を迎へ　「ことし在宅《ヲ》る挨拶《ヨロコビ》を二人《オイズ》が前額《テラ》ひ障子《テラ》つ」

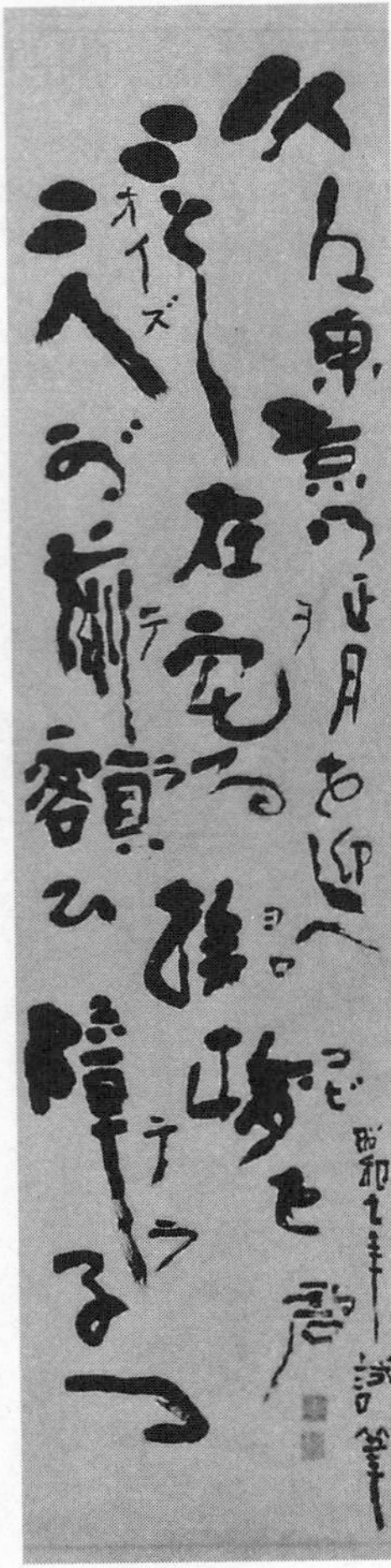

ことしヲるヨロコビをオイズがテラひテラつ

今年も生きているそのよろこびを老人が――までは意味が解るが「テラひテラつ」が、何かが照《ひ》かっているようだと推定はできても、句全体の表現にはとどかない。ルビ付に戻すと、

ことし在宅《ヲ》る挨拶《ヨロコビ》を二人《オイズ》が前額《テラ》ひ障子《テラ》つ

久しぶりに東京で正月を迎えて、その喜びの挨拶を二人で交わした。晴着を着ていることも身だしなみを整えたことも浮かんでくる。老いた二人の前額が照《ひ》かっている。同様に、年末に貼り替えた障子からこれまでとは違った新年の日差しが漏れてくる。「テラひテラつ」のリフレーンが漢字語と相俟って、改たまった年の厳粛さと緊張を伴ったすがすがしさ、そして明るさ、さらに来た年への期待までが伝わってくる。「ヨロコビ」とルビをふることで、「挨拶」が今年まで生きられた「よろこび」に彩られたものであることを明示し、「オレとオマエ、オマエとオレ」の二人が齢を重ねてきたこと、そして「前額」も「障子」も光とともにある、それは明るい新年の光への期待でもあることをルビ付俳句は如実に明らかにするのである。

還暦の年
あさ祝ぎしかさぬる春還らんと言でもことを

訓みだけを辿ったこの句であれば、「あさ」は元日の旦、元旦へと思いが及んだとしても、「かさぬる春」は、歳を重ねたという意味にしかならない。しかし図版のように

還暦の年
元旦《アサ》祝ぎし盃《カサ》ぬる春還らんと言でもことを

還暦の年　「元旦《アサ》祝ぎし盃《カサ》ぬる春還らんと言でもことを」（昭和八年）

とルビ付で表示されると、「かさぬる」は、祝いの盃を重ねつつ歳を重ねてきたことを明示し、たちまちに門松、注連縄、鏡餅、床飾り、御節料理、雑煮、屠蘇、晴着など華やいだ正月元旦の景色へと導かれていく。ルビを消すと

還暦の年
元旦祝ぎし盃ぬる春還らんと言でもことを

漢字かな交りのこの表記では、元旦はむろん元日の朝のことだが、「元旦」だけでは「アサ」とルビをふったようには、朝であることが強調されない。「元旦祝ぎし」は「ガンタンほぎし」と訓むことになろうが、これでは冒頭が七音で音数律的にも頭が重い。そして「盃ぬる」は「盃《ハイ》ぬる」？　となかなか訓みを定めにくい。「盃を重ねる」という慣用句を思い出せば、「かさぬる」と読めるかもしれないが。

訓みだけの「あさ祝ぎし……」、訓みがなく漢字だけの「元旦祝ぎし……」よりも「元《ア》旦《サ》祝ぎし……」のルビ付の句が群を抜いて生ま生ましい像を描き出している。これを「独り合点のタハゴト」ときめつけるのだろうか。

■虎猫友猫の書

次の句こそは、碧梧桐のルビの極致、圧巻のルビ。新しい俳句表現の到達である。

おまへつれなうて来るこゑ鼻黒が痩せてふり

ルビの音の方を辿ったこの句では、ほとんど意味不明で映像は結ばない。「鼻黒」と「こゑ」から猫のことかと類推はつくにしても、即座に猫の句と理解するのは難しい。

虎猫友猫なうて来る鼻声鼻黒が痩せて腰骨

漢字だけの句になると、おおよその意味は浮かび上がってくる。だが、「友猫なうて」が訓めず、意味がとれなくなり、「痩せて腰骨」は「痩せた腰骨」の誤りではないかと悩むことにもなるだろう。ところが、

虎猫《オマヘ》友猫《ツレ》なうて来る鼻声《コヱ》鼻黒が痩せて腰骨《フリ》

となるとがぜん様相を違えてくる。碧梧桐が書幅《ふく》に描いているように「虎猫」は「ウチのトラ公」。ところが『碧梧桐全句集』には、

白猫《オマヘ》友猫《ツレ》のうて来るその鼻黒が痩せて腰骨《フリ》

という類似の句が登録されており、事実図のようにこの句を揮毫した例も残っている。印刷版では、「骨」字の傍に「フリ」のルビがあって「腰フリ」となる。これなら意味はすぐに解る。だが、肉筆の揮毫では、いずれも「腰骨《フリ》」ではなく、明瞭に「腰骨《フリ》」とルビが付られている。ここから判断すると、「腰」は訓まずに「痩せてフリ」としたかったのであろう。「虎猫」の場合にも「白猫」の場合にも、「オマヘ」とルビをふっているところを見ると、「虎猫」でも「白猫」でも「黒猫」でもどんな猫でもよかったのではないか、

つまり現実の猫ではなく、恣意的に登場させたのではないかと考える人もあろうが、虎猫の時も白猫の時も実際にあったのだろう。

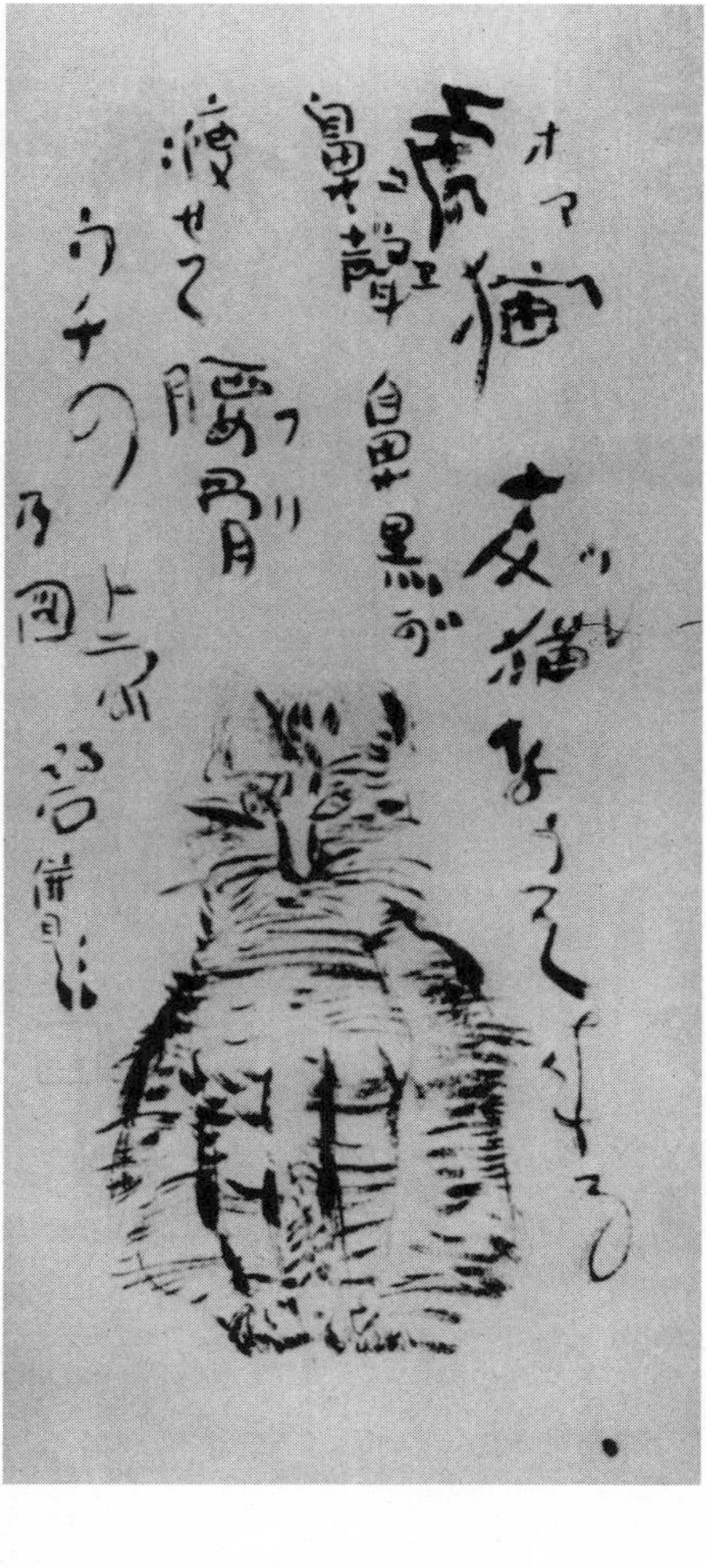

「虎猫《オマヘ》友猫《ツレ》なうて来る鼻聲《コヱ》鼻黒が痩せて腰骨《フリ》」

「白猫《オマヘ》友猫《ツレ》のうて来るその鼻ぐろが痩せて腰骨《フリ》」

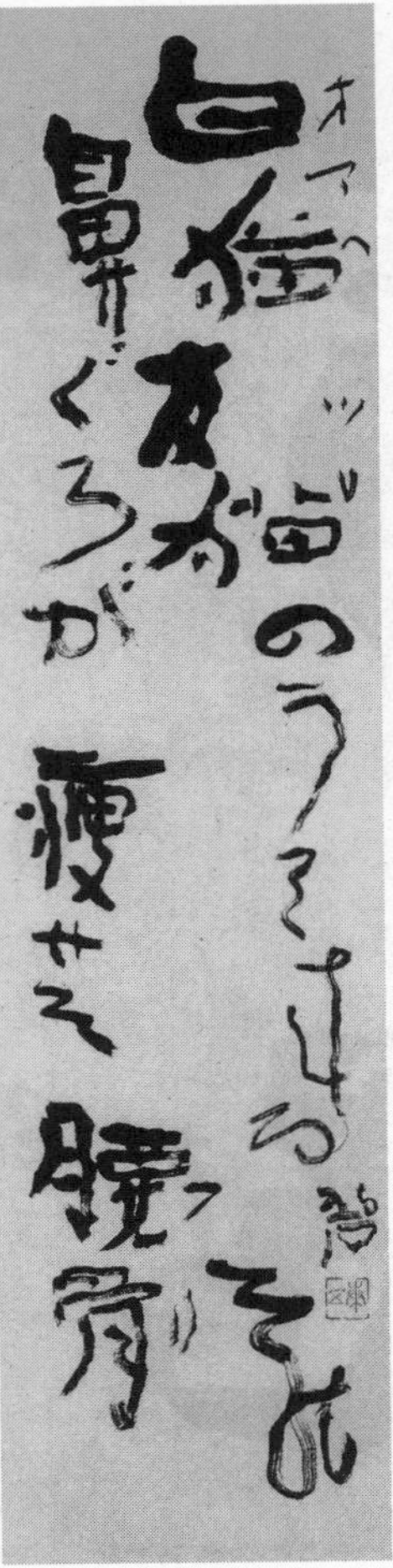

この「オマヘ」も訓みを確定するための「ふりがな」ではない。俳句に新しい表現の地平をつけ加える試みであった。

ルビなしで、

虎猫友猫なうて来る鼻声鼻黒が痩せて腰骨

の句であれば、舞台に登場するのは、虎猫と友猫。その二匹の猫の行動を描写しているにすぎない。だが、次のように「オマヘ」とルビをふると、

虎猫《オマヘ》友猫《ツレ》なうて来る鼻声《コエ》鼻黒が痩せて腰骨《フリ》

たちまち「オマヘ」と猫に呼びかける作者・碧梧桐が、虎猫、友猫の前にヌーッと姿を現わし、猫達に慈愛の視線を送ることになる。そう、このルビは、俳句を新しい水準へと導いているのである。

こう表現すれば理解されるだろうか。

演劇の舞台、その一シーンを想定してほしい。猫なで声で鳴いている鼻の黒い痩せた猫を虎猫が連れて入ってくる。そして、連れの猫は立ちどまると、ブルブルと身をふるわせた――というのが「虎猫友猫なうて来る……」の句である。

それがルビ付の「虎猫《オマヘ》友猫《ツレ》なうて来る……」になると、このシーンに登場人物が新たに一人加わることになる。猫に「おまえ」と呼びかけるか否かはともかく、二匹の猫を見つめる髭を生やした和服姿の河東碧梧桐が登場する。これは劇的変化ではないだろうか。

碧梧桐のルビ付俳句はこのように、周到に準備され、推敲された果のものであって、中村烏堂や風間直得の影響と言って済ませられるものではない。

ルビの文学的効果についてこだわりすぎたかもしれない。

書の表現=書=書きぶり=筆蝕はどう展開しているだろうか。

かつての昭和初期の「しほのよいふなあしをせとのかもめハ鴎づれ」の書のように少々

もの足りないほど素直、率直に筆毫を開閉した筆蝕の大らかさや明朗さはもはやない。具体的に言えば「しほのよい……」の書の「し」字、「ほ」の太い第一筆も若干の「ひねり」を伴っていたが、それはあくまで控え目であり微小である。それがルビ付俳句の書の段階になると飛躍的に拡大する。

一点一画の書きぶりが「ひねり」度を強め、この筆蝕の「ひねり」に導かれて点画は、「ゆれ」「ねじれ」始める。

「虎猫友《オマヘツレ》猫なうて来る……」の書で言えば、「虎」字の第四画の左ハライの前半が大きく右へ入りこみ、これに伴って「虎」字が歪んでしまった姿は誰にも見やすい例である。「來」字のタテ画のゆれや、「鼻」字の第二画の右下へ大きく入りこむ姿がその証明である。「還暦の年」の書では、「元」字の最終画の「U」字形に書かれた「乚《おつこう》」。またひらがな「る」や「ん」や「も」「を」の低空飛行（低空運筆）しながら、うねうねとうねる書きぶりも「ひねり」の筆蝕から生じている。

ルビ俳句時代になると、かつての率直さを喪って筆蝕は「ひねり」を孕み、「ゆれ」「ねじれ」を見せるようになるのだ。

多くの俳句評論家が指摘するように、ルビ付俳句で迷路に迷いこみ行き場がなくなり、俳壇を隠退したわけではない。ルビ付俳句と俳壇隠退とは直接的な因果関係はない。ルビ付俳句による表現の拡張に成功した。にもかかわらず、筆蝕は渋滞し、構成はねじれた歪みを見せるようになった。

それはなにゆえだろうか。

■俳壇隠退ということ

> 昭和七年の冬を迎えて碧梧桐は真剣に俳壇を退くことを考えていた。それはルビ俳句を試みたことからくる作品のゆきづまりであった。――中略――
> 弟子の喜谷六花、松宮寒骨、遠藤古原草《こげんそう》、牧野秋風嶺らが参加していたが、このルビ俳句を見て「三昧」をはなれた。晩年の弟子が離れたのを知った碧梧桐の心には、自分の事業がここに尽きたという思いが残った。
> （松井利彦『昭和俳壇史』）

後述する『壬申帖』の碧梧桐の弁を真に受けて、松井は、弟子達が離れていったという事実から碧梧桐の心の裡まで推量できるかのように、「碧梧桐の心には、自分の事業がここに尽きたという思いが残った」と書いている。だが碧梧桐の生理、心理、文理は松井の言うように単純なものとは思われない。

松井のように、碧梧桐の晩年、ルビ付俳句＝句作の行き詰まりによって俳壇を隠退したというのが、俳句界の一般通念のようだ。しかし、これまで検討して来たように、ルビ付は俳句の新しい表現の可能性を切り拓いた。ルビ付は失敗ではなく、成功であった。にもかかわらず碧梧桐は俳壇隠退を口にし始めた。そこには何があったのだろうか。

私は曾て『層雲』から退き、次いで『海紅』から私の名を削りました。三昧から優退するのも、略ぼ同じやうな心理であります。が、前二者から退いた時は、まだ何事か未解決に遺されてゐるやうな疑団の釈けないものが、肚裏の磊磈《らいくわい》として残留してゐました。此度三昧を隠退するに就いては、最早や何らの磊磈をも留めないのであります。そは、我々の芸術に関する論理的根拠の明らかにされた、詩的黎明に対する満足からであらうと思ひます。

（河東碧梧桐「俳壇優退の辞」『壬申帖』）

昭和七年十月のこの一文は、俳句界の通念のように作句＝ルビ付俳句の行き詰まりが俳壇からの隠退に結びついたという噂話が根拠のないことを明証する。

前段では井泉水との『層雲』、一碧楼との『海紅』に次いで『三昧』から隠退すること。後段では隠退に心残りはない、「最早や何らの磊磈をも留めない」——もはや心中に何の不満足感、不充足感もないと断言する。その理由は、俳句がいかなる芸術であるかが明らかにされ、文学的、詩的夜明けが来たからであると説明する。

行き詰まった末の強弁と解する向きもあろうが、ここは文字通り率直に読みとるべきであることは、これまで逐ってきた碧梧桐の句作の展開とその成果から明らかである。ルビ付俳句が失敗したというのは俗説にすぎず、ルビ付俳句は成功した。にもかかわらず、『三昧』から手を引き、いわゆる俳壇隠退へと進んでいった。

書けなくなったり、書くことを止める「断筆」はあっても、文壇隠退や書壇隠退という話を見聞きしたことはない。俳壇とて同じであろう。だが、碧梧桐は自ら「俳壇隠退」を口にした。その理由は何であったか。

ひとつは、俳句という表現の限界が、おぼろげに視界に入ってきたこと。「俳句は已に尽きたりと思ふなり。よし未だ尽きずとするも明治年間に尽きんこと期して待つべきなり」——厳密につきつめた論とは思えぬが、正岡子規が明治で終了と予言した俳句の命数、その命数が尽き始めたことを、ルビ付俳句の成功によって、逆に現実のものと予感せざるをえなくなったこと。季語と五・七・五の音数律そして切字。碧梧桐は硬直化したそのいずれをもゆさぶりゆさぶり、流動化させて、俳句の生きた活力ある表現の可能性をこじ開けてきた。そしてついに音と訓、漢と和すなわち漢字語とひらがな語の二重性——碧梧桐の用語では「二様」性——という日本語の本質をあられもなく曝したルビ付の姿となることによってしか俳句が成立しないことに行き着いた時、もはや定型も季題も切字も前提とせず、またひらがな歌＝和歌の歴史以上に漢詩の歴史系に生れた、近体詩＝近代詩の門前に立っていた。「俳句は死んだ」「すでに俳句の命数は尽き始めている」ことに直面せざるをえなくなった。

それでも自らにつづく者が身辺におり、また俳壇が俳句の可能性に向けて邁進していればかすかな希望も期待もあろうが、実情はそうではなかった。

昭和八年四月二十八日、「読売新聞」紙上の「俳壇に与ふる書」で次のように書いている。

今日の私の立場として、所謂現俳壇に喚びかけるべき何物もありはしない。愬《うつた》ふべきものも、警告すべきものも、考察すべきものも、何もありはしない。もつと極端に言ふなら、詩としての、芸術としての現俳壇なるものも、私の目には存在しないのだ。――中略――

つまり私の見る所では、子規歿後は、多少の波瀾はあつたにしろ、芭蕉、蕪村の歿後同様、お誂へ向きに、一律に月並化してゐるのだ。月並へ〳〵と、何やら詩人らしいよまよひ言をいひながら、坂を下る足どり同様、せり合ひ犇めき合つてゐるのだ。悟つて言へば、運命づけられた大勢なんだ。――中略――

どうせ腐りかけたものは、腐敗の速度を早めるがいゝ。極度まで、靡爛し、発散し、分解してしまはなければ、新たな芸術に蘇らない。化政以後、天保時代の俗悪さに堕落してゐなかつたら、明治の子規も生れなかつたかも知れないのだ。腐敗堕落も亦更生への一要素であるとも言へる。

併しながら、今後に更生する新たな俳句は、遺憾ながら、もう君等の手にはないのだ。

虚子のホトトギス王国と化した往時の俳壇への激越な批判――というよりも愛相つかしと悪態から漏れてくるように、弟子達が碧梧桐の下を去ったから、ましてルビ付俳句で俳句に行き詰まったからではなく、腐敗、堕落し、ますますその度を深めて荒れていく俳壇への失望から、俳壇隠退という元禄以来、始めての行動に突き進んだのである。命数は「已に尽きたり」と子規に宣言された俳句の擁護者として碧梧桐は、孤立無援の戦いを続けてきた。「多くの同志を篩ひ落」として来たと碧梧桐は書くが、弟子や俳句誌がその戦いから脱落していっただけなのだ。

ルビ付俳句の書きぶり＝筆蝕に見られた「ひねり」や「ねじれ」は、理論的にも作品的にも完全に破綻状態にある俳壇という名のホトトギス王国への苦がにがしい思いから来るものでもあろうが、それ以上に俳句がその終焉というのっぴきならざる事態に直面したことから来るものではないだろうか。書という表現は、作者自身すら気づかない意識まで洩らすのである。

第十三章　碧梧桐死す——金襴《テリ》帯かゝやくをあやに解きつ巻き巻き解きつ

■荒れすさぶ俳壇

高浜虚子著　発行所　ホトトギス
「十万円の定期の作り方」　（昭和十年七月）

×

虚子の定期預金さる銀行に十万円ありし由。プロ俳人よ。そねめ、そねめ。　（同前）

×

虚子丸ビル階上におさまり、我が世の春を謳歌す。
北吹くや暖房装置部屋は春　虚子　（昭和十年四月）

×

立子「ホトトギス」の虚子選雑詠のトップを切る。親子の情の密なること、はたの見る目も羨ましき次第なり。　（昭和九年七月）

×

吉右衛門、吉之亟、七三郎の三人、「ホトトギス」の雑詠に、庵看板の如くずらりと並んで三句づゝ入選す。誓子其他の御歴々方よ。恥しくはありませんか。（同前）

×

鷗二発明の「ホトトギス」入選法。
一、女性名前で投句のこと
二、吏何某、俳優何右衛門で投句のこと
三、七八人の団体を一とまとめにして投句のこと
四、金一封封入のこと　（昭和七年）

×

虚子の画讃二十五円也。下世話に謂う死慾とはこのことなるべし。　（昭和六年）

×

さる関西の百万長者の御夫婦の俳句を巻頭に二頁並べて出せば、雑誌の費用が出ると云ふのがあるとのこと。

さる貴族院議員の歳費をそつくり貰つて発行費にあてゝるのがあるとのこと。

ユカイな俳壇である。　（大正十四年）

新井声風が『あかね』『曲水』などの俳句雑誌に書いた俳壇批評を『俳壇目安箱』と題

して交蘭社から出版した書物からの引用である。露骨な虚子揶揄ゆえ、反《アンチ》ホトトギス、反《アンチ》虚子派の著者の出版物かと考える向きもあろうが、そうでもないようで、

　碧梧桐俳句料理専門の料理屋開業の計画あり。（全国同盟料理新聞）お料理の「新傾向」はわれら感心せず。碧先生再考せられよ。　（昭和十年五月）

「失意の碧梧桐老が煎餅屋を開業せんとしてうさぎや主人に諌止された話」（「俳陣」所載）

　往年天下を風靡せし新傾向派の大御所の末路そゞろに悲し。　（昭和十年一月）

等俳壇隠退後の碧梧桐の行動への嘲弄もある。昭和八年、三月二十五日東京・内幸町の大阪ビル、レインボウ・グリルにおける還暦祝賀会の席上、碧梧桐は、「俳壇隠退」を声明したが、その昭和初期頃、虚子とホトトギスが掌握した俳壇はその専横の下、相当に荒れすさんでいたようだ。碧梧桐も書いている。

　虚子は俳諧を商取引化した。最早月並本山の大和尚だ。攻撃にも悪罵にも不仁身である。芸術よりも金銭に徹底してゐる。そんな声が俳諧十字路に充ちた。

と。むろん碧梧桐は金の問題を咎めているのではない。その芸術表現的な頽廃を問題にしている。つづけて

近頃ホトトギス派を牛耳つてゐる赤星某などの説に聴くと、芭蕉、蕪村、子規などは物の数でもなく、虚子先生に至つて、始めて俳文学が大成し、俳人格が完成した、とのことである——中略——

今日俳句といふ文学は、どうどこをうろついてるのか、さまよつてゐるのか。もつと大きな俳文学の動向如何に目をつける一人の具眼者もないといふことからして、一応も再応も考察しなければならない。非論理的な、無批判な、時代を知らない、詩を解しない、概念の殻を脱ぎ得ない、陶酔から覚めることのない、そんな手前味噌の搗き交ぜ以外、何の論議もないのだ。——中略——

百景俳句どころか、もつと露骨な商取引は、恐らく今年も来年も一ならず頻発するだらう。商取引をする醱酵素が俳句界全体に醞醸《うんぢやう》されてるからだ。天保俳諧より以上の醜状にまで加速度に墜ちて行かねばならない自然の運命だ。

○

我々三昧運動者のみ、この汚濁の空気から超然として、俳文学の存在要素に立脚し、其の存在を価値づけやうと努めてゐるのであるが、先覚者は概ね衆愚と相容れぬ、イヤハヤ悲惨な苦難に直面してゐる。

（以上、「俳句界の行方」「読売新聞」昭和七年一月十五日）

「悲惨な苦難に直面してゐる」――と書くときの「悲惨な苦難」とは表現の問題を忘れた俳壇への絶望を物語っている。

前段の「虚子は俳諧を商取引化した」とは、当時、俳壇に広く存在した、表現をおろそかにした虚子＝ホトトギス派への不満であった。

俳壇に限らず、文壇、歌壇、書壇、いずれも「壇」とは、業界員の生活協同組合であって、表現の共同体ではない。とはいえ表現者が寄り集まっていれば、おのずから話題は、表現をめぐっての真摯なものになって当然と思われがちだが、どうもそうではないようだ。たとえば自らの経験を話せば、書とは何かが明解になってくると、楽しく、またやりがいも出てくる。書に携わっていることを誇りにも思う。ところが、自らが書に携わっていることが赤面するほど恥かしく、情けなく、書などやらなければよかったと後悔の念にとらわれ、書をやめてしまいたいと切に思う時がある。それは書壇の書道家達業界の人々《メンバー》が集まる会合に出席した時である。そこでは、書にまつわる話はなく、もっぱら書壇内部の下世話な関心事と噂話に終始。話が書に及んでも、明治以来の旧態依然たる月並な聞き覚えの論を平然とオウム返ししている始末。その時、これらの書道家が、村のちっぽけな議員の集団に思え、自分もまたこのような社会の一員であることを身をもって体験するともうどうにもいたたまれなくなるのだ。

高浜虚子が「花鳥諷詠」論を本格的に唱えたのが、昭和四年。その後、俳壇はいちじるしく荒れてきた。他派から、虚子＝ホトトギス派が芸術的表現よりも金儲けに熱心になったと誇られるような出来事もあったのだろう。

だが、虚子＝ホトトギス派が金儲け主義へと走り、また碧梧桐が、そのような俳壇と自らの創作上の問題から身を退いたことの背後には、十五年戦争へと向かう、異様な時代意識があった。

すなわち昭和六年九月十八日の柳条湖事件を発端とする満洲事変、昭和七年五・一五事件、さらには、昭和十一年の二・二六事件、そして昭和十二年七月七日の盧溝橋事件に始まる日中戦争——やがてそれは昭和十六年の真珠湾、英領マレー半島奇襲からアジア太平洋戦争へと拡大する——現在の日本にも似た荒れ、すさんだ投げやりな時代の気分が背後にあった。

■還暦と俳壇隠退

昭和八年の、河東碧梧桐の還暦祝賀会には、喜谷六花、小沢碧童、伊藤観魚、麻野微笑子、松宮寒骨、岡田平安堂等の俳人仲間、画家の水木伸一等仲間の他に、来賓として、宝生流の宝生新、尺八の福田蘭童、画家の中村不折、他に漢詩人の国分青崖、元大阪朝日新聞記者・長谷川如是閑、阪急の小林一三、改造社の山本実彦、中央公論社の嶋中雄作、将棋の土居市太郎、彫刻の平櫛田中《ひらくしでんちゅう》等が参会した。賑やいだ席上、碧梧桐は「俳壇隠退」

を声明した。

その理由について、碧梧桐は「大阪毎日新聞」（五月十六日）に次のように寄稿している。

俳壇はすでに暗黒であり、腐臭紛々であり、天下皆非なりである。

私は今日まで、対自己関係の芸術探討に没頭して、むしろ意見の見物的に、俳壇の堕落を眺めて来た。同じく子規の流れを汲むといつても、今日はすでに芸術と遊戯、詩人と職人、俗輩拒否と大衆迎合、全く相異なる道を歩んでゐる、と信じたからだ。

子規の流れと言っても虚子の方は、遊戯、職人、大衆迎合と化し、同じ俳句とは言っても碧梧桐の方とはすっかり違っていることを嘆く。つづけて、
天下靡然《びぜん》として月並化すとも、われひとり詩を守らん、興奮に駆られてゐたものだ。

と吐露する。

とはいえ、その背後に悩みもあった。五・七・五定型律の束縛を脱して自由律の扉を開け、現代語を駆使した俳句へと突き進んだものの、顧みて、
それはわれ〳〵の炉辺の一気焔、雑談、警句、あるひは独語、咆哮に過ぎないのでは

ないか。真実であり、力であり、腹蔵のない吐露ではあらうが、それが同時にわれ〳〵の詩であるかどうか。詩とは、そんなガサツな、荒削りな、投げやりなものではあり得ないであらう。

碧梧桐は、一年間の外遊と関東大震災後に、

思ひを「詩成立の根拠」に潜め、漸く「感情のウエーヴの具象化」それが詩の成立第一要素である論理に到着、はじめてかれ等のゆくべき今後の大道を明かにした。

とも記している。

「感情のウエーヴの具象化」が詩の成立の第一要素であるという論理の上に、日本の短詩の画期的な大事業がなされるべきだが、碧梧桐自身は、子規亡き後、俳壇を継承した三十年前の勇気と敏感性、闘志をついに失った。後は新人の手に委ねるしかない。そこで隠退したとの物語を展開している。

荒れすさんだ俳壇に幻滅し、若き日のような闘志を失った今は、かつて大須賀乙字、中塚一碧楼、荻原井泉水らの新人を輩出したように次なる新人に期待するしかないと締めくくる。句作に行き詰ったのではなく、俳壇に愛相を尽かし、自らも老いた。そしてその背後には、十五年戦争へと向かって行く日本社会を覆った頽廃的な時代気分があった。

碧梧桐は自身の気のりのしなくなったそれも含めて、時代の気分を次のように記している。

一方、現時の社会現象は、文芸、政治、宗教といはず、総てが弛緩した、ダルな遊戯気分に充ち満ちてゐる。それが国難非常時であるといふにも拘らず。

議会記事も見るに足らず、宗教講話はさらに聞く勇気なく、芝居も見ず、絵画展覧会にも足ぶみをしない。（「大阪毎日新聞」昭和八年五月十七日）

テレビを見る気も新聞を熱心に読む気にもならない現在日本の投げやりな時代気分に何と似ていることか。四年後には事態は危機をいっそう深めていく。

■「ふたば煎餅」主人？　碧梧桐

俳壇隠退――それは直接的には経済的困窮への道であることを意味していた。俳句誌を経営していれば、誌代も集まれば、原稿収入、借金も可能であろうが、それがなくなると、たちまちに金欠となる。

句作感激の杜絶して俳句より見捨てられし予を自覚して句界を退けり　頃来自らの書を見るに未だ嘗て知らざりし俗臭に堕するものあり　多年漢魏の書風に迫るものを書ん

ことを理想せし鼻を挫くもの幾許　書神又た予を捨つかと歎ず　如是の状予の迂鈍遂に救ふべからず　書も亦た之を放棄せんか　奈何せん今日の生計ハ之を書にて支ふ　捨つべきか　捨つる能ハず　大に迷ふ　むしろ総ての文筆を揚棄して塩煎餅を焼く一商人とならんか

二・二六事件の三日後、昭和十一年二月二十九日の『海紅堂昭和日記』の記述である。時代の動静に注意をはらっていた碧梧桐は、同日冒頭には「朝からラヂオ徒け放し戒厳司令部の重要報告をきく　午後二時に至り叛徒全く帰順兵火を交ふるに到らずして事漸く鎮静に帰す　叛徒は大尉を頭に卒千四百名以上なりしよし」と事件が鎮静化しつつあることを記述している。

隠退声明後、碧梧桐は、煎餅屋になろうかと考えた。『昭和日記』の昭和八年十一月二十三日に、煎餅屋計画について次のように記している。

うさぎや弟平井程一君従来塩煎餅屋を営みしが氏ハ小説家希望にて煎餅をやく気のりせず近来うつちやり放しのよしきく　我が家族之を継承してやるべしとうさぎやに相談す

現在も上野広小路にある菓子屋うさぎやの当時の主人が俳人・谷口喜作であった。その弟の塩煎餅屋を継ごうと考えたというのである。

西宮の資産家の俳人・麻野微笑子からは老後の資金を提供するという申出もあったが、「自主自立して始めて自我の面目もあるべし」と断わった。俳句革新の先頭に立たない以上、もはや援助してもらうわけにはいかないのは当然であろう。

子規亡き後、俳句界を先頭で引っぱってきた碧梧桐が塩煎餅屋の主人となるといえば世間も注目することだろう。しかし塩煎餅が売れなかったらどうする、そのことも計算に入れておかねばならないなどと考え始めたら収拾がつかなくなる。しかし、「総ての精気を集中して」やってみるしかない。成功すればよし、成功しなかったらまたその時、人生はそこに面白さがあるなどと妄想している。二十七日は塩煎餅生地（木地）屋を見学、「ふたば煎餅」と命名し、型を注文した。

しかしその計画が成就することはなかった。同年末の十二月三十日、うさぎ屋に立ち寄り、話を詰める。


ウサギ屋により主人と煎餅屋一件を談ず　アトの迷惑を慮るにもあらねど主人は終に賛成せず　それにも一理あれバ略ぼ断念して帰る

うさぎや主人・谷口喜作がどのような理由をあげて思いとどまらせたかは解らないが、河東碧梧桐を塩煎餅屋にまで落ちぶれさせてはいけないという東京の同人達の横槍に負けたのだろう。しぶしぶ断念したらしい。

うさぎ屋に相談したのが十一月二十三日。止めた方がいいと引き止められ、ほぼ納得したのが年末。わずか一ヶ月間で立ち消えた話だから、いわば思いつき。それほど本気のものではなかったとも言えなくはない。だが、三年後の『昭和日記』の昭和十一年二月になってもなお、「塩煎餅を焼く一商人とならんか」と書くように、塩煎餅屋は碧梧桐にとっては未練の残る夢であった。

■書家・碧梧桐

書に対する自己否定を忘れ得ないながら又た今後の自分の仕事ハたゞ書に集注さるべきでないかとの或る信念も芽生え出した

日本の書歴ハ先づ弘法大師に始まるが　大師も唐以前の書ニハ何らの認識を持つてゐない　我らが現代に於て六朝より漢に溯つて豊富な書歴を知り書味を会得した幸福を思はざるを得ない

副島種臣氏ハ近世と言ハず日本の書聖と言つてもいゝ人であるが氏も亦た古代の書の標準を御存知なかつた

若し我らが漢魏六朝の書に味到し得たとの誇りを持つなら我らによつて日本の書のエポックが作られなければバならない　それが出来ないのハ結句我らの怠慢と無気力とモノにならない不甲斐なさを告白するものだ――中略――

今後ハ此の信念と期待を裏切らぬやう真面目に筆を執らうと思ふ
果して書のエポックを作り得るかどうか　成敗ハたゞ自家頭上の問題に過ぎない
（『海紅堂昭和日記』昭和十一年十二月二十五日）

「今後の自分の仕事ハたゞ書に集注さるべきでないか」――碧梧桐が亡くなる一ヶ月ばかり前の記述である。

事実『昭和日記』を読むと、連日と言っていいほど書を揮毫している。

記す――、

昭和八年一月六日
終日閉居　自ら墨を磨て夜試筆再び
同一月八日
朝鮮人趙台欽に短尺《たんざく》三枚かく
同二月十五日
夜丸山晩霞《ばんか》下村為山画に賛約四十枚に及ぶ
同三月一日
夜揮毫会申込十数枚をかく
同三月五日

夜揮毫会申込数十に毫す
同三月六日
酔て揮毫会注文二十数枚をかく
同三月十日
揮毫申込十数揮毫　墨有余　更揮毫半折額等十数枚至夜十二時
同三月十一日
夜又た揮毫半折額色紙短尺十六種に及ぶ
同三月十九日
帰りて為山晩霞二氏画半折総四十枚に賛す可驚努力

に始まり、

昭和十一年七月十日
一昨々日ハ四日市に送る半折二十枚　短尺十六枚　色紙六枚等を書いた　それに平安堂の暖簾「筆匠平安堂」の大字三通りも書いた――中略――
墓誌銘の拓本二に氏の依頼で子規遺吟句と額を今夜書いた
同九月十三日
平安堂のかねての話　龍眠筆製造の老手死後困つてゐるとの事だつたがこの一号龍眠も

初おろしで甚だ書きづらい　字がなつてゐないのも其の為めだ
同十二月廿五日
和風堂の半折二十五枚　名古屋松坂屋の色紙百枚　大阪三宅某氏の半折三十枚　大垣守屋氏の短冊五十枚など主なるものに執筆　其外　半田の浅田氏　上諏訪の洲羽人氏などいろ〳〵注文して来た　平安堂母堂の木像厨子の背面にも其の略歴を書いた

に至る。「平安堂」とは現在も東京・九段にある筆匠・平安堂のこと。当時の主人が俳人・岡田平安堂である。

漢字語とひらがな語の二重二併という特異な性質の日本語の姿をあられもなく露出したルビ付俳句に行き着いた碧梧桐は、龍眠会時代に次いで再び俳句の下部に眠る書の制作へと降りていった。

俳壇を隠退して書家になったというよりも、俳壇を隠退し、たとえ俳句を作らなくなっても、それを生み出す原動力である書は手許（心身）に残り、書家でありつづけたのである。

■臨終

一月卅一日の午後、初は碧君を病床に見舞つた。既に面会謝絶とあるのに驚いた。併し特に許を得て入室した私は再び駭《おどろ》いた。君は氷嚢を額に昏々として眠つてゐる。開いた口は乾き切つてゐる。鼻呼吸が険悪だ。眼の光が失はれてゐた。幼名を呼んだが答へず、看護婦に命じ、水を口に注がせると漸くに目に開《ママ》いて、うつとりと私の顔を見たが語らなかつた。私は心臓の高鳴るのを覚えた時に多くの人々が入り来つてベッドを取り囲んだ。君は枕辺に大勢の立つのを見て

　何だか臨終のやうぢやないか

と、既に明晰ならぬ語呂で言つて、微かに微笑を洩らした、私は一縷の望があるかに感じた。

　院長に面会して病状をおたづねしたら、危篤だ。悪い条件が重なつてゐるからとて、望み薄いやうなお話であつた。私は極力万全の手当を尽さんことを御願ひして辞去した。然るに手当も遂に甲斐なく、雲台の客となつてしまつた。

（寒川鼠骨「此恨不尽」『海紅』昭和十二年三月一日）

病気、病状が違うということもあろうが、かつて碧梧桐が正岡子規の臨終のシーンを描写したような細密な写生はない。渡部嫁ヶ君によれば、碧童、寒骨、松尾樹明、田島絹亮が「終焉の記をものにし」たと記すのだが。遺偈を書き残して貰おうという着想も行動もなかったようだ。また多くは客観描写＝写生である以上に、その折の自己の行動を描写している。昭和十二年二月一日、雪と霙の降る夜十一時十一分、碧梧桐は帰らぬ人となった。中塚一碧楼はこう記す。

二月一日、先生御臨終の時、私は末後の水を差上げた。さうして暫くの後再びお傍に参って別れを惜むのであつたが、其時私は思はず自分の右の手をさしのべ、先生の額に一寸かゝつてゐた髪の毛を撫で上げる心持で、先生の額のところをゆっくりと二三度撫でて差上げたのであつた。（中塚一碧楼「恩師」『海紅』昭和十二年三月一日）

「歩く人・河東碧梧桐」の歩行は終った。と同時に、近代俳句の革新も歩行を止めた。青木月斗と中塚一碧楼は次の追悼句を送った。

二月二日碧居に入る。内外葬ひの色なり。霊前に、水木伸一画伯のスケッチになる、碧梧桐の息ひきとりし顔あり、静温、太佳。すゞろに悲むべし。

寒明けの天地夢みる死顔よ　月斗

七日七夜も雨ふり通せ枯草水のつかりもせ　一碧楼

季節にとどまるものではないだろう。碧梧桐の死顔は、俳句の春到来を夢見ているというのは青木月斗。

一碧楼は絶唱。初七日までの七日の間、天もその悲しみに慟哭し、昼も夜も涙を流して、地上を水びたしにせよと呼びかけた。

■碧梧桐の残したもの

昭和四年十一月、河東碧梧桐は『新興俳句への道』という題名の本を春秋社から出版した。同著の序文に題名の由来を、九月に碧梧桐は次のように記している。

終りに「新興俳句への道」と題したのは、春秋社の切なる乞ひによるのである。著者としては単に「短詩への道」と言ひたかつた。

碧梧桐が俳壇隠退を声明した昭和八年頃は、いわゆる十五年戦争が本格化しはじめた頃である。書壇は荒れ、虚子＝ホトトギス派は、頽廃し、本章冒頭のように反撥と揶揄の対象となり、その内部から水原秋桜子、日野草城、山口誓子、西東三鬼等の乱、いわゆる「新興俳句」が生まれてきた。

この「新興俳句」の名称は、碧梧桐の著書で初めて登場した。

我々の主張は、やがて言葉の律動美に対するマンネリズムの破壊を意味します。さうして和歌俳句の障《ママ》壁の撤廃をも意味します。和歌と俳句の領域の分業的な区画の如きは、形式の固定による、愚かなマンネリシ《ママ》ズムに過ぎないことを断言します。

とは、同著の中の一節である。

危機的大状況の進行する中での、「短詩」と言おうが「新興俳句」と言おうが、深まる俳句表現の危機、ひいては俳壇の危機を背景に、碧梧桐の俳壇隠退もあった。

その後、河東碧梧桐の試行は、どのように引きつがれているだろうか。

河東碧梧桐がかつて最初に出会った大型新人は大須賀乙字であった。

糸瓜忌や発句読む我は人の屑

火遊びの我れ一人ゐしは枯野かな

葉ちり／＼友なし小鳥うづくまる

風もなく照りつけられて散る葉かな

一心に石握り来し冬田かな

「人の屑」――圧倒的な風圧の句を作った天才児・乙字。空気まで冴えわたる鮮やかな句を作り、四十歳、満年齢で言えば三十八歳で亡くなった乙字は、一時期「龍眠帖」風（新傾向句風）の書を書くことはあったものの、すぐに脱落して、その書に見られるように、三句体の定型俳句を出ることはなかった。句の意味の上での斬新さ、新鮮さ、歯切れのよさはあるものの、肝腎の俳句革新の句体（文体）の永続的改革を受け継ぐことはなかった。

次いで登場した新人が、岡山の中塚一碧楼。一碧楼は、新傾向的な書法スタイルは受け

継いだものの、大胆な構成展開を欠いている。句には、

くろちりめんひんやりすあかがねひばち
凍夜この山より山と山とかさなりてあり

など考えぬいた句がある。それにしても不思議なことには、碧梧桐には、これらの句のように、ひらがなだけでつくるとか、あえて幾度もリフレーンするというような技巧的な句がほとんど見られない。修辞をこらした句にはほとんど出会わないのである。

「自由律の」と冠される荻原井泉水はしばしば碧梧桐の系流の俳人として語られる。荻原井泉水の俳壇活動の基盤となった雑誌『層雲』が碧梧桐系俳人の結集誌として、碧梧桐に相談し許しをえて出されたこと、その誌名の命名者が碧梧桐であることから、俳壇の系流としてはその通りだ。そして、種田山頭火や尾崎放哉が井泉水の系流にあることから、碧梧桐の系流上に放哉や山頭火を考える人もある。だが、作品の表現の上ではどうだろうか。

人的系流の上ではなく、作品表現の上で、井泉水は碧梧桐の弟子であっただろうか。たとえば碧梧桐が効果的に使った、「よ」で終る井泉水の句がある。

論議の中につつましく柿をむく君よ　（大正元年）
海の幸曳くえんやえんやとおとこおんなよ　（大正七年）

ゆきの日のゆうびんのおとかよ　（昭和六年）

末尾「u」の動詞で終止形で終る句は、大正十四、十五年頃から次々と生れている。

蛙なく蒲団から脚が出る　（大正十四年）
すずしさくらさくらさせせらぐ　（同）
根、その豆をささげる　（同）
翌《あす》からは禁酒の酒がこぼれる　（同）
木の葉木の葉とおちる　（同）
わらやふるゆきつもる　（大正十五年）
水音梅開く　（同）
猫が昼寝どきの階段おりてくる　（昭和三年）

動詞の連用形末尾「i」で終る句もあり。

しろじろと剝かるる梨なれば滴り　（大正六年）
かなかなのあかつきあめをこぼせり　（大正十三年）

これらは碧梧桐が切り拓いた「新切字」の使用、さらにはその延長線上にある。
また次のような、碧梧桐にはほとんど見られなかった過去形や完了形の動詞で終わる句もある。

疲れたいちにちで桜咲いた咲いた　（大正十年）

さらにはこれもまた碧梧桐にはほとんど見られないが、詠嘆の助詞「か」で終わる句も。

ほともあらはに病む母見るも別れか　（大正十年）

花のちる水はみな海へいそぐことか　（昭和三十二年）

このように碧梧桐の切り拓いた「新切字」運動に影響を受けているところから、荻原井泉水は、碧梧桐の系流の俳人であったことは間違いないようだ。
それでは尾崎放哉はどうか。碧梧桐の系流下の俳句作家であろうか。
放哉は、井泉水以上に碧梧桐の弟子であったといえるほどに、碧梧桐の文体（俳句体）に近づいている。

つくづく淋しい我が影よ動かして見る

ねそべつて書いて居る手紙を鶏に覗かれる
一日物云はず蝶の影さす
寝そべつて草の青さに物云ふ
蛇が殺されて居る炎天をまたいで通る
たばこが消えて居る淋しさをなげすてる
蟻を殺す殺すつぎから出てくる
人をそしる心をすて豆の皮むく
からかさ干して落葉ふらして居る
わが足の格好の古足袋ぬぎすてる
心をまとめる鉛筆とがらす

体言止めや「あり」「かな」「たり」「けり」「なり」「をり」等の旧来の切字止めが多かった大正十二年頃までの句が、大正十二年十一月の一燈園時代から須磨寺、小浜、京都そして大正十四年八月までの小豆島時代の二年間は、前記のように、動詞の終止形「u」で終る句が過半となる。動詞の中でもとりわけ「居る・ゐる」の多さが目につく。京都時代（大正十四年七月〜八月）にあっては十句中五句、半分がそうだ。「ゐる」は放哉に膠着し、放哉を解く鍵句である。過半が動詞の終止形で終る——これはもう放哉の定型と言ってもいい。

柘榴が口あけたたはけた恋だ
たつた一人になり切つて夕空
夕べひよいと出た一本足の雀よ
昼の蚊たたいて古新聞よんで
たんぼ風まともにうけとぼけた顔だ

動詞の終止形で終る句の文体、またこれらの碧梧桐に似た句の文体および表現を見ると、放哉は碧梧桐の系流下の俳人であったことが明らかになる。それにしても過半の句に登場する「ゐる・居る・ある」の定型的終止形は、軽やかに新切字を往来する碧梧桐とは相容れないほどだ。

放哉は「ゐる・ある」の俳人と言ってもいいほどだ。

■挙句の定型俳人・山頭火

碧梧桐を師と仰いだ多くの俳人の中に、俳句の現代史に重要な関わりを持った二人の俳人がいました。一人は荻原井泉水で、もう一人は、中塚一碧楼です。この二人によって一九一一年に自由律俳句というものが確立された。――中略――

「自由律俳句」は、定型に対して「非」であるばかりでなく、その発想において既に

「自由」なのです。――中略――

放哉と山頭火は、自由律俳句のこうした発想の中に文学的な座を得た俳人です。

（上田都史『井泉水・放哉・山頭火』）

また、『定本　種田山頭火句集』を編集した大山澄太は、

広島の藤秀璻先生と対談させていただいた時、先生は「まあ荻原井泉水さんをまん中の仏さんと仮にしますとね、私はいつも思うのですが、放哉と山頭火は観音・勢至の両菩薩と言ったところですね。」と申された。

と書いている。「自由律――井泉水、放哉・山頭火」というのは広く浸透した理解である。だがはたしてそうだろうか。山頭火ははたして自由律の俳人か？　たとえば、人口に膾炙している句。

うしろすがたのしぐれてゆくか

確かに山頭火は五・七・五音ではなく、さまざまの音数律の句を作っている。その点では定型の俳人ではない。だが、

生死の中の雪ふりしきる

石を枕に雲のゆくへを

へうへうとして水を味ふ

誰か来さうな雪がちらほら

いずれも広く知られているこれらの句は「七・七」音である。これらの句を代表とする山頭火を自由律の俳人で済ませてよいのだろうか。そこでひとつの試作を試みた。

うつそみの人なるわれや明日よりは
うしろすがたのしぐれてゆくか

生ける君つひにも死ぬるものにあれば
生死の中の雪ふりしきる

天地と共に終へむと思ひつつ
石を枕に雲のゆくへを

落ちたぎる流るる水の岩に触れ
へうへうとして水を味ふ

草枕旅に久しくなりぬれば
誰か来さうな雪がちらほら

むろん、たわむれの歌。万葉の歌の上句に、下句として山頭火の句を添えたものである。ひとりぼっちの寂寥感漂う（と思われた）山頭火の句が、何ともどっしりと納っているではないか。しかるべく納っている句が、上句を失うことによって不定・不安感を孕む。その効果の上に山頭火の「うしろすがたのしぐれてゆくか」の句の魅惑はある。とすれば、これは自由律で済ませることはできず一種の定型句と考えるべきではないか。もともと俳句は五・七・五・七・七の和歌の上句＝発句が独立して生れた。上句は、五・七・五の三句体、つまり「我―汝―彼（彼女）」の三角関係立体形に結果する。それゆえ、俳句の最小限の自立した立体表現世界は生れた。これに対して山頭火のこれらの「七・七」句は、和歌の下句＝揚句＝挙句を独立させた発句ならぬ挙句の俳句。従来の俳句とは違った新しい「七・七」音からなる新俳句なのだ。五・七・五の定形俳句に代わって、山頭火はこれらの句において七・七の新挙句俳句を創造したと考えればよいのだ。ちなみによく知られた放哉の句

　入れものが無い両手で受ける

もそうだ。

それだけではない。「五・七・五」の既存の俳句をさらに短縮した七・五の「結句」だけの超短句も開拓している。

　ほろほろ酔うて木の葉ふる

よく知られた句だが、

　土手道やほろほろ酔うて木の葉ふる

とすると、上句の欠落がもたらす、不足感の魅力が消滅する。

古池や飛んでいっぴき赤蛙

では、「飛んでいっぴき赤蛙」の山頭火の句の寂寥感は消えてなくなる。これでは芭蕉も山頭火も、興ざめだろう。

野は枯れていつも一人で赤とんぼ

としても同じことが言えよう。

既存の俳句の発句だけの句、「上句発句の句」もある。たとえば、

炎天のレールまっすぐ

これを

炎天のレールまっすぐ伸びにけり

とすると余韻に欠ける。

まつすぐな道でさみしい

が

まつすぐな道でさみしい杉木立

句へと沈んでいくことになる。

では、俳句としての安定感、俳句らしさは生れるものの、川柳かと見まがうばかりの駄句へと沈んでいくことになる。

放哉の句に「ゐる・ある」の定型性が見られたが、それとは違って、山頭火の成功句の多くは、従来の「五・七・五俳句」ならぬ、「七・七新俳句」であり、俳句をさらに微分した「七・五新俳句」や「五・七新俳句」である。従来と違った音数律を提起したとはいえ、いずれも定型句である。そして、定型句であるがゆえに、一部の句の欠如にいずれも不足感が生じ、それが句を不安定へと導いていく。山頭火は、「五・七・五俳句」に代わる、「七・七俳句」、あるいは「五・七俳句」「七・五俳句」を生み出した。だがそれは平面的な、「我—汝」の二角であるがゆえに、三角の「五・七・五」俳句のような完結感を伴った短詩となることはなかった。定型の安定感の基盤の上に立った一部欠如感が表現上、きわめて効果的な孤独感と寂寥感を形づくっているのだ。

この意味において、碧梧桐—井泉水—放哉の系流はあっても碧梧桐—井泉水—山頭火の

山頭火「鉄鉢の中へも霰」

系流は存在しない。山頭火は井泉水に繋がらない。まして碧梧桐とは表現上の繋がりはない。

山頭火の書を見ると、俳句から漂う孤独感、寂寥感といったいどこで通じ合うのかわからない荒さ、雑駁さに不思議な思いを感じないではいられない。そして、そこに、高浜虚子の書に妙に似通ったスタイルがあることに驚ろいたことがある。

表面上の決定的な違いにもかかわらず、虚子と山頭火にはどこか共通項があるにちがいない。俳句を読みこんでいくと、やがてその答えが少しずつ明らかになってきた。その答えは、見かけ上、自由律を極限まで徹底したかのように信じられている山頭火が、実のところは、あるいはその根っこのところは自己陶酔型の定型の俳人だったのである。微分しつつ定型を自由に渡り歩いたのである。

「五・七・五・七・七」音の和歌の発句「五・七・五」にその音数律を定め、四季と恋愛を歌うことを得手とする和歌の、その季節を歌うことをルールに採り入れて生れた俳諧＝俳句。

日本語の一方であるひらがなの歌の聖典『古今和歌集』は、四季の歌は恋愛の歌、恋愛

高浜虚子「遠山に日の当りたるかれ野哉」。

山頭火と虚子、雑駁な二人の書きぶりはよく似ている

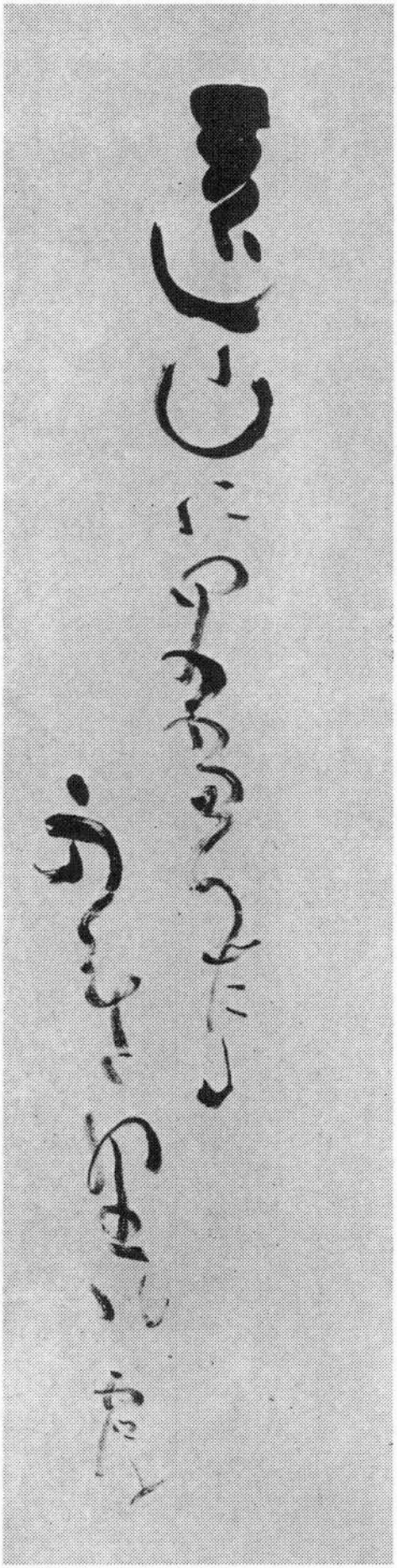

の歌は四季の歌という構造で成立している。一方、俳句では、季題＝季語つまり四季の美を必須としながら、なにゆえか恋愛の美《エロス》を主題から排除している。

『俳句研究』昭和九年四月号に、日野草城は「ミヤコ・ホテル」と題して次のような俳句十句を発表した。

夜半の春なほ処女《をとめ》なる妻《め》と居りぬ
枕辺の春の灯《ともし》は妻《め》が消しぬ
をみなとはかゝるものかも春の闇

たんに新婚初夜の出来事を句にしただけのもの。「花鳥風詠」＝四季があるのだからあってしかるべき「恋愛風詠」を主題にした点では新しい試みであった。だが、俳壇ではこれを「エロ俳句」(新井声風)として排除し、その後もこれを「季題・季語」とならぶ「恋題・恋語」とし、新しい俳句の領域として育てあげることはなかった。歌謡曲の歌詞として「恋歌」は無数につくられていったのだが。

碧梧桐は、季題の背後に恋題のあることも知っていたのであろう、

乳あらはに女房の単衣襟浅き
さら綿出して膝をくねつて女

などの印象的な色っぽい句がある。

季題と定型を必須の根拠とする俳句という詩が、近代・現代においても世界大の表現たりうるかその可能性を求めて、碧梧桐は歩いた。日本はもとより東アジア、そして西欧、アメリカまで足を伸ばした。平面だけではなく垂直に日本アルプス等山岳に登り、また書という文学の根元の方へと降りて行った。

信じるがゆえに五・七・五の定型を疑い、季題を相対化し、俳句表現の鍵を握る助詞と文体を疑い、ついには、二重二併の言語・日本語の不揃いの姿をむき出しにしたルビ付俳句にまで到達した。定型の俳人・室積徂春《そしゆん》は「碧梧桐の芸術的良心」（『俳句研究』昭和十二年三月号）と題して書く。

或時は口語体を主張し、或時は季題無視を唱へ、或時期は再び有季に帰り、遂ひにはルビ俳句を主唱するなど、猫の眼のやうに変化し進展しつつ遂ひには、『俳句』の名称を捨てて、その作品を『詩』と称するに至つたのであるが、俳壇の大勢、大衆は氏のこれらの運動に帰順する者は極めて寥々、遂ひに氏の努に酬ひるものがなかつたのである。為に氏は、俳壇の現状を見るに堕落時代なりと喝破し、これが打開は到底期し難しと嘆じて、引退を声明するに至つたのである。

山に頂上があり、地球に限りがある。登山があれば下山があり、行きがあれば帰りがある。俳句の閾値を押し拡げ押し拡げ、その可能性を拡張すればするほどそれは俳句を超え、短詩を超え、近代詩へと限りなく近づいて行った。ちょうどその時、大状況も危機的様相を深めていた。

■『新興俳句への道』と「花鳥諷詠」のイデオロギー

碧梧桐や一碧楼、井泉水、放哉、山頭火、一石路等の俳句を味わった後に、虚子の句に移ると、何とも型にはまった幼稚な表現に思えて苦笑せざるをえない。「五・七・五」の音数を指折り数えながら俳句や川柳を作っている時のように、「○○○○○、××××××、△△△△△」と、「五・七・五」の音数律を俳句に欠くことのできない絶対的な規範として作句しているようにしか思えないからだ。何をさし置いても、「五・七・五」。「五・七・五」のリズムが全面を覆うのだ。

たとえば碧梧桐が亡くなった昭和十二年二月一日の句はないが、二月五日、二月七日の句は、

春立つと　銀杏大樹を　仰ぎけり
客ありて　梅の軒端の　茶の煙
曾我神社　曾我村役場　梅の中

「曾我神社……」に至ってはたんなる語呂合わせの句ではないだろうか。これでは虚子十八歳時の次の句と文体上はさほど変わりはない。

朧夜や　我も驚く　案山子かな
河水に　顔を洗ふや　杜若
待つ宵や　山の端暮れて　灯の一つ

尖った拙い角がとれて、五・七・五間の流れがなめらかになってきたということはあるにしても。

碧梧桐の二十歳の時の句

鬼婆の　はしたもなけれ　今朝の春
若水や　先づ音なげに　一釣瓶
輪飾を　御所の火をもて　焚きにけり

と虚子六十四歳時の表現が酷似しているとさえいえなくもない。桑原武夫に倣ってこの九句をごちゃまぜにして「二人の句を選別せよ」と言ってみたくなるほどではないだろうか。桑原武夫が「第二芸術」で提起したのは、芭蕉型の五・七・五の音数律の下でのこのような未成熟句を並べた時に、はたして作者を見分けることはできるや否やという問題であった。

子規が企てた月並みならざる、時代と共なる俳句への革新、それを受け継いだ碧梧桐等の革新の成果をあざ笑うかのように、五・七・五の、つまりは芭蕉の句体（文体）へと原理主義的に復している。碧梧桐等が苦しいながらも俳句の表現の幅を一歩一歩拡げてきて、俳句が少しずつ面白くなってきた丁度その時に、いわば江戸時代の亡霊のような句体が俳壇を席巻する――それは不思議なことではないだろうか。

花鳥諷詠と申しますのは花鳥風月を諷詠するといふことで、一層細密に云へば、春夏秋冬四時の移り変りに依つて起る自然界の現象、並にそれに伴ふ人事界の現象を諷詠するの謂であります。

俳句といふものが始まつて以来――中略――終始一貫して変らぬ一事があります。それは花鳥風月を吟詠するといふ事であります。

（『虚子句集』自序）

昭和二年、高浜虚子は初めて「俳句花鳥諷詠論」を口にし、昭和四年になると、この論を固めて発表した。それは、子規に始まる俳句革新運動のすべてが水泡に帰す文字通り反動的な論であった。

この「花鳥諷詠論」を皮切りに、俳壇は激動しはじめる。すなわち、昭和六年、水原秋桜子は虚子の『ホトトギス』から訣別、山口誓子は第一句集『凍港』の自跋に、昭和四年以降現在（昭和七年）迄を「新しい『俳句の世界』を構成せんとしつゝある時期」と書き、昭和八年に『京大俳句』を誕生させている。他方、虚子はその句集にいかにも俳壇の首魁といった趣きの業界内向きの嫌味な序文を寄せている。

此の「凍港」三百章を読む人は、誓子君が或は俳句界を見棄てるかもしれぬといふことを是認するかもしれぬし、或は俳句界に歩を駐めて、長く征虜大将軍たらんとするものとも看取するであらう。又俳句は如何に辺塞に武を行つて《や》も、尚且つ花鳥諷詠詩であるといふことをも諒解するであらう。

吉岡禅寺洞《ぜんじどう》は、昭和七年に「十七字の詩が俳句である」と無季俳句を提唱してもいる。そして昭和十二年、井上信子主宰の『川柳人』弾圧、昭和十五年には『京大俳句』の平畑静塔、井上白文地《はくぶんじ》、中村三山《さんざん》等が検挙され、昭和十六年には、栗林一石路、橋本夢道、そして東京三《ひがしきようぞう》（秋元不死男）も逮捕された。

この逮捕時、一石路は次の句を作った。

けもののごとくきてがさがさと冬の部屋をさがす

逮捕の理由はむろん「治安維持法」違反。「結社の自由」の主張は親英米、「無季俳句」は日本の伝統破壊であるからとのことである。

この俳壇の歴史図絵をながめて見ると興味深い事実が見えてくる。この背後にはさらに次の二つの動きがあった。

昭和十五年、日本俳句作家協会結成。むろん会長は高浜虚子。役員には水原秋桜子、青木月斗（碧梧桐の妻の兄）、飯田蛇笏、久保田万太郎、久米三汀《さんてい》（正雄）、佐藤紅緑等、これに碧梧桐の身近にいた中塚一碧楼や喜谷六花も加わっている。

結成式場は、碧梧桐が俳壇隠退を表明した大阪ビル、レインボウ・グリル。開会の辞についで、一同起立して宮城を遥拝したのち、護国の英霊に対して黙禱を行ない、会が始まったと松井利彦の『昭和俳壇史』は記している。

そして昭和十七年になると同会は、「皇国の伝統と理想とを顕現する日本文学を確立し、皇道文化の宣揚に翼賛する」ことを目的とする日本文学報国会の俳句部門へとそっくり衣替えしている。

虚子が「花鳥諷詠」論を本格的に提唱したのが昭和四年。ちなみに碧梧桐が『新興俳句への道』を上梓したのも同年であった。水原秋桜子、山口誓子のホトトギス＝虚子からの離反、さらには新興俳句の登場――これらは虚子の「花鳥諷詠」論への反撥だけではなかった。むろん自覚的なものではないだろうが、その反撥の背後には、虚子＝ホトトギスとはまったく逆の、『新興俳句への道』の河東碧梧桐が在《あ》った。その希望の星に後押しされて、「秋桜子・誓子の乱」つまりは、新興俳句の登場があった。

昭和七年、碧梧桐が『壬申帖』「俳壇優退の辞」で俳壇隠退を表明すると、これを機に、われこそは碧梧桐の消えた後を埋めんとでも言うがごとくに、「秋桜子・誓子の乱」は激しさを増す。そして昭和十二年に碧梧桐が亡くなると間もなく、『京大俳句』や栗林一石路等の俳人を切り捨てた上での俳壇の挙国一致、臨戦体制が仕上げられていくのである。

碧梧桐が切り拓いた俳句の文体は、一石路等に大きな影響を与えた。生硬な左翼的用語や視野と分析の荒さはともかく。もしも碧梧桐が昭和十五年すぎまで生きていたとしたなら、国家総動員体制や官憲の弾圧に対してどんな意見を述べ、いかなる立場を表明し、どのような行動をとっただろうか。実のところ「作家協会」は、弾圧を可能にし、否、弾圧を促し、否、弾圧のために仕組まれた組織であった。現在の政権も口にする「日本の伝統」なるフレーズは、国家権力の意志への反対派を抑圧し、弾圧するためのキャッチフレーズなのである。

もう少し長く碧梧桐が生きつづけていたならば、もしも碧梧桐ありせば、この国家の目論見は、どのように変貌しただろうと想像する。他でもない、碧梧桐とその周辺の俳人達の歴史は、日本の近現代文学史の中央にあり、近現代史そのものでもあった。

昭和六年、満洲事変が起き、翌昭和七年には満洲国建国宣言がなされる。対中、対米英十五年戦争が始まると間もなく、碧梧桐は俳壇を隠退、昭和十二年、盧溝橋事件つまり日中戦争が始まった年にこの世を去っている。日本俳句作家協会の設立（昭和十五年）は、碧梧桐の死と無縁ではなかった。

現在の俳壇の若い人達が、平成三十年末に共同で、『新興俳句アンソロジー・何が新しかったのか』という本を上梓した。だが、従来通りに、俳壇のスターリン・虚子に倣って碧梧桐を抹消して「新興俳句」に接近したものであったのは残念だった。そうではなく、碧梧桐とその周辺の俳人達を含めた俳壇の全体像を思い描いた上で、もう一度読み返してほしい。そうすれば、関連がないはずはない碧梧桐の『新興俳句への道』をきっかけとする新興俳句はもっと違った姿でその全貌を現わすことだろう。

そうすれば、この十五年戦争体制にピタリと貼りついた俳壇史が、近代俳句史の上で唐突に出現した虚子の「花鳥諷詠」論に始まったこと、この論が、戦争体制に向けての俳壇の綱領であったことに気づくことだろう。時勢におもねったマスコミ・東京日日新聞社、大阪毎日新聞社が仕組んだ『日本新名勝俳句』が、俳句を楽しむ人々を翼賛体制へと組み込むための仕掛であり、その背後にはイデオロギーとしての「花鳥諷詠」論があり、かつ必要だったのである。

新傾向時代はまだしも、無中心論（あの奇怪な過渡期の碧梧桐の書の姿を想い起こしてほしい）の時代に至ると、江戸期以来の有季定型に浸り切り、俳句とはそのようなものであろうと素朴に信じているあるがままの即自的な大衆にとって碧梧桐の表現はいささか、さらには相当に難解なものへと遠ざかり、大衆の意識との間の乖離は大きくなっていった。

碧梧桐もむろんその事態に気づいてはいたものの、大衆もまた学習し、自己を鍛えあげることでやがては追ってくるものと考えていた。あるがままの今ある大衆ではなく、未だなきあるべき大衆こそが真の大衆である。事実、乙字にせよ一碧楼にせよ井泉水にせよ、この指向によって大衆から脱し、俳人へと登り詰めて行ったのである。大衆の中の大衆、「中の中」のブラックホールは、専門家の遠心に遠心を重ねた究極・極限のホワイトサークルに通じている。大衆のどまん中つまりは「普通の普通」たる未だなき大衆こそが真の大衆の意味であり、価値である。

　これに対して虚子は、碧梧桐の句を理解しようとする努力とはまったく無縁で、碧梧桐等の句を奇異に感じ、季語と定型を素朴に信じているあるがままの大衆の近くまで俳句を下ろして行った。碧梧桐は自らの俳句をあるべき大衆の次元へと引き上げようと試みたのに対して、虚子は自らの俳句をあるがままの大衆の次元に引き下げ、そこに自らの位置を定めたのである。実に「花鳥諷詠」論は民衆を巻きこんだ軍国日本体制整備の俳壇的綱領であった。

「花鳥諷詠」論は唐突に出現した。この時代、俳壇は時局とのねんごろな関係、あるいはこの時局を利用して、あるがままの大衆への影響を弱めた碧梧桐に替わって、俳壇の首魁として確たる位置を占めんとする虚子の野心、闘志とともにあった。

　春風や　闘志いだきて　丘に立つ

年を以て　巨人としたり　歩み去る
春惜む　輪廻の月日　窓に在り
大いなる　ものが過ぎゆく　野分かな
この池の　生々流転　蝌蚪の紐
我が行く　天地万象　凍てし中
初空や　大悪人　虚子の頭上に

傍点部の語で明らかなように、何たる大袈裟、何たる誇大妄想、何たる大言壮語。何たる自意識過剰。何たる技巧。これは俳句というより、コピイライターの余技、修辞に満ちた創作俳句ではないだろうか。

第三者の立場から見る。昨年一般俳句界で問題視されたのは、日本百景の募集句だつたやうだ。固固文学作品を目標でなく、金儲けを打算の商取引を主眼なのだから彼是いふ方が野暮といふものだ。
（「俳句界の行方」前掲書）

ここでの「日本百景の募集句」とは、昭和六年四月三十日、大阪毎日新聞社、東京日日新聞社から発行された、『日本新名勝俳句』を指す。両社はその前に「日本新名勝地」を募集して、全国、百三十三景を選定し、その名勝地にちなむ俳句を広く募集し、高浜虚子が選定した。応募句数は十万三千二百七にのぼり、各景の第一席百三十三句に加えて一万句を集録して出版した。

全国に俳句を募集しその中の一割弱を掲載する、しかも同一人が何句も投稿しているのだから、その水準は推して知るべし。当然のごとく俳句界は騒然となり、『俳壇目安箱』は「妙義山」の項で「全山に一瀑もなしほとゝぎす」の句が第一席に選ばれているが、妙義山には「大黒の滝」があるではないかと杜撰な選考をからかっている。

これに抗するかのように、碧梧桐の二十年来の俳友・里見禾水は名句を選別し、昭和八年に『新撰日本名勝俳句集成』を出版している。ちなみにこのアンソロジーの「妙義山」の項では、蕪村、子規、虚子等の句を掲載している。ちなみに蕪村の一句は次の通り。

立去る事一里眉毛に秋の峯寒し

当時の俳壇は、虚子選の懸賞募集式の集句に金銭的な不純を嗅ぎとったようだが、問題はそれほどちっぽけなものではなかった。俳句を通して国民を統合、結集するための具体的行動、俳句を通じての国民総動員の一環であった。

「花鳥諷詠」論が、国民総動員のイデオロギー的綱領。そして『日本新名勝俳句』がその具体的実践行動であった。

虚子の意図がどうあれ、「花鳥諷詠」論と『日本新名勝俳句』の出版は、俳壇における戦争に向けた国家総動員体制づくりの推進力《エンジン》であった。

『海紅堂昭和日記』の昭和十二年一月二十日、亡くなる十日ほど前に、碧梧桐は書いている。日記の最終筆、一種の遺書である。心して読みたい。

広田内閣馬場財政の膨大な三十億円の予算と増税案とで物価日〻騰貴する記事　新聞を賑ハしてゐる　軍部と民意結合の新政党結成云〻の消息もある

大陸政策でフワッショ化を目ろむ者もある　政治に関心あれバ今日位気のもめる時もないであらう

支那ハ支那で抗日宣戦などいふ文字が朝飯前の茶漬見たいに書かれてゐるどこやら背筋がウズ痒い気持もする

そんなことハどうでもいゝと天下太平に火燵にもぐつてゐられるのが日本といふ国なのであらう　有難いお国だ

河東碧梧桐略年譜

明治六（１８７３）年　2月26日、朱子学者、静渓・河東坤《したがう》の五男（六男、三女のうち）、秉五郎として、伊予松山に生まれる。母はせい（清）。

明治十三（１８８０）年　父が設立した学塾の学生として正岡子規を知る。

明治二十（１８８７）年　伊予尋常中学（松山中学校）入学。高浜虚子と同級になる。

明治二十三（１８９０）年　句集を作り、はじめて子規に添削を受ける。

明治二十六（１８９３）年　中学卒業、三高（京都）に入学。

明治二十七（１８９４）年　父没す。学制改変のため、二高（仙台）に転学するが校風に耐えられず、虚子と共に退学。子規をたよって上京する。

明治三十（１８９７）年　柳原極堂が松山で『ほととぎす』を発刊。その選句を担当。

明治三十三（１９００）年　青木月斗の妹・繁栄（茂枝）と結婚。

明治三十五（１９０２）年　子規没す。「日本」俳句欄選者を継ぐ。

明治三十六（１９０３）年　虚子と「木の実植う」「温泉百句」論争。

明治三十七（１９０４）年　碧童、六花、乙字らと連日の句会俳三昧を催す。虚子との対立が明らかになる。

明治三十九（１９０６）年　第一次「三千里」の旅はじまる。

明治四十一（１９０８）年　母病没。「三千里」の旅を中断。月斗の三女・美矢子を養女に迎える。

明治四十二（１９０９）年　第二次「三千里」の旅に出る。

明治四十三（1910）年　旅中玉島で「無中心論」を唱え、新傾向俳句論を一段と進める。

明治四十四（1911）年　一次、二次合わせ約千四百日かけた「三千里」の旅を終える。

明治四十五（1912）年　中村不折らと「龍眠会」を起す。翌年機関誌『龍眠』を創刊する。

大正二（1913）年　北アルプス白馬等、この頃から盛んに登山に出かける。

大正四（1915）年　満洲、朝鮮行に出発。

大正七（1918）年　青木新護の二男・駿を養子に迎える。

大正八（1919）年　大阪に設立された大正日日新聞社に社会部長として招聘され、芦屋に転居。

大正九（1920）年　養女美矢子病没。大正日日解散。年末、神戸から渡欧の旅に出る。

大正十（1921）年　マルセイユ上陸。ローマからイタリア各地、パリ、ロンドン、ベルリン、アメリカと巡る。

大正十一（1922）年　帰国。

大正十二（1923）年　句集『八年間』出版。関東大震災に遭う。

昭和三（1928）年　この年からルビ付俳句が見られるようになる。

昭和四（1929）年　『新興俳句への道』出版。

昭和八（1933）年　還暦祝賀会で俳壇隠退を表明。

昭和九（1934）年　『子規を語る』出版。

昭和十二（1937）年　2月1日、腸チフス、敗血症のため没す。享年六十三。

自ら揮毫した「碧梧桐墓」は三ノ輪梅林寺と松山宝塔寺に立つ。

あとがき

正直言って、このような形で河東碧梧桐について一冊の本が上梓できるとは思ってはいなかった。

『文學界』に「河東碧梧桐論を書く」と約束したのは、二十年近く前、細井秀雄編集長時代であった。その後担当された武藤旬氏は、熱心に何度も何度も励ましてくれた。しかし、日々の仕事に忙殺されていた私には仕事の照準をそこに向けることはできないでいた。やがて武藤氏は担当を外れ、執筆への催促はなくなった。が、その後再び武藤氏が編集長として復帰、再々の催促が始まった。二〇一六年には連載を始めるべく意を決して、書初に「大碧年」と書いたが、それでも執筆にとりかかることはできなかった。

二〇一七年夏、上野の森美術館での「書だ！石川九楊展」を終え、その後仕末やら整理に多忙を極めていたギャラリーオーナーの妻・美耶子が、意外にも「そろそろ碧梧桐を書いたら。こんなことを繰り返していたら武藤さんに失礼よ」と声をかけてくれた。その声に促されて、連載に取り組む決心をした。

関連資料は三十年以上にわたって集めてきて手許にあった。在京都時代に妻が碧梧桐や碧派の書を扱っていた関係で真贋入り混じった多数の書も眼近にしてきた。松山の子規記念博物館、伊丹の柿衞《かきもり》文庫、京都精華大学等でいずれも複数回にわたって碧梧桐とその書について講演、講義してきた。また自著『近代書史』では二章相当分を碧梧桐に割いた。準備は十分に整っていた。だが、書にとどまらず、碧梧桐という人物と俳句をめぐっての評伝を、毎月原稿用紙三十〜四十枚、それも一年間にわたって書くのは初体験のこと。未知への挑戦であった。口火は桑原武夫の「第二芸術論」と決めてはいたものの、さてどのように展開し、どこに着地するかがはっきり見えていたわけではなかった。

それまで、原稿はすべて鉛筆で書いてきた。若き日はB、近年は2Bを使っていた。ところが、2Bの鉛筆で第一回を書くうちに、紙と筆尖との間の抵抗が、少々手に応え、思考がひっかかるように思えた。そこで第二回目からは、手紙や葉書を書く時に滑らかで具合のよかった太字の水性ペンで書くことにした。筆尖が紙に触れるだけでインクが紙に定着し、滑らかに筆は進むようになった。紙と筆記具との間の筆蝕が思考を妨げることはなくなり、思考は徐々に暢やかになっていった。滑らかすぎて、筆がすべり読みにくくなり、編集者、校閲者に多大の迷惑をかけることにもなってしまったが。

一年間連載中には、いろんな意味で新たな発見があり、また災害にも遭遇した。

一九九七年、私と妻は、京都から東京へと転居した。近代文学発祥の地・根岸と、近代文学者が集《つど》った神楽坂に家を探し、結局根岸に移り住むことになったのだが、この家の地番が、俳人・平山若水が雑誌『龍眠』を途中から引き受け、発行した地であったことを知ったときには驚愕し、偶然というにはあまりにもできすぎの事態に、ふしぎな因縁を感じないではおられなかった。

連載の第十回、本書の第十章は、二〇一八年九月に北海道札幌で執筆したものだが、このとき、北海道胆振東部地震とそれに伴う全道停電に遭遇することになった。光と水と食糧——あたりまえのことだが、何が人間にとって不可欠かを思い知らされた。駅やホテル、百貨店にはケータイ、スマートフォンの充電のために厖大な人々が群がっていた。この光景には現在の異様な通信狂時代の姿を確認した。

詩人・正津勉の著書の題名は、『忘れられた俳人　河東碧梧桐』だが、事実はもっと深刻で、消しゴムでゴシゴシと、もしくはホワイトでペタペタと塗り潰し消し去られた俳人であった。その俳句が群を抜くものであることは、群を抜いたその書の姿からすぐに解った。書くことが俳句をつくりあげる。その書き方・書法が積み重なって俳句が出来あがるからである。

この近代・現代随一の書家であり俳人である姿に迫ろうと悪戦苦闘した。どこまで明らめることができたかは不明だが、現時点で解ける課題は解いたという手応えはある。これ以上は、能楽・謡曲と登山についての学習と経験なくしては無理である。

垂直に書くことなくしては「天」が出現することなく、水平に揺れるばかりの宗教なき日本においては、今なお村落共同体的思想と行動を脱することができず、傑出した、型破りの存在を「かなわん（かなわない）」と敬遠、無視し、また排除しがちだ。本書を契機として、河東碧梧桐という近代の巨大な俳人・文人の復権がはかられ、さらなる研究と解明によって、日本近代、文学史上にしかるべく正統に位置づけられることを願っている。
これまでも多くの先学が歴史から消し去られた碧梧桐の名誉恢復のために力を注いできた。

俳句史の中に碧梧桐を位置づけつづけた阿部喜三男、栗田靖の一連の仕事は忘れることはできない。また、再編集必至の不十分な書物であるとはいえ、『河東碧梧桐全集』全二十巻を編纂した短詩人連盟の来空の執拗な執念的労苦にもまた触れないではいられない。

そして、この連載中には折柴・瀧井孝作が徐々に姿を現わしてきた。河東碧梧桐の人と仕事を伝えるべく奮闘した最大の功労者は瀧井孝作。折柴の温かくも愛ある、師・碧梧桐へのまなざしが、本の編集、監修、そして碧梧桐を語る文のすみずみから伝わってくる。

最後に連載時の担当にとどまらず、この単行本も担当していただいた武藤旬氏に心から御礼を申し上げる。また、読みにくい原稿を読み解き、細部にいたるまで丁寧に、調べ、正していただいた校閲氏の労にも謝意を表したい。期せずして、碧梧桐が「天下の句見まもりおはす忌日かな」と詠んだ、九月十九日、糸瓜忌に本書は発行されることになった。

本書を、本年一月に急逝した妻・美耶子の霊に献げる。ありがとう、貴女のおかげでこの本は生れた。ありがとう。

二〇一九年七月一日

石川　九楊

文春学藝ライブラリー版へのあとがき

『河東碧梧桐―表現の永続革命』が、ここに新版で再出発することになった。新しく生を享け、新しい読者に出会うことになったことを祝福したい。

単行本は好評裡に受けとめられ、話題にものぼった。本版によって、さらに多くの読者諸兄姉に、単なる近代俳人にとどまらない傑出した文士としての河東碧梧桐の仕事が理解されるとうれしい。今年はちょうど関東大震災百年。震災の記録だけでも碧の筆は冴えわたっている。

吉本隆明にせよ白川静にせよ、その偉大な仕事がどれだけ理解され、浸透したかは疑わしく、鬼籍入り後は、その仕事の存在すら忘れ去られつつあるようにも思える。このような知的状況下、河東碧梧桐の復権が一気に可能とは思わぬが、少しでも碧梧桐の仕事に興味が向かうことを期待したい。

二〇二三年八月十六日

石川　九楊

初出　「文學界」二〇一八年六月号〜二〇一九年六月号
単行本　二〇一九年九月　文藝春秋刊
DTP制作　ローヤル企画

石川九楊（いしかわ・きゅうよう）

1945年福井県生まれ。京都大学法学部卒業。京都精華大学教授、文字文明研究所所長を経て現在、同大名誉教授。

1990年発刊の『書の終焉　近代書史論』（同朋舎出版）でサントリー学芸賞を受賞。1992年『筆蝕の構造　書くことの現象学』（筑摩書房）を上梓、「筆蝕」による書の読み解きの理論を確立。1996年『中國書史』（京都大学学術出版会）。

2002年『日本書史』（名古屋大学出版会）で毎日出版文化賞、2009年『近代書史』（名古屋大学出版会）で大佛次郎賞を受賞。

2016年から2017年に、『石川九楊著作集』（全12巻）をミネルヴァ書房より刊行。

2024年、「河東碧梧桐と石川九楊展」が市立伊丹ミュージアム（柿衞文庫）で、「石川九楊大全」が上野の森美術館で開催される。

文春学藝ライブラリー
雑34
河東碧梧桐《かわひがしへきごとう》—表現《ひょうげん》の永続革命《えいぞくかくめい》

2023年（令和5年）12月10日　第1刷発行

著　者　石　川　九　楊
発行者　大　沼　貴　之
発行所　株式会社　文　藝　春　秋
〒102-8008　東京都千代田区紀尾井町3-23
電話（03）3265-1211（代表）

定価はカバーに表示してあります。

落丁、乱丁本は小社製作部宛にお送りください。送料小社負担でお取替え致します。

印刷・製本　光邦
Printed in Japan
ISBN978-4-16-813107-3

（　）内は解説者。品切の節はご容赦下さい。

リチャード・ニクソン（徳岡孝夫 訳）
指導者とは
栄光と挫折を体現した米大統領だから洞察しえたリーダーの本質。チャーチル、マッカーサー、ドゴール、周恩来、フルシチョフに吉田茂……。20世紀の巨星の実像に迫る。（徳岡孝夫）
雑-3-3

岸 信介・矢次一夫・伊藤 隆
岸信介の回想
満州、戦争、巣鴨プリズン、六〇年安保——動乱の昭和史において常にその渦中にあった名宰相が、刎頸の友と近代史家を前に語った「わが人生」。巻末資料として巣鴨日記も収録。
雑-3-9

山本七平・岸田 秀
日本人と「日本病」について
責任をとらない日本人の体質。その根っこには何があるのか。歴史学者と精神分析学者。二人の権威が、今も変わらぬ「日本病」について語った白熱対談。（福嶋亮大）
雑-3-12

E・G・ヴァイニング（小泉一郎 訳）
皇太子の窓
戦後まもなく、当時の皇太子の英語家庭教師となったヴァイニング夫人が、ともに過ごした日々を瑞々しく綴った回想録。敗戦後の日本の風景も浮かび上がる。（保阪正康）
雑-3-14

新渡戸稲造
世渡りの道
『武士道』の著者にして国際的教育者だった新渡戸稲造が書いたベストセラー。人生の意味とは何か、何のために働くのか。万人が抱く問いに時を越えて熱く答える。（寺島実郎）
雑-3-15

夢野久作
近世快人伝
頭山満から父杉山茂丸まで
頭山満、杉山茂丸、奈良原到といった玄洋社の猛者たちの破天荒な人生を描いた痛快な人物評伝。奇人、怪人、豪傑たちがユーモア溢れる筆致でいきいきと動き出す。（寺田英視）
雑-3-16

（ ）内は解説者。品切の節はご容赦下さい。

大岡昇平
対談 戦争と文学と

司馬遼太郎、阿川弘之、大西巨人、野間宏――。戦争を問い続け、書き続けた戦争文学の巨人・大岡昇平が、あの戦地を経験した九人の文学者と交わした白熱の議論。（高橋弘希）

雑-3-18

吉田 満
戦中派の死生観

死んだ仲間は何のために戦ったのか？ 戦後日本は戦争と敗戦から何かを学びえたのか？ 死を覚悟して生き残った戦中派が「日本人として生きる」ことの意味を問う。（若松英輔）

雑-3-19

阿部眞之助
近代政治家評伝
山縣有朋から東條英機まで

明治から昭和まで第一線で活躍した名物新聞記者が、原敬、伊藤博文、大隈重信、犬養毅、大久保利通、桂太郎など、戦前の大物政治家十二人の生身の姿を容赦なく描く。（牧原 出）

雑-3-20

徳岡孝夫
五衰の人
三島由紀夫私記

一九七〇年十一月のあの日、市ヶ谷の自衛隊駐屯地で「檄」を託された著者だから見透すことのできた三島由紀夫の本質とは？ 新潮学芸賞を受賞した、傑出した三島論。（寺田英視）

雑-3-21

山本七平
小林秀雄の流儀

小林秀雄があれほどの影響力をもったのはなぜか？ 過去を語ることで未来を創出したからだ。「書きたいことだけ書いて生活した、超一流の生活者」の秘密に迫る。（小川榮太郎）

雑-3-22

斎藤隆介
職人衆昔ばなし

大工、左官、庭師、指物師、蒔絵師など、明治に生を享け、戦後まで活躍した名工27人。その貴重な証言は、未来のモノ造りへの示唆に富む。その豊穣たる「語り」をご堪能あれ！

雑-3-23

（　）内は解説者。品切の節はご容赦下さい。

新保祐司
内村鑑三

近代日本の矛盾と葛藤を体現する男、内村鑑三。多くの知識人に多大な影響を与えた破格の人物の核心に迫り、近代日本を貫く精神を明らかにする。（附録・郡司勝義）

雑-3-28

和田利男
漱石の漢詩

「少年期は英語より漢学が好きだった」と語る漱石。未だ色あせないその漢詩の世界の魅力を、杜甫や王維と比較しながら縦横に論ずる。没後百年を期して待望の復刊！（齋藤希史）

雑-3-29

渡辺京二
私のロシア文学

『逝きし世の面影』の著者の原点は、実は西洋文学、特にロシア文学。チェーホフ、プーシキン、ブルガーコフなど十九世紀作品を中心に縦横に語り尽くす、オリジナル文学講義！

雑-3-30

渡辺利夫
神経症の時代
わが内なる森田正馬

作家倉田百三ら、近代日本の多くの神経症患者を救った森田正馬。その功績を問いつつ、現代にまで続く「病める社会」に警鐘を鳴らす。開高健賞正賞受賞の話題作！（最相葉月）

雑-3-31

中村逸郎
シベリア最深紀行
知られざる大地への七つの旅

「住所はツンドラ」と記すトナカイ遊牧民から弾圧に抵抗したイスラム教徒まで、シベリア奥地に根を張り、今をしたたかに生きる人々を訪ね歩いた、ロシア政治学者による稀有な記録。

雑-3-32

福田　逸
父・福田恆存

「鉢木會」の大岡昇平、吉田健一、三島由紀夫らとの交友。家族への情愛、劇団経営での父子の確執、晩年の日々——。次男である著者が追想する福田恆存の知られざる素顔。（浜崎洋介）

雑-3-33

（　）内は解説者。品切の節はご容赦下さい。

江藤　淳
近代以前
日本文学の特性とは何か？　藤原惺窩、林羅山、近松門左衛門、井原西鶴、上田秋成などの江戸文藝に沈潜し、外来の文藝・思想の波に洗われてきた日本の伝統の核心に迫る。（内田　樹）
思-1-1

福田恆存（浜崎洋介　編）
保守とは何か
「保守派はその態度によって人を納得させるべきであって、イデオロギーによって承服させるべきではない」——オリジナル編集による最良の「福田恆存入門」。（浜崎洋介）
思-1-2

山本七平
聖書の常識
聖書学の最新の成果を踏まえつつ、聖書に関する日本人の誤解を正し、日本人には縁遠い旧約聖書も含めて、「聖書の世界」全体の見取り図を明快に示す入門書。（佐藤　優）
思-1-3

保田與重郎
わが萬葉集
萬葉集が息づく奈良県桜井で育った著者が歌に吹きこまれた魂の追体験へと誘い、萬葉集に詠みこまれた時代精神と土地の記憶を味わいながら、それが遺された幸せを記す。（片山杜秀）
思-1-4

柳田国男（柄谷行人　編）
「小さきもの」の思想
『遊動論　柳田国男と山人』（文春新書）で画期的な柳田論を展開した思想家が、そのエッセンスを一冊に凝縮。柳田が生涯探求した問題は何か？　各章に解題をそえた文庫オリジナル版。
思-1-5

岡﨑乾二郎
ルネサンス　経験の条件
サンタ・マリア大聖堂のクーポラを設計したブルネレスキ、ブランカッチ礼拝堂の壁画を描いたマサッチオの天才の分析を通して、芸術の可能性と使命を探求した記念碑的著作。（斎藤　環）
思-1-6

田中美知太郎
ロゴスとイデア
ギリシャ哲学の徹底的読解によって日本における西洋哲学研究の基礎を築いた著者が、「現実」「未来」「過去」「時間」といった根本概念の発生と変遷を辿った名著。（岡崎満義）
思-1-8

（　）内は解説者。品切の節はご容赦下さい。

西部　邁
大衆への反逆
気鋭の経済学者として頭角を現した著者は本書によって論壇に鮮烈なデビューを果たす。田中角栄からハイエクまでを縦横無尽に論じる社会批評家としての著者の真髄がここにある。
思-1-10

福田恆存（浜崎洋介　編）
国家とは何か
「政治」と「文学」の峻別を説いた福田恆存は政治をどう論じたのか？　福田の国家論が明快にわかるオリジナル編集。「個人なき国家論」批判は今こそ読むに値する。（浜崎洋介）
思-1-12

江藤　淳
一九四六年憲法―その拘束
アメリカの影から逃れられない戦後日本。その哀しみと怒りをもとに、戦後憲法成立過程や日本の言説空間を覆う欺瞞を鋭く批判した20年にわたる論考の軌跡。（白井　聡）
思-1-13

福田恆存（浜崎洋介　編）
人間とは何か
『保守とは何か』『国家とは何か』に続く「福田恆存入門・三部作」の完結編。単なるテクスト論ではなく、人間の手応えをもった文学者の原点を示すアンソロジー。（浜崎洋介）
思-1-15

本居宣長・津田左右吉　他（上野　誠　編）
日本の古代を読む
この国の成立の根幹をなす古代史の真髄とは？　本居宣長、津田左右吉、石母田正、和辻哲郎、亀井勝一郎など碩学の論考を、気鋭の万葉学者が編纂したオリジナル古代史論集。（上野　誠）
思-1-16

山内昌之
民族と国家
21世紀最大の火種となる「民族問題」。イスラム研究の第一人者が20世紀までの紛争を総ざらえ。これで民族問題の根本がわかる、新時代を生きる現代人のための必読書！（佐藤　優）
思-1-17

田中美知太郎
人間であること
「人間であること」「歴史主義について」「日本人と国家」など八篇の講演に「徳の倫理と法の倫理」など二篇の論文を加え、日本を代表するギリシア哲学者の謦咳に接する。（若松英輔）
思-1-18

（　）内は解説者。品切の節はご容赦下さい。

西部　邁
六〇年安保　センチメンタル・ジャーニー
保守派の論客として鳴らした西部邁の原点は、安保闘争のリーダーだった学生時代にあった。あの「空虚な祭典」は何だったのか、共に生きた人々の思い出とともに振りかえる。（保阪正康）
思-1-19

服部龍二
増補版　大平正芳　理念と外交
大平は日中国交正常化を実現したが、首相就任後、環太平洋連帯構想を模索しつつも党内抗争の果て志半ばで逝った。悲運の宰相の素顔と哲学に迫り、保守政治家の真髄を問う。（渡邊満子）
思-1-20

福田恆存
福田　逸・国民文化研究会　編
人間の生き方、ものの考え方
人間は孤独だ。言葉は主観的で、人間同士が真に分かり合うことはない。だから考え続けよ。絶望から出発するのだ——。戦後最強の思想家が、混沌とした先行きを照らし出す。（片山杜秀）
思-1-21

坪内祐三
一九七二
「はじまりのおわり」と「おわりのはじまり」
札幌五輪、あさま山荘事件、ニクソン訪中等、数々の出来事で彩られたこの年は戦後史の分水嶺となる一年だった。断絶した戦後の歴史意識の橋渡しを試みた、画期的時代評論書。（泉　麻人）
思-1-23

ドナルド・キーン
日本文学のなかへ
「なぜ近松の『道行』は悲劇的なのか」『真に『日本的』なものとは』——。古典作品への愛や三島や谷崎など綺羅星のごとき文学者との交流を語り下ろした自伝的エッセイ。（徳岡孝夫）
思-1-24

佐藤　優
私のマルクス
『資本論』で解明された論理は、超克不能である」と確信するまでの自らの思想的軌跡を辿る。友人や恩師との濃密な日々、マルクスとの出会いを綴った著者初の自叙伝。（中村うさぎ）
思-1-26

坪内祐三
靖国
招魂斎庭が駐車場に変貌していたことに衝撃を受けた著者は、靖国の歴史を徹底的に辿り始めた。政治思想の文脈ではない、靖国の生き生きとした歴史を蘇らせた著者代表作。（平山周吉）
思-1-27